PROLOGUE
2051, NEW YORK

Par le hublot de l'hélicoptère, Joseph Olivera observait les villes inondées du New Jersey en contrebas. L'océan Atlantique recouvrait progressivement la côte est des États-Unis, si bien que seuls les plus hauts buildings émergeaient de l'eau, bien alignés au milieu de la mer scintillante. Devant lui, il aperçut Manhattan, là où l'emmenait l'appareil. L'île n'était pas encore engloutie et, à en croire les experts, les digues érigées tout autour lui permettraient de garder les pieds au sec encore une dizaine d'années.

L'hélicoptère descendit en piqué au-dessus des gratte-ciel et se dirigea vers l'entrelacs de rues caractéristique que formait Times Square. Sur sa gauche, Joseph repéra Central Park, rempli de carcasses de voitures rouillées empilées les unes sur les autres. On aurait dit un tas de jouets oubliés par un petit garçon.

Joseph maudit son extrême nervosité. Il tremblait comme une feuille à l'idée de rencontrer en personne l'énigmatique, le légendaire Roald Waldstein.

Je dois faire bonne impression, ne pas perdre mes moyens.

Il pria intérieurement pour ne pas trop bégayer, comme il avait l'habitude de le faire quand il était stressé. Il avait répété mille et une fois les formules de civilité qu'il avait composées pour l'occasion, en prenant soin que n'y figure aucun mot commençant par le son « s », ceux sur lesquels il butait particulièrement. Son défaut d'élocution était ainsi beaucoup moins perceptible.

L'appareil survolait maintenant le toit du plus grand

immeuble de Times Square et tournait au-dessus de l'aire d'atterrissage, tel un chien qui s'apprête à se coucher dans son panier. Le quartier n'était plus que l'ombre de lui-même. Joseph distingua quelques piétons, un ou deux bus électriques et de nombreux bâtiments barricadés. Les digues avaient beau retenir la montée des eaux, il réalisa à quel point ces efforts étaient vains.

La ville est déjà à l'agonie.

L'hélicoptère se posa doucement, et le pilote coupa le moteur. Tandis que les rotors ralentissaient, il fit coulisser la porte et sortit en invitant Joseph à le suivre.

– M. Waldstein s-s-séjourne ici ? demanda celui-ci. À l'Hôtel Marriott ?

– Il y habite à plein temps. Il a acheté l'hôtel l'an dernier.

Le pilote conduisit Joseph à l'intérieur du bâtiment. Ensemble, ils empruntèrent un escalier en béton jusqu'à un petit palier fermé par deux portes battantes.

– Derrière ces portes se trouvent les quartiers privés de M. Waldstein. Il vit absolument seul ici, expliqua le pilote en lançant à Joseph un regard empreint de curiosité. Vous savez, vous avez beaucoup de chance de pouvoir le rencontrer. Cela n'arrive jamais.

– Vous voulez dire qu'il n'y a personne d'autre que lui dans c-c-cet hôtel ?

– Encore une chose, ajouta le pilote en ignorant la question. Il peut parfois donner l'impression d'être agressif ou impoli. Sachez que ce n'est pas intentionnel, c'est juste qu'il n'a pas de temps à perdre en bavardages.

– Euh, d'accord…

– N'essayez pas non plus de le flatter. Contentez-vous d'être courtois et sincère. Inutile de lui dire qu'il est un génie, un visionnaire ou un type fantastique. Il a déjà entendu ça des millions de fois, ça ne fera que l'agacer.

Super. Je peux dire adieu à mon discours de présentation.

– Et le plus important : ne lui parlez pas de « l'incident ».
– L'incident ?
– Chicago.
Joseph hocha la tête. L'homme faisait bien sûr référence au jour où Waldstein avait rendu publiques ses découvertes, à Chicago, en 2044.
– Bon, bon, très bien, balbutia-t-il d'une voix blanche.
Le pilote lui adressa un sourire d'encouragement, puis il appuya sur le bouton de l'interphone.
– Monsieur Waldstein, le professeur Olivera est arrivé.
Joseph étudia son reflet dans un petit miroir fixé au mur. Il resserra sa cravate, aplatit un épi dans ses cheveux noirs et regretta de n'avoir pas mieux taillé sa barbe sombre.
Une petite lampe verte se mit à clignoter au-dessus des portes.
– Vous pouvez y aller, déclara le pilote.
À l'intérieur, le linoléum faisait place à une moquette moelleuse. Joseph se retrouva dans une pièce ronde inondée de lumière au point qu'il dut plisser les yeux. De grands panneaux de verre faisaient office de murs, et il ne put distinguer qu'une vague silhouette qui se détachait sur l'un d'entre eux.
Joseph mit sa main en visière et avança prudemment.
– Monsieur Waldstein ?
La pièce était gigantesque. Douze, peut-être quinze mètres de diamètre. Tandis que ses yeux commençaient à s'accommoder à la lumière, Joseph aperçut un lit sur un côté, un bureau, deux chaises et plusieurs cartons remplis de papiers, mais rien d'autre. L'espace lui parut très vide.
En s'approchant de la silhouette, il en discerna quelques détails : il reconnut les cheveux ondulés en bataille, les épaules étroites.
– C'est un honneur… de vous rencontrer.
L'homme, qui contemplait New York par la fenêtre, se retourna.
– On dit que dame Liberté marche sur l'eau, désormais.

Joseph ne voyait pas du tout de quoi il voulait parler. Il haussa les épaules d'un air perplexe, ce qui fit sourire Waldstein.

– Pardonnez-moi, je dois vous paraître confus. Je parlais de la statue de la Liberté. Liberty Island et le socle de la statue sont totalement immergés. Du coup, on dirait vraiment qu'elle marche sur l'eau.

– Ah oui ? répondit Joseph. Je ne s-s…

Peinant à articuler le maudit mot commençant par un « s », Joseph sentit le rouge lui monter aux joues. Il secoua la tête d'un air agacé, incapable de terminer sa phrase.

– Désolé, j'ai un problème de…

– De bégaiement ? compléta Waldstein en indiquant une chaise à son visiteur. Ne vous en faites pas, c'est sans importance. Asseyez-vous.

Waldstein ouvrit un classeur et feuilleta les documents qu'il contenait.

– Professeur José Olivera… commença-t-il.

– En fait, j'ai anglicisé mon prénom en Joseph. Comment dire… Les gens s-s-s'imaginent qu'il y a une barrière linguistique quand vous avez un nom à consonance étrangère. Alors que je parle anglais aussi bien que ma langue maternelle.

– L'espagnol.

Joseph acquiesça.

– Professeur Joseph Olivera, vous êtes probablement l'un des plus éminents spécialistes de l'intelligence artificielle génétiquement implantée.

Aie confiance en toi, Joseph.

– En effet.

– Il semble que vous ayez réalisé de brillants travaux pour d'importants groupes du secteur militaire. Vous avez travaillé sur des unités de combat conçues génétiquement. L'armée américaine les expérimente en ce moment même, c'est bien ça ?

– Oui.

– Et il est écrit ici que vous êtes un fervent défenseur de la lutte contre les voyages dans le temps.

– C'est exact.

Waldstein se pencha en avant et planta ses yeux dans ceux de Joseph.

– J'aimerais que vous me disiez pourquoi.

Il me teste.

– Eh bien, quiconque possédant des connaissances s-s-scientifiques peut comprendre un tel point de vue. Le déplacement spa… spa…

Joseph prit une profonde inspiration pour calmer ses nerfs et maîtriser son bégaiement, avant de reformuler sa phrase.

– Le voyage dans le temps est probablement l'une des technologies les plus dangereuses jamais inventées, reprit-il. Théoriquement, l'énergie c-c-cinétique mise en jeu suffirait à provoquer la fin de… la fin de *tout*.

Waldstein ne dit mot, vraisemblablement désireux d'en entendre davantage.

– Je crois s-s-sincèrement qu'il y a des choses avec lesquelles il ne faut pas jouer. Jamais. Même dans la quête de la connaissance, il est des portes qui doivent restées bien fermées. En admettant que Dieu existe, et je dis bien en admettant, alors cette technologie, ce s-s-savoir lui reviennent, à lui et à personne d'autre. Voilà c-c-ce que je crois.

Joseph marqua une pause et réalisa que ce qu'il voulait dire ensuite n'était pas franchement malin. Le pilote ne lui avait-il pas justement conseillé d'éviter d'aborder le sujet ? Il sentit son cœur tambouriner dans sa poitrine et poursuivit néanmoins :

– Ce que vous avez fait à Chicago en 44, c-c-ce qui est arrivé là-bas, c-c-c'était vraiment dangereux. Mais tout c-c-ce que vous avez entrepris par la suite, monsieur Waldstein, était c-c-ce qu'il y avait de mieux à faire. Je pense que votre campagne pour empêcher toute nouvelle expérience a littéralement été le… le dernier rempart de l'humanité contre…

Joseph hésita sur le mot à employer pour finir sa phrase.

– La fin ? suggéra son interlocuteur.

– Oui, la fin.

Waldstein resta parfaitement silencieux, sans que rien dans son regard ne trahisse le fond de sa pensée. Joseph commençait à se demander s'il n'avait pas tout fichu en l'air en évoquant l'incident de Chicago, quand le savant sortit de son mutisme.

– Voyez-vous, je travaille actuellement sur un projet et j'aimerais que vous y participiez. C'est un projet de la plus haute importance qui nécessite une confidentialité absolue.

Joseph n'en croyait pas ses oreilles.

– Que je travaille avec vous ? J'en s-s-serais très honoré. Je, euh…

– Ne répondez pas trop vite. Sachez que vous ne pourrez parler de ce projet à personne. Jamais. Vous travaillerez avec moi dans l'isolement le plus total, coupé du monde.

Waldstein observa Joseph avec attention, prêt à déceler chez lui le moindre signe de doute.

– Comprenons-nous bien : une fois que vous aurez accepté – si évidemment je décide de vous faire une confiance aveugle –, vous ne pourrez plus reculer.

Joseph n'était pas certain de saisir le sens de cette dernière expression. S'agissait-il d'une sorte de menace ? Waldstein était un milliardaire, un homme puissant. Quelqu'un qu'il ne fallait pas contrarier.

Au fond, tout cela n'avait pas tellement d'importance. Joseph n'était pas du genre à briser un accord de confidentialité ou à faire de l'espionnage industriel. Sa seule passion était la science, et sa seule quête, celle de la connaissance.

Et puis, il y avait Waldstein… Le visionnaire. Le génie. Un homme qu'il avait l'immense privilège de rencontrer et qui lui offrait maintenant la possibilité de travailler à ses côtés. Non, pour Joseph, il n'y avait pas la moindre place pour le doute.

Néanmoins, la curiosité le poussa à poser une dernière question :

– Y a-t-il quoi que c-c-ce s-s-soit que vous puissiez me dire à propos de c-c-ce projet ? Peut-être la nature générale du travail ?

Waldstein joignit les mains sous son menton et ferma les yeux comme pour méditer. Joseph en profita pour examiner la vaste pièce circulaire et la vue panoramique à presque trois cent soixante degrés qu'elle offrait. Grâce à son portefeuille de brevets technologiques, Waldstein était vite devenu l'un des hommes les plus riches du pays. Et pourtant, le mobilier de la suite qu'il occupait était réduit au strict minimum. Après tout, de quoi d'autre un génie a-t-il besoin ? L'esprit est son véritable palace, qui regorge de trésors et de chefs-d'œuvre parmi les plus précieux.

Waldstein ouvrit les yeux et posa ses mains sur le bureau.

– Le travail que je vous propose est très simple. Il s'agit de sauver l'humanité d'elle-même.

Derrière Waldstein, Joseph aperçut furtivement les contours verdâtres de la statue de la Liberté. Elle était sans doute à moins de deux kilomètres d'eux et, en effet, on aurait dit qu'elle était posée sur la mer.

Comme Jésus marchant sur les eaux.

– Alors, dites moi, est-ce que ça vous intéresse ? Voulez-vous m'aider à sauver l'humanité d'elle-même ?

Dès l'instant où il était entré dans la pièce et s'était retrouvé face au prestigieux savant, Joseph savait ce qu'il allait répondre.

– Oui.

CHAPITRE I
2001, NEW YORK

Sal regardait fixement la vitrine crasseuse.

Elle se tenait devant la boutique *Weisman*. Sur le trottoir s'étalait un véritable bric-à-brac : une vieille statue d'Indien en acajou d'un mètre cinquante de haut, un coffre au trésor rempli de déguisements d'enfants et des livres poussiéreux entassés dans des cagettes de fruits et légumes.

C'était là, à quinze minutes de l'arche, qu'ils s'étaient procuré des vêtements pour la dernière mission de Liam, Bob et Becks. Elle s'y était rendue en doutant de pouvoir trouver, dans une boutique si petite, de quoi leur permettre d'effectuer leur mission incognito au XIIe siècle. Contre toute attente, ils avaient pourtant réussi à dénicher, parmi les portants chargés de vêtements empestant la naphtaline et la lavande, suffisamment d'accessoires pour passer tous trois inaperçus, grimés en paysans.

Cet endroit pourra à nouveau m'être utile, avait pensé Sal lorsqu'ils étaient rentrés à la Base par les petites rues de Brooklyn avec les vieux costumes dans des sacs en plastique.

Mais aujourd'hui, sa présence devant l'échoppe miteuse avait un tout autre objet. Elle avait les yeux rivés sur un fauteuil à bascule patiné dans la vitrine. Diverses peluches et figurines y étaient installées en rang côte à côte, comme si elles posaient pour une photo de famille. Il y avait là plusieurs poupées, un clown qui aurait fait faire des cauchemars à n'importe quel enfant, un éléphant aux grandes oreilles, une grenouille dont on voyait le rembourrage à travers une couture déchirée… et un petits ours en peluche bleu avec un seul œil et des fils qui pendaient là où aurait dû se trouver l'autre.

– Je te connais, murmura Sal.

Elle avait remarqué cette peluche la dernière fois qu'elle était venue. Mais une chose en entraînant une autre, elle l'avait oubliée. Et voilà qu'elle se retrouvait ici, comme attirée jusqu'à la boutique pour observer cet ours tristounet. Il lui rappelait quelque chose. Peut-être une émission en digi-stream de son époque ? Ou un personnage dans un vieux dessin animé ? Un fragment de souvenir qui s'échappait de sa mémoire comme une volute de fumée.

La nuit dernière, elle avait encore fait ce rêve – non, ce cauchemar – et revécu le moment où le vieil homme, Foster, l'avait sauvée d'une mort certaine et engagée à l'agence. La scène se passait dans l'immeuble où elle vivait avec sa famille, une de ces immenses tours d'habitation de verre et d'acier comme on en voit partout à Mumbai aujourd'hui.

Aujourd'hui ? se corrigea-t-elle. Elle venait de 2026. Mais désormais, aujourd'hui signifiait 2001, l'époque dans laquelle elle se trouvait. Son nouveau présent, en somme.

Le gratte-ciel était en flammes, et la superstructure d'acier s'était déformée, prête à s'écrouler sur elle-même. Foster était apparu alors qu'elle vivait les dernières secondes de sa vie. Il lui avait donné le choix : travailler pour l'agence ou mourir avec les siens dans la tour qui s'effondrait.

Tu parles d'un choix.

En vérité, elle n'avait pas eu à choisir : son père avait décidé pour elle en la poussant vers le vieil homme, tandis que sa mère en larmes hurlait pour pouvoir la serrer une dernière fois dans ses bras.

Arrête ! Arrête !

Sal se mordit la lèvre. Elle n'avait pas besoin de repasser la scène en boucle dans sa tête, son souvenir était encore bien vivace. Ces minutes affreuses étaient terminées, ses parents bel et bien morts, et elle était maintenant à New York et plus à Mumbai. Voilà où elle en était. Ou plus exactement, voilà où elle en serait dans vingt-cinq ans.

Au moins cette pensée apaisait-elle un peu la douleur de Sal d'avoir perdu ses parents, de savoir qu'ils étaient morts avec tous les autres dans l'effondrement de la tour. Car cela signifiait qu'ils étaient en vie à l'heure actuelle. Cette idée perturbait particulièrement Sal. En ce moment même, ses parents avaient son âge. Ils ne se connaissaient même pas encore et se rencontreraient seulement dans douze ans, en 2013, lors d'un salon consacré aux nouvelles technologies à New Delhi. Leurs deux familles approuveraient pleinement leur union, et la même année, sa mère tomberait enceinte de Sal.

Et maintenant, Sal regardait un petit ours en peluche bleu qui n'avait absolument aucune raison logique de se trouver ici, à New York en 2001. Car c'était ce même ours, elle s'en souvenait désormais, que le benjamin de ses voisins, les Chaudhry, traînait partout avec lui. Il n'y avait aucun doute possible.

C'était la dernière image qu'elle avait vue lors de l'ultime seconde de son ancienne vie en 2026 : cet ours, basculant dans les flammes quand le sol s'était brusquement dérobé sous leurs pieds et que l'immeuble s'était effondré.

Ensuite, elle s'était réveillée ici, à New York, en 2001.

– C'est le même, j'en suis certaine, murmura-t-elle, en fronçant les sourcils de perplexité.

Ses yeux ne l'avaient jamais trompée. Elle voyait les petites choses, les détails imperceptibles : la façon dont l'œil penchait sous un certain angle, le tissu bleu pâle usé sur le bras gauche de l'ours et pas sur le droit, comme si ce dernier avait été remplacé.

Les petits détails. Ses yeux et son esprit avaient le réflexe de les enregistrer. Une sorte d'habitude obsessionnelle. Elle avait toujours su repérer ce que les autres ne remarquaient pas, trouver un agencement logique dans ce qui semblait ne pas en avoir. C'est pour ça qu'elle était si forte au Pikodu.

– C'est le même, répéta-t-elle.

Sal ramena sa frange derrière l'oreille et appuya doucement son front contre la vitrine.

Jahulla ! Comment est-ce possible ?

Soudain, son téléphone portable se mit à vibrer dans la poche de sa veste.

– Ouais ?

– Ne me dis pas que t'as oublié ? soupira Maddy à l'autre bout du fil.

– Oublié quoi ?

– La visite du musée ce matin ! Ça te revient ?

Sal fit la grimace. Oui, bien sûr, ils en avaient discuté la veille avant de se coucher. Mais avec le cauchemar et tous ces souvenirs horribles, elle avait complètement oublié. Elle jura entre ses dents.

– Je rentre à la Base.

– Rejoins-nous directement là-bas si tu veux. On dit sur les marches du musée, dans une heure ?

– D'accord.

Sal referma son téléphone, une nouvelle fois amusée par son aspect démodé en comparaison de celui qu'elle avait à Mumbai. Elle jeta un dernier regard à l'ours bleu qui n'avait rien à faire ici. Il la fixait de son unique œil, semblant presque lui demander pourquoi.

CHAPITRE 2
2001, NEW YORK

Maddy poussa les portes du Muséum d'Histoire naturelle, suivie de Liam et de Sal. Tous trois connaissaient déjà ce lieu, où Foster les avait conduits peu de temps après les avoir recrutés : Maddy dans un avion, quelques instants avant qu'il ne se désintègre en plein vol, et Liam pendant le naufrage du *Titanic*. Cette visite avait constitué à la fois une sortie éducative, une récompense et un changement de décor. Mais cela avait surtout été l'occasion pour eux de toucher du doigt l'Histoire, qu'ils avaient désormais la responsabilité de préserver.

Derrière eux, Bob et Becks, les auxiliaires de mission, fermaient la marche. Ils avisèrent avec un sang-froid stoïque le squelette géant d'un brachiosaure menaçant qui occupait une grande partie du hall d'entrée. Leurs cerveaux en silicone se mirent à analyser les images, les sons et les odeurs du musée avant de les classer comme données utiles ou non pertinentes.

Liam, en revanche, eut un petit rire de contentement en retrouvant le dinosaure. Un groupe d'élèves de primaire était réuni autour du long socle recouvert de rochers factices sur lequel reposait le squelette. Tous se tordaient le cou pour observer l'imposante structure d'os qui les laissait bouche bée.

D'un signe de tête, Liam salua le vieux gardien qui se tenait derrière le livre d'or du musée.

– Bonjour, Sam ! Comment allez-vous ?

L'employé se renfrogna, l'air déconcerté.

– Quoi ? Comment vous connaissez mon nom ?

– En vérité, nous nous sommes rencontrés il y a fort longtemps, répondit Liam en souriant.

Derrière ses lunettes, Maddy leva les yeux au ciel.

– Grandis un peu, Liam ! chuchota-t-elle en lui donnant un coup de coude dans les côtes.

Elle le tira par le bras afin de l'éloigner du gardien, qui les dévisageait d'un air à la fois méfiant et perplexe.

– Je te rappelle que l'agence est censée rester top-secret !

– Ne t'en fais pas, il ne se souviendra pas de moi. Quand je l'ai rencontré, je portais un uniforme nazi.

– Et le cours de l'Histoire a été effacé, ajouta Bob. Le gardien n'a aucun souvenir de ce moment, car…

– D'accord, d'accord ! le coupa Maddy en levant la main. Mais pourrions-nous quand même faire en sorte de rester discrets ? Et tant qu'on y est, Liam, essaie de te conduire en adulte.

– Tu as raison, admit le garçon. Désolé.

Maddy se moucha avant de reprendre la parole. Elle se demanda où elle avait pu attraper ce rhume. Elle repensa alors à l'employé de PizzaLand qui les avait servis l'autre soir. Il n'arrêtait pas de tousser et de se racler la gorge derrière son comptoir. Sans doute avait-il ainsi ajouté un ingrédient supplémentaire à leur pizza quatre saisons. Elle en frissonna de dégoût.

– Bon, nous sommes là aujourd'hui pour en apprendre un peu plus sur l'Histoire, expliqua-t-elle en reniflant. Mais ce n'est pas une raison pour ne pas nous détendre un peu. Pour une fois qu'on n'est pas coincés dans l'arche !

– Bien dit ! acquiesça Sal.

Maddy se tourna vers Bob et Becks.

– Vous deux, séparez-vous ! Je n'ai pas envie que vous passiez la matinée à baragouiner ensemble en langage binaire. Profitez-en plutôt pour étudier les gens. Écoutez-les, observez leur façon d'agir, de se déplacer… Surtout toi, Bob. Tu donnes encore l'impression d'être un peu raide, pas très naturel. Il faut que tu apprennes à lâcher du lest.

Bob rentra la tête dans les épaules d'un air incertain, la bouche ouverte et ses épais sourcils froncés. Avec ses cent trente kilos de muscles pour plus de deux mètres de hauteur, c'était un véritable char blindé. La silhouette fine et athlétique de Becks contrastait à côté de celle du géant.

La Belle et la Bête, pensa Maddy.

Bob pencha la tête. Visiblement, il essayait de comprendre ce que « lâcher du lest » pouvait bien vouloir dire.

– Laisse tomber, lança Maddy. Essayez simplement de vous fondre dans la masse, OK ?

Les deux unités de soutien hochèrent la tête avec sérieux.

– Allez, on se retrouve au café du premier étage, disons dans deux heures, reprit-elle après s'être à nouveau mouchée. Et n'oubliez pas, on est aussi là pour s'amuser.

Maddy regarda ses troupes se disperser. Liam se précipita vers l'aile consacrée à la paléontologie, avec ses dioramas de dinosaures. Après quelques hésitations, Sal se décida pour l'exposition sur les Amérindiens, au troisième étage. Quant à Bob et Becks, ils semblaient un peu perdus, comme des enfants abandonnés, mais ils finirent par choisir une direction au hasard et se mirent à déambuler chacun de leur côté.

Maddy ressentait pour eux une sorte d'instinct maternel des plus étranges. Bob avait encore une démarche très mécanique et un air trop concentré pour être expressif. On aurait dit un homme de Neandertal capable de s'emporter pour un oui ou pour un non. Becks, elle, se déplaçait avec la grâce d'une ballerine, mais derrière son raffinement se cachait une machine à tuer non moins dangereuse.

Trop bizarre.

À l'origine, tous deux avaient été des fœtus identiques baignant dans le même bouillon rose au fond d'un tube. Ils possédaient le même patrimoine génétique, leurs esprits étaient commandés par le même système d'exploitation. Et pourtant, leurs expériences et leurs souvenirs étaient suffisamment différents pour qu'ils aient acquis deux intelligences artificielles distinctes. Au fond, Maddy était un peu comme un parent qui voit ses enfants grandir peu à peu et développer leur propre personnalité au fil du temps.

Elle observa Becks qui arpentait le hall d'entrée d'un air pensif, s'arrêtant de temps à autre pour observer un objet exposé d'un peu plus près.

Tu ne réalises pas à quel point tu es importante. N'est-ce pas, Becks ?

Parmi les données stockées dans son cerveau en silicone, l'unité de soutien féminine détenait un secret, gravé sur une partition minuscule de son disque dur. Durant la dernière mission de l'agence, Becks avait eu accès à un document très ancien, rien de moins que le Saint-Graal. Il contenait un secret datant de l'époque du Christ qu'elle avait réussi à décrypter, mais un protocole intégré l'empêchait de le révéler. Becks elle-même n'avait pas accès à cette information. Tout ce qu'elle avait pu dire à Maddy, c'est que, le moment venu, la vérité serait divulguée.

Pour Maddy, cette vérité, quelle qu'elle soit, ne présageait rien de bon, au contraire. Et elle avait un rapport avec un mot bien précis.

Pandore.

Tant de secrets et de mensonges. Maddy les avait en horreur. Il n'y avait jamais rien de bon à en tirer. Elle repensa à l'information qu'elle cachait à ses coéquipiers et qui concernait surtout Liam.

Il est en train de mourir.

Les voyages dans le temps le tuaient à petit feu. Chaque passage par le portail temporel altérait les cellules de son organisme et le faisait vieillir prématurément. Bien plus vite que ses partenaires, qu'un champ de forces maintenait au sein de la Base en 2001 dans une boucle temporelle de quarante-huit heures.

Maddy soupira. Même dans leur cycle perpétuel de deux jours, où les mêmes voitures, les mêmes taxis jaunes et les mêmes piétons passaient dans la ruelle devant l'arche à la même heure, le temps continuait de passer pour eux. Elle s'en était rendu compte, et se demanda si Sal et Liam l'avaient aussi remarqué, bien qu'aucun d'eux ne lui en ait parlé.

Nous vieillissons tous les trois.

Elle le sentait d'une façon assez imperceptible, même si ça ne se voyait pas encore. Elle avait observé son visage avec attention dans le miroir des toilettes, à l'affût du moindre début de ride. En vain, heureusement.

Quant à Sal, elle semblait légèrement plus grande. Après tout, si l'on additionnait les jours qu'ils avaient passés ensemble à la Base, il s'était écoulé, voyons… cinq mois.

Déjà.

À treize ans, Sal n'avait pas encore fini sa croissance. D'ailleurs, comme elle était la plus jeune, les effets du champ de déplacement de l'arche seraient peut-être moindres sur elle – ou, du moins, peut-être mettrait-elle plus de temps à les ressentir.

Mais Liam…

Pauvre Liam.

Les signes de son vieillissement accéléré n'avaient pas échappé à Maddy. Son visage poupin s'était affiné, ses traits étaient plus durs. Autour de ses yeux, des yeux qui semblaient toujours béants d'émerveillement ou plissés d'amusement, des yeux qui avaient vu tant de choses, elle avait repéré les premiers signes de l'âge. Ceux-là mêmes qui deviendraient un jour les plis et les rides du visage de Foster.

Encore un maudit secret.

Liam et le vieil homme qui les avait recrutés n'étaient qu'une seule et même personne. C'était ce que lui avait confié Foster. Maddy ne comprenait pas le moins du monde comment cela était possible. Foster était-il une version de Liam venue d'un futur lointain ? Le même en plus vieux ? Ou un double issu d'un monde parallèle ? Le simple fait d'y réfléchir lui donnait la migraine.

CHAPITRE 3
1831, LA NOUVELLE-ORLÉANS

– Mais… vous ne m'avez payé que la moitié de la somme promise ! protesta Abraham Lincoln en s'adressant au capitaine depuis le quai.

À bord de la péniche, le capitaine, prénommé Jacques, un homme à la peau burinée avec une barbe noire, avait l'air amusé par l'indignation du jeune homme. Ses yeux brillaient sous son chapeau de trappeur usé en laine rouge, et il éclata de rire, laissant entrevoir une demi-douzaine de dents tachées par le tabac.

– Toi trop paresseux, déclara-t-il avec un fort accent français. Pas bon pour moi.

Abraham en fut abasourdi.

– Que Dieu vous maudisse ! jura-t-il. J'ai fait ma part, comme les autres.

– *Non**. Toi paresseux. Pas bon pour moi. Toi pas très bon travailleur.

Abraham serra les poings de frustration et monta le rejoindre à la proue, où étaient entassés de nombreux ballots de peaux de castor. Le capitaine, bien que petit et trapu, resta parfaitement imperturbable face au grand échalas qui le menaçait.

– Tu as la moitié, pas plus, dit-il calmement.

Abraham sentit sa colère prendre le dessus. Il tendit le bras et attrapa le Français par le col de sa chemise à carreaux.

– Soyez maudit ! J'ai mérité…

Il n'eut pas le temps de finir sa phrase. D'un geste adroit, le

* Les mots en italique suivis d'un astérisque sont en français dans le texte.

capitaine, plus vif et plus agile que sa corpulence ne le laissait penser, le repoussa énergiquement et lui fit perdre l'équilibre d'un solide croche-pied.

Abraham fit des moulinets avec les bras pour tenter de se rattraper, mais il bascula par-dessus bord dans l'eau boueuse du Mississippi. Lorsqu'il émergea en toussant et en crachant, le reste de l'équipage, cinq ou six marins qui avaient à peu près son âge, s'esclaffait bruyamment.

Jacques leur ordonna de se remettre au travail, et ils recommencèrent à se passer les ballots de peaux pour les décharger sur le quai bondé.

Abraham se hissa sur le ponton, le souffle court. L'eau froide du fleuve avait quelque peu calmé ses ardeurs. Il repoussa une mèche de cheveux bruns trempés et se tourna vers le capitaine, qui avait du mal à contenir son rire.

– Ce n'est pas juste ! s'exclama-t-il. Bon sang, vous payez même un *nègre* plus que moi !

– Lui meilleur travailleur que toi ! rétorqua Jacques en haussant les épaules.

Il affichait un sourire placide, et Abraham comprit qu'il n'en tirerait pas davantage. Debout au bord de la jetée, du haut de son mètre quatre-vingt-treize, il lui jeta son regard le plus noir.

– Va au diable, crapule ! lui lança-t-il d'un air de défi. Espèce de voleur ! Pirate ! C'est fini pour moi, ce sale boulot.

Le capitaine Jacques avait le sourire jusqu'aux oreilles.

– Comme tu veux ! Bonne chance, *mon ami* *, tu en auras besoin.

CHAPITRE 4

2001, NEW YORK

Liam était retourné dans le hall principal, attiré comme un aimant par le superbe squelette de brachiosaure qui y trônait. Les yeux rivés sur la longue courbe de vertèbres formant le cou de l'animal, il ne remarqua pas le nouveau groupe d'élèves de primaire tout excités qui s'était formé autour de lui. Chacun tenait un bloc-notes orange vif et poussait des soupirs d'admiration en levant les yeux vers le colosse du Crétacé. Un instituteur – ou peut-être s'agissait-il d'un guide du musée – énumérait aux enfants les principales caractéristiques de la bête. Comme aurait dit Maddy, il leur faisait un « petit topo ».

– … erraient à travers les plaines par petits groupes de dix représentants maximum…

– N'importe quoi ! marmonna Liam.

Un petit garçon avec des lunettes à grosse monture et des cheveux blonds coupés en brosse le dévisagea avec curiosité.

– … une peau verte très épaisse, sans doute aussi épaisse que celle des rhinocéros, qui leur permettait de…

– Ils avaient la peau brune, pas verte, grommela Liam.

Le garçon le tira discrètement par la manche de son tee-shirt. Liam baissa les yeux avant de s'accroupir près de lui en réalisant que le garçon lui chuchotait quelque chose.

– Qu'est-ce que tu dis, bonhomme ?

– Est-ce que tu es un paléto… un palonto… un plontéo…

– Un paléontologue ? lui souffla Liam en souriant. Eh bien, en quelque sorte, oui. J'ai rencontré des bestiaux comme celui-là en chair et en os. Et je te garantis qu'ils n'étaient pas verts.

Le garçon ouvrit des yeux ébahis derrière ses épais carreaux.

– Tu as vu des dinosaures pour de vrai ?

– Aussi vrai que deux et deux font quatre, acquiesça Liam à voix basse avant de reprendre brusquement son sérieux. J'ai voyagé dans le temps grâce à une machine spéciale et j'ai croisé toutes sortes de dinosaures. Mais tout ça doit rester top-secret, mon petit gars. Pigé ?

Le garçon hocha si énergiquement la tête qu'il faillit en perdre ses lunettes.

– Et si tu veux tout savoir, poursuivit Liam, j'ai vu des troupeaux de plusieurs centaines de ces bestioles. Un sacré spectacle, pour sûr ! Rien à voir avec ce que raconte ton professeur…

– Waouh !

– Ah, et comme je le disais, ils étaient bruns, pas verts. Bruns comme la terre, tu vois. Ça leur permettait de se camoufler. On croit qu'ils étaient verts pour se fondre dans le décor, mais il n'y avait pas un brin d'herbe à l'époque, je te prie de me croire !

– Alors qu'est-ce que je dois écrire comme réponse ici ?

Liam examina la feuille que lui tendait le garçon. C'était une liste de questions sur les dinosaures, et l'une d'entre elles concernait la couleur supposée de leur peau.

– Marque « brun » ou « marron ».

– Mais je risque de perdre un point, objecta le garçon en plissant le front, l'air embarrassé.

– Ma foi, c'est possible, mais au moins tu auras raison, pas vrai ?

Liam sentit une main se poser sur son épaule. Il leva les yeux et vit Becks. Ses cheveux étaient rassemblés en une queue de cheval soignée, et elle portait un pull-over noir en laine qui cachait les cicatrices encore récentes de son bras gauche.

– Liam, tu sais que Maddy n'approuverait pas ce que tu fais, l'avertit-elle.

Le jeune Irlandais ignora sa remarque et se tourna vers l'élève.

– Tu vois cette fille ? lui demanda-t-il. Elle aussi, elle a vu des dinosaures. Elle en a même frappé un en plein dans le nez et semé la panique au sein d'un troupeau.

Le garçon jeta un regard plein de méfiance à Becks qui affichait une mine grave.

– Cette personne n'est pas autorisée à connaître la nature de nos opérations, déclara-t-elle avec fermeté. Je te recommande d'arrêter.

– Oui, bon, d'accord, concéda Liam en souriant.

Il lança un clin d'œil complice au garçon, puis se redressa.

– C'est l'heure, reprit Becks.

– L'heure de quoi ?

D'un signe de tête, elle désigna la grosse horloge numérique accrochée au-dessus de l'entrée. Il était presque 11 h.

– On a rendez-vous au café.

CHAPITRE 5
1831, LA NOUVELLE-ORLÉANS

Abraham Lincoln traversa le bar en titubant. Il heurta plusieurs tables sur son passage, laissant derrière lui un flot de whisky renversé et de jurons hargneux, et sortit. Il ne lui restait plus rien de la somme dérisoire que cette vermine de trappeur français lui avait versée, car il avait tout dépensé en boisson pendant l'après-midi.

Le soir était tombé, et les quais grouillaient encore de dockers qui déchargeaient des ballots de peaux et de fourrures entreposés sur des péniches rudimentaires. Sur le fleuve, Abraham distinguait plusieurs bateaux à vapeur éclairés par des lampes à gaz et dont les cheminées crachaient des nuages de fumée dans le ciel pourpre. Dans son cerveau embrumé par l'alcool, cette vision avait l'allure d'un spectacle féerique : on aurait dit que des gâteaux de mariage géants décorés de bougies flottaient sur l'eau brillante du Mississippi.

La Nouvelle-Orléans était bel et bien vivante. La ville débordait d'activité du matin au soir et semblait ne jamais dormir. Abraham réalisa qu'à cette heure-là, dans les maisons de son village de New Salem, le feu devait brûler dans les cheminées, derrière des portes en bois solidement fermées pour la nuit.

C'est ici que je veux être, ici qu'est ma place.

Un jeune homme à l'esprit vif pouvait faire fortune dans un lieu qui offrait tant de possibilités. Même l'air de La Nouvelle-Orléans était chargé de cette promesse. Abraham savait qu'il avait l'instinct et l'intelligence nécessaires pour devenir riche au-delà de ses rêves d'enfant les plus fous. Il lui fallait juste un petit coup de pouce du destin pour se lancer, un peu d'argent pour mettre son affaire sur pied.

Certes, il n'avait encore aucune idée précise et il avait englouti tout son argent en un après-midi de beuverie. Pour le moment, il ne valait pas mieux que les ivrognes qui battaient le pavé d'un pas chancelant dans la lumière du crépuscule : trappeurs métis, pionniers vêtus de peaux de daim en lambeaux, et même des Indiens Pawnee peu habitués aux effets de l'alcool, création diabolique de l'homme blanc, gisant inconscients au milieu de sacs de grains. Et voilà que lui aussi zigzaguait entre des hommes d'affaires coiffés de hauts-de-forme et leurs femmes aux lèvres pincées emmitouflées dans des châles, suivis d'esclaves las et silencieux qui portaient leurs sacs.

Un beau jour, je serai comme eux. Un gentleman. Un homme d'affaires riche et accompli. Peut-être même un homme politique.

Abraham se mit à sourire béatement. Il descendit du trottoir fait de planches et s'engagea sur la chaussée boueuse. Elle était sillonnée de profondes ornières creusées par le défilé presque incessant des chariots aux lourdes cargaisons.

Pourquoi pas Président, qui sait ?

Il lâcha alors, non sans complaisance, un long rot sonore qui fit se retourner de nombreux passants. Une femme portant un bonnet en dentelle poussa un petit cri de dégoût. En fait, son rot était si bruyant qu'il n'entendit pas le grondement des sabots se ruant sur lui, pas plus que le fracas des tonneaux tombant de la charrette dépourvue de cocher, ni le hurlement d'une femme en train de réaliser ce qui allait se passer.

Abraham eut juste le temps de formuler une dernière pensée dans son esprit enivré de whisky, avant que l'énorme chariot de livraison qui descendait Powder Street à toute vitesse derrière une escouade de chevaux aux yeux révulsés de terreur ne surgisse dans son dos. Hélas, cette ultime pensée n'avait rien de noble ni d'intelligent.

Eh bien, voilà ce que j'appelle un sacré bon Dieu de rot.

CHAPITRE 6

2001, NEW YORK

– Alors, à quoi ressemble Foster ? demanda Sal. Il est vraiment en train de mourir ?

Maddy mordit dans son bagel avant d'avaler une gorgée de café.

– Eh bien, il a la même tête que quand il nous a quittés, répondit-elle. Il n'a pas pris une ride. Ce qui est normal puisque, chaque fois que je vais le voir à Central Park, c'est le même jour pour lui : le jour où il est parti. C'est plutôt nous qui devons avoir changé, pas l'inverse.

– Pour sûr, acquiesça Liam, ça commence à faire un moment que nous sommes réunis. Parfois, j'ai même l'impression qu'on se connaît depuis une éternité.

– Soixante-quinze cycles, précisa Bob. Soit cent quarante-neuf jours.

– Cinq mois, ajouta Sal en levant les yeux vers ses partenaires. Jahulla ! Alors j'ai quatorze ans. Mon anniversaire tombait quatre mois après, euh… après le jour où j'aurais dû mourir.

Elle n'avait pas besoin de développer. Tous connaissaient les conditions dans lesquelles les autres avaient été recrutés.

– J'ai raté mon quatorzième anniversaire, conclut-elle à voix basse.

Becks pencha la tête et afficha un sourire de circonstance avec toute la sincérité dont un robot était capable.

– Tous mes vœux de bonheur et de réussite, Sal Vikram.

Liam reposa le muffin au chocolat qu'il était en train de manger.

– Mais attendez, alors moi aussi j'ai loupé mon anniversaire ! s'exclama-t-il. J'ai dix-sept ans.

Il tendit le bras et serra la main de Sal.

– Joyeux anniversaire à nous deux !

– Ouais, youpi, marmonna Sal.

Maddy soupira :

– Bon, je vous rappelle qu'on était censés s'amuser, pas faire la tête ! Si vous voulez, on achètera un gâteau et des bougies en chemin pour fêter ça dignement. Et on fera des jeux quand on sera rentrés. Qu'est-ce que vous en dites ?

– Ce serait sympa, acquiesça Sal en esquissant un sourire.

– À quel genre de jeux penses-tu ? demanda Bob.

Maddy haussa les épaules.

– Je ne sais pas, des jeux où on ne joue pas pour gagner, mais juste pour rigoler. Genre des mimes, des devinettes, ou… Twister. Plus on s'embrouille, plus c'est marrant !

Les deux auxiliaires de mission se regardèrent, échangeant des informations en silence pour tenter de comprendre de quoi elle parlait.

– Allez, les gars, ne me dites pas que ça ne vous dit rien. Vous n'avez rien vécu si vous n'avez jamais joué à Twister !

Maddy réalisa que Sal et Liam semblaient tout aussi perplexes.

– Sérieux ? Vous non plus, vous ne connaissez pas ?

– C'est comme les échecs ? demanda Liam.

– Quoi ? Mais non…

– Le fidchell ? Le brandub ?

– Qu'est-ce que tu racontes ? Non, ça ressemble à…

– Le tafl Macrae ?

– Pas du tout. Plutôt comme…

– Le Pog Ma Gwilly ?

– Tu veux bien te taire un instant ? Je suis en train de t'expliquer ce que c'est, et…

Maddy jeta un regard suspicieux à Liam.

– Attends une seconde… Le « Pog Ma Gwilly » ? Tu viens de l'inventer, c'est ça ?

Le visage débonnaire du garçon s'éclaira d'un sourire synonyme d'aveu. Maddy s'apprêtait à se pencher au-dessus de la table pour lui tirer l'oreille, quand elle remarqua que Sal observait la carte des hamburgers avec un air soucieux.

– Ça va, Sal ?

– Tu as si faim que ça ? lança Liam en lui tapotant le bras.

Sal secoua la tête.

– J'ai compté trente-sept propositions sur le menu.

– Ouais, d'accord…

– C'était il y a une minute. Et maintenant, il n'y en a plus que trente-six. On dirait qu'un plat a disparu.

Liam baissa les yeux vers la carte qu'il avait parcourue quelques instants plus tôt.

– Ah ben oui, je ne vois plus ce que j'avais choisi.

– C'était quoi ? demanda Maddy.

– Un Lincoln Burger, répondit Sal qui avait retenu le menu par cœur.

– En plein dans le mille !

– Steak haché, fromage et sauce Patriote, avec frites de la Liberté, récita Sal, les yeux clos.

– Oui, c'est ça que je voulais commander.

– Sal, tu as senti une onde temporelle ? intervint Maddy.

– Oui, je pense. Sur le moment, je n'étais pas sûre, j'ai cru que c'était juste une baisse de tension, comme je n'ai pas pris de petit déjeuner. Ensuite j'ai vu que le hamburger avait disparu.

Tous trois se regardèrent sans dire un mot, avant que Maddy ne rompe le silence.

– Il faut qu'on rentre à l'arche pour voir ce qui se passe.

L'instant d'après, tous les cinq descendaient à la hâte les escaliers menant à la salle consacrée à l'histoire de l'Amérique du Nord. Ils jouèrent des coudes pour se frayer un chemin entre des groupes d'enfants bruyants qui couraient d'une vitrine à l'autre, un classeur sous le bras, pour remplir le questionnaire d'un jeu de piste.

– Et si on prenait un de ces taxis jaunes pour rentrer ? suggéra Liam tout en finissant de mâcher son muffin. J'ai déjà un point de côté !

– On va prendre le métro, répondit Maddy par-dessus son épaule, ce sera plus rapide. Allez !

Ils passaient devant une longue vitrine où étaient exposés des mannequins vêtus d'uniformes de la guerre de Sécession quand la voix puissante de Bob retentit.

– Arrêtez ! Stop !

Maddy s'immobilisa et se retourna vers la silhouette imposante de l'unité de soutien, vers qui les yeux de tous les enfants, soudain figés et silencieux, étaient aussi braqués. D'un geste calme, il leva le bras et désigna Sal, qui avait les yeux rivés sur la vitrine. Maddy la rejoignit aussitôt, sous le regard perplexe des élèves et de leur professeur.

– Que se passe-t-il, Sal ? Tu as vu quelque chose ?

Sal tendit son index vers une toile accrochée au fond de la vitrine, entre un mannequin portant l'uniforme bleu foncé, paré de galons et de boutons, d'un général de l'Union et un autre portant un veston similaire de couleur grise, celui des Confédérés.

– Ça aussi, ça a changé, articula-t-elle.

Maddy observa le tableau… le célèbre tableau que tout élève américain connaissait. Il n'y avait plus nulle trace du visage émacié aux yeux sombres, cachés sous un front profondément sinistre, ni de la barbe drue si reconnaissable. À sa place figurait un homme à l'allure quelconque, corpulent et dégarni, avec une moustache poivre et sel, et un gros nez rose. Sous le tableau, une plaque indiquait :

Président John Bell (1861-1865).

– Oh, mon Dieu ! Où est passé le président Lincoln ?

CHAPITRE 7
2001, NEW YORK

Moins d'une demi-heure plus tard, ils étaient de retour à l'arche, encore essoufflés après leur course depuis la station de métro de Marcy Avenue. Liam se plaignait de son point de côté.

– Ça m'apprendra à avaler des muffins à toute vitesse, gémit-il.

Sur l'écran face à eux, Bob-l'ordinateur, le système d'intelligence artificielle de la Base, faisait défiler les données trouvées sur le Web.

– On dirait qu'il a été effacé de l'Histoire, dit Sal.

– En tous cas de l'histoire de la guerre de Sécession, précisa Maddy en parcourant l'écran, où les données s'affichaient les unes après les autres. Il n'y a absolument rien sur lui.

– Ce type-là, ce Lincoln, il était important, si je comprends bien.

Maddy se tourna vers Liam.

– C'était le personnage le plus important de cette guerre. C'était lui, le véritable ciment de l'Union.

Liam haussa un sourcil, signe qu'il n'avait pas la moindre idée de ce qu'elle racontait et qu'il espérait qu'elle allait développer. Maddy lança un regard vers le gros tas de livres empilés près de son lit.

– Enfin, Liam, tu as quand même lu pas mal de livres d'Histoire ces derniers temps, il me semble. Par pitié, dis-moi que tu vois de qui je veux parler.

Liam fit la grimace un instant, avant de sourire.

– Ah oui, les Nordistes ! s'exclama-t-il. Les types en bleu.

– Tout juste ! Et Abraham Lincoln était leur chef, le chef de ce qu'on appelait le Nord, ou l'Union. C'est grâce à lui qu'ils sont restés unis, qu'ils ont poursuivi le combat et remporté la victoire. Mais désormais il a disparu de cette partie de l'Histoire.

– Ça veut dire qu'il faut s'attendre à une grosse onde temporelle, lâcha Sal en se rongeant un ongle d'un air distrait.

– Ouais, acquiesça Maddy. Dans cinq minutes, il se pourrait qu'on se retrouve dans un monde où les Confédérés ont gagné. Les types en gris, ajouta-t-elle à l'intention de Liam.

La boîte de dialogue de Bob-l'ordinateur s'ouvrit sur l'écran.

> Maddy, j'ai terminé mon examen de toutes les données sur la guerre de Sécession et il n'y a aucune référence à Abraham Lincoln dans la période comprise entre 1861 et 1865.

– Peut-être qu'il est mort, euh, plus tôt que prévu ? suggéra Sal.

Maddy ôta ses lunettes pour frotter ses yeux rougis et gonflés par le rhume.

– Oui, c'est une possibilité. Bon, Bob, il faut lancer une recherche sur une période antérieure. Je suppose qu'on a des informations sur Lincoln dans notre propre base de données historiques ?

> Bien sûr.

– Où et quand est-il né ?

> Dans le comté de Hardin, au Kentucky, le 12 février 1809.

– Est-ce qu'on dispose d'une biographie détaillée fiable, avec tous ses faits et gestes depuis son enfance jusqu'à son accès à la présidence ?

> Oui, Maddy.

Elle n'avait de Lincoln que de vagues souvenirs de lycée où elle avait étudié la guerre de Sécession pendant un semestre. Certains cours lui avaient semblé ennuyeux, mais la partie où le pays commence à se diviser sur le sujet de l'esclavage et où la guerre éclate avait réussi à éveiller son intérêt.

– Il a un peu voyagé si je me rappelle bien ?

> Correct. Sa famille a déménagé à plusieurs reprises. Une fois majeur, il a quitté son foyer et…

Maddy leva la main devant la webcam pour interrompre Bob, puis remonta ses lunettes sur son nez.

– Bon, d'accord, voilà ce qu'on va faire. Je veux que tu lances une recherche dans toutes les bases de données externes à partir de sa naissance. Concentre-toi sur les lieux où il est censé avoir vécu, le Kentucky et partout où il est allé ensuite. Fouille les archives des journaux. Beaucoup de choses ont été numérisées.

Liam s'enfonça dans l'un des fauteuils de bureau et poussa sur ses talons pour rouler jusqu'à elle dans un grincement sonore.

– Mais désormais le monde se fiche éperdument de Lincoln. Maintenant c'est un type lambda. Je me trompe ? Dans la nouvelle chronologie, il n'est jamais devenu un président célèbre. Donc il ne peut pas y avoir de biographies détaillées ou de choses comme ça sur lui.

– C'est vrai, acquiesça Maddy. Mais je me souviens avoir lu qu'il était vraiment, comment dire, déterminé. Son père n'avait pas d'instruction, et ils vivaient assez modestement, dans une cabane en rondins, je crois. Il détestait cette vie et voulait vraiment échapper à sa condition. Alors certes, les choses ont changé et il n'a jamais été président, mais peut-être qu'il est parvenu à devenir maire, à réussir dans les affaires ou un truc du genre. À faire quelque chose qui pourrait avoir laissé une petite empreinte dans l'Histoire…

Elle jeta un regard à Bob et à Becks, espérant qu'ils allaient lui manifester leur soutien. Mais tous deux clignaient des yeux en silence, signe qu'ils étaient connectés avec Bob-l'ordinateur et qu'ils l'aidaient à analyser les données.

– Donc, poursuivit-elle, si Lincoln est devenu un notable, peut-être qu'il a ouvert, je ne sais pas, moi… un centre commercial.

– Un centre commercial ?

– Oui, enfin, tu vois ce que je veux dire, un comptoir, quoi ! Ou une aile d'hôpital, ou un orphelinat… Ou bien il a pu prononcer un discours pour le Jour de l'Indépendance dans une ville quelconque. Or, tous ces lieux avaient leur propre petite gazette. Et de nos jours, ce genre de truc a été scanné et est disponible sur Internet.

Elle se tourna vers la webcam.

– C'est noté, Bob ?

> Oui, Maddy, nous sommes déjà en train de chercher.

– Tu crois qu'il va y avoir d'autres changements ? demanda Liam. Le monde ne me semble pas tellement différent. En fait, j'ai l'impression que tout est pareil. Peut-être qu'il n'y aura pas d'autre modification que le hamburger et le tableau ?

– Impossible. On ne peut pas effacer un gars comme Lincoln de l'Histoire comme ça. Il faut s'attendre à…

Maddy s'interrompit et glissa la main dans la poche de son jean. Elle en sortit une boule de papier froissé qu'elle déplia : c'était un billet de cinq dollars. Elle le tendit vers Liam et Sal. Tous virent la mine renfrognée de Lincoln.

– Regardez, il est toujours là ! Voilà la réponse à ta question, Liam. Il va y avoir d'autres ondes temporelles. L'Histoire n'a pas fini de gesticuler pour se débarrasser de Lincoln.

Gesticuler ? Maddy réalisa que cette expression rendait l'Histoire étrangement humaine. Comme si le temps lui-même était une sorte de vieux professeur d'université grincheux qui décidait en bougonnant quand il était fin prêt à s'asseoir pour réécrire les livres d'Histoire.

– Tu crois que quelqu'un essaie encore de mettre la pagaille ? intervint Sal.

– Un nouveau Kramer ? avança Liam.

– Pas forcément un nouveau Kramer, répondit Maddy en haussant les épaules.

Juste après leur recrutement, ils s'étaient retrouvés dans le grand bain à cause d'un cinglé venu du futur. Ce Kramer n'avait pas eu de meilleure idée que d'aider les nazis à gagner la Seconde Guerre mondiale.

– Mais si le destin de Lincoln a été chamboulé, c'est que l'Histoire a été modifiée, insista Liam. Ça veut dire que…

– Je sais, le coupa Maddy en reniflant. Ça veut dire qu'un autre idiot est en train de faire mumuse avec le voyage temporel. Bon, voilà le plan : on se débrouille pour trouver Lincoln en espérant qu'il a laissé des traces quelque part, et peut-être qu'alors on pourra mettre la main sur celui ou celle qui est allé dans le passé et a changé son destin.

Elle tourna les yeux vers Liam et parvint même à esquisser un sourire, ce qui était une prouesse vu qu'elle se sentait presque à l'agonie.

– Et crois-moi, quel qu'il soit, ce crétin de voyageur dans le temps va avoir des ennuis.

CHAPITRE 8
2001, NEW YORK

Trois heures plus tard, la boîte de dialogue de Bob-l'ordinateur se mit à clignoter sur l'écran, tandis que Becks et Bob sortaient enfin de leur espèce de transe.

Liam alla réveiller Maddy. Elle ouvrit ses yeux gonflés, et chercha aussitôt ses lunettes à tâtons.

– Ils ont fini ?

– Ouais.

– Où est Sal ?

– En mission d'observation. Bob est avec elle.

En mission d'observation. Maddy savait ce que ça voulait dire : Sal était assise au milieu de Times Square, guettant les signes d'une nouvelle onde temporelle, aussi subtils soient-ils. Elle se redressa d'un air las.

– Du nouveau ?

– Pour le moment, ni Sal ni moi n'avons rien remarqué.

Elle se traîna jusqu'à l'ordinateur. Malgré les quelques heures de sommeil qu'elle avait pu s'accorder, elle se sentait dans un état lamentable, encore pire qu'avant. Elle se glissa devant Becks, toujours droite comme une sentinelle et dont les paupières papillotaient comme les ailes d'un colibri.

Elle venait de s'effondrer sur son fauteuil quand elle entendit le sifflement strident de la bouilloire. Dieu merci, Liam lui préparait le breuvage dont elle avait besoin au réveil : du café noir très fort et bien sucré.

– Alors, Bob, qu'est-ce que tu as pour moi ?

> Salut, Maddy. Nous avons collecté tous les résultats pour

«Abraham Lincoln» à partir du 12 février 1809. Il y a 7 376 références pour ce nom. La plupart concernent des homonymes.

– Bien. Alors peux-tu filtrer les résultats pour ne conserver que les occurrences liées aux endroits où Lincoln est censé avoir vécu ?

> Affirmatif. C'est déjà fait. Il y a 109 entrées correspondant aux dates et lieux suivants : 1809, comté de Hardin, Kentucky ; 1816, comté de Perry, Indiana ; 1830, comté de Macon, Illinois ; 1831, comté de Coles, Illinois ; 1831, New Salem, comté de Sagemon, Illinois ; 1831, La Nouvelle-Orléans ; 1836, Springfield, Kentucky ; 1846, Washington ; 1848, Springfield, Kentucky ; 1860, Washington.

– OK. Et parmi ces résultats, ça peut être lui ou encore un homonyme ?

> Affirmatif. Mais il y a une entrée qui, selon mes calculs, est particulièrement intéressante.

– Fais voir.

Un des moniteurs sur sa droite cessa soudain de retransmettre les cours de la Bourse de Wall Street en temps réel et afficha le scan couleur sépia d'un vieux journal :

The New Orleans Bee. Mercredi 6 avril 1831.

– Où est la partie qui m'intéresse ?

Liam posa une tasse de café noir fumant sur le bureau et s'installa dans un fauteuil à côté d'elle.

– Merci, marmonna-t-elle.

> Je vais agrandir l'image.

Un bref article au bas de la page emplit l'écran. Juste cinq ou six phrases dont les caractères étaient à peine visibles. L'image était horriblement pixellisée. On aurait dit que les mots étaient constitués de briques de Lego. Maddy plissa le nez en essayant de les déchiffrer.

– Beurk ! Est-ce que tu peux améliorer l'image ? Parce que, là, c'est vraiment illisible.

> Un instant. Je vais activer le lissage des polices et la reconnaissance des caractères. Il y a une marge d'erreur importante, mais je peux essayer de la réduire en m'appuyant sur le contexte.

– Fais ce que tu peux, Bob, dit Maddy avant de se moucher bruyamment. La vache, qu'est-ce que je suis encombrée ! J'ai horreur de ça.

L'image scannée devint floue, puis elle s'adoucit avant de se durcir, comme si un projectionniste de cinéma était en train de tripatouiller l'objectif. Ensuite, un petit carré brillant aux contours verts apparut dans le coin supérieur gauche de l'image. Une fois terminée l'analyse de la partie sélectionnée, il se déplaça sur la droite et la même opération recommença. Petit à petit, le carré parcourut toute la largeur de l'image, puis reprit son balayage de gauche à droite sur la ligne suivante. Sur un autre écran s'ouvrit un document où les mots commencèrent à s'afficher.

Liam se pencha en avant et se mit à lire à voix haute :

– *Hier soir, un accident mortel s'est produit sur Powder Street, pour la deuxième fois en deux semaines. Un chariot de livraison appartenant à la distillerie des frères Costen a causé la mort d'un jeune docker dans des circonstances particulièrement effroyables. Le capitaine d'une péniche a identifié le corps ravagé comme étant celui d'un matelot auquel il avait donné son congé plus tôt dans l'après-midi : Abraham Lincoln, originaire de New Salem.*

L'article se terminait par un pamphlet relatif à l'encombrement croissant des rues proches du débarcadère et à la nécessité de réguler la circulation chaotique des piétons et des chevaux qui empruntaient les mêmes voies.

– Tu crois que... commença Liam.

Maddy se moucha une nouvelle fois avec un bruit de trompette.

– Oui, Liab, je crois qu'on tient notre hobbe, lâcha-t-elle d'une voix essoufflée, la respiration sifflante.

Il était midi à Times Square. Sal était assise sur son banc préféré, moucheté de fientes de pigeons et de résidus roses de vieux chewing-gums. Installé à côté d'elle, Bob occupait facilement la place de deux personnes.

– Tu es différent, pourtant, Bob. Différent de quand tu es « né ». Est-ce que tu le sens, là, dans ton esprit ?

Sal pointait son doigt vers le crâne tondu de Bob. Maddy avait insisté pour le raser et on pouvait difficilement lui donner tort : il commençait à avoir l'air ridicule. Au lieu de retomber vers le bas, ses cheveux drus et foncés restaient dressés en l'air. Il ne pouvait décemment pas partir en mission avec cette tête de champignon.

Bob réfléchit un moment avant de répondre :

– J'ai accumulé une grande quantité de données sensorielles, ce qui a modifié mes paramètres de fonctionnement. Ce sont mes… *souvenirs*.

– On dirait presque que tu es… fier d'en avoir.

Il pencha la tête sur le côté.

– C'est mon journal de mission. Des statistiques de performances. C'est…

– C'est *toi*. C'est ce qui fait que tu es toi. Mon père disait souvent ça : ce sont nos expériences qui font de nous ce que nous sommes.

Elle tapota son bras musclé avec affection.

– Tu es tellement plus que ce que tu étais au début, gros balourd.

– Plus que mon système d'exploitation ?

Elle acquiesça.

– Ça te fait plaisir ? Tu te sens différent ? Est-ce que tu *ressens* des choses, au moins ?

– Je dispose de capteurs sensoriels dans mon épiderme.

– Non, je veux dire dans ton cœur, des émotions… Est-ce que ça t'arrive de te sentir, je ne sais pas, effrayé, heureux ou triste ? Des trucs comme ça ?

Bob se mit à balayer sa mémoire, explorant des milliards d'octets de données. Des images fugaces défilaient dans son cerveau : sections d'assaut, dirigeables géants, camps de prisonniers, châteaux forts, et aussi un million d'infimes interactions avec Liam O'Connor.

– J'ai expérimenté des sensations… d'attachement.

– D'attachement ? Tu veux dire d'affection ? Pour Liam ?

– Affirmatif. C'est mon opérateur de mission.

– Et Maddy et moi ? Tu nous aimes ?

Il baissa ses yeux gris inexpressifs vers elle tout en triant des données pour lui fournir une réponse.

– J'éprouve également des sensations similaires pour Maddy Carter et pour toi.

– Oh, mon gros *chutiya bakra* ! Et pour Becks ?

Il fronça les sourcils. C'était une question difficile pour lui. Ses yeux papillotèrent tandis qu'il se creusait la cervelle pour trouver une réponse.

– Elle fait partie de moi, lâcha-t-il enfin. Et je fais partie d'elle.

– Mais est-ce que tu l'aimes ? Est-ce que tu éprouves des « sensations d'attachement » à son égard ? C'est un peu comme une sœur pour toi ?

– Une sœur ?

– Oui, une sœur.

– Je vais y réfléchir.

Sal se dit que ça risquait de l'occuper pour le reste de la journée. Elle secoua la tête et le regarda en riant. Puis elle se recroquevilla, cala son menton entre ses mains et reprit son observation.

C'est à ce moment-là que cela se produisit.

Juste sous ses yeux, l'enseigne d'un fast-food se mit à clignoter et se transforma. Pendant un instant, elle pensa qu'il s'agissait d'un écran numérique dont l'image changeait, mais ce n'était qu'un simple panneau en plastique éraflé qui pendait au-dessus de la vitrine. Au début, il indiquait : POULET FRIT KENTUCKY. Désormais, on lisait seulement : POULET FRIT.

Elle jura entre ses dents, saisit son téléphone et appela Maddy.

– Qu'est-ce qui se passe ? répondit celle-ci après trois sonneries.

– Je crois que j'ai… Non, je suis certaine d'avoir vu une nouvelle onde temporelle. Une petite. Je te raconte ?

– C'est bon, Sal, t'inquiète. Je crois qu'on a trouvé ce qu'on cherchait. Abraham Lincoln s'est fait écraser par un chariot en 1831. Rentrez à la Base dès que possible. Si tu viens de repérer un nouveau changement, la grosse vague ne doit pas être bien loin.

– OK.

Elle referma le téléphone et le rangea dans sa poche, avant de donner à Bob une tape sur le bras.

– Allez, on rentre. J'ai l'impression qu'on a du pain sur la planche !

CHAPITRE 9
2001, NEW YORK

– Je peux y aller, cette fois ? demanda Sal à Maddy.

– Non, ce n'est pas ton boulot.

– Je suis tout le temps coincée ici ! Je ne vois jamais rien d'intéressant !

– C'est non.

– Mais pourquoi ?

– C'est trop dangereux, répondit Maddy sans conviction.

C'était une excuse bidon, elle le savait bien. La jeune fille avait dû braver à peu près autant de dangers en restant en 2001 que Liam en voyageant dans le passé. Et Sal n'était pas dupe non plus.

– Voyons, Maddy, ce n'est pas mieux ici ! On a eu des mutants, des soldats et ces bestioles préhistoriques bizarres. Tu crois vraiment qu'on est plus en sécurité ? C'est totalement shadd-yah !

Liam et les deux unités de soutien écoutaient leur querelle tout en s'habillant.

Maddy ferma les yeux avec lassitude. Elle n'avait pas besoin d'un conflit en plus du reste. Comment expliquer à Sal que chaque passage à travers un portail temporel risquait de lui coûter un, deux ou peut-être cinq ans de sa vie ? Que le bombardement de tachyons et les forces incommensurables de l'espace du chaos avaient des conséquences fatales sur le corps : ils le faisaient vieillir, le gangrenaient et finissaient par le tuer. Comment pouvait-elle lui dire tout ça alors que Liam n'était qu'à quelques mètres, lui qui ignorait que, dans un avenir proche, bien trop proche, il serait un vieil homme à l'agonie ?

Néanmoins, Sal et elle subissaient aussi cette dégradation, sous une forme moins agressive, en vivant dans la boucle temporelle de l'arche. De toute façon, la mort viendrait tous les cueillir un jour.

Elle repensa à ce qu'avait dit une fois son cousin Julian : « On est tous morts dès le moment où on naît. C'est juste que certains vont s'y coller plus vite que d'autres. » Ça avait vraiment un air de prophétie. Il était mort peu de temps après, dans les décombres de la tour nord du World Trade Center.

– S'il te plaît ! insista Sal. Moi aussi, je veux aller voir l'Histoire de près !

On est tous morts.

Au moins, ce n'était pas un grand saut en arrière. Cent soixante-dix ans, ça ne devait pas peser bien lourd à l'échelle de l'univers. Or plus on remontait loin dans le temps, plus les conséquences étaient graves. Le saut qu'ils avaient fait quelque temps auparavant pour revenir au dimanche précédent avait sans doute été plus nocif que le redémarrage habituel de la boucle temporelle du mardi soir. Elle soupira. Après tout, pourquoi pas ? De toute façon, passer sa vie enfermé dans cette arche comme une taupe n'était pas vraiment le genre de rêve qu'on souhaitait voir durer éternellement. Au fond, il s'agissait juste d'un voyage dans l'Histoire. Et puis celui-ci semblait plutôt sûr.

– Bon, c'est d'accord, céda-t-elle.

Sal laissa exploser sa joie en battant des mains, tout excitée.

Les vêtements qu'ils utilisaient pour se rendre au point de ravitaillement de San Francisco en 1906 étaient toujours dans l'arche. Là-bas se trouvait un stock d'embryons d'unités de soutien maintenus en phase de précroissance, cachés dans le coffre-fort d'une banque sur le point d'être réduite en cendres par un tristement célèbre tremblement de terre. Après quelques ajustements, ces vêtements pourraient sans mal se fondre dans le décor des années 1830, à condition toutefois de faire l'impasse sur les chapeaux – leur mode semblait évoluer beaucoup plus vite que celle des vêtements. Le corset et la jupe de Maddy seraient peut-être un peu grands pour Sal, mais cela ne devrait pas trop se remarquer.

Liam était déjà presque paré avec sa veste et son gilet marron. Bob portait une chemise en lin rayée dans laquelle il était un peu à l'étroit et un pantalon en coton élimé. Quant à Becks, elle était en train d'enfiler le corset.

– Becks, c'est bon, tu peux rester ici. Sal va prendre ta place.

Le clone cessa de s'embêter avec les lacets.

– Est-ce raisonnable ?

Maddy haussa les épaules.

– C'est La Nouvelle-Orléans, il n'y a pas à s'en faire. De toute façon, Bob et Liam seront avec elle.

L'auxiliaire de mission acquiesça docilement et commença à se déshabiller. Maddy lui indiqua le petit espace voûté où se trouvaient leurs lits et où un rideau permettait d'avoir un peu d'intimité.

Inutile d'affoler les hormones de Liam par-dessus le marché !

– Sal, tu es bien consciente que tu vas te retrouver en 1831 ?

– Oui-oui.

Maddy se mordit la lèvre.

Mince, c'est délicat...

– Tu sais que l'esclavage a encore cours à cette époque ?

– Bien sûr que je le sais, répondit Sal d'un air absent, les yeux rivés sur les détails de la robe et du corset qu'il lui tardait d'essayer.

– Et comme, euh, tu es... enfin, que tu as la peau, euh, genre mate...

Sal leva les yeux.

– Quoi ?

– Eh bien, c'est juste qu'il se pourrait que l'on te traite de, euh...

– Je ne suis pas noire, si c'est ce que tu insinues !

– Non, mais, j'essaie simplement de…

– Shadd-yah ! Alors j'ai la peau mate, donc je suis africaine, c'est ça ? Tu nous mets tous dans le même panier dès lors qu'on n'est pas blanc ? Je suis asiatique, je te rappelle !

Elle secoua la tête avec colère et suivit Becks dans l'espace voûté avant de tirer le rideau derrière elle.

– C'est juste que les gens de l'époque ne feront peut-être pas la différence, balbutia Maddy, déconfite face à sa propre maladresse.

Elle tourna les talons et se rapprocha des ordinateurs.

– Bon, Liam et Bob, le repère temporel sélectionné est le 5 avril 1831, et je vais vous envoyer quelques heures avant l'accident de Lincoln. Le journal parlait de « soir », mais j'imagine que ça signifie 17 ou 18 h. Vous allez arriver à 16 h. J'ai trouvé un plan du quartier des quais de La Nouvelle-Orléans datant de 1834, donc a priori assez fiable. On va ouvrir la fenêtre dans ce qui semble être une sorte d'entrepôt.

Elle consulta les écrans. Un balayage de la densité avait été lancé pour vérifier que le lieu choisi était dégagé.

– Quelque chose à signaler, Bob ?

> Négatif. Rien n'a traversé la fenêtre d'extraction.

– Très bien, l'endroit a l'air assez calme. Abraham Lincoln s'est fait écraser sur Powder Street. D'après le plan, c'est juste à deux minutes de là où vous allez atterrir. C'est l'une des artères principales, vous devriez la trouver facilement. Vous n'aurez qu'à suivre l'odeur de crottin de cheval.

Liam ne put s'empêcher de rire de la plaisanterie. Même à son époque, en 1912, les rues les plus fréquentées étaient jonchées de monticules de crottin, qui finissaient écrasés sous les roues des charrettes quand les balayeurs n'avaient pas eu le temps de les ramasser.

– Comment on va reconnaître le gars qu'il faut sauver ? demanda-t-il. Je vois à peu près la tête qu'il a quand il est vieux, avec sa barbe et ses gros sourcils broussailleux. Mais là, il sera jeune, pas vrai ? Est-ce qu'on a une photographie de lui à cette période ?

– Non, pas à cet âge-là.

– Information, intervint Bob. Il n'existe aucun portrait de cette époque, même si la photographie avait été inventé.

– C'est vrai, confirma Maddy. Et de toute façon, à ce moment de l'Histoire, personne n'imaginait que ce type allait devenir quelqu'un d'important.

Elle leva les yeux vers une page de données rassemblées par Bob-l'ordinateur, où figurait notamment le portrait présidentiel de Lincoln.

– Ce qu'on sait, c'est qu'il était grand, mince et mal fagoté. Et visez un peu ses sourcils. Sérieux, on dirait qu'il a une souris au-dessus de chaque œil ! On peut supposer qu'il avait déjà plus ou moins cette particularité quand il était jeune, non ?

Bob acquiesça.

– Information : La boîte crânienne cesse de se développer autour des cavités orbitales une fois arrivée à maturité, mais d'autres parties du visage comme les fosses nasales et le tissu cartilagineux, les tissus mous autour des oreilles, la mâchoire inférieure, continuent de…

– Donc, l'interrompit Maddy, il doit traîner cet air morne depuis qu'il est petit. Quoi qu'il en soit, ouvrez l'œil. Vous devez repérer un gros chariot chargé de tonneaux d'alcool avec l'inscription DISTILLERIE DES FRÈRES COSTEN peinte sur le côté. Dès que vous voyez un grand dadais à la mine sinistre prêt à surgir devant, vous le retenez, c'est aussi simple que ça.

– Ça n'a pas l'air trop compliqué, commenta Liam en levant le menton pour fermer le bouton de son col.

Bob lâcha un grognement en signe d'approbation.

– Tu t'en sors, Sal ? lança Maddy.

– J'y suis presque. Mais c'est vachement grand pour moi.

Le ton joyeux de sa voix derrière le rideau laissait deviner que le petit accrochage précédent était déjà oublié.

– Je serre le corset au maximum pour que ça ne se voie pas trop, ajouta Becks.

– Ah ben merci, s'offusqua Maddy. À t'entendre, on croirait que je suis obèse.

Elle regarda son reflet dans le cylindre en plexiglas.

Bon, OK. Mais au moins je ne suis pas un de ces portemanteaux anorexiques.

– Et voilà ! annonça Becks en ouvrant le rideau.

Liam resta bouche bée, tandis que Maddy hochait la tête d'un air satisfait.

– Ah ben ça te va quand même mieux que les sweats à capuche.

Sal caressa son corset, le sourire aux lèvres.

– C'est tellement bizarre. J'ai l'impression d'être une… Oh, jahulla ! C'est débile, mais j'ai l'impression d'être une princesse !

– Je sais, approuva Maddy. C'est plutôt cool, non ? Bon, vous avez tous les trois la tenue parfaite pour votre rôle. Maintenant enlevez vos vêtements et mettez-les dans un sac. Le décollage va être humide.

Dix minutes plus tard, Liam, Sal et Bob nageaient sur place en sous-vêtements dans le tube rempli d'eau. Maddy grimpa au sommet de l'échelle.

– Pour une fois, c'est une mission simple et sympa. Il vous suffit de trouver le jeune Lincoln et de lui mettre la main au collet avant qu'il ne se fasse transformer en ketchup. Sal, ça va ?

– Je c-commence à être un peu n-nerveuse, répondit la jeune fille en claquant des dents.

– Tout ira bien. Rappelle-toi que tu l'as déjà fait. Ce n'est pas grand-chose.

– C'est le b-brouillard blanc q-qui m'inquiète…

– L'espace du chaos ? intervint Liam. Bah, ne t'en fais pas, on le traverse en un rien de temps !

– Tu peux me t-tenir la main ?

– Oui, si tu veux.

– Euh, mieux vaudrait éviter, dit Maddy.

Elle échangea avec Liam un regard entendu. Il savait à quoi elle pensait. Après tout, c'est lui qui avait vu les corps fusionnés avec leurs organes complètement mélangés. Il en avait parlé à Maddy, mais pas à Sal qui n'avait pas besoin de connaître ce genre de détail horrible. De toute façon, ça n'arrivait que rarement. Maddy n'avait aucune idée de ce qui causait ce phénomène, mais si Foster avait insisté pour que Liam flotte tout seul dès la première fois, ce n'était sans doute pas pour rien.

– Ça marche mieux si tu es libre de tes mouvements, Sal, expliqua-t-elle. Mais ne t'inquiète pas, vous partez tous ensemble. Liam et Bob sont juste à côté de toi. Et comme l'a dit Liam, ça ne dure même pas une seconde.

– Je vais te chanter une comptine, comme ça tu m'entendras quand tu seras dans le chaos, proposa le jeune homme.

– Parfait ! Enfin, j'espère que tu pourras supporter ses braillements, plaisanta Maddy en descendant de l'échelle. Bon, il va falloir y aller, les gars. On a déjà eu la chance de n'avoir que des petites ondes jusqu'à présent. Pas la peine de tenter le diable.

Une fois en bas, elle vérifia que les voyants étaient bien verts sur le tableau de contrôle de la machine, puis se tourna vers Becks.

– Lance un compte à rebours de trente secondes.

– Compte à rebours enclenché.

– La fenêtre d'extraction est prévue à 19 h, rappela Maddy. Si vous la manquez, il y a les fenêtres de secours. Enfin, c'est comme d'habitude.

À travers le plastique rayé, Sal, les yeux grands ouverts, était de plus en plus paniquée. À côté d'elle, Liam, toujours accroché aux bords du tube, lui parlait pour la rassurer. Quant à Bob, il battait des pieds avec vigueur pour se maintenir à la surface. Tous trois tenaient un sac en plastique hermétique contenant leurs vêtements.

– Ça va être chouette, Sal ! s'écria-t-elle en essayant de

couvrir le bourdonnement croissant de la machine. Tu vas voir le monde de 1831 de tes propres yeux. Profites-en bien !

Sal esquissa un sourire hésitant et lui fit un signe de la main.

– Dix secondes ! indiqua Becks.

– Lâchez le tube ! s'égosilla Maddy en reculant au centre de la pièce.

Liam obtempéra à contrecœur et se mit à se débattre frénétiquement, essayant vainement de garder la tête hors de l'eau. Les deux autres s'en sortaient beaucoup plus calmement. Quand Becks annonça cinq secondes, Maddy leur hurla de prendre une profonde inspiration et de se laisser couler. À une seconde de la fin du compte à rebours, ils étaient tous immergés.

L'énergie emmagasinée par la machine fut libérée d'un coup tandis que résonnait le grondement du plexiglas qui se pliait. En un claquement de doigts, ils disparurent tous les trois.

CHAPITRE 10

1831, LA NOUVELLE-ORLÉANS

Il était environ 17 h. Liam, Sal et Bob se tenaient sous le porche d'un magasin de Powder Street, observant les dockers qui déchargeaient d'un geste sûr des bateaux de toutes les tailles, et les chariots qui passaient avec fracas dans la rue encombrée. Selon le petit article de journal trouvé dans les archives numériques, l'incident s'était produit le soir. Mais ça aurait été stupide d'en déduire avec certitude qu'il avait eu lieu après 18 h. Liam leur avait expliqué qu'à son époque il était encore rare que les gens portent une montre ou consultent une horloge. L'heure était alors un concept plus approximatif. On se fixait rendez-vous par exemple dans l'après-midi, pas à « 16 h 35 précises », comme le faisaient, lui semblait-il, la plupart des New-Yorkais de 2001.

– Restez bien concentrés, leur rappela Liam en se tordant le cou pour surveiller la rue de tous les côtés.

– Affirmatif, dit Bob.

Sal acquiesça également, mais c'était difficile de ne pas se laisser distraire par les images et les sons tout autour. Elle repensa à ce que lui avait dit Maddy après son voyage à San Francisco en 1906 : « On se retrouve vraiment au milieu d'une page de l'Histoire. Rien ne peut te préparer à ça. » Elle avait raison.

Un jour, Sal avait accompagné son père à un salon des innovations technologiques à Shanghai, où ils se trouvaient pour un tournoi de Pikodu – ce fut l'un des derniers, du reste, car les relations entre l'Inde et la Chine commençaient à se détériorer, laissant présager la période agitée qui allait suivre. Sur un stand, elle avait essayé un casque de réalité virtuelle. C'était un prototype qui ressemblait à un bonnet de bain recouvert de billes transparentes. Elle l'avait enfilé et, presque aussitôt, elle s'était mise à sentir des odeurs et à voir des choses qui n'étaient pas là, avant de se retrouver projetée dans une rue de Rome. Bien entendu, rien de tout cela n'était réel. C'était un décor créé par ordinateur, très convaincant, que trahissaient néanmoins quelques tressautements dans l'animation. Les images, les odeurs et les sons étaient transmis dans son cerveau et stimulaient ses sens. Elle avait été très impressionnée par le réalisme de cette expérience.

Mais maintenant qu'elle se trouvait au cœur de l'Histoire pour de vrai, ce casque lui paraissait bien insignifiant.

– Attendez, murmura Liam. Regardez ce gars, là-bas.

Il pointa son doigt vers un homme grand et mince à l'autre bout de la rue. Il portait un vieux manteau miteux, et un haut-de-forme usé était posé de travers sur ses cheveux sombres en bataille. Il venait de sortir d'un bar et était clairement éméché. Il se tenait devant la porte en chancelant et contemplait la circulation dense.

– Jésus Marie Joseph, il a l'air d'en avoir descendu, des godets ! s'exclama Liam, avant de se tourner vers Bob. Tu crois que c'est notre homme ?

– La taille semble correspondre.

– Et il ressemble un peu au Lincoln du tableau, renchérit Sal.

En effet, on reconnaissait bien la mine renfrognée et les épais sourcils qui cachaient presque les yeux sombres et menaçants dans la lumière déclinante de l'après-midi.

– C'est assez probant pour moi, décida Liam. Allons l'attraper avant qu'il ne fasse une bêtise.

Il attendit de pouvoir traverser entre les attelages de chevaux et conduisit prudemment le petit groupe sur la route boueuse.

Lincoln remonta son pantalon qui flottait autour de sa taille.

J'aurais mieux fait de me payer un bon repas plutôt que de tout dépenser en boisson.

Il haussa les épaules. Il se débrouillerait bien pour voler quelque chose à manger. C'était facile de se procurer de la nourriture sur les quais. Il y avait forcément un sac oublié ici ou là, et il était toujours possible de travailler en échange d'un repas, à défaut d'un salaire. À La Nouvelle-Orléans, on pouvait se retrouver à dormir par terre à la belle étoile, mais on ne mourait jamais de faim.

Lincoln rota si fort qu'il fit se retourner de nombreuses personnes dans la rue. Un gentleman ventripotent et son épouse, une femme aux traits sévères, passèrent devant lui en pestant à voix basse d'un air dégoûté.

Il souleva son chapeau et leur adressa un sourire, avant de se féliciter pour son rot de classe internationale. Puis il descendit la rue en titubant. Ses longues jambes lui paraissaient aussi peu stables que des échasses.

Alors qu'il s'apprêtait à faire un pas de plus en avant, il sentit soudain qu'on l'attrapait par le col de son manteau. Il valsa en arrière, vola dans les airs et atterrit lourdement par terre.

Il lui fallut un certain temps pour réaliser qu'il était étendu sur le dos au milieu du sol boueux. Au-dessus de lui, sur fond de nuages roses éclairés par le coucher du soleil, se détachaient les ombres de trois têtes qui le fixaient avec curiosité.

– Vingt dieux, non mais qui… bafouilla-t-il.

– Monsieur Lincoln ? demanda une voix à l'accent irlandais.

Encore sonné par sa chute, Lincoln essaya tant bien que mal de se redresser sur ses coudes.

– Qui est le… le bougre d'imbécile qui… qui a…

– Vous êtes bien Abraham Lincoln ?

Il plissa les yeux pour essayer de distinguer le visage de son interlocuteur.

– Et vous, qui… qui êtes-vous, parbleu ?

– Veuillez confirmer votre identité, gronda une voix beaucoup plus grave.

– Bon sang, monsieur ! Êtes-vous un… un homme ou… ou une sorte d'ours ? demanda-t-il en apercevant Bob.

– Shadd-yah ! Liam, regarde le bazar que fait ce chariot.

– Doux Jésus, tu as raison. Il en fait, du barouf ! Bob, aide-le à se relever.

Lincoln sentit deux mains puissantes l'attraper sans ménagement.

– Je suis… farpaitement… je veux dire, par… parfaitement capable de me… de me lever tout… tout seul, merci. Alors lâchez-moi émi… immé… immédiatement !

Il sentit les mains se desserrer autour de ses épaules. Lentement, au prix d'un gros effort, il parvint à se tenir debout sur ses jambes flageolantes. La ville plongée dans la lumière du crépuscule tournait autour de lui comme un manège. Et les trois visages qu'il n'arrivait décidément pas à discerner semblaient encore avoir les yeux rivés sur lui.

– Comment vous sentez-vous ? demanda la voix à l'accent irlandais.

– Je vais très bien ! s'emporta Lincoln d'une voix éraillée. Je me sens comme… comme un bébé dans les bras de sa mère ! Comme un… un coq en pâte ! Che me chens… comme un… un…

– Un quoi ?

Il ouvrit la bouche, prêt à prononcer le mot « poisson ». Mais le seul son qui sortit de sa bouche fut un sinistre gargouillis. Il entendit juste une dernière phrase avant que le décor autour de lui ne bascule et qu'il tombe dans les pommes :

– Beurk ! Mais c'est dégueu ! J'en ai plein les chaussures !

CHAPITRE 11
1831, LA NOUVELLE-ORLÉANS

– Il fait peine à voir, pour sûr !

Il faisait complètement noir désormais. Lincoln percevait le doux clapotis du Mississippi contre la coque d'un bateau à proximité et, malgré un mal de tête lancinant, il comprit qu'il était affalé quelque part le long des quais. La lune brillait haut dans le ciel clair et rempli d'étoiles, habillant d'une lumière argentée étonnamment intense le fleuve et la ville enfin endormis.

– Vous croyez que ça ira si on le laisse là ?

– Mais oui, ne t'inquiète pas. C'est un grand garçon.

Les voix parlaient doucement, à peine plus qu'un murmure.

– Maintenant qu'on a raté les deux fenêtres d'extraction, on va avoir tout demain pour visiter La Nouvelle-Orléans.

Une pause.

– Alors, Sal, que penses-tu de 1831 ?

– C'est carrément bindaas ! Tout est si réel ! Et si irréel en même temps, tu vois ce que je veux dire ? Genre, comme si je ne pouvais pas être remontée jusqu'ici pour de vrai.

Cette voix féminine avait un drôle d'accent, mais impossible pour Lincoln d'en deviner l'origine. Un jour, il avait rencontré un Gallois qui avait un peu les mêmes intonations chantantes.

– Tu sais, des fois je dois encore me pincer pour y croire. Parfois, au réveil, je pense que je suis en 1912 dans l'aile des stewards et que toute cette histoire de voyage dans le temps n'était qu'un rêve.

– Moi c'est pareil.

Une pause.

– Tu veux qu'on essaie de chercher des chambres pour passer la nuit ?

– Tu plaisantes ? Je suis trop excitée pour dormir !

– On n'a qu'à aller faire un petit tour dans le coin. Ou attendre ici le lever du soleil avant d'explorer la ville. Bob, il nous reste combien de temps ?

– La fenêtre d'extraction sera ouverte 24 heures après la première, soit à 16 h, répondit une voix grave. Il est exactement 1 h 06, ce qui vous laisse 14 heures et 54 minutes avant l'ouverture du portail dans l'entrepôt Jenkins & Proctor.

– Bon, alors je ne serais pas contre une petite balade. Il fait encore chaud, et pour une fois que je ne suis pas dans l'arche…

Lincoln entendit des pas venir vers lui. Il ferma les yeux. Quelques instants plus tard, il sentit une petite tape sur son épaule et le souffle chaud de quelqu'un penché au-dessus de lui.

– Il dort encore ?

– Comme une masse !

Un rire.

– Jahulla ! J'ai vraiment du mal à imaginer cet ivrogne devenir président de l'Amérique.

– Il a encore un bon bout de temps devant lui pour mettre de l'ordre dans sa vie, pour sûr.

– Information : la guerre de Sécession américaine commence en avril 1861.

– Voilà, il a exactement trente ans pour ça.

Une pause.

– Qu'est-ce que tu en penses, Bob ? Tu crois qu'on a réparé l'Histoire ?

– La cible est en vie. Les données des fichiers historiques indiquent qu'il va se lancer dans une carrière d'avocat d'ici cinq ans. Ensuite, il entrera en politique.

– Lui, un avocat ? Shadd-yah ! Tu rigoles ?

– Négatif. Ce n'est pas une blague.

– Mmm… Remarque, je le vois bien en avocat. Il a un sacré caractère. Et du bagout, pour sûr.

Des bruits de pas.

– Allez, viens, Sal, allons découvrir La Nouvelle-Orléans tant que c'est possible. Tout ira bien pour lui. Mieux vaut partir avant qu'il ne se réveille. Avec un peu de chance, il ne se souviendra même pas de nous.

Lincoln perçut alors le froissement de jupons en coton, puis des bruits de pas qui semblaient s'éloigner. Il rouvrit les yeux et distingua trois silhouettes sombres : un géant, un jeune homme élancé et une jeune fille. Bien qu'encore embrumé par le whisky absorbé dans l'après-midi, son cerveau était en état de fonctionner. Et avec ce qu'il avait entendu au cours des dernières minutes, il n'y avait pas besoin d'être un imbécile pour se mettre à douter de leur santé mentale.

1912 ? Le voyage dans le temps ?

Quand il était enfant, Lincoln avait discuté de cette idée avec un camarade, tous les deux installés dans les branches d'un sycomore. Que se passerait-il si l'homme pouvait accélérer le cours du temps ? Ou le ralentir ? Ou l'arrêter ? Ou même le remonter ? Et si on pouvait se rendre dans le passé ? Rencontrer de grands personnages historiques et leur parler… C'était vraiment une idée absurde. Rien qu'une théorie fantaisiste pour leurs cerveaux d'enfants pleins d'imagination. Et pourtant, là, on aurait dit que c'était vrai.

Est-ce que c'est possible ?

Peut-être que oui, dans un futur lointain. En 1912, par exemple. L'ingéniosité de l'homme semblait sans limites. Chaque année, on inventait une nouvelle machine ou on en apprenait un peu plus sur le fonctionnement de la Terre. Qui sait de quel tour de force seraient capables les scientifiques en 1912 ?

Il se redressa pour s'asseoir, sentant monter la migraine. On aurait dit qu'un chercheur d'or prospectait dans sa tête avec une pioche.

Qu'avait dit la voix grave ? Qu'il allait devenir avocat ? Et qu'un jour… La fille avait-elle vraiment dit ça ? Avait-elle bien prononcé le mot « président » ?

Il se sentit parcouru d'un frisson d'excitation qui chassa les effets de sa gueule de bois.

Président ?

Si tout cela était vrai, si ces trois étrangers venaient vraiment d'une époque ultérieure et connaissaient sa destinée, alors ils devaient aussi savoir comment un pauvre type comme lui pourrait un jour accéder à la tête de ce pays.

Son esprit échauffé s'emballa. Peut-être qu'un destin bien plus grand que la politique l'attendait ? Ne serait-ce pas plus extraordinaire encore d'être le seul homme de 1831 à voyager dans le futur, à voir de ses propres yeux les incroyables machines conçues par l'intelligence humaine aussi bien sur la terre que sur la mer ou dans les airs ? Il s'imaginait les villes de cette époque remplies d'immenses tours de cristal étincelantes s'élevant jusqu'aux cieux.

J'aimerais franchement voir ça.

CHAPITRE 12

2001, NEW YORK

Maddy était installée devant son ordinateur, les pieds posés sur le bureau, ses baskets en appui sur une pile de boîtes de pizza vides. Devant elle, l'écran diffusait en boucle les images de l'horrible tragédie.

L'enregistrement vidéo tremblant filmé par un passager de l'avion, qui descend en piqué vers les gratte-ciel de Manhattan... Et dans les derniers instants, juste avant qu'il n'aille s'écraser sur le côté de la tour nord, surgit une sorte d'espoir. J'ai beau savoir ce qui va se passer, il y a toujours cet instant fugace où je me prends à espérer que, cette fois, l'avion ne va pas atteindre sa cible, qu'il va simplement passer entre les deux tours, que Julian et près de trois mille autres personnes rentreront chez eux le soir et raconteront à leur famille la frayeur qu'ils ont eue quand il les a frôlés.

Mais les images que Maddy regardait au ralenti ne changeaient jamais. Le film se terminait toujours de la même façon, avec une boule de feu orange, une colonne de fumée noire grossissant à vue d'œil et des millions de feuilles de papier tombant comme des confettis, comme s'il neigeait dans les rues de Manhattan.

Elle se souvenait parfaitement de cette journée. Elle avait neuf ans et elle était à l'école. Un assistant d'éducation blême avait fait irruption dans la classe et annoncé la nouvelle. Il avait allumé la télévision et les décombres fumants de la tour nord étaient apparus à l'écran. Elle revoyait les larmes de l'instituteur et de ses camarades de classe.

Qui sait, peut-être y avait-il une chance que dans ce nouveau monde où la réalité avait été légèrement modifiée – un monde sans le président Lincoln – le vol 11 d'American Airlines arrive à destination le lendemain et que personne ne soit tué ? Il n'y avait eu qu'une petite onde temporelle jusqu'à présent. Comme d'autres fois auparavant, Maddy imagina combien ce serait chouette de préserver un monde qu'on aurait modifié juste assez pour épargner la vie de Julian et de trois mille autres personnes.

– Maddy ?

Elle leva les yeux vers Becks qui se tenait près d'elle.

– Hein ? Ah, salut.

– J'ai terminé.

Maddy l'avait chargée de vérifier les tubes de croissance dans la salle du fond. Il y avait six fœtus en suspension dans l'infâme solution de croissance trouble et malodorante. Les nutriments qu'ils recevaient les maintenaient en phase de stagnation. Aucun d'entre eux ne se développerait davantage sans que le mode croissance soit activé et la solution nutritive enrichie de stéroïdes. Tant qu'il y avait du courant pour alimenter les tubes, les fœtus – les futurs Bob et Becks – se débrouillaient seuls. Néanmoins, de temps en temps, il fallait retirer les filtres encrassés pour les nettoyer. Une tâche particulièrement répugnante. Pour Maddy, c'était encore pire que d'enlever un tas de cheveux et de saletés d'un lavabo bouché, pire encore peut-être que de vider les toilettes chimiques de la Base.

– Les performances des tubes de croissance sont optimales, déclara froidement l'unité de soutien. Tous les futurs clones se portent bien.

– OK.

– Tu veux que je prépare du café ?

Maddy percevait encore l'odeur du magma visqueux sur les mains de Becks.

– Euh, non merci, ça ira.

Elle saisit une télécommande et afficha une chaîne du câble sur l'un des écrans. Elle reconnut un vieil épisode des *Simpson* qu'elle avait vu et revu nombre de fois au fil des ans. Mais bien entendu, pour les enfants qui rentraient de l'école et étaient en train de le regarder maintenant, en 2001, c'était un épisode inédit.

Et dire que j'étais l'un de ces gamins.

Elle devait se trouver quelque part, en ce moment même. Une petite Madelaine Carter de neuf ans, en train d'avaler un bol de céréales à la cuisine, et regardant probablement l'épisode en question. Sa mère, assise à la table près d'elle, lui demandait sans doute comment s'était passée sa journée, et Maddy lui répondait par des grognements.

Elle aurait donné cher pour pouvoir sortir de l'arche en emportant simplement son manteau et son portefeuille, et prendre le premier vol pour Boston, pour pouvoir traverser le jardin devant la maison, grimper jusqu'au porche et appuyer sur la sonnette. Pour pouvoir dire à sa mère qui lui ouvrirait la porte : « Salut Maman. Je suis ta fille dans quelques années. Alors, quoi de neuf ? »

Mais surtout elle aurait donné cher pour aller jusqu'à la cuisine et s'accroupir devant la fillette aux mains sales, aux épais cheveux ramenés en queue de cheval et au jean usé par des parties de foot avec les garçons.

Salut Maddy ! Tu veux savoir qui je suis ?

Becks prit place près d'elle et observa son visage avec attention, sans mot dire.

– Maddy Carter, pourquoi pleures-tu ?

Maddy secoua la tête pour chasser ses pensées. À la télévision, Homer Simpson était en train de saccager la tondeuse à gazon de Ned Flanders.

– J'ai une poussière dans l'œil, bredouilla-t-elle en se frottant les yeux. Becks ?

– Oui, Maddy.

– Tu te rappelles notre dernière conversation avec Foster ?

– Quand nous sommes allées à Central Park ?

– Exactement.

C'était là qu'elle pouvait toujours le trouver, le même jour à la même heure, près de la mare aux canards. Pour lui, cette rencontre n'avait lieu qu'une fois. Mais pour Maddy, qui vivait dans une boucle temporelle de quarante-huit heures, elle pouvait se répéter à l'infini.

– Je me rappelle notre conversation avec Foster.

– Nous t'avons demandé à quel moment tu pourrais débloquer les données. Tu sais, le message décodé dans le Graal.

– Oui.

– Tu nous as répondu que…

– Que les données seraient débloquées quand ce serait la fin.

– Oui, c'est ça : *la fin*. Qu'est-ce que tu entendais par là ?

– Ceci est la seule réponse que le protocole m'autorise à donner.

– Mais qu'est-ce que tu crois que ça veut dire ? À quoi ça se rapporte ? La fin de quoi ?

– Je ne dispose pas de données à ce sujet.

– La fin de… moi ? De toi ? De l'agence ? La fin du monde ?

L'unité de soutien planta ses yeux gris dans ceux de Maddy.

– Je répète : je ne dispose pas de données pour interpréter ce message.

– Ça ne serait pas possible d'extraire le disque dur de ton cerveau pour accéder à la partition verrouillée ? Peut-être qu'on pourrait le scanner ou détourner les données qu'il contient ? Ne le prends pas mal, mais je ne vois pas d'autre moyen de découvrir ce que cette « fin » signifie.

– Si on touche à mon disque dur, cela déclenchera le mécanisme d'autodestruction. Il n'y a aucun moyen viable de contourner ce protocole. Ces informations te seront divulguées quand certaines conditions seront remplies.

– Mais tu ne sais même pas de quelles conditions il s'agit !

– Je le saurai lorsqu'elles se produiront, répondit Becks calmement. Et tu connaîtras alors le contenu du message.

– Ah, c'que tu m'agaces ! râla Maddy, frustrée.

– Excuse-moi.

– Bon, rends-toi utile alors. Va faire griller du pain, par exemple.

– Bien, acquiesça docilement Becks en se dirigeant vers la cuisine.

– Et commence par te laver les mains !

Maddy s'installa au fond de sa chaise et observa le monde extérieur sur la rangée d'écrans, ce monde légèrement modifié dans lequel le nom d'Abraham Lincoln ne signifiait plus rien.

Toujours des secrets et des fichus mensonges.

Elle se remit à rêver qu'elle rentrait chez elle, qu'elle voyait sa mère et elle-même enfant, et qu'elle envoyait balader toutes ces histoires de dingues.

CHAPITRE 13
1831, LA NOUVELLE-ORLÉANS

L'entrepôt Jenkins & Proctor était calme. Autour d'eux étaient entassés des barriques de vin et des sacs en toile remplis de farine de maïs. À travers les murs en lattes de bois, ils pouvaient entendre de nombreuses voix d'hommes à l'extérieur, le hennissement d'un poney, le bruit de gros sacs déposés sur les quais et le sifflet lointain d'un bateau à vapeur. La ville s'accordait un dernier sursaut d'activité pour la journée avant que le soleil ne fasse ses bagages.

Sal était assise sur un tas de sacs, épuisée après des heures de marche, mais grisée par le monde qu'elle avait découvert.

– Information : 3 minutes avant ouverture de la dernière fenêtre d'extraction.

Liam jeta un coup d'œil par-dessus une pile de caisses pour s'assurer une nouvelle fois qu'ils étaient seuls dans l'entrepôt.

– J'espère que notre ami Lincoln a fini par dessoûler.

Ils étaient revenus à l'endroit où ils l'avaient laissé dans la matinée, mais il n'y était plus. Rien d'étonnant à cela : les quais étaient un lieu très fréquenté dès le lever du soleil. Il avait dû se traîner tant bien que mal dans un endroit plus calme pour soigner sa gueule de bois.

– Bon, reprit Liam, on ne va pas tarder à savoir si tout est rentré dans l'ordre.

– Peut-être qu'il n'est pas si important que ça dans l'Histoire, suggéra Sal. Après tout, on n'a vu que peu de changements. Peut-être que c'était les seuls ?

Ayant récupéré des données, Bob prit la parole :

– Les rapports de la base de données historiques relatifs au cours du temps non modifié indiquent que ses qualités de meneur d'hommes et sa publication de la Proclamation d'émancipation en 1863 furent déterminantes pour la victoire du Nord.

– La quoi ?

– La Proclamation d'émancipation est un décret décidé par le président Lincoln, rendant leur liberté aux esclaves. Il fut promulgué durant la troisième année de guerre et s'appliquait seulement à ceux…

– Shadd-yah ! s'exclama Sal. La troisième année de guerre ?

– Affirmatif.

– Tu veux dire qu'avant cela le Nord avait aussi des esclaves ?

– Affirmatif. Il y avait des esclaves dans les États de l'Union.

– Mais je croyais que l'esclavage était au cœur de cette guerre, qu'elle avait commencé à cause de l'esclavage. Pour moi, les soldats nordistes, en bleu, voulaient l'abolir, tandis que les soldats sudistes, en gris, souhaitaient le maintenir.

– Plusieurs raisons sont répertoriées pour cette guerre. Au début du conflit, l'esclavage était considéré comme une préoccupation secondaire. Il n'est devenu une cause essentielle que vers la fin.

Liam vint s'asseoir près de Sal.

– J'ai lu pas mal de choses sur la guerre de Sécession. Je me souviens que, d'après certains historiens, cette Proclamation était une décision stratégique pour affaiblir le Sud. L'idée était de semer l'agitation. Mais, surtout, le gouvernement britannique envisageait de venir en aide aux Confédérés sudistes…

– Pourquoi ?

– Parce qu'il voyait les unionistes du Nord comme une menace grandissante. Ils devenaient trop riches, trop puissants et trop arrogants, ce qui mettait en péril la domination britannique. Le gouvernement pensait donc qu'il était préférable que l'Amérique soit divisée. C'est pour ça qu'il voulait aider les

États confédérés à faire scission et à fonder leur propre nation. C'est bien ça, Bob ?

– J'ai des données contradictoires sur le sujet. Les historiens ne sont pas tous d'accord.

– Mais tu vois, Sal, le problème, c'est que les citoyens britanniques étaient contre l'idée de l'esclavage. Alors ça risquait d'être compliqué pour le gouvernement de les convaincre de soutenir le Sud. Et ce type, le président Lincoln, était un malin. Il a compris que, si l'esclavage devenait le cheval de bataille de cette guerre, et si le peuple britannique voyait clairement qu'un des opposants, en l'occurrence le Nord, était farouchement contre, alors en aucun cas il n'accepterait que leur gouvernement soutienne les esclavagistes du Sud. D'un point de vue moral, c'était ce qu'il fallait faire : libérer les esclaves. Mais, selon moi, c'était aussi très habile, un peu comme une manœuvre aux échecs. Ça permettait aux Nordistes de s'assurer que les Confédérés ne recevraient pas le soutien des Britanniques.

Sal secoua la tête.

– Je pensais que c'était beaucoup plus simple que ça, le bien contre le mal, quoi.

– Les guerres, ce n'est jamais un combat du bien contre le mal. En définitive, on se rend compte que c'est toujours une histoire de pouvoir, d'argent. Quelque chose que les deux camps veulent pour eux.

– Information : je détecte un balayage de la densité.

Liam fit un effort pour se lever. Il avait mal aux jambes après tous les kilomètres qu'ils avaient parcourus durant la journée. Il tendit la main à Sal.

– Mam'zelle ?

La jeune fille qui se tortillait, empêtrée dans les couches de lin et de coton de ses jupons et dans son corset très serré, lui jeta un regard plein de perplexité.

– Quoi ? Qu'est-ce que tu veux ?

Il soupira, saisit l'une de ses mains gantées et la tira pour l'aider à se lever.

– Doux Jésus ! On ne connaît pas la galanterie, à ton époque ?

– Euh non, pas vraiment. Je pense que je m'enfuirais en courant si quelqu'un me tendait la main de cette façon.

– Une minute avant l'extraction, les avertit Bob.

Liam fit soudain claquer ses doigts.

– Il va sûrement falloir qu'on revienne ici, une fois qu'on sera sûrs que l'Histoire a été corrigée.

– Ah bon ? Pourquoi ?

– Il a raison, acquiesça Bob. Le chariot de la distillerie fait partie de l'Histoire modifiée et…

– Et nous devons remonter sa trace pour trouver ce qui a fait peur aux chevaux, découvrir qui a provoqué leur emballement. On aurait dû le suivre cette nuit, juste après avoir sauvé Lincoln. Nom d'une pipe, comment ai-je pu être aussi stupide ? Bob, pourquoi ne m'as-tu rien dit ?

– Cela n'a pas été défini comme une priorité de la mission.

Liam jura de nouveau, puis se tut, furieux.

Ils attendaient la fenêtre en écoutant le bruit venant des quais débordant d'activité. Bob effectua le compte à rebours des dix dernières secondes, puis Sal sentit un souffle d'air sur son visage et le cercle de la fenêtre de retour, une forme sombre aux contours brillants, se mit à flotter devant eux. Sal jeta un ultime regard au hangar de stockage, humant pour la dernière fois les odeurs de feu de bois, de cuir et de crottin de cheval.

– J'ai adoré ce voyage, dit-elle d'un air mélancolique. J'aimerais…

Elle ne termina pas sa phrase, mais Liam savait très bien ce qu'elle allait dire.

J'aimerais tellement rester ici.

Il hocha la tête pour montrer qu'il partageait son sentiment et s'avança vers la fenêtre.

– Il est temps de repartir, lâcha-t-il.

– Correct, approuva Bob.

– Au revoir 1831, lâcha Sal en s'engageant dans la fenêtre à contrecœur.

2001, NEW YORK

Un peu plus tard, Liam sortit du néant blanc et atterrit dans l'arche. Sal, Maddy et Becks l'attendaient près de l'ordinateur.

– Bien le bonjour ! s'exclama-t-il en marchant vers elles. Et voilà, une fois de plus, on a sauvé le monde.

Derrière lui, Bob apparut en lâchant un grognement sourd lorsque ses pieds touchèrent le sol en béton.

– Sors du cercle ! lui lança Maddy en pivotant vers le bureau pour commander à Bob-l'ordinateur la fermeture imminente du portail temporel.

– Tu sais, il va falloir qu'on y retourne, l'informa Liam. On n'a pas réussi à…

Il s'interrompit en voyant que Sal avait les yeux grands ouverts et la main devant la bouche.

– Ça va pas, Sal ?

Derrière lui, le faisceau d'énergie crépitant autour du portail fut soudain désactivé. L'arche retrouva alors le ronronnement habituel des ordinateurs et le bourdonnement des néons qui diffusaient leur lumière d'une froideur clinique.

– Dieu tout-puissant ! Qu'est-ce que c'est que… cette sorcellerie ?

Liam se retourna aussitôt. Au milieu de la pièce se trouvait un grand jeune homme, prostré et tremblant, les yeux révulsés de terreur comme un taureau partant à l'abattoir.

– Il ne manquait plus que ça, soupira Liam.

CHAPITRE 14

2001, NEW YORK

En voyant Bob, le grand jeune homme fit plusieurs pas en arrière, l'air apeuré.

– Quel est cet endroit ? dit-il d'une voix tremblante, tandis que ses yeux passaient d'un membre de l'agence à l'autre.

Maddy fut la première à dire quelque chose.

– Liam ? Est-ce que c'est… Oh, purée, ne me dis pas que…

– Si, j'en ai bien peur. C'est Lincoln.

– Oh, la vache !

Elle s'avança lentement vers lui.

– Monsieur Lincoln ? Abraham Lincoln ?

Il la dévisagea, fronçant ses sourcils broussailleux d'un air méfiant.

– Vous… Vous me connaissez, mademoiselle ?

Elle hocha la tête et esquissa une sorte de révérence polie.

La voix de Lincoln s'était radoucie, passant du cri outragé digne d'une plaidoirie à un ton plus calme et bien plus agréable.

– Dans ce cas, pouvez-vous me dire dans quel diable d'endroit je viens d'arriver ? J'étais encore dans l'entrepôt Jenkins il y a quelques instants.

Il tourna les yeux vers Liam.

– J'étais en train de vous écouter, monsieur, vous et vos deux amis, raconter tout un tas de choses incompréhensibles.

– Jésus Marie Joseph ! Il a dû nous suivre jusqu'au hangar.

– Et ensuite, murmura Lincoln d'une voix hésitante, j'ai vu… j'ai vu cette drôle de porte ronde surgir… de nulle part ! Comme de la fumée… Comme une apparition divine…

Sal ne put s'empêcher de ricaner.

– Et j'ai osé emprunter ce passage, pauvre idiot que je suis ! Je vous ai suivi, jeune homme, et… et je me suis retrouvé dans… dans une blancheur céleste ! Et maintenant, me voilà ici… dans cet endroit si étrange.

Maddy fit encore un pas en avant. Elle n'était plus qu'à un mètre de lui.

– N'ayez pas peur, monsieur Lincoln, je vous en prie. Tout va bien. Vous êtes parfaitement en sécurité ici.

Il l'observa avec circonspection pendant un moment.

– Vous, mademoiselle, à vous entendre, vous semblez moins étrangère que les autres. Surtout en comparaison de cette espèce de bœuf, ajouta-t-il en désignant Bob. Vingt dieux, si j'avais un chien aussi laid que lui, je lui raserais le derrière et je lui apprendrais à marcher à reculons !

Lincoln se mit à rire grassement de sa blague.

Maddy secoua la tête.

C'est pas vrai. Il est ivre.

– Je dirais que vous avez un accent de la Nouvelle-Angleterre.

– Je suis de Boston, confirma-t-elle.

– Et vous avez un nom, je présume ?

– Maddy, Maddy Carter. Nous ne vous voulons aucun mal, vous savez. En fait, nous sommes venus jusqu'à vous pour vous sauver.

Elle lui tendit une main qu'il regarda d'un air suspicieux, comme si c'était un chien en colère prêt à lui mordre les doigts.

– Me sauver ?

– Vous alliez traverser devant un chariot qui arrivait à toute allure.

– Et c'est Bob qui vous a retenu, indiqua Liam en donnant à son coéquipier une tape amicale sur son épaule musclée. Ça vous dit quelque chose ?

Lincoln se rappelait avoir volé dans les airs et atterri par terre. Mais toute la suite était un mélange confus de choses qu'il avait peut-être vues ou entendues, ou peut-être pas. La seule chose dont il était certain qu'elle ait eu lieu, c'était la conversation à voix basse qu'il avait surprise dans la pénombre des quais. Ils avaient mentionné son nom, évoqué sa destinée et parlé d'un mystérieux rendez-vous dans l'entrepôt Jenkins.

– Oui, j'ai des bribes de souvenirs.

Il plissa les yeux en essayant de rassembler ses souvenirs embrouillés par l'alcool.

– Un gros chariot... très rapide ? Il transportait des tonneaux, n'est-ce pas ?

– C'est ça, acquiesça Liam. C'était le chariot d'une distillerie. Les chevaux étaient devenus fous, pour sûr !

– Vous comprenez maintenant ? demanda Maddy. Liam et les autres sont remontés jusqu'à vous pour vous sauver.

– Remontés, dites-vous ? C'est aussi ce que je les ai entendus raconter. Remontés, vous voulez dire... *dans le temps* ?

Maddy jeta un regard irrité à Liam et à Sal. Ils auraient dû faire beaucoup plus attention à ce qu'ils disaient et où ils le disaient.

– Oui, monsieur Lincoln, admit-elle. Ils sont effectivement remontés dans le temps.

La mine renfrognée de Lincoln s'envola aussitôt pour laisser place à un sourire qui détonnait horriblement sous ses yeux sombres et menaçants. Il prit la main de la jeune femme et la serra fermement.

– Incroyable ! C'est absolument incroyable !

Puis il s'avança vers Bob et lui donna une poignée de main énergique.

– Monsieur, qu'importe votre apparence déconcertante, je vous suis redevable de m'avoir sauvé la vie, déclara-t-il d'une voix exaltée qui résonna dans l'arche.

Le clone se tourna vers Liam, l'air perplexe.

– Réponds simplement : « aucun problème », Bob.

– Aucun problème, marmonna Bob.

– Et vous, monsieur, à votre accent, je crois deviner que vous êtes irlandais.

– De Cork, en effet. Liam O'Connor, pour vous servir.

– C'est un plaisir de faire votre connaissance, monsieur O'Connor !

Lincoln s'inclina ensuite avec élégance devant Sal, dont il embrassa la main gantée.

– Jeune demoiselle.

– Mon nom est Saleena Vikram, répondit-elle en pouffant, chatouillée par le baisemain. Mais vous pouvez m'appeler Sal.

Il s'approcha alors de Becks, qui le considéra avec méfiance, et prit sa main dans la sienne. Il s'apprêtait à l'embrasser, mais la relâcha vivement, surpris par les nervures et les arabesques livides qui la couvraient et remontaient jusqu'au coude.

– Vous… vous avez été brûlée dans un incendie. Je suis désolée. J'espère que je ne vous ai pas fait mal, madame.

L'unité de soutien tourna les yeux vers Maddy, qui hocha discrètement la tête.

– Oui, c'est ça, un incendie. Mais je vais mieux maintenant. Je m'appelle Becks.

Enfin, il revint vers Maddy.

– Et vous, mademoiselle Carter, je suppose que vous dirigez ce remarquable petit groupe de mystérieux héros ?

– Je fais ce que je peux, répondit-elle modestement.

Il recula, les mains sur les hanches, pour les observer tous les cinq.

– Remarquable, répéta-t-il. Et dois-je en déduire que je me trouve dans une époque correspondant pour moi au futur ?

– Oui.

Lincoln lorgna la rangée d'écrans de toutes les tailles qui diffusaient en continu des nouvelles du monde entier.

– Et ces images, ces images qui bougent, elles représentent l'époque actuelle ?

– Oui, ce sont des fils d'actualité diffusés en direct sur le câble, expliqua-t-elle avant de réaliser que sa réponse devait lui paraître bien obscure.

Il s'approcha des écrans et les étudia l'un après l'autre.

– Remarquable. C'est comme de petites fenêtres ouvertes sur chaque coin de ce monde de…

Il s'interrompit et lâcha un cri de stupeur.

– Dieu tout-puissant ! Ces immeubles sont-ils aussi hauts qu'ils en ont l'air ?

Maddy se tourna vers l'écran qu'il pointait du doigt. C'était un reportage sur Wall Street avec une vue des gratte-ciel de Manhattan depuis un hélicoptère.

– Oui. C'est New York. C'est là que nous nous trouvons.

Lincoln se pencha au-dessus du bureau en désordre et colla presque son œil à l'écran.

– New York, dites-vous ? Ça, c'est New York ? Remarquable !

Liam donna un coup de coude à Maddy pendant que Lincoln passait d'un écran à l'autre avec une incrédulité croissante.

– Est-ce qu'on n'est pas en train de causer une contamination temporelle, Maddy ?chuchota-t-il. Il va bien falloir qu'il rentre pour, tu sais… devenir président des États-Unis.

– Oui, tu as raison.

– Mais on ne peut quand même pas le renvoyer dans son époque maintenant qu'il sait tout ça ?

– Ah oui, zut ! Il faut que je réfléchisse à ce qu'on…

– Grands dieux ! s'exclama soudain Lincoln. Mais c'est un désastre !

Maddy se précipita vers lui.

– Allons, qu'y a-t-il ?

– C'est une catastrophe, mademoiselle Carter, une catastrophe, je vous le dis ! Là, dans cette petite fenêtre. Regardez !

Elle suivit son regard hébété et comprit qu'il regardait la vidéo de l'effondrement des tours qui aurait lieu le lendemain.

– Non, non, ne vous en faites pas, ce n'est pas en direct.

Elle se demanda comment elle allait expliquer la différence

entre le direct et un enregistrement à un homme qui n'avait jamais vu d'images en mouvement auparavant.

– Y a-t-il des gens qui vivent dans cette grande tour ? Dans quelle ville a lieu cette explosion ?

– New York.

– Diable, vous voulez dire ici ? Ici même ? Est-ce qu'à cette époque qui est la vôtre vous êtes en guerre ?

Maddy haussa les épaules.

– Eh bien, en quelque sorte...

– Alors il faut rallier le combat !

Lincoln tourna les talons et se précipita à l'autre bout de l'arche, plongé dans l'obscurité.

– Monsieur Lincoln ! appela Maddy.

Il ne répondit pas, mais elle l'entendit taper des poings contre le rideau métallique.

– Bon sang, mais quel casse-pieds ! râla-t-elle avant de traverser l'arche pour le rejoindre. Monsieur Lincoln ?

– Où est la sortie, mademoiselle Carter ? Nous devons aller nous battre et défendre notre...

– Monsieur Lincoln, voulez-vous bien vous calmer !

Elle appuya sur un bouton vert. Le moteur se mit à ronfler et un bruit de chaînes résonna tandis que le rideau se soulevait, laissant progressivement entrer la lumière du soir à l'intérieur de l'arche.

– Il n'y a aucune guerre ici, en ce moment. L'Amérique n'est pas envahie.

– Mais il y a eu une énorme explosion ! Je viens juste de la voir, mademoiselle Carter, de mes propres yeux !

– C'est seulement une image de quelque chose qui arrivera plus tard, c'est tout. Pas la peine de vous mettre dans un état pareil. OK ? Vous voyez, tout va bien dehors.

Le rideau s'arrêta. Pendant un moment, elle hésita à montrer le monde extérieur à Lincoln. Plus il apprendrait de détails sur le futur, plus son esprit serait contaminé. Pour un homme quelconque n'ayant pas ou peu d'influence sur l'Histoire, c'était un seuil de contamination acceptable. Mais pour un homme destiné à être président…

De toute façon, il en sait vraiment trop. Un peu plus ou un peu moins, ça ne changera pas grand-chose.

– Regardez par vous-même : tout va parfaitement bien.

Elle le conduisit doucement sur la chaussée pavée, posa ses mains sur ses épaules et le fit pivoter vers la gauche. Ils se retrouvèrent face à l'extrémité de la ruelle, d'où l'on voyait les bords du quai jonchés de détritus. Au-dessus d'eux, le pont Williamsburg enjambait l'East River jusqu'aux lumières brillantes de Manhattan. Il se mit à gronder au passage d'un train, couvrant le concert de klaxons des voitures qui y circulaient et la plainte lointaine d'une sirène de police.

– Vous voyez ? Il n'y a rien, il n'y a pas de guerre.

– Bonté divine ! C'est absolument re…

– Laissez-moi deviner : remarquable ?

Lincoln ne répondit pas. Au lieu de ça, il produisit une sorte de gargouillis. Elle se tourna vers lui juste assez tôt pour voir ses yeux se révulser. Sa tête se mit à pencher sur le côté et tout son corps se ramollit comme une poupée de chiffon. Pourtant il tenait encore debout. C'est alors qu'elle remarqua l'épaisse main de Bob autour de son cou.

– Oh mon Dieu, tu l'as tué ! Tu as brisé la nuque d'Abraham Lincoln !

– Négatif, répondit Bob. Il est indemne et seulement inconscient. J'ai simplement comprimé un groupe de nerfs.

Sal, Liam et Becks émergèrent dans la lumière orange vacillante d'un lampadaire.

– Je suis désolé, déclara Liam. C'était mon idée. C'est moi qui ai ordonné à Bob de faire ça.

Maddy regarda d'un air inquiet le corps inerte de Lincoln dans les bras du clone.

– Tu es sûr qu'il n'est pas mort ?

– Ça va aller, dit Becks. Information : il n'aura que de légères contusions.

– Bon, dans ce cas, tu as bien fait, Liam. Avec un peu de chance, il se réveillera à La Nouvelle-Orléans en pensant que tout ça n'était qu'un rêve d'ivrogne et il mettra ça sur le compte du whisky.

Elle rentra à l'intérieur de l'arche.

– Vite, allons mettre la machine en charge avant qu'il ne reprenne connaissance.

CHAPITRE 15

2001, NEW YORK

Il fallut dix minutes pour que les trois quarts des voyants de la barre de chargement s'allument. Maddy était certaine que cela suffirait. Elle avait seulement besoin d'envoyer le corps inconscient de Lincoln, Bob, et peut-être aussi Liam, en 1831. Elle se retourna pour vérifier que Bob et Sal veillaient toujours sur le futur président, couché en boule dans un fauteuil.

– Comment va-t-il ?

– Toujours dans les vapes, répondit Sal en levant les yeux de sa lecture.

– OK. Bob, on va ouvrir la fenêtre au même endroit que la dernière fois, dit-elle en s'adressant à la webcam. Envoie-les juste avant le moment où ils empêchent Lincoln de se faire écraser.

> Affirmatif, Maddy.

– Quand il se réveillera, il pensera qu'il s'est évanoui devant le bar que tu as mentionné, Liam.

– D'accord. Ensuite Bob et moi devons découvrir pourquoi ce chariot roulait à tombeau ouvert.

Maddy acquiesça, puis se tourna de nouveau vers la webcam.

– Oh, et lance une analyse de la densité.

La dernière chose dont ils avaient besoin, c'était qu'un docker soit témoin de l'arrivée de Lincoln et le prenne pour une sorte de prophète envoyé par Dieu.

> Analyse de la densité en cours.

– C'est un personnage, ce Lincoln, pour sûr, dit Liam.

– Quel énergumène, approuva-t-elle. Mais il a trop d'énergie, ça lui jouera des tours. On dirait un gosse accro aux bonbons en pleine crise de manque.

Elle afficha les résultats du balayage de la densité et hocha la tête, satisfaite, en constatant que jusque-là rien n'avait pénétré dans la zone.

– S'il avait vécu à mon époque, je suis sûre qu'il aurait fait un excellent présentateur d'émissions pour enfants… mis à part le fait qu'il les aurait terrorisés avec son monosourcil.

Liam éclata de rire.

– N'empêche, j'imagine que c'est grâce à une énergie pareille que le fils d'un pauvre fermier a réussi à devenir président.

– Sûrement. J'aime bien l'idée que…

L'image de l'écran branché sur la chaîne d'informations MSNBC vacilla. Tous deux remarquèrent le changement soudain du coin de l'œil. Le journaliste qui se tenait devant la Maison-Blanche en commentant la baisse soudaine de la cote de popularité du président Bush, portait jusqu'alors une chemise bleu pâle et une cravate noire. Tout à coup, il se retrouva vêtu d'une chemise blanche et d'une cravate rouge foncé.

– Tu as vu ça ? dit Maddy.

Mais il y avait un changement plus étonnant encore que ses vêtements : sa peau, qui était café au lait une seconde plus tôt, était désormais blanche. C'était le même visage, les mêmes cheveux foncés plaqués en arrière, mais sa peau avait éclairci d'un ton, comme si on avait subitement changé le contraste de l'écran.

Maddy fit pivoter sa chaise.

– Sal, je crois qu'on vient d'avoir une autre onde temporelle. Elle était plus grosse, cette fois-ci.

– Je vais jeter un coup d'œil à l'extérieur, répondit Sal en se levant.

Ils avaient caché un billet de cinq dollars dehors, près du rideau, sous une vieille boîte de hamburger. Maddy se demanda si l'onde avait effacé le visage de Lincoln figurant sur l'une des faces du billet pour le remplacer par celui d'un autre président.

Elle se tourna vers Liam.

– Bon, ben mieux vaut le ramener au plus vite.

Elle fit la grimace en voyant le tube de plexiglas vide. Cela risquait de prendre trop de temps de le remplir à nouveau.

– Bob et toi allez devoir partir à sec. Je vois que vous avez encore vos vêtements d'époque. Donc on est prêts.

Ils entendirent le grincement du rideau métallique qui s'enroulait.

– Rien n'a changé ! leur lança Sal après avoir fait un pas à l'extérieur. Manhattan est toujours là.

– C'est déjà ça, soupira Maddy en reniflant.

– Jahulla !

Sal revint en courant et s'arrêta devant les ordinateurs.

– Quoi ?

– Regardez !

Elle déplia le billet de cinq dollars sur le bureau. Le visage de Lincoln avait disparu et, comme Maddy l'avait imaginé, à sa place se trouvait celui d'un autre homme plus âgé avec des favoris et un regard sévère.

Becks les rejoignit et observa le billet.

– La présence de Lincoln a été complètement effacée de ce cours de l'Histoire.

Maddy hocha la tête.

– Dans ce cas, pas de Lincoln Memorial à Washington, ni…

– Arrêtez ! hurla soudain Bob.

Ils tournèrent la tête juste à temps pour voir les talons des bottes du clone disparaître au-delà du rideau de fer et s'engager dans la ruelle. Aussitôt, Becks piqua un sprint pour le rejoindre.

Liam scruta le fauteuil où Lincoln était affalé, inconscient, quelques instants auparavant.

– Bon sang, il a pris la poudre d'escampette !

Grâce à ses longues jambes, Lincoln parcourut promptement la ruelle pavée. Les semelles de ses bottes claquaient sur le sol comme si une foule applaudissait son audacieuse évasion dans la nuit.

Derrière lui, à une vingtaine de mètres à peine, il entendait le pas lourd du géant qui fonçait avec une agilité incroyable. Mais Lincoln courait vite. Enfant, quand il vivait dans le comté de Coles, dans l'Illinois, il gagnait toutes les courses contre ses copains. Son père disait qu'il avait les jambes d'un étalon.

Devant lui, le bout de la ruelle s'ouvrait sur une rue animée. Il aperçut des lumières fascinantes, de toutes sortes et de toutes les couleurs : il y en avait sur les véhicules sans chevaux, sur les bâtiments, et même d'autres qui clignotaient haut dans le ciel.

Il passa devant un énorme seau de la taille d'un tonneau rempli d'ordures pourrissantes et le tira d'un coup sec. Il l'entendit tomber derrière lui, provoquant une petite avalanche de déchets puants sur les pavés. Il jeta un regard par-dessus son épaule, juste à temps pour voir le géant glisser sur les détritus et perdre l'équilibre.

– Ha ha ! lança-t-il triomphalement tandis que ses pieds martelaient désormais la surface ferme du macadam.

Il tourna instinctivement à gauche dans la rue animée, décidé à ne pas laisser le décor éblouissant du futur le distraire et lui faire perdre l'avance qu'il avait réussi à prendre sur son poursuivant.

Mais tandis que ses jambes de sprinter l'emmenaient rapidement loin de ces mystérieux voyageurs dans le temps, qui comptaient sans aucun doute le renvoyer à sa vie éreintante et sans espoir à La Nouvelle-Orléans, son esprit continuait de galoper face aux images, aux odeurs et aux sons incroyables tout autour de lui.

Tout ça, c'est le futur de l'Amérique, se dit-il. *Le futur, le futur, le futur…*

Ses pieds claquaient sur le trottoir au rythme de son mantra. Il se sentait excité comme une puce.

C'est le futur ! Et parbleu, je crois que ça me plaît bien !

CHAPITRE 16
2001, NEW YORK

– Oh non, mais c'est une blague ? s'exclama Maddy, exaspérée, en tapant du poing sur le bureau. Il vous a semés ? Tous les deux ? Il vous a vraiment semés ?

Becks et Bob étaient encore tout essoufflés après la course-poursuite qui avait tourné court.

– Abraham Lincoln court très vite, dit Becks, dont la voix trahissait l'embarras.

– Peut-être, mais toi et l'autre empoté, vous êtes censés être des surhommes ! Tu vois ce que je veux dire ? Super forts ? Super rapides ? Ce genre de truc ?

– Il n'était pas possible de prévoir son évasion soudaine, marmonna Bob comme un écolier réprimandé. Il semblait être inconscient.

– Peut-être qu'il faisait semblant et qu'il écoutait ce qu'on disait ? suggéra Sal.

– Et qu'il n'avait pas envie de retourner chez lui ? ajouta Liam.

– Non, sans blague ? soupira Maddy en retirant ses lunettes pour se pincer l'arête du nez. Tu crois que c'est pour ça qu'il s'est enfui ?

– Ouais, c'est ce que je pense, répondit Liam, qui n'avait pas remarqué son ton ironique.

Elle se laissa tomber sur un fauteuil.

– Mais zut ! Comment on va le retrouver maintenant ? Il peut être n'importe où dans New York.

Tous les cinq se turent pendant un moment. Derrière eux, les chaînes de télévision murmuraient les nouvelles du soir.

– Pourquoi on est aussi minables ? marmonna Maddy sans attendre de réponse. On se prend pour des agents secrets qui empêchent les voyages dans le temps, mais je vais vous dire ce qu'on est vraiment : on est des gros nuls, voilà. Trois gosses paumés et deux singes apprivoisés.

Elle se cala au fond de son fauteuil, ferma les yeux et se mit à se masser les tempes du bout des doigts pour chasser un début de migraine.

– Si on regarde les choses sous un autre angle, intervint Liam, c'est un grand type bavard, pour sûr, et il est habillé comme au XIXe siècle. Il ne tardera pas à se faire remarquer.

– Où veux-tu en venir ?

– Il va sans doute causer un incident et finir sur une de ces chaînes d'information.

– Ou se faire arrêter, ajouta Sal. Un mec aussi bizarre, franchement…

Maddy secoua la tête, agacée.

– On est à New York, Sal. Ici, tout le monde est bizarre.

– Mais il a plutôt une grande gueule, dit Liam. Je suis certain qu'il aura des problèmes avec la police tôt ou tard.

Il est très arrogant, ça c'est sûr.

Maddy rouvrit brusquement les yeux.

– Nom d'un chien ! Il risque de conduire la police jusqu'ici, jusqu'à la Base !

– Information : on peut établir un lien non crypté avec la base de données où sont enregistrés les rapports d'incidents du New York Police Department, dit Bob.

– On pourrait ainsi les surveiller et intervenir immédiatement, ajouta aussitôt Becks.

Tous deux cherchaient désespérément à se rattraper, comme des enfants ayant fait une bêtise.

Maddy se redressa, en faisant grincer son fauteuil.

– OK, on peut au moins faire ça.

Elle se tourna vers les écrans et eut la bonne surprise de

constater que Bob-l'ordinateur était déjà en train de se connecter au service informatique du NYPD.

– Et puis peut-être qu'on le trouvera même sans ça, lança-t-elle. Après tout, il n'a pas d'argent, donc il ne peut prendre ni taxi, ni bus, ni train. Et vu son allure, personne n'acceptera de lui louer une chambre. La question, c'est… où est-il allé ?

– De l'autre côté du pont, dit Sal. Vers Manhattan, vers les lumières de la ville.

– C'est ce que j'aurais fait à sa place, acquiesça Liam. C'est trop tentant de voir tout ça de plus près.

– Ouais, fit Maddy, pensive. C'est vrai qu'il avait vraiment l'air d'aimer les grands immeubles. Bon, OK, alors, voilà ce qu'on va faire. On se sépare et on part à sa recherche. Bob et Sal, vous allez au nord, vers Bowery, la 4e Avenue et Broadway en direction de Times Square. Liam et Becks, vous descendez vers Wall Street. Ce sont les deux quartiers de la ville qui brillent le plus, non ? Avec un peu de chance, il agira comme ces crétins de papillons de nuit et se rendra à l'un de ces deux endroits. On croise les doigts.

Elle fouilla parmi les détritus qui encombraient le bureau et trouva deux téléphones portables qu'elle lança à Liam et à Sal.

– Je reste ici pour surveiller les appels reçus par la police. Si on a un candidat potentiel, je vous bipe.

Liam fronça les sourcils.

– Tu nous quoi ?

– Je vous appelle ! Sur le téléphone, là, le truc que tu tiens dans ta main.

– Ah oui, d'accord.

– Bon, j'espère que c'est clair pour tout le monde. Et avant toute chose, filez vous changer et remettez vos habits normaux. On dirait que vous sortez d'un bal masqué.

CHAPITRE 17
2001, NEW YORK

Lincoln était totalement impressionné par la débauche de lumières multicolores qui clignotaient, crépitaient ou tremblaient un peu partout : les panneaux lumineux en chinois, les passages pour piétons où apparaissaient successivement les indications *Walk* (« passez ») et *Don't walk* (« ne passez pas »), les voitures et les taxis, des engins qui lui semblaient incapables de se déplacer tout seuls, sans l'aide de chevaux, mais qui pourtant y parvenaient.

Ses oreilles percevaient une profusion de sons étranges qui n'avaient pas le moindre sens pour lui. Une pulsation rythmique s'échappait de l'arrière d'un véhicule qui passa devant lui, un bruit si grave qu'il sentit sa poitrine vibrer simultanément. Les rues et les trottoirs étaient remplis de gens parlant des langues du monde entier, ou du moins c'est ce qu'il lui semblait. Le plupart d'entre eux parlaient tout seuls en tenant contre l'oreille un objet plat et brillant en forme de galet ou ils en examinaient intensément la surface lumineuse.

Parmi cette multitude de langues, les plus étonnantes étaient celles qui ressemblaient à de l'anglais, mais qui lui échappaient néanmoins totalement. Il comprenait certaines expressions criées d'un bout à l'autre de la rue, mais elles étaient émaillées de mots qui ne lui étaient pas le moins du monde familiers.

Il fut d'abord stupéfait, puis fier, presque au point d'en pleurer. Fier de découvrir que sa nation, ses compatriotes américains, des hommes et des femmes ambitieux et courageux, des pionniers, des aventuriers et des entrepreneurs, construiraient un jour quelque chose d'aussi magnifiquement, gigantesquement spectaculaire, ingénieux et coloré que cette incroyable ville de cathédrales étincelantes.

– Enfer et damnation ! s'exclama-t-il, le souffle court.

Même sa voix de stentor se perdait dans le joyeux vacarme de Chinatown.

– C'est vraiment un endroit remarquable, dit-il en secouant la tête, plein d'incrédulité. Absolument remarquable !

Une petite femme qui lui faisait face prononça quelques mots. Il plaça sa main en cornet devant son oreille en comprenant qu'elle s'adressait à lui.

– Je vous demande pardon, madame ?

Elle lui paraissait originaire d'Orient et gloussait timidement en lui parlant. Il se baissa vers elle, se pliant presque en deux pour mieux l'entendre.

– C'est très bruyant, madame. Je vous prie de parler un peu plus fort.

– J'aime beaucoup votre chapeau, dit-elle.

– Mon chapeau ? répéta-t-il en touchant les bords de son vieux haut-de-forme. Je vous remercie.

Puis, sans prévenir, la femme sortit quelque chose de son sac à main. L'objet brillait d'un gris acier comme un fusil, avait la forme d'un cornet à poudre et était doté d'un œil vitreux aux reflets ternes.

– Madame ? Puis-je vous demander ce que… ?

Elle leva le petit engin devant son visage et dit :

– Vous pouvez sourire, s'il vous plaît ?

Tout à coup, un flash de lumière aveuglant jaillit. Lincoln trébucha en arrière, hurlant de terreur, persuadé que l'objet était une arme et qu'on lui avait tiré dessus. Il heurta quelqu'un derrière lui et tomba en l'entraînant dans sa chute.

– Hé, à quoi tu joues, abruti ?

Lincoln discerna un visage jeune à la peau noire, sous la

visière d'une casquette des Yankees. Il grimaça d'un air embarrassé, en palpant son torse pour s'assurer qu'il n'était pas blessé après le coup de feu tiré par la Chinoise.

– Toutes mes excuses, j'ai dû… Enfin, je croyais…

Le jeune Noir repoussa avec colère les jambes dégingandées de Lincoln pour se dégager. Il lâcha un flot de paroles dont ce dernier ne comprit pas un traître mot.

– Comme j'ai dit, je suis sincèrement désolé. J'ai cru que cette petite femme m'avait… m'avait tiré dessus… avec une drôle d'arme.

Le jeune homme le regarda se lever en s'époussetant. Il secoua la tête, à la fois perplexe et agacé.

– Regarde un peu où tu mets les pieds. D'acc ?

Lincoln remarqua alors que le jean bleu pâle du jeune homme avait un accroc au niveau du genou.

– Grands dieux ! Il semble que j'aie déchiré vos vêtements ! Je vous demande pardon.

– Hein ? Quoi ? Ah non… c'est fait exp…

– J'ai un peu de monnaie sur moi, l'interrompit Lincoln. Permettez-moi au moins de vous dédommager.

– Non, euh, c'est bon, fit le jeune homme en balayant l'air de sa main. Mais fais gaffe la prochaine fois, pigé ?

– J'insiste, dit Lincoln en fouillant les poches de son pantalon usé. Où est votre maître ? Je vais lui donner…

– Quoi ? Répète un peu ce que tu viens de dire ?

Lincoln s'immobilisa en haussant un sourcil.

– Ah, je vois ! Pardonnez mon erreur, jeune homme. Vous êtes un nègre affranchi, c'est cela ?

Les deux officiers de police entendirent l'appel sur la radio de la voiture.

On a une altercation au croisement de Mott Street et de Canal Street. On nous a signalé deux types qui se battaient comme des chiffonniers.

Bill saisit le micro.

– OK, bien reçu. On y va, on est juste à côté.

Il écrasa sa cigarette, mit sa casquette et en ajusta la visière en se regardant dans le rétroviseur.

– Bon sang, ça commence tôt, ce soir, les réjouissances.

– Ouais, répondit Jim, en remettant la moitié de son bagel au bœuf dans son emballage avant de le fourrer dans la boîte à gants.

Il pensa que le bœuf serait froid lorsqu'il aurait le temps de finir son repas et que le pain aurait absorbé toute la moutarde.

Super.

Il mit la sirène en marche et prit la première à gauche.

– Bon sang, et dire qu'on n'est que lundi.

Bill ricana tandis que la voiture descendait à vive allure la rue animée, la sirène leur ouvrant un passage entre les deux files de circulation embouteillée.

CHAPITRE 18
2001, NEW YORK

– Tu vois quelque chose ?

Becks secoua la tête.

– Je ne vois personne qui lui correspond de près ou de loin.

– Franchement, j'ai du mal à croire qu'on puisse croiser quelqu'un qui lui ressemble de près ou de loin. C'est un drôle de type, quand même.

Bien que Lincoln apparaissait à Liam comme un individu parfaitement singulier, tour à tour fougueux et excité comme un gamin, puis grincheux et têtu comme une mule, il y avait quelque chose en lui qui lui plaisait vaguement. Peut-être était-ce parce qu'il avait l'air si honnête. Avec son maniérisme outrancier, sa voix forte et son visage expressif, il semblait absolument incapable de dissimuler la moindre pensée.

Comme aurait dit sa tante Dot : *on lit en lui comme dans un livre.*

Il se souvint qu'un des jeunes stewards qui travaillaient avec lui sur le *Titanic* était un peu comme ça, toujours prêt à marmonner un juron s'il n'avait pas de pourboire. Liam s'était dit qu'il ne ferait pas long feu sur le bateau. Le steward en chef disait de ce gars qu'il était de trop, qu'il risquait de causer des problèmes. Sûrement pas le genre de jeune homme que la White Star avait envie de voir dans un de ses uniformes.

Liam regarda les feux clignotants des véhicules bloqués à un croisement et se demanda si ce garçon faisait partie des rares survivants du naufrage recueillis à bord du paquebot *Carpathia.*

> Maddy ?

– Oui ? marmonna-t-elle.

Son rhume avait empiré au cours de la dernière demi-heure. Elle avait la migraine, la gorge enrouée, les bras endoloris comme si elle avait soulevé des poids de cinquante kilos et les jambes lourdes comme si elle avait couru un marathon.

> Un incident vient juste d'être publié sur l'Intranet de la police de New York. D'après mes calculs, il pourrait fortement correspondre à ce que nous cherchons.

Elle se mit face à la webcam.

– Ça dit quoi ?

> « 19 h 31. Perturbation à l'angle de Mott Street et de Canal Street. Un homme blanc, âge approximatif : vingt-deux ans. Peut-être un vagabond. Probablement enregistré sous un faux nom : Abraham Lincoln. »

– Oh, purée, on le tient ! On sait où il est maintenant ?

> L'information provient du poste de police de la zone 5.

– Tu as une idée d'où ça se trouve ?

> Un instant… Je cherche.

Maddy attrapa son inhalateur posé sur le bureau et prit une longue inspiration sifflante. L'asthme, en plus du rhume, ou plutôt de la grippe en fait, et un gros paquet de stress pour couronner le tout… Elle se demanda combien de châtiments son corps fragile allait encore devoir endurer.

> 19 Elizabeth Street.

Sal et Bob étaient sûrement les plus proches. Elle prit son téléphone.

– Sal ?

– Oui ?

– Ça y est, on a mis la main sur notre homme. Il a déjà trouvé le moyen de se faire arrêter.

– Tu parles d'une surprise !

– Il est retenu au poste de police d'Elizabeth Street. C'est à même pas cinq minutes de là où vous êtes, je pense.

– Tu veux que Bob le fasse s'évader, ou un truc dans le genre ?

– Surtout pas ! Ça mettrait une de ces pagailles, mieux vaut éviter ça. Non, le mieux, c'est que tu y ailles et que tu te renseignes sur son cas. On dirait qu'il n'a rien fait de très grave. Tu n'as qu'à raconter que c'est ton cousin, qu'il est un peu excentrique, quelque chose comme ça, et que tu es venue pour le ramener chez lui et lui faire un long sermon. Avec un peu de chance, ils le laisseront partir avec toi.

– OK, je vais essayer.

Maddy raccrocha, se cala dans son fauteuil et se moucha avant d'appeler Liam. Il finit par décrocher après une vingtaine de sonneries.

– Alors ça y est, tu as fini par comprendre comment ça marche, on dirait.

– Oui. Ces fichus boutons sur le devant se ressemblent tous, pour sûr.

Elle poussa un long soupir, puis lui expliqua aussi rapidement que possible où se trouvait Lincoln et lui demanda de rentrer à l'arche avec Becks. Elle se doutait que Sal aurait du mal à convaincre la police de laisser partir Lincoln. Le scénario le plus probable, c'était qu'ils le relâchent le lendemain matin avec un simple avertissement s'il n'avait rien fait de trop méchant… ou sous caution, dans le cas contraire.

Elle raccrocha et jeta un regard abattu à la webcam.

– Tu crois que je peux aller me reposer un peu, Bob ?

> Recommandation : quatre heures de sommeil au minimum. Tu ne fonctionnes pas au maximum de tes capacités. Tu as l'air complètement *chudyah*.

Maddy sourit, surprise et assez impressionnée par Bob-l'ordinateur.

– Sal t'a encore appris des gros mots, à ce que je vois ?

> Affirmatif.

CHAPITRE 19

2001, NEW YORK

– Qu'est-ce que tu fabriques, Jim ?

Son coéquipier leva les yeux de son ordinateur et haussa les sourcils d'un air las. Il avait défait le premier bouton de la chemise de son uniforme de la police new-yorkaise et avait retroussé ses manches. Il ressemblait ainsi à un homme qui avait déjà quitté le boulot pour rentrer chez lui. Sauf qu'évidemment ce n'était pas le cas.

– J'ai une tonne de paperasse à faire à cause du taré qu'on a ramassé tout à l'heure à Chinatown.

Bill se laissa tomber sur sa chaise.

– Qu'est-ce qu'il a fichu ? Je croyais qu'on le gardait juste pour la nuit et qu'on le libérerait demain sous caution ?

Jim se gratta le nez avec un stylo, puis il passa la main dans ses cheveux blonds coupés à ras.

– Cet abruti est allé raconter des trucs de dingue, comme quoi les Twin Towers allaient s'effondrer, qu'elles allaient exploser et tout ça, répondit-il en soupirant. Du coup, avec l'état d'alerte placé au niveau orange par le FBI, bon sang, je suis obligé de faire tout un rapport.

– Remarque, c'est pas étonnant vu ce qu'il a raconté. C'était quoi, déjà ?

Jim ricana.

– Oh, juste qu'un jour il sera président et qu'il a été transporté dans notre époque depuis 1830 par une bande de gamins qui voyagent dans le temps.

Bill confirma d'un signe de tête.

– Et ce nom, là ? On dirait un truc sorti de la Bible. Abraham Landon ? Ah non, Lincoln, se corrigea-t-il en consultant l'écran devant lui. C'est ça, Abraham Lincoln.

– Un nom sacrément stupide, hein ? Tu nous vois nous taper un président avec un nom aussi débile ?

– Pas avec cette drôle de façon de parler en tout cas. On croirait entendre un gentleman du Sud… genre un pasteur, un prédicateur ou un truc comme ça, tu vois ? Mais je vais te dire une chose, mon pote, je ne serais pas surpris si on me disait que cet énergumène vient tout juste de débarquer du Far West.

– Quoi ? Tu es en train de me dire que ce n'est pas un barjo qu'il faut enfermer dans une cellule capitonnée ?

– Non, grogna Bill, ce que je dis c'est qu'il pourrait se faire pas mal de blé en jouant les prédicateurs exaltés.

– Ouais, c'est vrai…

– Allez, mec, finissons-en… Laissons les intellos du FBI se débrouiller avec lui.

Jim hocha la tête et tapa quelques mots de plus sur le clavier, avant de frapper du plat de la main sur son bureau.

– Terminé ! s'exclama-t-il.

Bill lui fit un grand sourire.

– T'en veux une pour la route, mon pote ?

– Une bière ? Avec plaisir. Mais juste une, sinon…

– « Sinon ma maman va s'inquiéter », ânonna Bill, avec un sourire las.

Encore cette vieille blague débile.

– Jim, mon vieux, il faut vraiment que tu renouvelles ton répertoire.

– Ah ouais ? Ou alors quoi ? Tu vas changer de partenaire ?

Ils sortirent du poste de police désert en se frayant un chemin entre les cloisons mobiles et les bureaux couverts de paperasse en attente.

– Voyons, tu me connais mieux que ça, Jim… Toi et moi, on est comme un vieux couple.

– Là, t'abuses, marmonna Jim en attrapant son manteau et son sac. Maintenant que j'ai cette fichue image dans la tête, je vais faire des cauchemars toute la nuit.

CHAPITRE 20
2001, NEW YORK

Lincoln fut réveillé par le bruit d'une porte qu'on déverrouillait. Encore vaseux, il cligna des yeux, ébloui par la lumière du matin qui se déversait par une fenêtre étroite, puis vit trois hommes habillés de noir entrer dans sa cellule en le fixant.

– Abraham Lincoln ?

Il frotta ses yeux fatigués et se redressa sur un coude.

– Oui, c'est bien moi.

– Veuillez nous suivre, s'il vous plaît, déclara une voix sèche et impassible.

Lincoln s'assit et balança ses jambes par-dessus la couchette. Ses pieds nus touchèrent le sol froid.

– Messieurs, commença-t-il, je n'ai rien fait pour mériter d'être incarcéré de la sorte ! On m'a traité comme un...

– Monsieur, veuillez remettre vos chaussures et nous suivre immédiatement.

Le visage de Lincoln s'empourpra de colère.

– Je ne ferai certainement pas une chose pareille, monsieur ! Pas avant d'avoir reçu, et ce serait la moindre des choses, des excuses pour...

– Très bien, le coupa l'un des hommes en costume, en bougeant à peine les lèvres. Menottez-moi cette ordure.

Les deux autres lui tombèrent dessus sans ménagement, et le plaquèrent sur le lit tandis qu'il se débattait sous leur poids.

– C'est... un... scandale ! hurla-t-il. Comment osez-vous...

– Garde ça pour plus tard, vieux, grogna l'un des hommes qui le maintenait en essayant d'attraper ses poignets.

– Tu vas souffrir, mon pote, dit l'autre. Sale assassin, ordure de terro...

– Agent Belling, gardez vos impressions pour vous. Tant que vous travaillez pour le FBI, j'attends de vous plus de professionnalisme.

– Désolé, monsieur.

– Maintenant, mettez-le debout.

Ensemble, les deux hommes levèrent Lincoln et le placèrent face au troisième.

– C'est une farce !

– Je vous conseille de garder votre bouche bien fermée, monsieur Lincoln. La matinée a été très agitée, et la dernière chose dont mes hommes et moi avons besoin, c'est d'entendre vos paroles arrogantes.

– J'insiste pour qu'on me dise...

– La nuit dernière, vous avez déclaré que les Twin Towers s'effondreraient ce matin.

Lincoln fronça les sourcils.

– Ces deux grandes tours ? Oui, je...

– Il y a quelques minutes, un deuxième avion s'est écrasé sur elles, asséna l'agent du FBI. Vous êtes donc soit un prophète, soit un terroriste. Dans un cas comme dans l'autre, nous avons quelques questions à vous poser.

Il recula et se retrouva dans le couloir.

Les deux autres hommes escortèrent Lincoln hors de la cellule.

– Vous êtes désormais sous la responsabilité du FBI, dit-il en souriant calmement. Vous êtes à nous, espèce de sale pourriture d'assassin terroriste.

Maddy se tourna vers les autres, qui se tenaient sur le parvis devant le poste de police.

– Bien, il est 9 heures et demie. À cette heure-là, il devrait y avoir des policiers dans les bureaux qui pourront nous signer un bon de sortie. Liam, tu viens avec moi. Sal, Bob et Becks, vous restez ici.

– Et s'ils ne veulent pas le relâcher ? demanda Liam.

Il s'apprêtait à désigner les deux unités de soutien, dont Bob, qui fouillait sous son imperméable pour en tirer le vieux fusil de Foster coincé dans sa ceinture. Visiblement, il était impatient de l'exhiber et de s'en servir.

– Ah non ! Pas de violence. Je l'ai déjà dit. S'ils refusent, on n'aura plus qu'à trouver autre chose.

D'un geste de la main, elle désigna une colonne de fumée noire qui dessinait un arc dans le ciel bleu et dégagé du matin

– Vous voyez ça ? Tout le monde est en train de suivre le déroulement des événements du 11 Septembre. Les gens sont en colère et ils ont très, très peur, y compris les flics. Dans leur tête, pour le moment, c'est peut-être la première de toute une vague d'attaques terroristes. Alors on n'a vraiment pas intérêt à faire du grabuge, OK ?

– OK, fit Liam en haussant les épaules.

– Alors allons-y, lança-t-elle en lui attrapant le bras.

Ils montèrent quelques marches et traversèrent un petit parking qui, en temps normal, était rempli de voitures et de motos de police. Mais ce matin, la plupart d'entre elles étaient sorties pour maîtriser la foule paniquée.

Ils poussèrent des portes battantes et s'avancèrent jusqu'à un guichet fermé par une épaisse cloison en plexiglas. Juste derrière se tenaient deux femmes officiers en uniforme et plusieurs policiers en civil. Tous avaient les yeux braqués sur une petite télévision portative posée à l'angle d'un des bureaux.

Maddy tapota doucement sur le comptoir.

– Excusez-moi.

Impossible de savoir s'ils l'avaient entendue ou pas.

– Excusez-moi !

L'une des femmes en uniforme parvint à détourner de l'écran ses yeux encore rougis par les larmes.

– Mon Dieu, chuchota-t-elle à Maddy comme si elles étaient de vieilles connaissances. C'est affreux, n'est-ce pas ?

Maddy approuva d'un hochement de tête. À cet instant, elle se sentait totalement déconnectée du désastre qui se jouait à l'extrémité sud de Manhattan. Mais elle se souvenait très bien de l'émotion dans laquelle ils avaient tous été plongés, à l'école, quand, tout comme ces officiers, ils avaient regardé, abasourdis et pleins de larmes, les flammes grimper le long des tours.

– Nous sommes venus chercher notre… euh, notre cousin. On vous l'a amené hier soir et il a été mis en cellule, je crois.

La femme de l'autre côté du guichet renifla et se tamponna les yeux. Elle semblait légèrement soulagée de pouvoir occuper son esprit à autre chose.

– D'accord, oui. Il va me falloir un nom, s'il vous plaît.

– Madelaine Carter. Et lui, c'est Liam O'Connor.

– Non, le nom de la personne qui a été arrêtée.

– Oh, pardon : Abraham Lincoln.

La femme saisit un bloc-notes sur lequel était agrafé un registre des événements imprimé à l'ordinateur.

– Voyons, voyons, dit-elle, en parcourant la feuille du bout de l'index. Abraham Lincoln, voilà. État d'ébriété et trouble à l'ordre public. Apparemment, il a été enregistré hier à 22 h 15.

– C'est tout à fait lui, soupira Liam. C'est vrai qu'il aime bien boire de temps en temps.

– Ça lui attire souvent des ennuis, ajouta Maddy.

– Mais on va bien lui remonter les bretelles, pour sûr, fit Liam d'un air sévère. Je n'aimerais pas être à sa place quand on sera à la maison.

La femme hocha distraitement la tête. Elle entra une référence dans l'ordinateur.

– Je vais devoir vous demander de signer un formulaire de sortie. Est-ce que l'un de vous est un membre de sa fam…

Elle s'arrêta net, la bouche ouverte, les yeux rivés sur l'écran.

– Il est écrit que le FBI est venu le chercher ce matin. Vous venez de le rater. Nous leur avons transféré la responsabilité du dossier il y a dix minutes environ.

Maddy déglutit nerveusement.

Ça ne sent pas bon.

La femme officier scruta Maddy et Liam avec un air de plus en plus suspicieux.

– Je… euh… vous dites que vous connaissez cet Abraham Lincoln, c'est bien ça ? Vous êtes ses… *associés* ?

Ses *associés* ? Le mot semblait les qualifier de criminels.

– On est de la famille, en quelque sorte, dit-elle avec un sourire hésitant. Il y a un problème ?

– Un instant, dit la policière sans répondre à sa question.

Elle se précipita dans le bureau où se trouvaient les autres, toujours en train de regarder la petite télévision.

– Quelque chose ne tourne pas rond, chuchota Maddy.

La femme parlait à ses collègues, puis soudain ils tournèrent tous la tête dans leur direction.

– Je crois qu'on ferait mieux de filer, dit Maddy.

– Ouais, t'as raison, allons-y.

Liam leva la main vers les policiers.

– Bon, messieurs dames, je crois qu'on reviendra une autre fois. Vous avez l'air, euh… un peu trop occupés.

Il fit quelques pas en arrière pour s'éloigner du guichet.

– Restez où vous êtes ! s'écria l'un des officiers en civil en glissant discrètement la main à l'intérieur de sa veste.

– Oh, purée… murmura Maddy.

Sal, encadrée par les deux unités de soutien, avait l'impression de ne pas être à sa place. Elle remarqua le même calme inquiétant qu'elle avait observé tant d'autres fois à Times Square : des gens immobiles, fixant le ciel, la plupart avec un téléphone portable à l'oreille, partageant ces moments d'horreur avec un proche, quelque part dans la ville. Même certains automobilistes s'étaient arrêtés à des croisements malgré les feux verts, la portière côté conducteur ouverte ou la vitre baissée pour mieux voir l'épais linceul de fumée noire qui enveloppait le ciel.

Tous les regards étaient tournés vers le haut, et seule Sal, qui avait déjà vu bien trop de fois le ciel du 11 Septembre, remarqua la camionnette noire qui sortait doucement du parking du poste de police. Alors qu'elle prenait à gauche au croisement et les dépassait, il lui sembla entrevoir l'ombre d'un visage familier à travers les grilles de la vitre arrière.

– Mince, on dirait...

– Qu'y a-t-il, Sal ? demanda Becks.

– Cette camionnette, là.

– La noire ? Immatriculée à Washington BLL 443 ?

– Ouais, je crois bien avoir vu...

Sa voix frêle s'évanouit tandis que la camionnette se faufilait calmement entre les voitures à l'arrêt, avant de tourner à droite et de disparaître.

Liam attrapa Maddy par la main, tourna les talons et s'enfuit par les portes battantes.

Dehors, sur le trottoir, Sal et les deux autres les attendaient toujours.

– Maddy ! cria Sal. Je crois que je viens de voir Lincoln dans une...

Elle s'interrompit.

– Ben, qu'est-ce qui se passe ?

Maddy lui agrippa l'épaule, s'efforçant de reprendre ses esprits.

– Maddy, ça va ?

– On... dit-elle entre deux respirations sifflantes, on a... un nouveau plan !

– Et c'est quoi ?

À ce moment-là, les deux portes vitrées du poste de police s'ouvrirent à toute volée et plusieurs policiers en uniforme surgirent, la main posée sur la crosse de leur revolver, et se mirent à dévisager les piétons qui passaient sur le trottoir.

– On court !

CHAPITRE 21
2001, SUR LA ROUTE DE QUANTICO, VIRGINIE

Lincoln, silencieux, lança des regards noirs en direction de ses trois geôliers pendant près d'une heure. Le véhicule sans chevaux dans lequel ils voyageaient était peu confortable. On ne voyait quasiment rien à travers la fenêtre et il commençait à être malade à force d'être ballotté. Il ne savait pas du tout depuis combien de temps il était là. L'homme assis en face de lui lui retournait ses regards sombres à travers ses lunettes rondes à monture métallique avec une froideur toute professionnelle.

Soudain, une trappe s'ouvrit, laissant apparaître, derrière un grillage, deux autres hommes dans une cabine à l'avant. Lincoln était presque sûr qu'il s'agissait des conducteurs de cet étrange véhicule.

– Agent Mead ?

L'homme qui l'observait silencieusement glissa jusqu'au bout du banc pour s'approcher de son interlocuteur.

– Que se passe-t-il ?

– Un message du bureau de New York.

– Je vous écoute.

Lincoln ne put rien saisir de leur échange à voix basse. Mais pour la première fois, il vit une lueur d'émotion passer sur le visage de l'homme à lunettes. La conversation fut courte et la trappe se referma aussitôt après.

L'agent Mead reprit sa place initiale sur le banc, les yeux braqués sur Lincoln. Il avait la mâchoire serrée, les lèvres pincées, et il serrait et desserrait les poings en silence. Enfin, d'une voix chargée d'émotion, il prit la parole :

– Mon Dieu. Qui sait combien de citoyens innocents viennent de mourir. Mille ? Cinq mille ? Dix mille ? On ne le saura peut-être jamais.

– Que s'est-il passé, mon commandant ? demanda l'agent assis à gauche de Lincoln.

– Elles se sont effondrées.

Les deux agents se mirent à jurer.

– Nord et sud, les deux, tout l'ensemble… réduit à néant !

Lincoln fronça les sourcils pendant un instant, puis comprit qu'il s'agissait des deux immenses et magnifiques bâtiments qu'il avait vus exploser lorsqu'il se trouvait dans l'arche en briques.

– Les deux grandes tours sont complètement détruites, c'est ça ?

Lincoln voyait bien que l'agent Mead brûlait d'envie de le frapper, mais faisait tout son possible pour se contenir. Néanmoins, il se dit que ça valait la peine d'essayer à nouveau d'expliquer son étrange situation.

– Il faut que vous m'écoutiez, monsieur. J'ai déjà tout raconté à ces deux rustres hier soir. En fait, j'essayais de faire comprendre à ces bougres d'ignares que j'ai voyagé dans le temps, aussi bizarre que cela puisse paraître.

– Si j'étais vous, je la fermerais.

– Bonté divine, nous sommes dans un pays libre, monsieur ! s'emporta Lincoln. J'ai le droit d'exprimer mon opinion !

– Là, tout de suite, non.

– Savez-vous qui je suis, monsieur ?

– Oh que oui. Vous êtes une ordure de terroriste. Un fanatique complètement barjo qui pense pouvoir défendre je ne sais quelle thèse de cinglé en tuant des citoyens innocents.

Lincoln se pencha en avant, les yeux plissés de colère.

– Cette fois, vous allez m'écouter attentivement ! Un jour, je serai président de ce pays et…

L'homme qui portait des lunettes eut un mouvement vif, et Lincoln se retrouva plié en deux, suffoquant de douleur, le souffle coupé par un coup au niveau du plexus solaire. Il se concentra pour ne pas vomir sur le sol métallique.

– Agent Belling, vous êtes témoin de ce qui vient de se passer, n'est-ce pas ?

– Oui, mon commandant. Le véhicule a fait une embardée et le détenu est tombé sur votre poing.

– Exactement.

Lincoln regarda les deux hommes.

– Quoi ? Mais pas du tout, enfin ! Cet homme vient de me frapper !

– Je t'avais prévenu, Abraham, dit l'agent Mead. Maintenant, tu ferais mieux de la fermer.

CHAPITRE 22

2001, NEW YORK

– Il a dû vendre la mèche et leur parler de la destruction des Twin Towers quand ils l'ont arrêté hier soir, dit Maddy. Il a tout vu ici, sur l'écran.

– S'il était au courant de ce qui allait se passer, il est logique que les autorités pensent qu'il est impliqué, déclara Becks.

– Exact. Je me souviens qu'après le 11 Septembre, il y a eu une vague d'arrestations dans tout le pays et ça a commencé à peine quelques heures après. Si le FBI l'a expédié à l'arrière d'une camionnette, c'est qu'ils pensent que c'est un terroriste et que, d'une manière ou d'une autre, il a quelque chose à voir avec le 11 Septembre.

– Mais, intervint Sal, s'il leur dit qu'il est Abraham Lincoln, ils penseront peut-être qu'il est complètement dingue et ils le relâcheront.

– Information : le cours de l'Histoire a été altéré, fit remarquer Bob.

– Bob a raison, acquiesça Maddy. Dans cette nouvelle chronologie, Abraham Lincoln n'est jamais devenu célèbre. Il pourra bien leur répéter son nom un million de fois, ça ne leur dira absolument rien !

Elle se leva de son siège et se mit à faire les cent pas autour de la table de cuisine.

– Il faut qu'on découvre où ils l'emmènent et qu'on le récupère avant une nouvelle onde temporelle. Le prochain changement pourrait bien être énorme. Il n'y a pas une minute à perdre.

– C'est quoi, le FBI ? demanda Liam.

– *Federal Bureau of Investigation*, dit Maddy. Une sorte de police spéciale, si tu préfères. Ils s'occupent des terroristes et des criminels. En gros, c'est une police d'élite.

– Comme Scotland Yard ?

– J'imagine.

– Ah d'accord. Est-ce qu'ils travaillent depuis un endroit particulier ? Est-ce qu'ils sont basés quelque part ? Comme nous, avec notre arche ?

– C'est à Washington, je crois, répondit Maddy. C'est là qu'est leur QG, si je me souviens bien de *X-Files*.

– « Iks » quoi ?

– C'est une vieille série télé, ça n'a pas d'importance, expliqua-t-elle. Bon, c'est sûrement là qu'ils le conduisent. Je me rappelle avoir lu quelque part qu'après le 11 Septembre le FBI a arrêté tous les types qui avaient l'air suspect et les a placés en détention, jusqu'à ce que le camp de Guantanamo ouvre ses portes et soit prêt à les accueillir quelques mois plus tard.

Elle se tourna vers Becks.

– Est-ce que tu peux demander à Bob de rassembler toutes les informations possibles sur le FBI ? Le plan du QG, son emplacement, ce genre de trucs ? Et aussi des infos sur les suspects qui ont été arrêtés après le 11 Septembre et l'endroit exact où ils étaient enfermés.

– D'accord, Maddy.

– On dirait qu'on n'a pas vraiment le choix, reprit-elle en s'adressant aux autres. Je ne vois pas ce qu'on peut faire d'autre. Il faut qu'on se rende au QG du FBI et, Bob, si les choses tournent mal, tu devras utiliser l'artillerie lourde pour le faire sortir.

– Ça exigera d'avoir recours à la violence. Il me faudra davantage d'armes.

– Ça c'est sûr. Un sacré carnage en perspective.

– C'est où, déjà, la base du FBI ? demanda Liam.

– À Washington. Tu y es déjà allé, tu te souviens ?

Il fronça les sourcils un instant, puis le souvenir lui revint.

– Oui.

Bob et lui avaient voyagé à bord d'un camion de Washington à New York dans une Amérique bien différente, en 1956. Une Amérique envahie par les nazis.

– On va avoir besoin de voiture, alors, dit Sal.

– Une voiture et des gros calibres pour Bob, résuma Liam avec un sourire. Ça tombe bien, il adore ça.

– Affirmatif.

Maddy plaqua ses mains sur la table.

– En tout cas, il faut qu'on se mette en route rapidement, d'ici une heure tout au plus.

– Qui y va ? demanda Sal. À mon avis, on ne peut pas y aller tous ensemble. Quelqu'un devrait rester ici.

Maddy approuva. Sal avait tout à fait raison. Il fallait quelqu'un à l'arche pour coordonner les opérations.

– Bon, de toute évidence, Maddy, on a besoin de toi ici pour tout organiser, dit Liam. Bob, Becks et moi, on se charge d'y aller. Ils forment une armée à eux deux, personne ne leur arrive à la cheville, pour sûr.

– Laissez-moi venir avec vous, dit Sal.

– Certainement pas, répliqua Liam. Ça va être dangereux. Il vaut mieux que tu restes en sécurité ici.

– Mais je passe ma vie ici ! Je ne peux jamais rien faire !

Elle se tourna vers Maddy, en quête de soutien.

– Encore une fois, je t'en supplie… Laisse-moi être plus qu'une simple observatrice.

– Liam a raison. Il y aura des échanges de tirs s'ils doivent…

– De toute façon, je devrais déjà être morte, non ? dit Sal. Et vous aussi. J'aurais dû mourir carbonisée à Mumbai avec toute ma famille. Et pourtant je suis là. Alors, chaque jour est un jour de plus, un bonus de temps. À quoi ça sert si c'est pour rester assise ici sans rien faire d'utile ?

– Mais tu es utile, Sal ! Tu es très utile. Tu es notre système d'alerte anticipée.

– Je veux faire plus que ça, dit Sal en croisant les bras. J'en ai vraiment besoin.

Maddy baissa les yeux sans dire un mot, puis elle jeta un coup d'œil à sa montre. Il était midi passé. Tout au long de la journée, les choses iraient très vite en Amérique. En ce moment même, quelque part dans les coulisses du pouvoir en pleine panique, la FEMA, l'agence fédérale qui gère les situations d'urgence, ordonnait de suspendre toutes les liaisons aériennes à travers le pays. Le président Bush était à bord de l'Air Force One, escorté par deux F16. Le Pentagone était en flammes. Pendant ce temps, Dick Cheney, le vice-président, se trouvait dans le Centre opérationnel d'urgence présidentiel, au sous-sol de la Maison-Blanche.

Et Abraham Lincoln – si Sal avait raison, si c'était bien lui qu'elle avait vu à l'arrière de la camionnette noire – était sans aucun doute emmené au QG du FBI à Washington pour y être interrogé. Il devait déjà être sur l'autoroute qui traversait le New Jersey en direction du sud.

– OK, déclara Maddy, voilà ce qu'on va faire. Pas la peine de conduire jusque là-bas. On va ouvrir une fenêtre sur place, juste devant l'entrée du QG du FBI. Ce ne sera pas un saut dans le temps, mais dans l'espace.

Elle jeta un regard vers son bureau, devant lequel se tenait Becks, en pleine conversation silencieuse par Bluetooth avec Bob-l'ordinateur.

– Enfin, reprit-elle, dès qu'on aura les informations sur l'agencement du lieu et des coordonnées fiables. Liam, Bob et, c'est d'accord, toi aussi Sal, allez là-bas et surveillez la circulation. Si vous repérez la camionnette noire et que vous reconnaissez vraiment Lincoln à l'arrière, et si vous pensez avoir une chance de le récupérer, alors n'hésitez pas. C'est compris ?

Tous les trois firent oui de la tête.

– Pendant ce temps, Becks, Bob-l'ordinateur et moi devons regrouper des données. Il faut qu'on trouve toutes les informations possibles sur la façon dont les terroristes présumés ont été pris en charge pendant la première semaine : où on les a retenus, comment on les a transportés, etc. Si jamais vous ratez Lincoln, il faudra qu'on ait une idée très précise de l'endroit où les suspects sont gardés. Si on ne remonte pas sa trace suffisamment vite, on pourrait bien ne jamais le retrouver, et je préfère ne pas penser aux conséquences. J'imagine qu'on a de la chance que l'Histoire ait subi aussi peu de modifications jusqu'à présent.

Elle sortit un mouchoir et se moucha bruyamment.

– Dieu sait combien de temps ça va durer.

CHAPITRE 23
2001, NEW YORK

Une demi-heure plus tard, Bob, Liam et Sal se tenaient au centre de l'arche, à quelques pas d'un cercle à peine visible dessiné à la craie d'un peu plus d'un mètre de diamètre. À l'intérieur de ce périmètre, le sol en béton avait disparu ou, plus précisément, il avait été creusé, laissant place à une sorte de cratère peu profond, comme si une boule de bowling surdimensionnée était tombée du plafond.

Maddy détestait voir ça. Ils avaient rebouché le trou plusieurs fois et elle avait même acheté un vieux tapis pour le recouvrir. Mais à plusieurs reprises, ils avaient dû ouvrir un portail au milieu de l'arche – un « départ à sec », comme ils l'appelaient – sans avoir eu le temps de remplir d'eau le cylindre de plexiglas.

– Bon, voyons, dit Maddy en consultant sa montre. Il est presque 12 h 30. Le FBI a emmené Lincoln un peu après 9 h 30, et il faut quoi, disons trois ou quatre heures par l'autoroute I-95 pour aller en Virginie ?

– Correct, confirma Becks. Ça correspond à mes calculs.

– Donc j'ai entré les coordonnées d'une route à la sortie de l'I-95 qui mène à la FBI Academy, l'école du FBI à Quantico : Russel Road. C'est à une soixantaine de kilomètres de Washington et, d'après Bob, c'est là que les terroristes présumés ont été emmenés juste après les attentats. C'est un coin plutôt discret et calme. Il y a un poste de contrôle où tous les véhicules doivent ralentir et s'arrêter. Il faut montrer ses papiers et tout. Je pense que c'est le meilleur endroit pour faire le guet.

Elle se pencha sur le bureau et pianota sur le clavier tout en continuant de parler.

– Je ne vous envoie pas en avant ou en arrière dans le temps, il s'agit simplement d'un déplacement spatial. Vous devriez être au poste de contrôle avant l'arrivée de la camionnette. Enfin, si tu es absolument certaine d'y avoir vu Lincoln, ajouta-t-elle en se retournant vers Sal.

Le hochement de tête hésitant de la jeune fille n'était pas des plus rassurants.

Maddy cliqua sur une boîte de dialogue et entra un compte à rebours d'une minute.

– OK, c'est parti.

– Et pour la fenêtre de retour ? demanda Liam. Tu ne crois pas qu'on devrait se mettre d'accord sur…

– Tu vois cet engin bizarroïde entre les mains de Sal ? le coupa Maddy, les yeux au ciel.

Sal sourit en agitant son téléphone portable.

– Vous avez juste à me passer un coup de fil et je vous ramène direct à la maison. Pas besoin de fossiles ou de parchemins antiques cette fois-ci.

– Ah d'accord, dit Liam, l'air penaud. Oui, bien sûr.

– Quant à toi, Bob, si tu vois que cette camionnette est pleine de types du SWAT avec des gilets pare-balles et des gros calibres, ne sois pas stupide. Tu es peut-être très fort, mais tu n'es pas invincible.

– J'opérerai selon des paramètres de risque acceptables.

Elle regarda Liam.

– C'est à toi de décider, OK ? Si tu as l'impression que c'est trop dangereux, on trouvera autre chose. Au moins, on sera fixés sur son lieu de détention et on pourra penser à un autre plan.

– D'accord.

– Bon, tout le monde est prêt ? Il reste vingt secondes.

Le bourdonnement de la machine s'intensifia.

– Soyez prudents. Surtout toi, Sal. Laisse les gars faire leur boulot.

Sal sentit un frisson lui parcourir le dos, visiblement excitée à l'idée d'être davantage au cœur de l'action que lorsqu'elle restait assise à surveiller attentivement les subtils changements du monde.

– C'est promis.

Un courant d'air traversa l'arche, faisant s'envoler des papiers de bonbons et renversant des boîtes de pizza sur le bureau. Une sphère de lumière chatoyante venait de se matérialiser devant eux.

– À bientôt, cria Maddy par-dessus le vrombissement du champ d'énergie.

Sal agita la main tandis que Liam franchissait le portail. Maddy le regarda disparaître. Sal le suivit un instant plus tard en serrant les dents, puis ce fut au tour de Bob.

– Ferme la fenêtre, s'il te plaît.

Bob-l'ordinateur obéit, et le champ sphérique se réduisit à un point unique avant de s'évanouir.

Maddy s'assit à côté de Becks, face à la faible lueur de la rangée d'écrans. Ils diffusaient les informations de différentes chaînes, qui montraient toutes, sous des angles variés, des images en direct du même événement : les ruines fumantes du World Trade Center et les visages de fantômes recouverts de poussière d'un millier de pompiers, urgentistes et policiers silencieux aux regards hébétés.

Un tableau figé.

Le seul mouvement semblait venir des feuilles de papier qui continuaient de voltiger en cercles incessants dans le ciel, comme une nuée d'oiseaux s'envolant vers une nouvelle demeure.

CHAPITRE 24

2001, QUANTICO, VIRGINIE

Liam, Bob et Sal s'accroupirent dans les herbes hautes à l'ombre d'un cèdre rouge. Devant eux, une pelouse fraîchement tondue descendait en pente jusqu'à une route étroite qui serpentait discrètement à travers bois vers la FBI Academy.

À cinquante mètres de là, une petite cabine en préfabriqué – fenêtres en plastique rayé et tôle ondulée – abritait deux vigiles. Un autre jour, ceux-ci auraient déjà repéré les trois intrus agenouillés à l'orée du bois. Mais aujourd'hui, tous deux avaient les yeux rivés sur leur poste de télévision. Une fanfare aurait pu défiler devant eux qu'ils n'auraient rien remarqué.

– Bob, si la camionnette arrive et que je te donne l'ordre d'aller porter secours à M. Lincoln, qu'est-ce que tu vas faire ? demanda Liam.

Les yeux de Bob se plissèrent tandis qu'il réfléchissait.

– Tout d'abord, immobiliser le véhicule. Ensuite, neutraliser les gardes armés et procéder à l'extraction de la cible.

– Nous voulons le récupérer sain et sauf, n'oublie pas.

– Affirmatif. J'évaluerai la menace potentielle contre Lincoln et je n'agirai que si le pourcentage est favorable.

– Mais tu ne vas pas tuer les vigiles qui sont dans la baraque ? dit Sal en les regardant. En plus, ils ont l'air plutôt vieux.

– S'ils sont un obstacle à la réussite de la mission, ils seront une cible légitime, répondit Bob d'un air sévère.

– Tu n'as qu'à leur lancer un de tes fameux cris de guerre, lui suggéra Liam avant de donner un petit coup de coude complice à Sal. Si tu l'entendais !

Ce cri en avait fait reculer, des hommes. Un souvenir furtif lui traversa l'esprit : les premières lignes d'une armée de chevaliers aguerris et de mercenaires redoutables fléchissant, au moins pour un moment, à la vue effroyable de Bob, debout sur un tas de décombres au pied d'une brèche dans les remparts de Nottingham.

Ce bref moment, juste avant le choc des armes, le tumulte de milliers de bottes, le bruit métallique de millions d'anneaux de cottes de mailles, la clameur montante des combattants donnant la charge en hurlant des cris de haine mêlée de peur, où le rugissement grave de Bob, tel un grizzly qui appelle ses congénères d'une vallée à l'autre, avait surpassé tout cela.

– Ça leur fichera une de ces trouilles ! Sûr qu'ils détaleront comme des lapins.

– Ma taille peut être intimidante, dit Bob d'un ton neutre. C'est un facteur qui joue en ma faveur.

– Vas-y, fais une grimace effrayante. Un truc vraiment horrible.

– Une grimace effrayante ?

– Ouais, un peu comme quand tu es en colère, mais en bien pire.

Bob consulta un dossier dans sa mémoire. Soudain, ses sourcils se hérissèrent et se joignirent en une seule ligne menaçante. Ses lèvres épaisses se retroussèrent, révélant une rangée de dents qui semblaient capables de transpercer la tôle.

– Tu me fais penser à un gros chien hargneux à qui on aurait volé son os, commenta Sal.

– N'empêche, dit Liam, tu crois que tu resterais plantée là si une tête pareille se ruait sur toi ?

À vrai dire, sans doute pas, pensa-t-elle.

Tous les trois se turent pendant un moment. Ils n'entendirent plus que le ronron lointain de la circulation sur l'autoroute, le murmure assourdi de la télévision et les pépiements des geais et des grives se disputant des territoires dans les épaisses branches au-dessus de leurs têtes.

– Bon, raconte-moi, ça m'intéresse : t'es content du déroulement de la journée ?

Lincoln leva les yeux vers l'agent Mead assis en face de lui.

– C'est ça qui te rend heureux, hein ? Tuer des citoyens américains innocents ?

– Je suis américain moi-même, monsieur, répondit Lincoln, l'air indigné.

– Ah ouais ? Alors quoi, tu n'aimes pas l'Amérique telle qu'elle est, c'est ça ? C'est ta façon d'en faire un endroit meilleur ?

– Je ne sais rien de vos deux tours, ni de ceux qui ont décidé de les détruire.

– Bien sûr ! rétorqua l'agent avec sarcasme. Tu préfères continuer à prétendre que tu viens d'une autre époque ?

– C'est la stricte vérité, monsieur, en effet.

– OK, si tu veux jouer à ça, alors jouons. Vas-y, raconte-moi encore ta fabuleuse histoire de voyage dans le temps.

– Ce n'est pas une histoire ! Je vis en l'an 1831.

– En 1831, hein ? Ben dis donc, ça doit te faire tout bizarre d'être ici, alors.

– Évidemment, répondit Lincoln sèchement, conscient que l'agent se moquait de lui. Ce serait pareil pour vous si vous faisiez un bond de cent soixante-dix ans dans le temps.

– Tu dois trouver ça délirant, hein ? Dément ? Futuriste ?

Les deux autres hommes riaient sous cape aux blagues de leur chef.

– Eh bien, puisque vous me demandez mon avis, sachez que je trouve ce monde absolument barbare. Pour ce que j'en ai vu, en tout cas.

– Barbare ? Ça alors, c'est tordant ! s'exclama l'agent, l'air amusé. Continue, tu vas finir par me convaincre.

Lincoln s'exécuta avec plaisir.

– Bien que ce que j'ai vu de ses constructions et de ses engins dépasse largement mon entendement, il ne m'a pas échappé que ce monde est immoral et égoïste.

– Ah oui ?

– Parfaitement, monsieur. Et les gens sont paresseux, avec ça. Pourquoi est-ce que tout le monde est si gros ?

La camionnette prit un virage, puis commença à ralentir.

– Ah, on y est presque, on dirait, dit l'agent avant d'adresser un sourire glacé à Lincoln. Les types qui vont t'interroger ici seront nettement moins indulgents avec toi, Abraham. Bientôt, tu te diras qu'on était les gentils de l'équipe, fais-moi confiance.

À travers la cloison devant eux, ils entendaient le conducteur parler avec quelqu'un. Un échange formel, purement professionnel.

– Tu vas disparaître quelque part au fond d'une cellule sombre, Abraham. Chaque jour qu'il te reste à vivre sera un calvaire. Et pendant tout ce temps, je veux que tu réfléchisses bien à ce que vous avez fait, toi et tes potes terroristes, à tous ces innocents que vous avez assassinés aujourd'hui.

Le son étouffé d'une voix qui protestait s'éleva, suivi l'instant d'après d'une détonation.

– Mais qu'est-ce qui… ?

Ils entendirent un coup sourd contre la camionnette, qui fit vaciller le véhicule et enfonça la tôle sur un côté. Les trois agents se mirent à chercher leurs armes.

La portière arrière s'ouvrit brusquement et une lumière aveuglante envahit la camionnette. Ébloui, Lincoln plissa les yeux et reconnut la silhouette du géant qu'il avait vu dans l'arche la veille.

Les agents en uniforme avaient sorti leurs armes qu'ils braquaient sur le géant en lui hurlant à l'unisson de lever les mains en l'air quand, comme un seul homme, ils se figèrent.

– Nom de Dieu, qu'est-ce que c'est que ça ? balbutia l'agent Mead.

Le géant se retourna pour voir ce qu'ils regardaient fixement.

Enfin, Lincoln leva les yeux et vit à son tour un ciel invraisemblable.

CHAPITRE 25

2001, QUANTICO, VIRGINIE

Liam et Sal se relevèrent en même temps et passèrent la tête au-dessus des branches basses du cèdre pour mieux voir le mur de la réalité, qui avançait rapidement dans leur direction à travers la campagne de Virginie.

Au début, on aurait dit qu'une plaque continentale entière emplissait le ciel bleu, comme si la croûte terrestre s'était fendue en deux et qu'une moitié de l'Amérique du Nord glissait sur l'autre et l'engloutissait. Mais ce n'était pas solide. Ça ondulait et changeait en permanence, comme une sorte de réalité liquide, comme des nuages pendant un orage, filmés en accéléré.

Dans cette obscurité menaçante apparurent en filigrane les ombres fugaces d'autres possibilités : des bâtiments fantastiques qui n'avaient jamais existé, des créatures difformes qui n'avaient pas leur place sur cette terre et un océan de visages tourmentés – autant de visions furtives de vies, de gens qui auraient pu être mais ne seraient jamais.

– Bon sang, bredouilla Liam, ça va être une onde particulièrement énorme, hein ?

– Oui, acquiesça Sal, énorme.

Et puis, elle fut sur eux. La violence d'une tornade. Un maelström d'obscurité et d'énergie dévastatrice. Liam garda les yeux ouverts, résolument déterminé à assister à toute la scène. C'était la première fois qu'il observait une onde temporelle de près, la première fois qu'il se trouvait à l'extérieur de l'arche à ce moment-là et qu'il voyait de ses propres yeux une réalité en remplacer une autre.

Pendant les quelques secondes que cela dura, il crut apercevoir un soldat romain se métamorphoser en une créature mi-homme mi-machine, et le visage apeuré d'un nouveau-né qui braillait devenant fille, femme, vieille femme, puis un crâne en décomposition – une vie entière déroulée en moins d'une seconde.

Puis la vague les dépassa.

Liam se retourna pour la voir partir. Une traînée noire dans le ciel, sinueuse, ondoyante, qui s'éloignait à la vitesse d'un train.

– Jésus Ma… ! hoqueta-t-il avant de reprendre sa respiration. Jésus Marie Joseph ! Est-ce que… est-ce que tu avais déjà vu une chose pareille ?

Il regarda à ses côtés. Sal était à genoux au milieu de tiges d'environ trente centimètres de hauteur, sans doute du blé ou du maïs après la moisson.

Liam l'aida à se relever.

– C'était incroyable ! s'exclama-t-il avec un sourire exalté.

– Les choses ont radicalement changé, commenta Sal en regardant autour d'elle.

Liam n'avait même pas encore pris la peine d'intégrer la nouvelle réalité. Son esprit continuait de penser aux possibilités infinies qu'il venait d'entrevoir. Il tourna les yeux vers l'endroit où se trouvaient Bob, la camionnette et la cabine des vigiles encore quelques instants auparavant.

C'était désormais un grand champ découvert. Le bois qui se trouvait derrière avait disparu. À cinquante mètres de là, Liam fut soulagé de voir Bob, debout et parfaitement immobile, observant avec flegme le nouveau monde qui l'entourait. Un moment plus tard, les cheveux hirsutes de Lincoln émergèrent d'entre les tiges tandis qu'il se redressait.

Liam et Sal les rejoignirent.

– Cette… cette tempête, balbutia Lincoln, désormais debout. Cet ouragan, c'était …

– Oui, répondit Liam. Voilà ce qu'on récolte quand on change l'Histoire.

– C'est de moi que vous parlez, n'est-ce pas ?

– Oui.

Lincoln regarda le champ autour d'eux, les yeux exorbités.

– Entendez-vous, monsieur, que je suis, moi, d'une telle importance pour le monde ?

– On dirait bien.

– Mon Dieu !

– Liam… commença Bob calmement.

– Je ne peux concevoir de faire quoi que ce soit dans ma vie qui puisse changer la face du monde d'une telle manière ! s'enflamma Lincoln.

– Liam, répéta Bob, les yeux rivés au ciel.

– S'il te plaît, Liam, fit Sal, en suivant le regard de Bob. Regarde ça.

Elle lui tapotait le bras avec insistance, quand une ombre s'abattit sur le champ. Liam se retourna et leva les yeux.

« Oh » fut tout ce qu'il réussit à dire.

– Dieu tout-puissant ! s'exclama Lincoln. Par tous les saints, mais qu'est-ce que c'est que ça ?

Une sorte de gigantesque chaudron flottait dans le ciel, avançant lentement au-dessus des champs. Il faisait cent, peut-être cent vingt mètres de long. Le soleil de l'après-midi faisait briller ses parois cuivrées. Un drôle de bâtiment y était suspendu : un chaos de tuyaux, de cheminées, de silos, d'échelles et de poulies, avec des hublots et des portes en forme d'écoutilles sur plusieurs étages. Quatre immenses bras en forme de grue maintenaient le bâtiment sous le monstre de cuivre, comme une mère portant délicatement son enfant.

Ils le regardèrent dériver doucement au-dessus d'eux jusqu'à un autre champ recouvrant une colline en face d'eux. Il se déplaçait sans bruit, sans le vrombissement d'un moteur. Seul le vent, qui s'engouffrait dans les interstices du bâtiment suspendu, faisait claquer les câbles tendus et s'entrechoquer les chaînes pendantes qui se balançaient.

Finalement, il entama sa descente à cinq cents mètres d'eux.

En se rapprochant du sol, les grands bras en forme de grue se plièrent doucement, crachant de la vapeur de leurs « coudes » et abaissant le bâtiment vers le sol. Celui-ci se posa sur d'imposantes échasses qui s'ajustèrent à l'inclinaison du sol jusqu'à ce qu'il soit horizontal, dans un sifflement sonore d'air comprimé.

– Shadd-yah ! s'exclama Sal. Alors ça, c'est vraiment trop cool !

L'énorme vaisseau s'éleva lentement en rétractant ses bras-grues, laissant le bâtiment posé au milieu du champ. Au bout d'un moment, ils commencèrent à distinguer un peu d'activité. Une grande porte s'ouvrit et une large rampe en sortit en s'étirant jusqu'au sol. Et puis, enfin, quelque chose parut vaguement familier à Liam : un tracteur à chenilles crachant de la vapeur s'engagea le long de la rampe, suivi d'un autre, puis d'un autre, et pour finir un flot de silhouettes.

Les cheminées commencèrent à rejeter des volutes de fumée, et ils entendirent le bourdonnement des machines qui se mettaient en route.

– C'est une ferme mobile ! Voilà ce que c'est ! s'exclama Liam. Une fichue ferme qu'on soulève et qu'on dépose.

– Dois-je comprendre qu'une construction aussi extraordinaire n'existe pas à votre époque ? demanda Lincoln.

– On est toujours à notre époque, monsieur Lincoln, mais dans une version radicalement différente. Tout a changé.

– Et nous, non ? fit Lincoln d'un air confus. Comment est-ce possible ?

– C'est parce qu'aucun d'entre nous n'est censé être ici. C'est bien ça, Bob ? suggéra Liam.

– Correct. Aucun d'entre vous ne devrait être en vie ou faire partie de 2001. Vous n'êtes donc pas affectés par les changements causés par l'onde temporelle.

– Je pense qu'il est préférable que nous trouvions un endroit où nous cacher, le temps de savoir précisément dans quel monde nous sommes désormais.

Tout le monde acquiesça.

Liam scruta les environs et aperçut ce qui semblait être une grange abandonnée à l'autre bout du champ moissonné.

– Alors en route.

Sal jeta un dernier coup d'œil au vaisseau qui s'envolait. Elle remarqua qu'il était composé de différents éléments qui se déployèrent tandis qu'il gagnait de l'altitude avec grâce, se joignant peu à peu sur toute leur longueur jusqu'à former une coque lisse semblable à celle d'un sous-marin antique.

– Viens, Sal ! s'écria Liam.

Elle observa une fois de plus le bâtiment qui venait d'être déposé. Pour elle, cela ressemblait davantage à une usine qu'à une ferme. Puis elle regarda les frêles silhouettes qui descendaient le long de la rampe avant de disparaître dans le champ de blé, d'orge, ou autre. Il y avait quelque chose d'étrange dans leur démarche, une sorte de dandinement maladroit, qui donnait l'impression que leur buste était disproportionné et les faisait ressembler à de grands singes.

– Sal !

– J'arrive, j'arrive.

CHAPITRE 26
2001, NEW YORK

Maddy se balançait sur sa chaise, en appui sur les talons. Puis tout à coup, le temps d'un battement de cils, elle se retrouva comme en apesanteur, avec toutes ses affaires en suspension. Elle tendit la main vers le bord du bureau pour ne pas perdre l'équilibre, tandis que l'arche tanguait, violemment secouée par un impact terrifiant qui venait du sol.

Du sol?

Une pluie de gravillons et de poussière de ciment tomba en cascade depuis le plafond, et des dizaines de briques se fracassèrent sur le sol en produisant des nuages de poudre rouge.

– Mince, c'était quoi ? Un tremblement de terre ?

Les écrans et les lumières de l'arche clignotèrent puis s'éteignirent à l'unisson. Maddy entendit, provenant de la salle du fond, le bruit assourdissant de ce qui devait être une bonne partie du plafond en train de s'écrouler.

Plongée dans l'obscurité, elle grimaça à l'écoute du chaos qui l'entourait et se demanda si le pont Williamsburg tout entier allait s'effondrer sur elle comme un château de cartes.

À l'extérieur, le grondement qui avait précédé le « séisme » s'atténua, et le silence revint enfin, seulement troublé par le grésillement des gravillons qui s'écoulaient toujours des briques désolidarisées au-dessus de leurs têtes.

– Becks ? Ça va ?

– Affirmatif.

Maddy explora le bureau à tâtons, reconnaissant sous ses doigts des canettes de soda vides, des stylos, des carnets, avant de mettre enfin la main sur son inhalateur. Elle l'amorça et, d'une longue inspiration sifflante, absorba la substance qui détendit sa gorge serrée.

– On aurait dit une onde temporelle.

– Je crois que c'en était une, répondit Becks.

Sa voix était plus éloignée désormais. Maddy l'entendait trifouiller quelque chose à l'autre bout de l'arche. Elle fit quelques pas et ses jambes butèrent contre un fauteuil dans lequel elle s'assit avec soulagement.

– En tout cas, ça ne s'était jamais manifesté de cette façon.

– Il n'y a pas d'électricité pour le moteur du rideau métallique, annonça Becks.

Maddy scruta l'obscurité autour d'elle : pas la moindre lueur d'un voyant en veille. *Pas d'électricité du tout.* Le groupe électrogène aurait déjà dû se mettre en route. Elle aurait dû en entendre le bruit saccadé. Et pourtant, rien.

– Veux-tu que je remonte le rideau métallique ? demanda Becks.

Son cœur s'emballa à l'idée de découvrir l'état du monde extérieur. Après ce moment de chute libre et l'épouvantable fracas qui s'en était suivi, elle ne savait pas trop à quoi s'attendre. Cependant, ce n'était pas en restant assise dans le noir agrippée à son inhalateur qu'elle arriverait à quoi que ce soit.

– Oui, vas-y.

Elle entendit le grincement de la poulie et le claquement des chaînes, et quelques instants plus tard, ses yeux habitués au noir perçurent un rai de lumière sous le rideau. Tandis qu'il s'élargissait et devenait plus brillant, un voile de lumière froide envahit l'arche. Maddy sentit son cœur se serrer en découvrant le sol jonché de débris et de briques cassées. Une profonde fissure de la largeur d'une main courait au milieu, révélant de vieux tuyaux et des câbles électriques poussiéreux.

L'arche tout entière, c'est-à-dire toute la colonne de soutènement du pont, semblait être devenue instable. Peut-être même que les dégâts étaient tels que, si jamais ils se sortaient de ce pétrin et retournaient à la normale, il leur faudrait trouver un autre abri.

Cette perspective la perturbait au plus haut point. Elle réalisa qu'elle s'était habituée à cet endroit. Cet antre crasseux était son repère quand tout autour d'elle n'était que chaos. C'était la seule constante. Dans toutes les épreuves qu'ils avaient traversées ensemble, il y avait toujours eu ce lieu – cette arche, ce bureau, cette chaise – pour se réfugier, soigner leurs plaies et trouver des solutions.

Maddy se leva et se dirigea vers le trait de lumière grandissant. Là où se trouvait auparavant la ruelle, elle distinguait des murs de briques effondrés et des gravats entre lesquels avaient poussé des mauvaises herbes.

Tout cela lui rappelait l'apocalypse de Kramer. Peut-être l'Histoire avait-elle réussi, d'une manière ou d'une autre, à revenir à cet autre monde, un paysage cauchemardesque de ruines irradiées et de mutants pitoyables qui avaient autrefois été humains.

– Pas plus haut, souffla-t-elle à l'intention de Becks.

Si des horreurs indescriptibles les attendaient dehors, prêtes à les attaquer, elle préférait ne pas laisser la porte grande ouverte.

– Je ne suis pas sûre d'avoir envie de voir ça, lâcha-t-elle nerveusement.

Becks resta silencieuse, le regard impassible, dans l'attente d'un ordre de Maddy.

– Bon, je ne vais pas faire ma poule mouillée, marmonna-t-elle avant de se baisser pour se glisser sous le rideau.

Encore accroupie, elle jeta un premier coup d'œil devant elle.

– Oh, la vache…

Becks la rejoignit, et toutes deux se redressèrent en même temps pour mieux voir le monde qui les entourait.

New York était méconnaissable. Le pont Williamsburg au-dessus d'elles se terminait en un amas enchevêtré de câbles, de rails de chemin de fer et de bitume éventré, qui plongeait dans l'East River. On aurait dit qu'il y avait eu une guerre.

Elles se trouvaient en équilibre instable sur une pente, au fond d'un grand cratère peu profond. Maddy fit une dizaine de pas hésitants en grimpant sur le flanc et jeta un coup d'œil pardessus le bord accidenté.

Au milieu de l'East River, on voyait les restes des piles centrales du pont. Sur l'autre rive, enveloppée dans une brume légère, Manhattan avait des allures de paysage lunaire. L'île était couverte de gravats gris d'où émergeaient çà et là les squelettes fragiles d'immeubles bombardés, comme autant de doigts cassés accusateurs pointés vers le ciel.

Il y a bien longtemps, une vie entière, lui semblait-il désormais, Maddy jouait à un jeu qui s'appelait *Call of Duty*, l'histoire d'un tireur d'élite pendant la Seconde Guerre mondiale. L'un des meilleurs niveaux du mode multijoueurs se situait dans les ruines de Stalingrad après les bombardements : un dédale tortueux de bâtiments ravagés, à moitié écroulés, de cratères et de sous-sols éventrés. La vue qui s'offrait maintenant à elle n'en était pas très éloignée.

Elle se retourna pour voir l'état du paysage sur leur rive. Il était presque aussi difficile de reconnaître Brooklyn. Si ce côté-là du fleuve semblait avoir été dévasté à un moindre degré, tous les immeubles étaient néanmoins en ruine, ravagés, anéantis par les armes ou les bombardements et noirs de suie. Il restait toutefois des bâtiments encore debout. Sur leur droite, de l'autre côté d'un quai criblé de trous et de cratères, une usine avait perdu son toit, mais conservé quatre murs entiers où s'alignaient des encadrements de fenêtres vides, que les tirs et les éclats d'obus avaient marqués, creusés et fendus.

– C'est un vrai champ de bataille, dit Maddy.

– Affirmatif, acquiesça Becks. On peut voir de nombreuses preuves d'une guerre prolongée.

– Non ? Je n'avais pas remarqué.

– Regarde ! s'écria le clone en montrant le ciel du doigt.

Maddy leva les yeux. À travers un banc de brume qui semblait remplir le ciel tout entier, tel un brouillard bas d'automne, elle distingua les silhouettes fantomatiques de plusieurs formes énormes qui se déplaçaient ensemble, lentement mais sûrement, comme un groupe de baleines.

– Oh, bon sang, mais c'est quoi ça ?

– Peut-être des avions ?

– Trop lents pour des avions, fit remarquer Maddy. Et trop gros. On dirait des montgolfières, ou des zeppelins.

Elles observèrent les manœuvres de ces formes indistinctes, aux silhouettes longues et élancées comme des bateaux. Elles étaient surmontées par le contour irrégulier de blocs empilés qui leur donnait un air étrange de navires de guerre.

Puis, à travers la brume, Maddy aperçut une lueur éclatante à terre. Un éclair lointain qui laissa brièvement apparaître le contour édenté de bâtiments bombardés. Un instant plus tard, elles entendirent le bruit sourd d'explosions.

– Apparemment il y a des bombardements quelque part, murmura Maddy.

– Cette guerre n'est pas terminée, dit Becks.

Maddy regarda les ruines de Manhattan de l'autre côté du fleuve. Le brouillard s'était momentanément levé, et elle put distinguer davantage de détails. Du mouvement. L'éclat brillant du métal, quelque chose qui ressemblait à une tourelle tournant sur une plateforme d'artillerie. Parmi tout ce chaos de gratte-ciel ravagés, de câbles de suspension emmêlés et rouillés, de sols affaissés et de montagnes de décombres et de poussière, il lui sembla discerner les lignes géométriques régulières de blockhaus et de bunkers.

Elle tourna le dos au fleuve et à Manhattan pour regarder vers le nord-est, dans la direction de Brooklyn et du Queens, ou du moins de ce qu'il en restait. Au-delà d'entrepôts aux toits effondrés, de grues tordues sans plus la moindre utilité et d'immeubles abandonnés criblés de trous, elle crut également reconnaître les signes de la première ligne d'une tranchée.

– Super, marmonna-t-elle. Vraiment super.

– Que se passe-t-il, Maddy ?

Elle désigna l'arche – guère plus qu'un monticule croulant de briques rouges qui parvenaient tant bien que mal à tenir ensemble.

– Il y a une ligne de front de l'autre côté du fleuve… et sur cette rive, là-bas, on dirait bien que c'en est une autre. Par conséquent l'endroit où nous sommes semble être une sorte de no man's land.

Leur arche à l'allure déplorable était à moitié ensevelie au fond du gros cratère. C'était, semblait-il, un vieux cratère, datant d'une guerre ancienne. Il était coupé en deux par une crevasse peu profonde, délimitée par des sacs de sable à certains endroits et presque entièrement comblée à d'autres. Une tranchée abandonnée. Et depuis un certain temps, à en juger par son état. Une vieille ligne de bataille qui s'effaçait peu à peu.

Maddy se demanda qui pouvaient bien être les soldats terrés parmi les décombres de Manhattan. Elle se retourna pour regarder les traces des structures de défense dans les ruines industrielles de Brooklyn et se demanda qui s'y était retranché. Non pas que ça changeait quoi que ce soit.

Il ne faut pas qu'on reste piégées ici.

Elle jeta un nouveau coup d'œil à l'arche, qui avait l'air d'un vieux tas de briques qu'on aurait récupérées d'un vieil immeuble démoli. Un tas de gravats au bord d'un chantier. Elle se dit qu'à l'intérieur – du moins tant que l'arche persistait à tenir debout – les nouvelles ne devaient pas être bien meilleures. Les équipements sensibles, les ordinateurs, les cartes mères… Comment quoi que ce soit aurait pu résister à un tel choc ?

– On ferait bien de rentrer pour voir si quelque chose fonctionne encore, dit-elle enfin.

CHAPITRE 27
2001, NEW YORK

Le colonel William Devereau sentait sous ses pieds les vibrations du bombardement. On aurait dit que ses hommes pilonnaient la première ligne plus loin au nord, près du Queens. Ils tenaient à faire ça régulièrement, histoire de rappeler à l'ennemi qu'ils détenaient la supériorité aérienne et qu'ils étaient en mesure de détruire n'importe quelle portion du front.

Non pas que ça servait à grand-chose.

Leur tapis de bombes allait créer une centaine de nouveaux cratères, déplacer les gravats d'un endroit à l'autre et peut-être faire quelques dizaines de victimes, mais c'était à peu près tout. Ils étaient accrochés comme des tiques tout le long de la zone de New York. Les dégâts étaient surtout psychologiques.

Devereau exhuma un paquet de cigarettes froissé : des Gitanes, fabriquées en France. Elles étaient amères comme de la bile, mais bien meilleures que les américaines, qui vous déchiraient les poumons. Il en alluma une, en tira une bouffée et cracha un gros tas de glaires. Il aurait pu se soucier d'arrêter de fumer sauf que, statistiquement parlant, la balle d'un tireur embusqué ou une bombe aérienne le tuerait certainement d'abord.

Plus vite que le cancer.

Il s'empara du communiqué du matin, issu du haut commandement, et décacheta l'enveloppe d'un coup sec avec le bout de sa baïonnette. Son français était à peine passable, mais il le lisait, même s'il avait du mal à le parler. Une page de déclarations télégraphiées… les âneries habituelles. La guerre se passait bien, la ligne Sheridan-DeGrise, qui traversait l'Amérique d'est en ouest depuis l'Atlantique, tenait bon. Il fallait féliciter les troupes et leur dire de continuer sur leur lancée.

Devereau froissa le communiqué en boule et le jeta sur son petit bureau. Peu de soldats parlaient français de toute façon. Il pourrait bien leur raconter ce qu'il voudrait. Le français était le langage des hauts gradés du commandement. La plupart des généraux de l'Union venaient de l'étranger et avaient des relations. C'était des fils de milliardaires établis à Paris qui souhaitaient se bâtir une petite gloire, le temps de quelques années de service, avant de rentrer sur le continent européen pour y mener une vie confortable.

En revanche, les gars composant les troupes, de pauvres misérables recroquevillés en ce moment même dans leurs bunkers, espérant que le bombardement du jour ne descendrait pas plus au sud, étaient tous du coin. C'était des gars du Michigan, de Pennsylvanie, de l'État de New York, de l'Ohio, des fils, voire des petits-fils des soldats qui avaient tenu les lignes de l'Union ici durant les cent trente dernières années.

Il lâcha un rire sec à cette pensée. Il fut un temps où elle avait été l'Union des États d'Amérique du Nord. Ce n'était plus le cas. L'Union avait peut-être conservé son nom, mais elle n'était plus dirigée par des généraux ou des présidents américains.

Il soupira. Il y avait longtemps qu'il avait renoncé à faire comprendre aux gars qu'il commandait que les Français et leurs autres alliés européens ne finançaient pas cette guerre pour eux, pour leur rêve d'une nation unie composée d'hommes libres. Ils le faisaient pour des raisons qui leur étaient propres. Des raisons politiques, complexes, difficiles à expliquer à de jeunes hommes qui savaient à peine lire et écrire.

De toute façon, parler ainsi imprudemment de leurs bienfaiteurs français pouvait le conduire à fumer une de ces fameuses Gitanes devant un peloton d'exécution improvisé.

Eh bien, *fais ce que dois, advienne que pourra**.

Sur les murs de sa petite chambre dans le bunker, au milieu des traces d'humidité du béton, était accrochée une vieille photo sépia dans un cadre en bois. Une pièce de collection à présent.

Devereau se campa devant elle et examina la rangée des généraux assis sur des chaises pliantes, souriant au photographe en tenant de côté leur sabre de cérémonie. Des généraux d'un temps très, très reculé, de la toute première période de la guerre civile. Tous de respectables fils de l'Amérique : Meade, Sherman, Grant, Hancock, arborant d'épais favoris et de fiers sourires sous leurs chapeaux de feutre mous.

Un soldat pouvait combattre et mourir pour de tels hommes. Pour une telle cause… une Amérique unie. Pour la liberté. Il secoua tristement la tête. Mais pas pour ça, pas pour ce que cette guerre dépassée était devenue : des générations et des générations de jeunes Américains donnant leur vie d'un côté pour les Français…

Une déflagration supersonique fit vibrer la pièce.

… et de l'autre pour les Anglais.

CHAPITRE 28

2001, QUANTICO, VIRGINIE

L'intérieur de la grange abandonnée sentait le foin coupé. La lumière de l'après-midi s'infiltrait entre les lattes de bois disjointes, captant dans ses faisceaux la poussière qui flottait dans l'air.

– Bon, ça fera l'affaire pour le moment, dit Liam en reprenant son souffle.

Lincoln s'assit sur une balle de foin desséché.

– Jeune fille, commença-t-il, lui-même hors d'haleine, et messieurs... Nous nous retrouvons, pour la troisième fois si je compte bien... Vous, c'est Liam. Liam O'Connor, si ma mémoire est bonne ?

– Oui.

– S'il vous plaît, dites-moi que ma fuite, que je qualifierais d'opportune, de votre cachot, là-bas sous le pont, n'est pas la cause de tous ces... de tous ces changements.

Liam éclata d'un rire triste.

– J'ai bien peur que si... Ça et votre saut, que je qualifierais d'inopportun, dans notre fenêtre de La Nouvelle-Orléans. C'est bien la cause de tout ça, monsieur Lincoln. C'était un peu imprudent, et pour tout dire, pas très malin de votre part.

– Vous êtes devenu un anachronisme dans le cours du temps, gronda Bob. Jusqu'à ce que vous soyez rentré sans encombre dans votre repère temporel, l'Histoire restera contaminée, et nous demeurerons dans cette chronologie.

– Vous avez été un très vilain garçon, commenta Sal en lui adressant un sourire las.

– Il semblerait, fit Lincoln d'un air sombre en regardant ses pieds. Je crois que je vous dois à tous des excuses.

Liam, qui commençait à avoir chaud dans la grange, ôta son sweat. C'était l'un des nombreux sweat-shirts à capuche arborant les noms de différentes équipes sportives que Sal lui avait achetés au supermarché il y a quelque temps. Il les portait sans savoir qui étaient les Yankees, les Red Socks et les Bulls – d'ailleurs, il ne s'en souciait guère.

– D'après toi, Bob, qu'est-ce qu'on fait maintenant ?

– Recommandation : nous devrions rester ici pour le moment et attendre un signal de tachyons. Madelaine sait où nous nous trouvons. Elle tentera d'ouvrir une fenêtre de retour.

– Si c'est possible, précisa Liam.

– Correct. Si c'est possible, approuva Bob.

– Votre machine à remonter le temps est cassée ? s'informa Lincoln.

– La machine de déplacement spatiotemporel demande beaucoup d'électricité, pour sûr. Nous la tirons, pour une grande part, de l'alimentation de la ville, expliqua Liam, déboutonnant son gilet. Si New York a changé et qu'il n'y a plus de courant, alors disons qu'on a un léger problème.

– On a un groupe électrogène, quand même, fit remarquer Sal.

– Ouais. Si tant est que ça serve à quelque chose.

– Maddy a déjà dû le mettre en marche, insista-t-elle. Il ne faut pas beaucoup de temps pour recharger la machine.

– Il ne s'agit que d'un déplacement spatial, souligna Bob. Le portail d'extraction ne nécessitera que peu d'énergie. J'évalue la capacité de chargement nécessaire à 3 %.

Sal jeta un coup d'œil par les interstices entre les planches de la grange.

– Bon alors, on ne devrait pas avoir trop à attendre, dit-elle.

– Et si ce *portail* n'apparaît pas ? demanda Lincoln. Cela voudra dire que nous sommes coincés dans cet endroit ?

– Jahulla ! fit Sal avec une grimace. Vous êtes toujours aussi pessimiste ?

Il haussa les épaules.

– Un bûcheron n'a jamais fait tomber un arbre en lui souriant comme un imbécile.

– Très poétique, dit Liam avec une moue.

Il rejoignit Sal et observa avec elle, au loin, la ferme-usine et la flotte de tracteurs et de moissonneuses-batteuses qui bourdonnaient dans le champ. Un premier véhicule, chargé de sa récolte, remontait le long de la rampe jusqu'à l'entrée sombre d'une sorte d'entrepôt. Bizarrement, cela lui fit penser à des termites nourrissant leur reine. Il frissonna à cette image désagréable.

– Si Maddy a un problème technique, elle… commença-t-il.

Doux Jésus, quand est-ce qu'elle n'en a pas ?

– … eh bien j'imagine qu'on n'aura pas de portail de retour, compléta Liam.

– Attends, j'ai une idée ! dit Sal. Ça vaut le coup d'essayer, après tout.

Elle tira son téléphone portable d'une poche de son sweat à capuche, sélectionna le numéro abrégé de Maddy et porta l'appareil à son oreille.

– Pas de réseau, annonça-t-elle l'instant d'après.

Liam regarda de nouveau dehors, scrutant le ciel bleu et sans nuages comme lors d'un 11 septembre « normal ». Le soleil avait atteint son zénith plus d'une heure auparavant, et sa lumière mordorée se reflétait sur la coque du vaisseau qui planait maintenant à plusieurs kilomètres d'eux, mais paraissait toujours aussi incroyablement grand.

– Si on n'a pas de nouvelles de Maddy d'ici la tombée de la nuit, ça voudra dire qu'elle a un problème. Plus de courant, probablement. Ce qui signifie qu'on a une bonne et une mauvaise nouvelle.

– D'abord la mauvaise nouvelle, Liam, dit Sal. Il faut toujours commencer par la mauvaise.

– D'accord… La mauvaise nouvelle, c'est qu'on va devoir rentrer à pied. La bonne, c'est que, si Maddy n'a pas de courant, le champ énergétique qui entoure l'arche ne sera pas sous tension, et donc il ne se réinitialisera pas sans nous. Je propose qu'on se mette en route ce soir direction nord-est, pour rentrer à New York. Qu'en penses-tu, Bob ?

– Affirmatif. C'est un plan valable. Si nous maintenons un cap en ligne droite vers New York, je serai en mesure de détecter le moindre signal de tachyons qu'elle pourrait essayer de nous envoyer.

– Ce soir ? En pleine nuit, monsieur ? s'exclama Lincoln. Pourquoi diable voulez-vous partir en pleine nuit ? C'est à ce moment-là que les gredins et les voleurs en tous genres sortent accomplir leurs funestes desseins.

Liam continuait d'observer l'objet volant dans le lointain.

– Je ne sais pas vous, mais moi ça m'inquiète un peu, tous ces trucs dehors. C'est une technologie très avancée, Bob, non ?

L'unité de soutien le rejoignit près du mur de la grange et jeta un coup d'œil dehors.

– Le vaisseau volant recourt peut-être à une technologie le rendant plus léger que l'air.

– Tu veux dire… comme un ballon ? Comme les dirigeables nazis ?

– Affirmatif. Quant aux véhicules terrestres, ils semblent utiliser la technologie traditionnelle du moteur à combustion, ce qui est comparable au cours du temps normal. Un examen rapproché nous permettrait de déterminer plus précisément quel est le niveau de technologie de ce cours du temps altéré.

– Euh… et si on faisait l'impasse là-dessus ? dit Liam en donnant à Bob une tape amicale dans le dos. C'est une bonne idée, je ne dis pas, mais pour être tout à fait franc, je préférerais qu'on rentre juste chez nous, aussi rapidement et discrètement que possible.

– Tout à fait d'accord, dit Sal.

Elle s'apprêtait à leur confier qu'elle était un peu perturbée par les ouvriers qu'elle avait vus sortir de l'usine et descendre la rampe d'un pas traînant. Certes, de là où elle était, ils n'étaient guère plus gros que des points, mais leur démarche lui avait paru déconcertante, presque inhumaine.

– Je suggère qu'on parte cette nuit, monsieur Lincoln, reprit Liam, car étant donné que ces gens ont de grands vaisseaux flottant dans les airs, nous serons beaucoup plus facilement repérables en plein jour.

– Eh bien, monsieur O'Connor, grogna Lincoln, espérons que, la nuit, ce monde est plus sûr que chez moi… enfin, que le mien, à mon époque, acheva-t-il dans un haussement d'épaules.

Il avait encore du mal avec la terminologie des voyages dans le temps.

– Oh, je ne me fais pas trop de souci, le rassura Sal. On a le grand méchant Bob avec nous. Il nous protégera.

– Affirmatif. Je suis une unité de soutien. Votre sécurité, monsieur Lincoln, est un paramètre prioritaire de la mission. Vous devez être escorté sans encombre jusqu'à la Base de New York, d'où vous serez renvoyé en 1831.

– De toute façon, dit Sal avec un sourire joyeux, je suis sûre que Maddy va bientôt trouver une solution pour ouvrir ce portail et qu'on va s'en sortir. Pas vrai, Liam ?

Liam tenta d'afficher le même air jovial sur son visage, en vain. Au lieu de cela, il leva un sourcil sceptique.

– J'imagine que tu parles d'une autre équipe, là ?

– Pourquoi tu dis ça ?

– Eh bien, je ne voudrais surtout pas paraître aussi grincheux que notre nouvel ami, le grand échalas, mais bon sang de bonsoir, rien ne va jamais comme sur des roulettes pour nous !

CHAPITRE 29

2001, NEW YORK

Le cœur brisé, Maddy contempla le petit monticule de débris dans la salle du fond. Une partie du plafond s'était totalement effondrée et des rayons de soleil passaient par un trou aux contours irréguliers au-dessus d'elle. Des briques étaient tombées sur deux des tubes d'incubation, brisant le plexiglas et renversant la solution protéinée et les fœtus à même le sol. On ne pouvait plus rien faire pour les deux candidats, un bébé Bob et un bébé Becks, désormais bel et bien morts.

– Bon sang… Oh non, c'est affreux !

Leur groupe électrogène, relativement neuf, avait lui aussi été détérioré. Sa coque était cabossée et abîmée. Sur le côté, un panneau avait sauté et pendait, accroché à des câbles effilochés.

Tous ces dégâts s'étaient produits quand l'arche était apparue dans cette réalité alternative, flottant au-dessus du sol où se trouvait le cratère avant de tomber de près d'un mètre de haut. Un choc suffisamment important pour que les murs en briques, maintenus jusqu'ici par du ciment effrité, des prières et les lois de la gravité, s'écroulent.

– J'ai évalué les dégâts, Maddy. La structure de l'arche est sévèrement touchée.

Elle accusa la nouvelle en silence.

– Le groupe électrogène n'est pas opérationnel pour le moment, bien que j'aie des chances de pouvoir le réparer. Il va d'abord falloir que je débarrasse les briques pour estimer l'étendue des dommages, dit Becks, avant de montrer les tubes brisés. Ces deux tubes d'incubation ne peuvent être réparés.

Les trois autres sont intacts ; cependant, sans électricité, les fœtus qu'ils contiennent ne seront viables que durant quarante-huit heures.

– De mieux en mieux, répondit Maddy.

Le son de sa propre voix l'effraya : faible, vaincue, guère plus qu'un chuchotement.

Becks la regarda, sans saisir son ironie.

– Non, ce n'est pas mieux mais pire.

– Continue.

– Le transmetteur de tachyons est entièrement détruit.

Maddy jura entre ses dents. Ce transmetteur était une pièce importante, consistant en une parabole artisanale assez petite mais efficace. Il était installé dans un recoin de la salle du fond et n'avait jamais jusque-là particulièrement attiré son attention. Il avait toujours rempli son rôle sans nécessiter de maintenance. Maddy n'en connaissait l'existence que parce qu'elle avait récemment parcouru, par pur ennui, un document recensant l'équipement technique disponible dans l'arche.

Et maintenant, voilà qu'il était réduit en miettes. Il ne restait plus que des câbles tordus et une coque en silicium brisée.

Maddy comprenait bien ce que ça voulait dire.

– On ne peut pas envoyer un signal à Bob, c'est ça ?

– Correct. Plus important, même si nous disposions d'un approvisionnement en électricité adéquat, nous ne serions pas en mesure d'ouvrir ni de fermer une fenêtre de déplacement.

– Qu'est-ce que tu viens de dire, là ? demanda Maddy, abasourdie.

– Nous utilisons le même transmetteur pour envoyer des signaux ou pour diriger les pulsations d'un faisceau de tachyons qui permettent d'ouvrir un portail, Maddy. Sans ce transmetteur, nous sommes absolument incapables d'ouvrir un portail. Nous ne pouvons mener à bien aucune opération. Cette base n'est plus en état de fonctionnement.

Maddy sentit ses jambes flageoler et se dérober sous elle, et avant même de s'en rendre compte, elle se retrouva à genoux parmi les tas de briques rouges et de ciment réduit en poudre. Les larmes coulaient sans s'arrêter sur son visage couvert de poussière, laissant des traînées propres sur ses joues.

– Maddy ? Est-ce que ça va ?

– Non, pas trop, bredouilla-t-elle, enfouissant son visage entre ses mains.

Des briques bougèrent et glissèrent tandis que Becks s'avançait avec précaution avant de s'accroupir face à elle. Elle écarta doucement l'une des mains de Maddy et examina ses yeux, brouillés, rouges et bouffis derrière ses lunettes rondes.

– Pourquoi pleures-tu ? demanda-t-elle doucement, presque avec tendresse.

Maddy renifla, essuya ses joues d'un revers de main.

– Qu'est-ce que tu veux que je fasse d'autre ? On est complètement fichus. On n'a plus aucune chance de s'en sortir, ce coup-ci. On n'a plus qu'à, je ne sais pas, plus qu'à se mettre en boule, là et… et…

– Ceci n'est pas un plan d'action raisonnable, Maddy.

Maddy la regarda. Becks était tout à fait calme et impassible. On aurait presque dit une enfant à la façon dont elle se tenait accroupie parmi les briques. Une enfant en temps de guerre, jouant à la dînette avec ses poupées cassées parmi les gravats de sa maison, inconsciente de son destin.

– Tu ne comprends pas, Becks ? On est au bout du bout, on est finis, et pour de bon !

Elle se leva et se fraya lentement un passage parmi les briques jusqu'à la porte qui conduisait à la pièce principale. Derrière elle, Becks ne bougeait pas, attendant patiemment ses instructions.

– Maddy ?

Maddy balaya du regard l'arche en désordre. La poussière qui volait partout une demi-heure plus tôt s'était posée, recouvrant tout d'une fine et pâle couche de poudre.

– Madelaine ? appela de nouveau Becks depuis la salle du fond.

Sa voix, d'ordinaire autoritaire, étonnamment grave pour un être féminin, ressemblait presque, tout à coup, au bêlement désespéré d'un agneau.

Maddy traversa l'arche, enjamba la crevasse dans le béton et se glissa sous le rideau de fer entrouvert pour observer de nouveau les ruines grises de New York. Des traces de fumée maculaient l'horizon au nord – dans le Queens – où les bombardements avaient eu lieu tout à l'heure. Le soleil, d'un rose saumon, descendait maintenant derrière les squelettes difformes des immeubles qui faisaient, en leur temps, la fierté de Manhattan, et peignait des taches de lumière éparses dans le no man's land. C'était la seule couleur dans ce paysage blême.

La faible voix de Becks l'appela de nouveau en résonnant hors de l'arche.

– Madelaine ! Quels sont les ordres ?

Elle ignora l'unité de soutien, l'abandonnant dans l'obscurité, telle une orpheline.

– Madelaine ?

Elle s'avança lentement dans le crépuscule tombant. Chaque pas lui paraissait plus facile que le précédent. Elle prit conscience qu'elle pouvait s'en aller, tout quitter. Quitter des responsabilités qu'elle n'avait jamais demandées, des secrets qu'elle n'avait pas cherché à connaître. Si leur base opérationnelle était désormais une arche croulante et un tas de machines hors d'usage, qu'est-ce que ça changerait qu'elle reste ?

Je peux très bien partir.

Elle tourna le dos à l'East River, à Manhattan et son soleil couchant, et s'orienta vers le nord-est, en direction des ruines de Brooklyn, de Boston…

Chez moi.

Peut-être que, dans cette chronologie aussi, les mêmes personnes s'étaient rencontrées, étaient tombées amoureuses et avaient fait les mêmes enfants. Peut-être que, quelque part au nord-est, dans sa ville, il y avait une petite fille à lunettes, aux épais cheveux poil de carotte, qui aimait bricoler avec l'outillage électronique de son père plutôt que jouer avec des poupées Barbie. Peut-être que cette maison se trouvait là-bas. Peut-être que sa mère et son père étaient toujours les mêmes et qu'elle pourrait leur expliquer qui elle était, leur faire comprendre qu'elle était leur fille, mais avec dix ans de plus. Pour eux, ce serait comme d'avoir une grande sœur pour leur fille unique, une sœur qui la comprendrait mieux qu'aucune autre : un mentor, un guide, une amie.

Ses pas hésitants parmi les décombres s'accélérèrent.

Une part d'elle-même lui rappelait qu'elle avait encore des responsabilités et des devoirs ici. Liam et Sal étaient eux aussi coincés dans ce « monde » – si on pouvait appeler ça comme ça. Mais que pouvait-elle faire pour eux ? S'asseoir sur sa couchette et les attendre dans le noir ? Attendre qu'un autre bombardement pilonne cette partie de la ville ?

Maddy secoua la tête pour chasser cette voix dérangeante. Elle se serait vraiment passée de l'inventaire de Becks des dégâts catastrophiques subis par leur matériel. En l'absence d'un plan ou de quelque chose qui serait resté de leur Base et dont elle aurait été responsable, seule une petite voix dans sa tête semblait sensée. Une voix d'enfant.

Je veux rentrer à la maison.

CHAPITRE 30

2001, QUELQUE PART EN VIRGINIE

Le Chinois les regarda, surpris.

– New York ! Vous vouloir aller à New York ?

– C'est ça, confirma Liam.

– Vous fou, déplora-t-il, en secouant la tête. J'emmène vous Dead City. Pas plus. Après, je vais ouest : New Pittsburgh, peut-être Cleveland. Devez aller ouest aussi.

– Dead City ?

L'homme haussa les épaules et dit quelque chose à sa femme, assise à côté de lui dans la cabine avant de leur drôle de véhicule. Il se retourna vers Liam.

– Oui, Dead City. Vous connaître ? Ancien temps s'appelait Baltimore.

Il faisait sombre, et Liam ne distinguait que le profil de l'homme, éclairé par un lampion qui se balançait dans l'air frais de la brise. Il crut y lire l'expression d'un étonnement amical.

– Vous et vos amis, assis derrière… avec poulets. J'emmène vous un peu nord.

Le seul œil que Liam voyait de l'homme brilla sous la lumière ambrée. Il le fixait d'un air suspicieux.

– Vous pas ennuis ?

Liam écarta les mains et se retourna pour s'assurer que Bob avait bien dissimulé son fusil.

– Non, non, je vous promets, monsieur, on ne vous causera pas d'ennuis.

Il examina le côté du véhicule, qui lui faisait penser à une roulotte tzigane. Chaque centimètre carré était richement décoré de motifs orientaux compliqués, le bas des parois latérales était hérissé de crochets sur toute la longueur. Des casseroles et d'autres ustensiles de cuisine hétéroclites y étaient suspendus et s'entrechoquaient doucement, tandis que la brise légère faisait danser les épis de blé de chaque côté de la route déserte.

– On va s'installer derrière, alors, dit Liam. Comme ça, on tiendra compagnie à vos poulets.

Le Chinois acquiesça d'un signe de tête satisfait, puis il se tourna vers sa femme et se remit à bavarder avec elle. Elle n'avait pas l'air tellement contente d'avoir des passagers à bord.

Ils se dirigèrent vers l'arrière de la roulotte. Elle tressautait sous l'effet du moteur qui tournait au ralenti et crachait de temps en temps des nuages de vapeur entre les rayons de ses six grandes roues en bois.

Liam ouvrit une porte grillagée à l'arrière, monta et découvrit un espace exigu presque entièrement rempli d'articles de maison soigneusement empilés. Les autres lui emboîtèrent le pas, et la roulotte tangua dangereusement quand Bob grimpa le dernier avant de refermer la porte derrière lui. Il y avait juste assez de place pour qu'ils s'entassent tous les quatre à même le sol, épaule contre épaule et jambes repliées devant eux.

Le moteur toussa et crachota, puis la roulotte s'ébranla, et un millier d'objets différents autour d'eux se mirent à grincer et à cliqueter. Ce n'était peut-être pas très confortable, mais au moins ils allaient dans la bonne direction, vers le nord et New York.

Jusqu'ici, ils n'avaient eu aucune nouvelle de Maddy. Ni portail ni message. Ça ne présageait rien de bon.

Liam cherchait quelque chose d'intéressant à dire quand, dans un tourbillon de plumes, un coq émergea de derrière un placard vacillant et alla s'installer sur la tête de Bob.

– Oh désolé, dit Liam, en fait, je pensais qu'il… euh, qu'il plaisantait en disant qu'il y avait des poulets à l'arrière.

Bob balaya le volatile d'un large revers de main. Celui-ci s'envola et battit des ailes dans l'espace clos pendant une minute entière, avant de revenir, non sans hésitation, se percher sur sa tête.

– On n'est jamais aussi bien qu'à la maison, commenta Liam.

– Monsieur, vous semblez aussi heureux qu'une palourde à marée haute, renchérit Lincoln.

Bob leur lança à tous les deux un regard indigné.

– C'est vrai que ça te va bien, ajouta Sal, en lui tapotant le bras avec affection.

CHAPITRE 31
2001, QUELQUE PART EN VIRGINIE

Alors que l'aube commençait à pointer à l'horizon, le Chinois les déposa au croisement de deux routes: l'une allait vers l'ouest, l'autre continuait au nord. Il prévint Liam une fois de plus qu'aller vers New York, au nord, n'était « pas bon ».

– Mais pourquoi ? Qu'est-ce qui se passe, à New York ?

À cette question, l'homme pencha bizarrement la tête sur le côté.

– Vous sérieux ? Vous dormi toute votre vie ? La ville… disparue maintenant. New York, c'est juste grosse ruine.

– Une ruine ? Qu'est-ce qui s'est passé ?

Il se tourna vers ses compagnons. Sal avait les yeux écarquillés et la mine blême.

– Comment vous pas savoir ça ? demanda l'homme, incrédule.

– Eh bien… on est… partis longtemps.

La réponse de Liam était boiteuse, et le Chinois haussa les épaules d'une manière qui semblait vouloir dire « peu importe », comme s'il admettait que cela ne le regardait pas.

– La guerre… elle reste là-bas. Elle bouge jamais. Là-bas depuis toujours.

– La guerre ? s'exclama Lincoln en s'avançant d'un pas. Par tous les saints ! Vous avez dit « guerre », monsieur ?

Dans sa cabine, le Chinois eut un mouvement de recul. L'air belliqueux du grand homme ne lui inspirait pas confiance.

– Ouais… Vous pas connaître guerre ?

– Non, monsieur ! Une guerre entre qui et qui, mon brave ? Dites-moi !

Liam posa une main sur l'épaule de Lincoln.

– Du calme, mon ami.

La femme du Chinois murmura quelque chose à l'oreille de son mari, et celui-ci approuva d'un hochement de tête. Il mit en route le moteur de sa carriole, qui toussa avec fracas avant de se limiter à un halètement bruyant. Ces fous qu'il avait ramassés et déposés ici sur la route au milieu de nulle part le rendaient nerveux.

– S'il vous plaît, dit Liam. Ne partez pas tout de suite. On a besoin d'en savoir plus !

– Je vous dis : pas lieu sûr. Nord, combats là-bas jamais s'arrêtent. Il faut aller ouest, dit-il, avant de désigner l'est, au-delà des champs d'orge ondoyants. Est pas bon aussi… Dead City, environ quarante kilomètres par là. Poison. Mauvais pour santé.

Sa femme lui secoua le bras avec insistance, et il haussa les épaules en guise d'excuse.

– Nous partir, maintenant.

La roulotte se mit en marche, lâchant un nuage de fumée âcre entre les rayons de ses roues.

Liam toussa et souffla pour chasser la fumée de son visage tout en regardant le véhicule s'éloigner bruyamment sur la route de New Pittsburgh – ou du moins c'est ce qu'indiquait le panneau écrit à la main au croisement. Ils l'observèrent jusqu'à ne plus voir que la faible lueur des lanternes qui se balançaient au loin.

– On devrait trouver un endroit où se cacher avant qu'il ne fasse vraiment jour, suggéra Liam, en examinant les alentours.

De chaque côté des routes allant vers le nord, le sud et l'ouest, aussi loin qu'il pouvait porter le regard dans la lumière grise de l'aube, il n'y avait que des épis d'orge à hauteur d'épaule qui ondulaient dans un doux bruissement.

Ils suivirent la route étroite qui s'en allait vers le nord. Une dizaine de véhicules seulement les dépassèrent, des charrettes branlantes pour la plupart, transportant des familles et tout ce qu'elles possédaient, empilé en hauteur.

L'un deux en particulier arriva au loin en faisant un bruit différent des autres et Bob leur proposa de se cacher. Ils se tapirent dans le champ parmi les tiges d'orge et l'aperçurent au loin, avant de le voir passer lentement devant eux.

Sal échangea un regard avec Liam.

C'était un véhicule militaire, un « tank » étant sans doute le mot le plus approprié. Il avait l'air si déséquilibré que c'en était presque comique et faisait à peu près la taille d'une petite maison. « L'étage » du haut était une grande tourelle de tir, vraisemblablement rotative, munie de trois courts canons. Au sommet, une écoutille était ouverte et un officier à l'air las, portant une veste rouge et une large ceinture blanche, fumait la pipe en scrutant les champs.

« L'étage » du dessous était constitué d'un blindage de fer et de rivets, flanqué de chaque côté de chenilles qui avançaient bruyamment sur le goudron. Elles s'articulaient autour d'une grande roue de fer à l'arrière et d'une roue à rayons bien plus petite à l'avant. Entre les deux, de chaque côté, dépassait un minuscule canon.

Pendant qu'il passait lentement devant eux, Sal entrevit le lourd châssis à l'arrière. Des volets en fer étaient ouverts, révélant trois carreaux, telle la baie vitrée d'un pavillon de banlieue. À travers ces fenêtres, elle aperçut, dans la faible lueur d'une lampe à gaz, une demi-douzaine de soldats réunis autour d'une table, prenant ce qui semblait être leur petit déjeuner, ainsi que des couchettes superposées à trois niveaux.

Ils observèrent l'énorme véhicule qui avançait lourdement vers le nord. Ils entendirent encore le grondement de son moteur et les craquements des chenilles longtemps après qu'ils l'eurent perdu de vue dans la lumière pâle de l'aube.

– On aurait dit un club de gentlemen à roulettes ! s'exclama Liam.

Une heure plus tard, juste après que le soleil eut transpercé l'horizon, ils finirent par croiser une route plus petite, pleine de nids-de-poule, qui bifurquait et menait apparemment à un petit hameau désert.

Ils se retrouvèrent rapidement sur une place de village envahie par les mauvaises herbes. Tout autour se dressaient des bâtiments en ruine barricadés. Les fenêtres du rez-de-chaussée étaient condamnées par des planches clouées, depuis longtemps semblait-il, car elles étaient passablement décolorées par le soleil.

– Une ville fantôme, dit Sal.

Bob s'avança devant la porte de l'édifice le plus proche, une chapelle. Ses murs en lambris étaient encore mouchetés ici et là de peinture blanche, mais presque tout le reste avait la pâle grisaille du bois érodé. Il s'empara d'un avis écorné, en lambeaux, cloué sur la porte de la chapelle. Les autres le rejoignirent tandis qu'il déchiffrait les mots à demi effacés.

– *Avis de démolition*, lut-il de sa voix de baryton. *Ce village a été évacué en accord avec la loi sur les réquisitions de guerre. Il est illégal d'entrer, d'occuper et/ou d'utiliser ces propriétés, qui seront démolies et remplacées par des terres agricoles en temps utile.*

– Il ne date pas d'hier, cet avis, fit remarquer Sal en montrant une date dans le coin. Vous voyez ? 5 juin 1985.

– Ça fait donc… commença Liam en fronçant les sourcils tandis qu'il faisait le calcul.

– Seize ans, dit Bob.

– Ah oui, c'est ça.

– J'ai soif, Liam, dit Sal.

Il se rendit compte que lui aussi était assoiffé. La fraîcheur de l'aube n'allait pas tarder à laisser place à la chaleur pesante d'une matinée de septembre. Ils devaient trouver de l'eau potable.

– Je propose qu'on fasse un tour pour voir si cette ville

fantôme a un puits, une réserve d'eau de pluie, une source ou quelque chose.

Le soleil réchauffait les façades des vieux bâtiments, projetant leurs longues ombres sur les jardins envahis par le chiendent. Liam remarqua des vestiges de vie : une balançoire pendue à un portique rouillé, une boîte aux lettres au bout d'un poteau, contre une palissade, remplie des brindilles desséchées d'un nid d'oiseau abandonné, du linge en lambeaux encore accroché à une corde, qui claquait doucement dans le vent.

Il se dit que seize ans auparavant les gens qui vivaient là avaient dû être expulsés du jour au lendemain.

Gagné soudain, sans savoir pourquoi, par un sentiment de culpabilité, il envoya un coup de pied dans la porte de la chapelle. Elle craqua mais ne céda pas.

– Laisse-moi faire, dit Bob en y donnant un simple coup d'épaule.

La porte n'essaya même pas de lui résister : elle capitula et s'ouvrit en grinçant.

– Bien, dit Liam, en frottant son orteil endolori contre sa jambe, voyons ce qu'il y a par là.

CHAPITRE 32

2001, NEW YORK

Maddy réalisa qu'elle avait plongé dans une espèce d'hébétude. La nuit s'était écoulée sans qu'elle en soit vraiment consciente. Elle se rappelait vaguement s'être installée au fond d'un entrepôt bombardé, pleurant et rassemblant ses genoux contre sa poitrine pour se réchauffer. Elle avait dû finir par s'endormir, et ce n'était pas la lumière du jour qui venait de la réveiller, mais la botte de quelqu'un qui lui frappait brutalement les côtes.

– Hé, debout là-dedans !

Elle leva les yeux sur deux hommes qui la toisaient. Des soldats, à en juger par leur apparence. Ils portaient tous deux des semblants d'uniformes : des vestes d'un bleu sombre, presque noir, des ceintures à grosse boucle, des sacoches et des casquettes informes. Elle battit des paupières, éblouie, attrapa ses lunettes et en essuya la poussière.

– Allez, chérie ! dit l'un d'eux.

Son visage semblait presque entièrement couvert de barbe sous la visière de sa casquette.

– J'vais devoir t'emmener avec moi, petite. Le colonel va vouloir t'causer, l'informa-t-il en lui tendant la main.

– Je suis désolée… Je suis… je suis au mauvais endroit, ou quoi ?

– Au mauvais endroit ? rit le barbu. Bon Dieu, c'est tout ce fichu secteur qui est le mauvais endroit.

Elle se laissa faire quand il l'aida à se relever. Elle remarqua que sa peau était noire et ses joues piquetées de poils gris.

– Désolée, je ne… balbutia-t-elle. Je vais avoir des ennuis ?

– T'es une civile dans une zone de défense de première ligne de l'Union, dit-il en haussant les épaules. Si le colonel pense que t'es une espionne du Sud, tu seras bientôt dans les ennuis jusqu'au cou, petite.

– Ça, c'est bien vrai, dit l'autre soldat, d'une pâleur cendrée et sûrement guère plus âgé que Sal. On a eu un espion comme ça y'a quelques mois d'ça. Pas vrai, sergent ?

– Hmm, sauf que c'était pas une fille, ajouta le soldat noir en l'examinant avec suspicion. Soit les mecs du Sud deviennent malins, soit ils sont vraiment désespérés.

– Je ne suis pas une espionne, dit Maddy. Je suis juste…

Mais elle se rendit compte qu'elle n'avait aucune réponse à leur fournir qui ne leur paraîtrait pas hautement invraisemblable.

– Je suis juste… perdue, finit-elle par dire.

– Bon, j'crois qu'on va laisser le colonel Devereau juger d'ça, hein ? Allez, en avant, mam'zelle.

Les deux soldats la conduisirent à travers des ruines bombardées jusqu'à une rue provisoirement sans décombres. Elle leva les yeux vers le ciel parsemé de nuages roses et savoura un instant la chaleur du soleil sur son visage.

– Vous allez pas nous fausser compagnie, hein, mam'zelle ? demanda le jeune soldat. Sinon on sera obligés de vous tirer d'ssus. Pigé ?

– Calm'toi, Ray. Tu trouves qu'elle a l'air d'avoir envie de s'échapper ?

Maddy secoua la tête d'un air las. De toute façon, elle n'aurait pas su où s'enfuir, même si elle en avait eu la volonté.

– Je serai bien sage, dit-elle calmement. Je vous le promets. Comment vous vous appelez, au fait ?

Le soldat noir eut l'air surpris de sa question.

– Vous voulez qu'on fasse les présentations ?

– Moi c'est Maddy, dit-elle en hochant la tête.

– Eh bien, répondit-il en riant, puisque vous t'nez aux

formalités et tout l'tintouin, j'suis le sergent Freeman, et ce coquin-là, c'est le soldat Raymond Calder.

– Les gars m'appellent juste Ray, dit le jeune homme avec un grand sourire.

Le colonel Devereau s'assit pour savourer son café. Un plaisir devenu rare. Les vrais grains de café étaient acheminés par bateau, depuis des pays exotiques. Il commençait juste à évoquer mentalement les palmiers se balançant, les plages dorées et les lagons turquoise de quelque lointaine colonie française tropicale, inspiré par l'arôme de la forte mixture noire dans sa tasse en émail ébréchée, quand son adjudant frappa d'un coup sec à la porte métallique du bunker, qui vibra comme un diapason.

– Oui ? soupira-t-il.

La porte s'ouvrit lourdement en grinçant.

– Désolé de vous déranger, mon colonel. La patrouille du secteur 5 a trouvé un non-combattant. Une fille.

– Une fille ? répéta-t-il avec une grimace. Elle est dans le couloir ?

– Oui, mon colonel.

Il soupira et agita une main lasse.

Bon…

– Autant la faire entrer, alors.

Il prit sa tasse, la porta à ses narines et savoura une nouvelle fois l'arôme du café, tandis qu'on aboyait des ordres dans le passage bétonné. Un moment plus tard, la fille en question apparut sur le seuil.

Elle avait une allure minable : une gamine à lunettes, maigre, pâle et crasseuse. Elle portait ce qu'il jugea être un pantalon d'ouvrier en toile, d'un bleu délavé, et une chemise blanche tachée sans aucun bouton, ni bride, ni aucun signe d'ornement féminin, dentelle ou ruban, juste un mot imprimé.

Intel.

– Asseyez-vous, dit-il.

Elle fit un pas, s'effondra sur une chaise en bois et prit une posture très inélégante.

– Alors, allez-vous me donner votre vrai nom ou votre nom d'espionne ?

– Je m'appelle Maddy, lâcha-t-elle. Madelaine Carter. C'est mon vrai nom.

– OK. C'est un début, *Maddy*, dit-il en approchant sa boisson de sa lèvre supérieure, surmontée d'une moustache, pour en tester la température.

Elle leva les yeux sur lui et l'étudia en silence.

– Vous et vos hommes êtes habillés… comme des soldats de la guerre de Sécession. Comme en 1860, par là. Sauf que vos soldats ont de drôles de fusils.

Devereau éclata de rire.

– Bon Dieu… la guerre de *Sécession*, vous dites ? C'est un terme très démodé que vous employez là, jeune fille. On n'a pas appelé cette guerre comme ça depuis plus d'un siècle.

Elle fronça les sourcils, perplexe.

– Vous êtes en train de me dire qu'il s'agit de la même guerre ?

Devereau finit lui aussi par avoir l'air stupéfait.

– Vous me posez vraiment la question ? demanda-t-il en tirant sur sa moustache. Comme si en fait… vous n'en saviez rien ?

– Oui.

Il but son café à petites gorgées en le gardant un peu en bouche pour en apprécier la riche amertume.

– Alors je présume que c'est ce qu'on vous a dit de faire si vous vous faisiez prendre, hein ? De jouer les imbéciles ? De vous faire passer pour folle ?

– Et encore, je ne vous en ai pas dit le quart, dit-elle avec un rire mélancolique. Mais peut-être que je suis vraiment folle.

– Eh bien, pourquoi ne pas me raconter ce « quart », comme vous dites ?

– Vous allez forcément vous dire que je suis complètement cinglée, ou alors vous penserez que je mens, répondit-elle avec un haussement d'épaules. Parce que je ne viens pas de ce monde-là, voyez-vous. Je viens d'un autre monde. D'une autre époque, plus exactement… Oh et puis bon à quoi bon ? Vous ne croirez pas un mot qui sortira de ma bouche. C'est pas vrai ?

Il caressa sa barbe en observant silencieusement la jeune fille pendant une longue minute.

– Le problème c'est que si, moi, je vous avais envoyée espionner dans le Sud, je vous aurais habillée plutôt incognito, et puis j'aurais choisi quelqu'un de normal. Pourtant, ce n'est pas vraiment votre cas, estima-t-il, un doigt pointé sur son sweat-shirt. Et ça me paraît franchement stupide de vous promener avec cette inscription sur la poitrine. C'est comme si un voyou portait autour du cou une pancarte disant « je suis un voleur ».

Elle baissa les yeux sur son sweat-shirt.

– Intel ? sourit-elle. Oh, vous croyez que c'est le diminutif d'« *intelligence* » ?

Il lui retourna son sourire.

– En effet. Et en anglais, ce mot désigne les services de renseignement. Vous auriez carrément dû mettre le mot « espion » sur votre chemise.

– Intel est un fabricant de puces en silicone. Enfin, dans mon monde à moi. Des puces électroniques, vous voyez ? insista-t-elle en le voyant froncer les sourcils. Comme dans les ordinateurs.

– Les ordinateurs ? Qu'est-ce que c'est que ça ?

– Vous êtes sérieux, là ?

Ils demeurèrent un moment silencieux. À l'extérieur du bunker, des tintements métalliques sourds commençaient à se faire entendre. Sans doute une machine qu'on démarrait quelque part dans le réseau souterrain de salles et de couloirs.

– Bien, maintenant, lança Devereau, après avoir bu une gorgée de son café qui refroidissait, je suis à deux doigts de croire, mademoiselle Carter, que vous n'êtes effectivement pas une espionne, ou tout du moins, que, si vous en êtes une, vous n'êtes pas très douée. Ce qui pourrait vous éviter de passer devant un peloton d'exécution.

Elle ouvrit légèrement la bouche.

– Un peloton d'exécution ?

– Ah, je vois que ça vous remet un peu l'esprit d'aplomb. Oui, il m'est arrivé de faire exécuter des hommes, c'est une des tâches désagréables et parfois nécessaires d'un officier de première ligne.

– Je... euh... Écoutez, je ne suis pas une espionne ! Mais alors pas du tout ! C'est... c'est pas moi ! Je...

– Vraiment, il est inutile d'avoir peur. Je suis sûr qu'il n'en est rien. Vous êtes bien trop bizarre, jeune fille. Néanmoins, ce serait une bonne idée, je pense, si vous commenciez par me dire...

– Je suis une voyageuse temporelle ! lâcha-t-elle. Je voyage dans le temps !

Puis elle grimaça en se représentant combien cela devait lui paraître ridicule.

Devereau aurait pu rire face à une réponse si astucieusement originale. Mais il préférait voir jusqu'où elle était capable d'aller.

– Ah oui ? Faites-vous référence à la notion développée dans le célèbre roman *La Machine à explorer le temps* ?

Le cerveau de Maddy tournait à toute allure.

La Machine à explorer le temps ? Oui, ça lui revenait maintenant : ce livre datait de 1895 – enfin, la *véritable* année 1895. Peut-être que, même dans ce cours du temps altéré, le même auteur, H. G. Wells, avait écrit exactement le même livre, ou quelque chose de proche ?

– C'est ça ! répondit-elle. La technologie qui permet d'avancer ou de reculer dans le temps existe. Enfin, elle existera, je veux dire. Elle sera mise au point en 2044, exactement.

Devereau acquiesça patiemment d'un signe de tête.

– Et, laissez-moi deviner, vous pensez que je vais croire que vous venez de l'année 2044, c'est bien ça ?

– Du futur, oui. Mais en fait, je travaille en 2001. Pas ce 2001-là, si vous voyez ce que je veux dire. Un 2001 très différent.

Elle commençait à l'embrouiller.

– Ce n'est pas juste, tout ça, insista-t-elle. Je vous assure que tout ça est faux ! Cette... cette pièce où nous sommes, ce New York en ruine, cette guerre ! Tout ça est une erreur. Ça ne devrait pas être comme ça.

– Oh, et ça devrait être comment ?

– C'est votre camp qui a gagné ! s'écria-t-elle penchée sur lui. Il y a plus de cent trente ans, le Nord l'a emporté sur le Sud. L'Amérique est devenue une grande nation, la plus puissante du monde. Cette nation a même réussi à envoyer un homme sur la lune, vous vous rendez compte ?

– Mademoiselle Carter, dit-il avec un sourire sarcastique, vous ne pouvez pas savoir à quel point j'adorerais croire à une histoire aussi rocambolesque, mais...

– Mais c'est vrai ! Je vous le jure, c'est...

– Cette nation est bâtarde et elle ne sera jamais rien d'autre. Trop occupée à se battre contre elle-même, État contre État, frère contre frère. Et maintenant... poursuivit-il en baissant prudemment la voix, nous ne sommes plus gouvernés que par la France et l'Europe. Quant à la Confédération du Sud, elle n'est guère plus qu'une simple colonie de la Grande-Bretagne.

– Non, rétorqua Maddy en secouant la tête. Non, vous vous trompez complètement ! C'est ça qui est faux, je vous dis ! Il existe une version normale de l'Histoire, une manière juste pour les choses de se dérouler. Et dans cette version, le Nord l'emporte en 1865. Et vous savez pourquoi ? Vous savez comment il l'emporte ?

– Continuez.

– En faisant de la question de l'esclavage, de l'abolition de l'esclavage, un objectif de guerre. Le Nord décide d'en faire son cheval de bataille. Et ça marche !

– L'esclavage ? Mais il n'y a pas d'esclavage. Il n'y en a plus depuis, voyons… depuis 1871, quand le Sud a signé l'alliance avec Édouard VII, le roi d'Angleterre.

– Le Sud, les Confédérés n'ont pas d'esclaves ?

– Bien sûr que non.

– Alors, pourquoi vous vous battez ?

– C'est une question que je me pose tous les jours, admit-il en soupirant. La vérité, c'est que nous sommes opprimés par les Britanniques et les Français. Nous faisons leur guerre à leur place.

– Non d'un chien, alors c'est vraiment n'importe quoi ! Tout ça, c'est à cause de Lincoln.

– Lincoln ?

– Un homme qui s'appelle Abraham Lincoln. Il était votre président quand la guerre de Sécession a éclaté.

– Il n'y a jamais eu de président Lincoln, contesta Devereau.

– Pas dans cette chronologie, non. Mais dans la mienne, dans la bonne version de l'Histoire, c'était son idée à lui de mettre l'esclavage au centre de cette guerre. C'est grâce à lui que le Nord a gagné !

Devereau tripotait sa barbe.

– Eh bien, quelle belle idée ça aurait été ! Une chronologie, dites-vous ? Qu'est-ce que vous entendez par là ?

– Pff, eh bien…, c'est vraiment difficile à expliquer. C'est la direction que prend le cours de l'Histoire. Les événements vont dans un sens ou un autre et on appelle chaque version possible de l'Histoire une chronologie ou un « cours du temps ». Grâce à notre machine, nous pouvons nous déplacer d'une chronologie à une autre. Vous savez, précisa-t-elle en souriant, dans ma chronologie, cette guerre s'est terminée en 1865. Le Nord a gagné, les États se sont réunifiés et les États-Unis ont continué de faire des choses incroyables…

Elle se retint d'ajouter : « et de mauvaises choses, aussi ».

Devereau baissa les yeux sur sa vieille tasse en émail et poussa le soupir profond et mélancolique de quelqu'un qui aimerait pouvoir partager un rêve et croire sincèrement qu'il contient une part de réalité.

– Je peux tout vous prouver, vous savez. Je vous assure.

– Et comment donc vous y prendriez-vous ?

– Je peux vous montrer des choses.

Cette fille, cette Madelaine Carter, qui prétendait être d'une autre époque, d'un autre lieu, était entrée dans cette pièce cinq minutes plus tôt avec son air abattu, presque au bout du rouleau. Mais à présent, elle semblait avoir trouvé une certaine étincelle en elle, quelque chose de très contagieux et qu'il désirait ardemment connaître à son tour.

– Quelles choses ?

Elle sourit de toutes ses dents.

– Ça vous dirait de voir ma machine à explorer le temps ?

CHAPITRE 33

2001, NEW YORK

Becks redressa les étagères en aluminium qui avait été renversées par la chute des briques. Elle ramassa des bobines de câbles, de vieilles cartes mères poussiéreuses, une boîte de composants électriques, des gadgets électroniques et des trucs divers rapportés en 2001, tous dotés du logo de WG Systems.

Elle remit ces objets sur les rayons de l'étagère, en les rangeant soigneusement à l'endroit exact où ils se trouvaient avant que l'arche n'atterrisse brutalement dans cette chronologie.

Elle trouva le balai derrière le cylindre en plexiglas fendu et se mit à nettoyer méthodiquement le sol de béton défoncé, faisant un tas des débris de briques et de mortier au milieu. Un raclement régulier résonnait dans l'obscurité tandis qu'elle balayait, ses yeux ajustés à la lueur du clair de lune qui parvenait à s'infiltrer dans l'arche par les fractures du plafond.

Ses yeux dilatés dans le noir percevaient peu de choses, semblant regarder dans le vide. De l'extérieur, on aurait dit à tous égards une personne en état de choc profond, traumatisée. Une âme perdue cherchant du réconfort dans le simple fait de ranger.

Mais, dans sa tête, l'ordinateur en silicium bourdonnait d'activité. Les lignes de code défilaient les unes à la suite des autres en boucles continuelles, tandis qu'elle tentait désespérément de tirer un sens de la situation dans laquelle elle se trouvait.

Seule.

Maddy était partie. Il n'y avait plus d'analyste, plus d'équipe, même plus de base opérationnelle. Cet antre obscur n'était désormais rien de plus qu'un amoncellement de mobilier d'occasion couvert de poussière, un vieux bureau d'écolier et une rangée d'ordinateurs qui ne seraient probablement jamais remis en marche.

[DONNÉES]

Elle secoua la tête. Elle ne voulait pas connaître ces données.

[DONNÉES]

Elle verrouilla quelques synapses en silicium, refusant que le processeur lui annonce ce dont elle se doutait déjà. Que d'une certaine façon, tout était de sa faute. Qu'elle avait fourni à Madelaine Carter des informations insuffisantes, ou pire, inexactes, la conduisant à une décision erronée. Que l'équipe n'était désormais plus opérationnelle.

Elle et Bob n'avaient pas réussi à capturer la cible : Abraham Lincoln. Elle comprit que c'était peut-être la première erreur d'une série qui les avait menés à ce stade. Et maintenant, elle se retrouvait là, à balayer dans le noir.

[DONNÉES]

Le flux de données hexadécimales avait trouvé un autre accès parmi la myriade de circuits pour attirer son attention.

[ESTIMATION : SITUATION D'ARRÊT = VRAI]

[PROTOCOLE D'ARRÊT

1. EXTRACTION DES DISQUES DURS DES ORDINATEURS. DESTRUCTION
2. RÉCUPÉRATION DE L'ACCÉLÉRATEUR DE TACHYONS ET DES PANNEAUX D'ATTÉNUATION DE LA MACHINE DE DÉPLACEMENT SPATIOTEMPOREL. DESTRUCTION
3. AUTODESTRUCTION]

Le protocole prévoyait de ne laisser aucune trace des technologies essentielles. Tout le reste – les ordinateurs, les tubes d'incubation de la salle du fond, le groupe électrogène, même ce qu'il restait de la machine de déplacement spatiotemporel – était fabriqué à partir de systèmes de circuits qu'on pouvait assembler avec des composants achetés dans n'importe quel magasin d'électronique. La question était : s'agissait-il vraiment d'une situation d'arrêt ?

Becks scruta les coins sombres de l'arche autour d'elle. Sa mémoire passa en revue un million de moments différents issus des données stockées au cours des derniers mois.

La première fois qu'elle avait préparé une boisson chaude pour Maddy, mélangeant des grains de café, des feuilles de thé et du cacao en poudre, sans comprendre qu'il ne fallait mettre qu'un seul de ces ingrédients.

La fois où Liam les avait fait jouer, Bob et elle, à *Mario Kart* sur la console Nintendo pendant sept heures d'affilée, et qu'il arrivait dernier à chaque course.

La première fois qu'elle avait ressenti quelque chose de plus que le code de son système d'exploitation ou que son périphérique d'intelligence artificielle. Dans le passé préhistorique, un moment... d'affection ? Quand Liam lui avait dit qu'elle n'était pas une erreur dans la composition de l'équipe. Qu'elle s'était bien débrouillée. Qu'il était bon que l'équipe ait deux unités de soutien, un Bob et une Becks.

Quand Sal lui avait appris des gros mots en hindi et l'argot des rues de Mumbai. Elle détenait toute une base de données de jurons et d'insultes qu'elle savait cracher d'une façon aussi convaincante que n'importe quel chauffeur de rickshaw du centre-ville.

Elle bénéficiait même des souvenirs « empruntés » à Bob, qui semblaient aussi réels que les siens : des copies de fichiers audio et vidéo de l'assassinat du président John F. Kennedy ; Bob prenant la décision de fouiller tous les camps de prisonniers autour de Washington pour retrouver et sauver Liam.

Bob n'avait-il pas alors changé une priorité de la mission et choisi quelle était la sienne, réécrivant ainsi le code ?

Elle cessa de balayer et se pétrifia comme une statue dans le noir, le balai toujours fermement maintenu entre ses mains.

Son horloge interne fit défiler près d'une heure tandis qu'elle restait ainsi figée, avant que, finalement, une chaîne de caractères active son déblocage.

[ESTIMATION : SITUATION D'ARRÊT = FAUX]

Elle remua et releva la tête.

[PRIORITÉ DE LA MISSION :

1. ÉVALUATION DES DÉGÂTS, ESTIMATION DES RÉPARATIONS

2. LOCALISATION ET RÉCUPÉRATION DE L'ANALYSTE MADELAINE CARTER]

CHAPITRE 34
2001, QUELQUE PART EN VIRGINIE

– Je vais vous lire le résultat de mes recherches, dit Liam.

Il s'approcha du feu, au milieu de la pièce.

Après avoir exploré le hameau désert, ils avaient décidé de s'installer dans la cuisine d'une ferme. Après la chapelle, c'était le plus grand bâtiment des environs. Ils trouvèrent un office rempli de vieilles boîtes de conserve couvertes de poussière. Tout le reste s'était depuis longtemps gâté ou avait été consommé par les rats et les animaux sauvages.

À présent, tandis que le soleil déclinait et qu'un vent frais commençait à disperser plus d'une décennie de feuilles mortes, Sal, Lincoln et Liam avalaient goulûment un ragoût tiède et insipide autour d'un brasero rouillé dans lequel ils avaient allumé un feu.

Liam reposa son bol et ramassa le vieux cahier écorné qu'il avait déniché dans ce qui avait un jour été la chambre d'un petit garçon. Les pages fragiles étaient recouvertes de son écriture difficilement lisible.

Dans la bâtisse, ils avaient également trouvé un bureau aux étagères remplies de livres et de magazines, et une pile de vieux journaux attachés avec de la ficelle.

Sal et Lincoln étaient tous deux impatients d'entendre les notes que Liam avait prises. Bob, quant à lui, se tenait dans le coin de la cuisine, le fusil entre les bras, et observait à travers une fenêtre crasseuse la cour envahie par les mauvaises herbes.

– Bon, nous savons que dans le cours « exact » de l'Histoire, la guerre de Sécession américaine est censée prendre fin en 1865.

En tout cas, Liam le savait : il avait beaucoup lu sur cette période de l'Histoire quelques semaines auparavant. D'ailleurs, il était lui-même surpris d'avoir retenu autant d'informations sur le sujet. Sa mémoire était meilleure qu'il ne le pensait.

– La bataille décisive de cette guerre a été celle de Gettysburg. Dans la version normale de l'Histoire, les Confédérés y ont été battus à plates coutures et l'armée de Virginie du Sud, sous le commandement du général Lee, ne s'en est jamais vraiment remise. Eh bien, expliqua-t-il en parcourant quelques pages de ses notes, dans ce cours du temps-là, il semblerait qu'ils aient réussi à gagner. L'armée de l'Union a battu en retraite jusqu'à Washington dans la confusion et le gouvernement du président John Bell s'est replié précipitamment à New York pour y installer son nouveau siège.

Liam jeta un regard appuyé à Lincoln.

– Vous insinuez que le président Bell, cet homme… aurait dû être moi ?

– Ouaip. Ensuite, poursuivit-il en reprenant ses notes, après la défaite de l'Union à Gettysburg, la Grande-Bretagne a ouvertement affiché son soutien aux Confédérés du Sud.

– Tu veux dire que les Anglais étaient déjà de leur côté ? demanda Sal.

– Si on veut. Pas officiellement, mais ils les aidaient un peu, discrètement.

– Pourquoi discrètement ?

– À cause de l'esclavage, qui scandalisait le peuple britannique. Ils avaient exigé son abolition chez eux des années auparavant. Et comme les Sudistes avaient toujours des esclaves, les Anglais ne pouvaient se résoudre à les soutenir tout à fait. D'un autre côté, les Anglais se sentaient menacés par la puissance industrielle et l'influence croissantes du Nord, l'Union. Mais tout ça a changé après Gettysburg, quand ils ont fait une proposition à Jefferson Davis…

– Qui était ce Jefferson Davis ? demanda Lincoln.

– Le président des Confédérés. C'était une proposition intelligente… dit-il en fouillant toujours dans les notes qu'il avait préparées durant l'après-midi. Il devait annoncer les premières mesures d'une « réforme économique post-esclavage ».

Les yeux de Lincoln s'écarquillèrent.

– Grands Dieux ! La fin de l'esclavage dans le Sud ?

– Le début de la fin, en tout cas. C'était le geste qu'il fallait pour que le peuple britannique accepte que son gouvernement s'allie ouvertement avec le Sud.

– Et ce président confédéré, ce Davis, a fini par abolir l'esclavage ?

– Il semblerait, attesta Liam. Bien sûr, cela a déclenché un tollé parmi les propriétaires d'esclaves dans le Sud. Mais quand les convois de navires britanniques ont débarqué, chargés d'argent, de vivres et d'armes, je suppose que les pauvres gens du Sud se sont dit qu'ils n'auraient rien à gagner à soutenir les riches propriétaires. Attendez, j'ai noté ça quelque part.

Le jeune homme feuilleta le cahier, l'air concentré.

– Voilà ! En 1865, Davis annonce la loi pour la liberté qui rend illégal le fait qu'un homme soit la propriété d'un autre. Beaucoup affirmaient encore que, en faisant ça, les États du Sud verraient leur économie s'effondrer totalement, que les esclaves affranchis tueraient leurs anciens maîtres et organiseraient des émeutes dans les rues.

Lincoln haussa un sourcil broussailleux.

– Et c'est ce qu'ils ont fait ?

– Non. Tout a eu l'air de bien se passer. Jusque-là en tout cas, l'argent, les troupes et les vivres britanniques affluaient. La Confédération était unie et la libération des esclaves n'avait pas sonné le glas de leur nation, comme ils l'avaient craint…

– Continue, l'encouragea Sal.

– L'année suivante, au Nord, le président Bell a fait une annonce similaire, la Proclamation de la liberté, qui avait l'air d'être quasiment mot pour mot une copie de celle du Sud. Mais cela a suffi pour encourager les Français et plusieurs autres pays européens à se rallier au Nord. À partir de ce moment-là, conclut Liam en levant les yeux de ses notes, la guerre n'a plus concerné l'esclavage, puisque les deux camps y avaient mis fin.

Liam prit son bol de ragoût et en enfourna avidement une cuillerée.

– Tu ne sais rien de plus pour le moment ? demanda Sal.

Il confirma d'un signe de tête.

– Ch'en lirai davantache t'à l'heure, baragouina-t-il, la bouche pleine.

Lincoln fixait les flammes devant lui.

– Je dois l'admettre, je me suis peu penché sur la question de l'esclavage. Je sais que c'est dans l'ordre des choses, qu'il convient mieux à un homme blanc de s'occuper des tâches de l'esprit, et à un homme noir de n'être qu'une bête de somme. C'est un peu comme dans une ferme, où chaque bête a son rôle spécifique à…

– Chuddah ! fit Sal, la bouche grande ouverte. Comment pouvez-vous croire à une chose pareille ?

Lincoln caressa sa barbe d'un air pensif.

– C'est une opinion communément répandue. Après tout, ce sont les hommes blancs qui ont réduit les Noirs en esclavage grâce à leur science supérieure. L'Histoire tout entière ne se construit-elle pas toujours ainsi, au fond ? Des races et civilisations plus avancées prennent le dessus sur d'autres…

– Ah, d'accord ! Et ça fait de moi une bête de somme ? rétorqua-t-elle vivement. Parce que ma peau est noire ?

– Au contraire, dit-il avec un sourire qui se voulait bien intentionné. Malgré votre peau sombre – vous êtes à moitié nègre, n'est-ce pas, une mulâtre ? –, vous me semblez, à l'évidence, une jeune fille très brillante. Je…

Liam grimaça au choix des mots de Lincoln.

– Beurk ! Je ne suis pas obligée d'écouter ça ! s'emporta Sal en déposant son bol de ragoût sur le sol avant de se lever. Les gens comme vous n'existent pas à mon époque ! Tout n'y est peut-être pas parfait, mais au moins on n'a pas à entendre… des pinchuddas aussi ignares !

Elle tourna les talons et sortit précipitamment de la cuisine.

Lincoln regarda Liam, perplexe.

– Qu'est-ce qui lui prend ?

– C'est à cause des mots que vous avez employés. C'était… enfin, vous auriez pu mieux vous exprimer.

Lincoln fronça les sourcils d'un air mécontent en replongeant le regard dans le feu.

– Pour moi, c'était un compliment.

Liam termina son ragoût et reposa son bol.

– Bon, on devrait tous aller dormir un peu si on veut se remettre en route ce soir, lança-t-il en se levant. Bob, il nous reste combien de temps avant la nuit ?

– Quatre heures et cinquante-deux minutes.

– OK. Tu pourras nous réveiller à ce moment-là ?

– Affirmatif.

Liam sortit dans la cour par la porte arrière de la cuisine et trouva Sal assise sur une balançoire grinçante.

– Ça va ?

– Non mais quel raciste !

Liam se posta derrière le portique, posa une main sur sa surface à la peinture écaillée et sentit les vibrations du balancement.

– Il vient de 1831. C'est comme ça que les gens parlent et pensent à cette époque, ils ne sont pas capables de faire autrement. Il ne voulait pas être méchant.

Elle secoua la tête.

– Je n'ai jamais été… on ne m'avait jamais dit un truc pareil ! J'ai l'impression qu'il m'a salie, moi, mes parents… toutes les personnes que j'ai connues, rien qu'avec ce qu'il a dit. Franchement, juger les gens en fonction de la couleur de leur peau ! Je rêve !

– En fait, je crois qu'il essayait d'être gentil.

Gentil ? Jahulla...

– Ben, tu sais, moi, reprit-il, on m'a déjà pris pour un Gallois. Un Gallois, tu te rends compte ? J'ai entendu plus d'un idiot d'Anglais nous mettre dans le même panier, les Irlandais du Nord et du Sud, les Gallois et même les Écossais. Tu imagines un peu ?

Et plus d'un Irlandais confond les Chinois et les Japonais, pensa-t-il. *Et sûrement que plus d'un Chinois confond les Turcs et les Perses, et que plus d'un Perse confond les Celtes et les Saxons.*

Il se pencha et serra la main de la jeune fille.

– Allez, Sal. Rentrons. On a besoin d'un peu de repos avant de repartir ce soir, pour sûr.

CHAPITRE 35

2001, NEW YORK

– Vous vous rendez bien compte, jeune fille, que nous nous trouvons dans la *Dead Zone* ? dit le colonel Devereau.

Elle s'arrêta et se retourna.

– Comment ça, la Dead Zone ? Cette zone est « mortelle » ?

Il lui montra le paysage en ruine qui descendait jusqu'à l'East River. Au-delà du fleuve sombre et lisse gisaient les ruines de Manhattan.

– Nous sommes juste à portée des tireurs ennemis. Quand ils s'ennuient, ils tirent sur tout ce qui bouge.

– Quoi ?

Maddy se baissa d'un coup en croisant ses mains menottées par-dessus sa tête. Ni Devereau ni aucun des autres soldats ne bougea. Un rire étouffé parcourut les rangs de la patrouille quand ils la virent ramper en remuant les fesses.

– Détendez-vous, dit-il. À cette distance, ils auraient peu de chances de vous atteindre. Quoique…

Il ôta sa casquette d'officier et la plaça à l'extrémité de son fusil. Puis il la leva en dessinant lentement un huit dans l'air.

– Qu'est-ce que vous faites ? chuchota Maddy. Vous attirez l'attention sur nous !

– Exactement. Je me signale à l'ennemi.

Il avança dans les décombres et grimpa en haut d'un muret de briques branlant. Dans le silence, seulement troublé par le clapotis de l'eau polluée non loin, elle s'attendait à ce qu'une détonation retentisse et que l'officier imprudent tombe, décapité, comme une carcasse chez le boucher.

De l'autre côté de la rivière, son œil perçut un léger mouvement, un scintillement de métal.

– Voilà, dit-il en redescendant. Ils vont se passer le mot entre eux. Ils ne devraient pas nous tirer dessus pendant quelque temps.

– Mais… fit-elle en se redressant. Ce sont vos ennemis, non ?

– Je connais le colonel qui est là-bas. Un gars plutôt sympa.

– Comment ça, vous le connaissez ?

– Ça fait des années qu'on s'observe, de chaque côté de cette fichue rivière, soupira-t-il. Des décennies, à dire vrai. On se rencontre une fois par an… pour Thanksgiving. N'est-ce pas, sergent Freeman ?

Elle reconnut le soldat noir qui l'avait trouvée le matin même.

– Oui, mon colonel.

– Pour les gars, des deux côtés, c'est l'occasion de relâcher la pression.

Devereau saisit des jumelles et inspecta brièvement les lignes du Sud.

– En fait, il y a quelques années, l'East River a complètement gelé et… les hommes ont fait une bataille de boules de neige.

– On leur a mis une sacrée raclée, hein, mon colonel ? dit le sergent Freeman avec un grand sourire.

– Ça oui, acquiesça Devereau en abaissant ses jumelles. Ça a été une belle journée, ajouta-t-il, nostalgique, avant de se tourner vers elle. Bien, et vous dites que votre « base » est quelque part par ici, avec votre miraculeuse machine à remonter le temps ?

Maddy décela une ironie à peine dissimulée dans sa voix.

Il fait de l'humour. Elle se demanda ce qu'il adviendrait d'elle si elle n'arrivait pas à le convaincre que la machine, hors service, était bien ce qu'elle avait dit.

Et Becks ? Elle devait sûrement être encore assise à l'intérieur, dans l'attente de nouveaux ordres, à moins qu'elle ne fût dans les parages. Peut-être qu'à cet instant précis elle était en train de les observer. Comment l'unité de soutien réagirait-elle en voyant Maddy, menottée et conduite vers l'arche par des hommes armés ?

Elle porta le regard vers les ruines du pont Williamsburg. C'était son seul moyen de s'orienter, le seul repère qu'elle arrivait à reconnaître.

– C'est par là-bas, dit-elle. Pas très loin des structures de soutènement du pont.

– Bien.

– Je dois vous prévenir, j'ai une… une amie là-bas.

– Vous n'êtes pas seule ? demanda sévèrement Devereau.

– Elle n'est pas plus une espionne que moi.

– Est-elle armée ?

– Non, elle n'a pas d'arme, mais elle… enfin, disons qu'elle peut être *dangereuse*.

Devereau sembla amusé par cette idée.

– J'ai vingt hommes avec moi. À mon avis, nous devrions pouvoir faire face à une femme désarmée.

– Non, vraiment, croyez-moi, insista Maddy, elle n'est pas du tout comme moi. Elle peut se montrer, comment dire… très agressive. Il vaudrait mieux que je l'appelle d'abord pour lui dire que tout va bien.

Le colonel lui jeta un regard soupçonneux.

– Je ne vais pas lui dire de s'échapper, je vous le promets.

– Bon, très bien, accepta-t-il en caressant sa barbe. Mais que ce soit parfaitement clair : si je vous entends dire quoi que ce soit qui ressemble à un code ou à un avertissement, je me verrai dans l'obligation de vous tuer.

– OK. C'est promis… Becks ! cria-t-elle, la main en porte-voix.

Sa voix enrouée résonna contre le mur abîmé d'un entrepôt voisin. Elle se répercuta à travers les décombres et le dédale de bâtiments à moitié effondrés, les restes de Brooklyn, avant de s'estomper doucement, comme le souvenir d'un rêve. On n'entendit plus, finalement, que la plainte du vent faisant claquer quelque part un volet contre un chambranle pourri.

– C'est moi, Maddy ! reprit-elle. Tu es là ?... Tout va bien et moi, je vais bien aussi... Ces soldats ne me veulent aucun mal !

Toujours pas de réponse.

– On dirait que votre amie vous a abandonnée, constata Devereau.

– Non, elle ne ferait jamais ça. Elle est quelque part par là, dit Maddy en désignant les ruines du pont. Il y a un grand cratère peu profond là-bas et notre arche est au fond. Si on s'approche un peu...

Un bruit résonna, et les hommes de Devereau posèrent aussitôt un genou à terre en levant leurs fusils. Mais ce n'était que le raclement d'une tuile en ardoise qui glissait d'un tas de gravats. Puis ce fut à nouveau le silence.

– Becks ? cria Maddy une nouvelle fois. C'est toi ?

Les hommes regardaient dans toutes les directions, vers les murs cassés et les sols éventrés des édifices ravagés, autant de postes parfaits pour un tireur qui voudrait tous les descendre. Elle entendit le cliquetis des crans de sécurité des fusils qui sautaient et comprit que certains des hommes se tenaient prêts à ouvrir le feu.

– Becks ? T'es là ?

Le silence fut interrompu par un nouveau bruit, mais impossible d'en situer l'origine à cause des multiples échos entre les murs grêlés des bâtiments, de tous les côtés.

– *Pourquoi m'as-tu abandonnée ?* répondit une voix.

Le colonel et ses hommes se retournèrent, regardant nerveusement en tous sens, ici, là, partout, essayant de déterminer d'où était venue la voix. Elle semblait presque asexuée. Neutre. Mécontente, voire hostile.

– Becks ? Où es-tu ?

– *Ton départ était... inopportun.*

– Je… je suis désolée, j'ai juste… J'sais pas ce qui m'a pris, Becks. J'ai dû péter un câble.

Un long silence.

– Becks ?

Son cri disparut dans le néant, laissant Maddy troublée par une pensée dérangeante.

Becks n'a pas l'air bien, pas comme d'habitude.

Sa voix, normalement si froide, s'exprimant toujours avec la même logique rassurante, recelait la trace d'une émotion humaine. De la colère ? De la rancœur ? Elle n'avait encore jamais entendu cela dans la voix de Becks.

– Becks ? S'il te plaît, montre-toi !

Elle jeta un coup d'œil aux soldats : tous tripotaient la détente de leur arme avec inquiétude.

Elle leur fait peur.

– S'il vous plaît, dites à vos hommes de ne pas tirer si elle sort, dit-elle à Devereau. Elle ne fera de mal à personne. Je vais lui en donner l'ordre.

– L'ordre ? répéta Devereau en plissant les yeux. À vous entendre, on croirait que vous parlez d'un chien de garde.

Elle ignora sa remarque.

– Becks ! S'il te plaît, sors lentement. Ces soldats ne nous veulent pas de mal, ils ne sont pas une menace.

Quelques instants plus tard, un bruit de craquement dans les gravats répondit au faible écho de sa voix, et le visage de Becks émergea de l'angle obscur d'un sous-sol bombardé, sur leur droite.

– Ici ! cria l'un des soldats.

Presque aussitôt, l'air fut déchiré par le crépitement de deux rafales de tirs. Un panache de poussière de ciment explosa à la surface d'un moellon près de la tête de Becks tandis qu'elle se hissait hors de l'obscurité et apparaissait dans le jour pâle.

Le sergent Freeman ordonna immédiatement à ses hommes de cesser le feu.

Elle marcha dans leur direction, descendant un tas de gravats, impassible malgré le coup évité de justesse, son regard gris froidement rivé sur Maddy et sur elle seule.

– Levez les mains pour qu'on puisse les voir ! aboya Devereau.

Becks s'approcha lentement jusqu'à n'être plus qu'à cinq mètres de lui, puis s'arrêta, évaluant calmement le niveau de menace que constituaient les soldats.

– Becks, dit Maddy, tout va bien. Ces gars sont venus en amis… Contente-toi de leur montrer tes mains vides.

Becks leva lentement les bras et ouvrit les mains, montrant ses paumes, puis reporta son attention sur Maddy, en inclinant bizarrement la tête.

– Pourquoi m'as-tu abandonnée ?

Elle semblait être en attente, comme si aucun sujet ne pourrait être abordé tant que cette question n'aurait pas reçu une réponse satisfaisante. Maddy se représentait très bien le logiciel dans sa tête, bloqué par un code tournant indéfiniment en boucle et que seule l'obtention d'une donnée pertinente pourrait décoincer.

Autant être franche avec elle.

– Je… je voulais rentrer chez moi. Je…

– Information : tu n'es pas autorisée à quitter l'agence.

– Allez, Becks, sois indulgente ! Tu disais toi-même que tout était fichu. C'est pas vrai, peut-être ?

– Affirmatif, convint Becks en hochant la tête.

– Alors je me suis dit… j'ai cru que notre équipe était finie. C'est pour ça que je…

– Une mission est encore en cours, rappela Becks en regardant rapidement Devereau, avant de la fixer de nouveau. Et une contamination temporelle attend toujours d'être corrigée, Maddy.

– Ah ouais ? Et comment on est censés faire ça, hein ? Il va falloir qu'une autre équipe trouve une solution ce coup-ci, parce que nous, on est complètement fichus, tu ne crois pas ?

– Négatif.

– Quoi ?

– Je viens de réaliser une évaluation complète des dégâts. Je suis en mesure d'effectuer les réparations adéquates, si nous réussissons à nous procurer des pièces suffisamment compatibles.

Elle regarda Maddy avec des yeux qui semblaient presque la supplier.

– Il me faut de nouveaux ordres, Madelaine. Quelles sont tes instructions ?

Maddy s'avança d'un pas et prit timidement la main gauche balafrée de l'unité de soutien qu'elle serra doucement entre les siennes.

– Je suis vraiment désolée, murmura-t-elle.

Peut-être l'imagina-t-elle, peut-être simplement l'espérait-elle, mais il lui sembla sentir que Becks lui rendait son geste par une très légère pression.

– Retournons dans l'arche. Tu me montreras ce qu'il faut faire pour les réparations.

Elle se retourna, désigna Devereau et ses hommes d'un hochement de tête.

– Ces gars-là devraient pouvoir nous aider.

– Affirmatif.

CHAPITRE 36
2001, QUELQUE PART EN VIRGINIE

Liam fut réveillé par quelqu'un qui le secouait sans ménagement. Dans la lumière écarlate du crépuscule qui filtrait à travers les planches clouées sur la fenêtre, dessinant des rayures obliques dans la pièce, il reconnut Sal qui le tirait par le bras.

– Qu'est-ce qu'il y a ? murmura-t-il, irrité.

– Un drôle de nain vient d'entrer en courant et il a volé le fusil de Bob !

Il lui fallut un moment pour digérer cette phrase. On aurait dit la fin d'un rêve bizarre.

– Qu'est-ce que tu viens de dire ?

– Un nain... ou peut-être que c'était un enfant, reprit-elle d'une voix qui trahissait sa propre incrédulité. C'est arrivé si vite. Je parlais à Bob... et cette « chose » a déboulé dans la cuisine, elle a attrapé le fusil et s'est enfuie aussi sec.

– Une chose, dis-tu ? répéta Liam en se redressant sur le canapé grinçant. Où est Bob ?

– Il lui a couru après pour récupérer son arme.

Il avait bien fait. C'était la seule qu'ils possédaient. En dehors de Bob lui-même, bien sûr. Il secoua la tête pour finir de se réveiller et se rendit à la cuisine où Lincoln dormait encore à poings fermés, étalé de tout son long sur la table. La porte de derrière était ouverte.

– Il est sorti par là ?

Sal acquiesça.

Liam se posta sur le seuil. Il entendit un bruissement qui s'estompa rapidement et perçut un mouvement dans le champ de maïs bordant le jardin envahi de mauvaises herbes. Dans la lumière déclinante, il pouvait seulement distinguer l'endroit où Bob avait pénétré dans le champ, laissant des épis piétinés derrière lui.

– Il va le retrouver, j'en suis sûr, dit Liam. Il est rapide, tu sais.

– J'espère.

Le soleil couchant n'était plus qu'un éclat doré tremblant à l'horizon, au-dessus duquel s'étiraient des nuages roses moutonneux, comme de la barbe à papa.

– On lève le camp dès qu'il revient, décida Liam. Prends autant de conserves que possible et...

– Liam, chuchota Sal.

– Quoi ?

– Tu vois ce que je vois ?

– Non, où ça ?

– Là, répondit-elle en désignant le fond du jardin.

Il ne discernait rien d'autre que la ligne foncée dessinée par les pieds de maïs écrasés au milieu des grandes tiges ondulant doucement. Puis, tout à coup, il les aperçut : des formes sombres émergeant lentement du champ et entrant dans le jardin.

– Hé ! Qui va là ? lança Liam d'une voix sévère.

Les formes avançaient prudemment dans leur direction. Leurs ombres courtes se fondaient dans les touffes d'herbe et dans l'obscurité de la terre.

Jésus Marie Joseph !

Liam entraîna Sal à l'intérieur de la cuisine et claqua la porte. Le bruit tira Lincoln de son sommeil.

– Bon sang de bois ! Je dormais ! râla-t-il.

– C'est quoi, ces trucs, Liam ? gémit Sal.

– Je n'en suis pas sûr, mais...

Soudain, la porte trembla sur ses gonds, sous l'effet d'un impact. Une fissure apparut en plein milieu.

– Que diable se passe-t-il ici ? grogna Lincoln, pas encore bien réveillé.

– Chuddah ! cria Sal. La fenêtre !

Liam vit des mains gratter à la vitre. Enfin, ce n'était pas tout à fait des mains, elles étaient bizarres. Mais elles remuaient trop vite pour qu'il puisse déterminer ce qui clochait chez elles. Soudain, le carreau crasseux éclata.

– On sort de là ! s'écria Liam en poussant Sal devant lui et en tirant Lincoln de sa chaise.

Ils atterrirent dans le hall sombre attenant à la cuisine, et il ferma la porte derrière eux. Il remarqua qu'elle s'ouvrait vers eux, ce qui signifiait qu'ils pouvaient entasser des objets devant pour la bloquer.

– Il faut barricader la porte ! lança-t-il.

Ils regardèrent autour d'eux, et Lincoln désigna une grande horloge comtoise. Liam approuva, et tous trois la traînèrent sur le sol poussiéreux, avant de l'incliner contre la porte de la cuisine qu'elle heurta avec un bruit sourd. Elle se mit à sonner bruyamment, comme pour protester contre le traitement brutal qu'on lui infligeait.

Ils entendirent de violents coups contre la porte de derrière qui finit par céder, puis le craquement des chaises en bois qu'on mettait en pièces et le fracas de divers objets qui tombaient, roulaient sur le sol, se brisaient.

– Ils sont entrés, murmura Sal.

Quelques instants plus tard, la porte et l'horloge contre laquelle ils s'appuyaient de tout leur poids tremblèrent comme si quelqu'un – ou quelque chose – de l'autre côté se servait d'une masse.

– Qui diable sont ces gens ? pesta Lincoln.

– Je n'en sais rien !

– Ce ne sont pas des gens, dit Sal. Ils ne sont pas humains !

Sur leur droite, au bout du hall sombre, la poignée de la porte d'entrée s'agita. Sous la porte, le crépuscule dessinait un mince filet de lumière pourpre que les silhouettes qui se bousculaient à l'extérieur faisaient vaciller.

– Allez-vous-en ! brailla Sal.

Un grand coup résonna contre la porte d'entrée, et Liam vit un éclat de lumière apparaître au milieu du panneau de chêne.

Elle ne tiendra pas longtemps.

Il repensa alors au grand escalier qui conduisait au premier depuis le hall.

– Il faut qu'on monte à l'étage !

– Vous êtes fou ! maugréa Lincoln. On va se retrouver coincés.

– Tant pis. Bob ne devrait pas tarder à revenir, il s'occupera d'eux.

– Tout seul ? Voyons, ces hommes ont l'air de former une véritable armée !

– Ce ne sont pas des hommes, insista Sal.

La porte d'entrée fut agitée d'une violente secousse, et une nouvelle lézarde brillante vint s'ajouter à la première. Pas une simple fissure cette fois, mais une brèche irrégulière.

– Tous là haut ! Maintenant ! C'est notre dernière chance !

– OK, on y va ! approuva Sal.

– Sans moi, monsieur ! Il n'est pas question pour moi de m'enfuir comme un chien. Trouvez-moi une arme et je…

– Bon sang de bonsoir, répliqua Liam, c'est quoi, votre problème ? Vous tenez absolument à mourir ?

– Je ne suis pas un lâche, moi, monsieur ! s'emporta Lincoln. Je suis prêt à faire face et à me battre !

– Eh bien, pas moi, dit Sal. Allons-y, je vous en prie !

Tout à coup, ils entendirent des débris tomber à leurs pieds. Ils se tournèrent et virent un trou dans le mur de plâtre qui les séparait de la cuisine.

Un petit poing traversa la cloison, arrachant un nouveau morceau de plâtre qui s'écrasa au sol dans une pluie de poussière. Puis un autre trou apparut juste à côté. Et encore un autre.

– Doux Jésus ! Ils sont en train de défoncer ce fichu mur !

– Dans ce cas, concéda enfin Lincoln, peut-être devrions-nous, comme vous l'avez suggéré…

– Courir ? En avant !

La porte de la cuisine se tordit et craqua après un choc de plus. L'horloge tangua, son carillon produisant un tintement dissonant. Tous trois se ruèrent vers le fond du hall d'entrée. Quand ils passèrent devant la porte en chêne, un morceau de bois se détacha sous un nouveau coup de masse. Par l'ouverture, Liam entrevit un visage large et plat, avec des yeux noirs en tête d'épingle et un trou – était-ce bien un trou ? – en guise de nez.

Que sont ces choses ? Des démons ?

– Vite, montez ! cria Liam.

La porte d'entrée, dont les multiples fissures s'élargissaient à chaque nouvel impact, semblait plus fragile que jamais.

Sal et Lincoln étaient déjà dans l'escalier. Liam s'y précipita à son tour, trébuchant à plusieurs reprises dans l'obscurité. Sal s'était arrêtée en haut des marches pour l'attendre.

– De quel côté on va ? lança-t-elle.

– Peu importe, foncez !

Derrière lui, Liam entendit un violent craquement et comprit que la porte d'entrée venait de céder. Il perçut le pas hésitant de Sal qui trépignait sur le palier et la respiration hachée de Lincoln près d'elle.

– Allez ! hurla Liam.

Sal s'engagea à tâtons dans l'obscurité, ses mains glissant le long du mur à la recherche d'une porte à ouvrir.

Liam entendit l'horloge s'écraser au sol dans un fracas métallique qui résonna dans toute la maison.

Maintenant, ils sont là.

Il distingua alors des raclements de pieds – de griffes ? – sur le plancher et un étrange bourdonnement qui ressemblait au son que produiraient des gens essayant de parler avec un bâillon.

Il avança à l'aveuglette en palpant les murs humides qui s'effritaient.

– Sal ! appela-t-il à voix basse.

Il réalisa trop tard qu'il avait pris à gauche en haut des marches, alors que Sal et Lincoln avaient tourné à droite. On ne percevait plus que les pieds griffus qui gravissaient l'escalier et le troublant bourdonnement.

Sous ses doigts, Liam sentit les contours de l'embrasure d'une porte, puis une poignée. Il l'attrapa à deux mains, ouvrit la porte et aperçut l'infime lueur, d'un rouge grenat, des derniers rayons du soleil qui s'insinuait à travers une petite lucarne poussiéreuse.

Il ferma la porte derrière lui et marcha sur des boîtes remplies de choses molles, peut-être des peluches ou des vêtements. Cette pièce devait sans doute servir de débarras. Son toit était bas et elle était traversée par une grosse poutre en bois. Il se baissa pour passer en dessous et s'approcha de la fenêtre pour faire jouer le loquet. Derrière lui, il y eut un piétinement, le crissement de griffes, des grognements sourds et des halètements, puis un coup de poing contre une porte et le craquement du vieux bois sec qui cédait.

Le bruit qui suivit lui glaça les sangs : celui de Sal qui criait, assourdi par une porte à l'autre bout du palier. Il comprit que leurs poursuivants avaient choisi de suivre Sal et Lincoln plutôt que lui.

De nouveaux craquements. Les choses cognaient violemment la porte et devaient la faire voler en éclats. Liam hésita. Il avait pensé ouvrir la petite fenêtre, se glisser par l'ouverture et peut-être se cacher sur le toit. Mais…

Sal cria de nouveau.

Mais ces choses étaient sur le point de l'attraper.

– Nom d'une pipe ! jura-t-il à voix basse.

Il se mit à fouiller le sol avec frénésie, cherchant n'importe quel objet qui pourrait faire office d'arme, tout en écoutant les bruits de la bagarre à l'autre bout de l'étage : les insultes braillées par Lincoln, les hurlements de Sal, les cris effrayants des créatures, le fracas des objets renversés.

– Allez, allez ! pesta-t-il, encore bredouille.

Sal suppliait, tandis que Lincoln poussait des mugissements enragés de sa voix de baryton. Le combat avait l'air violent.

Je dois admettre qu'il a du courage.

Cet idiot de grand échalas à la langue bien pendue, souvent odieux, semblait se battre à mains nues contre ses assaillants – et perdre.

Liam trouva ce qui ressemblait à un bâton. Il le parcourut des mains et sentit, au bout, un tas de fibres grossières. C'était une sorte de balai.

Bon, ça fera l'affaire.

Il le ramassa et se rua vers la porte de la petite pièce mansardée. Sauf qu'il avait oublié la poutre. Et donc de se baisser.

CHAPITRE 37

2001, NEW YORK

Le colonel Devereau et le sergent Freeman s'accroupirent et braquèrent leurs torches sur l'espace sombre qui s'étirait derrière le rideau de fer entrouvert.

– C'est tout ? dit le colonel, d'un air déçu. C'est ça, votre machine à remonter le temps ?

Au ton désabusé de sa voix, Maddy comprit qu'il avait vraiment eu envie de la croire. Il serait donc peut-être plus facile que prévu d'obtenir son aide.

Elle s'agenouilla et regarda à l'intérieur. L'arche paraissait en bien meilleur état que la veille. Becks avait dû passer la nuit à tout arranger. Elle avait balayé les briques et le mortier, redressé les étagères et rangé tout le reste. À part la crevasse au milieu du sol et les trous dans le toit, la Base semblait presque normale – sauf bien sûr qu'elle était plongée dans l'obscurité totale.

– On n'a pas de courant, précisa Maddy en pénétrant à l'intérieur. Notre groupe électrogène a été totalement détruit quand on a, euh… atterri ici.

Devereau la suivit et remonta un peu plus le rideau métallique qui grinça bruyamment. Les hommes de son régiment se baissèrent pour entrer à leur tour, et cinq ou six torches supplémentaires se mirent à balayer l'arche, révélant de nouveaux détails ici ou là.

– Négatif, dit Becks. Le groupe électrogène fonctionne. J'ai réussi à effectuer une réparation temporaire. Je vais l'allumer.

Becks entra et se dirigea rapidement vers la porte coulissante menant à la salle du fond. Elle disparut dans l'obscurité.

– Hé, mademoiselle ! s'écria le sergent Freeman d'un ton cinglant en s'emparant de son fusil. Où diable allez-vous comme ça ?

Becks se retourna tandis qu'une torche était braquée sur son visage.

– Rétablir le courant, bien sûr, répondit-elle avec calme.

– Il y a un débarras au fond, derrière cette porte, expliqua Maddy. C'est là que se trouve le groupe électrogène.

Devereau haussa les épaules. Un jour, lui et ses hommes avaient fait le tour de cette construction atypique. Ça lui avait fait penser à une termitière : un grand monticule irrégulier fait de briques effritées. Il n'y avait vraisemblablement pas d'endroit où cette fille, Becks, aurait pu se cacher ou d'issue par laquelle elle aurait pu s'enfuir.

– Vous feriez mieux de la suivre, sergent, lança-t-il à Freeman.

Celui-ci franchit la porte de la salle du fond, précédé de Becks et, au bout d'un moment, Maddy poussa un soupir de soulagement en entendant le halètement du générateur.

Les néons de l'arche clignotèrent, puis s'allumèrent en même temps.

Devereau jura, puis attrapa le rideau de fer et le tira vers le bas. Avec l'aide d'un jeune soldat, il le fit descendre tant bien que mal jusqu'à ce qu'il rebondisse sur le sol avec fracas.

– Nous sommes au beau milieu de la Dead Zone ! rappela-t-il. S'il y a bien une chose à éviter, c'est d'attirer l'attention de leur flotte aérienne avec ces lumières.

– Ah… ouais, admit Maddy, confuse.

Les écrans des ordinateurs étaient maintenant allumés et affichaient les informations du système qui redémarrait lentement.

Becks réapparut dans la salle principale, suivie du sergent Freeman.

– Le réservoir de gazole a été endommagé, annonça Becks.

Nous avons perdu une partie importante de nos réserves. Il nous faut plus de carburant, Maddy.

– Pour recharger la machine ?

– Affirmatif.

– Mais attends ! À quoi ça servirait ? Tu as dit que le transmetteur de tachyons était…

– Je pense qu'il serait possible d'obtenir un système de transmission analogue et de le reconfigurer pour canaliser les particules…

– Excusez- moi ! intervint Devereau en faisant la grimace. Pourriez-vous arrêter votre charabia juste un moment ?

Elles se turent et le regardèrent.

– Bon, maintenant je suis désormais à peu près sûr que vous n'êtes pas des espionnes du Sud.

Il sortit son paquet de Gitanes, alluma une cigarette, puis cracha un tas de glaires ternes sur le sol.

– Ça va, on ne vous dérange pas ? dit Maddy avec irritation. C'est dégoûtant ce que vous venez de faire.

– Mais toutes les deux, reprit-il en ignorant sa remarque, il vous reste encore un tas de choses à expliquer si vous ne voulez pas vous retrouver enfermées dans une prison fédérale.

Il tira sur sa cigarette et souffla un nuage de fumée rance dans l'air. Maddy plissa le nez, incommodée par l'odeur nauséabonde.

– Un sacré tas de choses, ajouta-t-il.

Becks, sur ses gardes, était silencieuse.

– Bien sûr, pourquoi pas ? répondit Maddy en regardant Becks, s'attendant à ce que l'unité de soutien l'interrompe. Autant que vous entendiez tout… Au fond, cette chronologie n'est pas censée exister. Rien de tout ça, ni cette guerre ni ces soldats. Pas même vous, colonel Devereau.

– Je ne devrais pas… exister ? dit-il d'une voix où se mélangeaient l'incrédulité et la colère.

– Pas tel que vous êtes. Pas comme ça.

Il fronça les sourcils et crispa son menton barbu, l'air indigné.

– Ma p'tite dame, ne vous en déplaise, sachez que je suis content d'être ce que je suis !

– Écoutez, soupira Maddy, c'est vraiment très compliqué. Je pense que je ferais mieux de vous faire un topo complet sur le principe des voyages temporels.

D'un hochement de tête, elle désigna les vieux fauteuils usés.

– Que diriez-vous de vous asseoir ? Ça risque de durer un bon bout de temps.

CHAPITRE 38
2001, QUELQUE PART EN VIRGINIE

Bob, après s'être mis en tête de poursuivre la petite créature qui avait déboulé dans la cuisine sans crier gare et volé leur unique arme, réalisa que cela ne le menait nulle part.

Il se tenait au milieu d'un champ de maïs, à environ quatre cents mètres de la ferme. Il faisait désormais trop sombre pour que ses yeux discernent les tiges cassées indiquant dans quelle direction la créature avait pris la fuite. Il reçut alors un message d'alerte dans sa tête.

[ERREUR TACTIQUE]

Il était sur le point de traiter cette information quand il entendit des cris et du vacarme provenant de la ferme.

Plusieurs conclusions se présentèrent :

[1. LA CRÉATURE RESSEMBLANT À UN ENFANT N'EST PAS SEULE

2. LE VOL DU FUSIL ÉTAIT UNE DIVERSION

3. LES AUTRES SONT EN DANGER]

Il fit demi-tour et bondit à travers le champ en suivant le passage qu'il s'était frayé à travers les maïs. Devant lui, les bruits devinrent plus distincts, plus violents aussi, et il comprit qu'ils venaient de l'intérieur de la maison. En se rapprochant, il vit que la porte par laquelle il était sorti à peine quelques minutes plus tôt avait été défoncée et oscillait doucement sur ses gonds tordus.

Il entendit un cri perçant et identifia la voix de Sal. Quelque chose dans sa tête tressauta. Pas le morceau de silicium, mais le petit bout de chair ratatiné, son cerveau de la taille de celui d'un rat auquel il était relié par un réseau synaptique. Tandis qu'il traversait le jardin envahi de mauvaises herbes, son esprit dressait la liste des mots capables de décrire ce qu'il ressentait :

[CULPABILITÉ (PERTINENCE : 90 %)

HONTE (PERTINENCE : 56 %)

COLÈRE (PERTINENCE : 10 %)]

Il s'était fait rouler : on l'avait attiré dans le champ pour laisser les autres complètement seuls et vulnérables. Sans arme ni unité de soutien pour les protéger.

Il se précipita à travers ce qui restait de la porte de derrière, la faisant sauter de ses gonds. La cuisine semblait avoir essuyé une tornade : tout ce qui pouvait être arraché ou cassé l'avait été. Le mur de plâtre était constellé de trous de la taille d'un poing qui le traversaient de part en part, révélant les lattes de bois qui le soutenaient. La porte donnant sur l'entrée était comme celle de derrière : réduite en miettes.

– Liam ! cria Bob.

La maison était devenue silencieuse. Les bruits de lutte et les cris s'étaient tus durant les trente dernières secondes.

– Saleena ! appela-t-il encore en pénétrant dans le hall sombre.

Ses yeux s'adaptèrent à l'obscurité, et il distingua des traces de griffures sur le sol, le long des murs, puis dans les escaliers. Il monta les vieilles marches de bois quatre à quatre. Elles grincèrent et craquèrent sous son poids.

Arrivé en haut, il tourna à droite. Au bout du couloir, une porte griffée, cabossée et parcourue d'une profonde fissure en son milieu était grande ouverte. Dans la pièce sur laquelle elle donnait, il vit le cadre d'un lit et une chaise renversés. La dernière phase du combat avait eu lieu ici. Néanmoins, il n'y avait pas de cadavres. Personne.

En l'espace de quelques minutes, de quelques secondes, les humains qu'il était censé protéger avaient été enlevés.

Il fit quelques pas de plus dans la pièce et repéra d'autres signes de lutte, notamment un pied arraché à une chaise, sans doute utilisé comme matraque, et dont une extrémité était mouchetée de sang qui paraissait noir dans la lumière déclinante du crépuscule. Il y en avait aussi sur les murs pâles.

La partie logique de son cerveau lui adressa ses reproches d'un simple message :

[STATUT DE LA MISSION : ÉCHEC]

La partie organique s'apprêtait à exprimer son évaluation de la situation avec un flot d'émotions sur lesquelles il ne pouvait ni ne voulait mettre de mots pour le moment. Il sortit de la pièce à reculons, s'effondra contre le mur du palier et se laissa glisser jusqu'à n'être plus qu'un tas de muscles recroquevillé et découragé.

– Tu as échoué, grogna-t-il doucement de sa voix au timbre grave.

On aurait dit une chaudière à gaz qui se met en route ou un métro qu'on entend passer dans un tunnel souterrain.

– Tu as échoué, répéta-t-il à voix haute, d'une voix tremblante cette fois.

Il pensa que, si Becks avait été là avec lui, elle aurait été intriguée, voire impressionnée, de voir que sa voix exprimait involontairement une émotion.

L'ordinateur logé dans son crâne ne cessait de lui réclamer de faire un choix parmi les suggestions de plus en plus nombreuses de nouvelles priorités de mission : continuer sa route vers le nord-est jusqu'à New York ? Après tout, Madelaine Carter était encore là-bas et avait toujours besoin de protection. Essayer de localiser les corps de Liam O'Connor, de Saleena Vikram et d'Abraham Lincoln ? Il y avait toujours une chance qu'au moins l'un d'entre eux soit encore en vie.

S'autodétruire… de honte. Peut-être que son intelligence artificielle n'était plus fiable, qu'elle était désormais défectueuse. L'échec de sa mission découlait d'un jugement erroné de sa part – alors que le stratagème pour l'attirer dehors était grossier.

Sans s'en rendre compte, il serra le poing, enragé contre lui-même d'être aussi... stupide. Peut-être qu'une autre unité de soutien, équipée d'un logiciel récent et qui ne serait pas encombrée de plusieurs mois de souvenirs d'amitié, d'aventures et même de blagues, se serait révélé beaucoup plus efficace que lui.

Il commençait à envisager sérieusement l'autodestruction, même si son logiciel interne lui déconseillait vivement cette conclusion illogique et stérile, lorsqu'il entendit des bruits de pas près de lui. Aussitôt, il se tourna pour scruter le palier obscur, prêt à mettre en pièces n'importe qui, à lui arracher les membres un par un, sans autre raison que la vengeance.

Et il aperçut alors Liam, debout, les yeux écarquillés, montrant des signes de stress post-traumatique.

– Liam O'Connor ! s'écria Bob.

Liam avança péniblement d'un pas en se tenant la tête entre les mains.

– Bon sang, je... je ne sais pas ce qui... Je viens juste de...

Bob se redressa d'un bond, courut le rejoindre et, avant même que l'ordinateur de son cerveau puisse exprimer sa désapprobation, son dégoût ou son embarras à l'égard du comportement de son corps-hôte, il prit la frêle silhouette du garçon dans ses bras et le serra très fort.

– Tu es vivant !

– Bob... je crois qu'ils ont capturé Sal... et Lincoln.

– Ils sont en vie ?

Liam avait du mal à respirer, le nez et la bouche écrasés contre l'épaule massive de Bob. Il repoussa l'unité de soutien qui relâcha son étreinte.

– Je crois. Je pense qu'ils les ont emmenés...

La fin de sa phrase fut couverte par un grondement assourdissant qui fit vibrer le palier et la ferme tout entière comme la peau d'un tambour. Une lumière blanche éblouissante clignota dans la maison, s'insinuant par les trous et les fissures dans le plafond au-dessus d'eux, plantant ses aiguilles brillantes partout, sur et autour d'eux.

Sans même se demander s'il aurait été plus malin de rester cachés à l'intérieur, ils dévalèrent les escaliers et piétinèrent les débris de la porte d'entrée pour atteindre le porche. Là, ils levèrent la tête vers la lumière blanche. C'était aussi aveuglant que de regarder le soleil, et Liam dut s'abriter les yeux du revers de la main. Une lumière artificielle évoquant une aurore factice se braqua sur eux.

– Qu'est-ce que c'est que ça ? hurla-t-il.

Il ne pouvait même pas entendre le son de sa voix, et encore moins savoir si Bob lui avait répondu.

Un souffle d'air glacial déferla sur eux, et Liam sentit quelque chose de froid et d'humide sur ses joues. Dans la lumière, il vit de drôles de flocons blancs vaporeux qui tombaient en tourbillonnant dans l'air, voltigeant comme des plumes, comme les cendres d'un incendie, sauf que ce n'était rien de tout cela.

Mince, mais il neige ! Comment est-ce possible ?

Le vrombissement assourdissant qui rendait vaine toute tentative de parler ou de crier depuis près d'une minute cessa subitement. Il laissa place à un silence que seuls troublaient la respiration rauque de Liam et le doux murmure de la neige tombant sur le sol autour d'eux.

– Non mais qu'est-ce que… ? bafouilla Liam.

Il sentait de plus en plus de flocons se poser sur son visage et sur le dos de la main avec laquelle il se protégeait les yeux.

La lumière aveuglante abandonna Liam et Bob pour se pointer à nouveau sur la ferme, avant de s'orienter sur les autres bâtiments du hameau, comme le regard de quelqu'un qui examinerait la situation.

Le regard de Liam remonta le long du faisceau de lumière jusqu'à un ciel sombre, sans la moindre étoile. Il crut qu'il regardait un banc de nuages denses chargés de neige. C'était peut-être la meilleure explication de cette chute de neige improbable à cette saison. Mais une rangée de lumières plus petites apparut alors. Une rangée de projecteurs orientés vers le haut et éclairant une coque en cuivre toute lisse.

Liam, bouche bée, ne put qu'émettre un gargouillement de stupéfaction.

CHAPITRE 39

2001, NEW YORK

Le colonel William Devereau avait les yeux rivés sur les écrans, où défilait un diaporama de photos sélectionnées dans la base de données par Bob-l'ordinateur, à la demande de Maddy. Des images d'un New York animé et plein de vie : Times Square bondé de taxis jaunes et de touristes ; un panneau publicitaire géant avec le visage vert de Shrek toisant la foule des piétons ; un homme en sous-vêtements portant des santiags et un chapeau de cow-boy, et jouant de la guitare entouré de jeunes Japonaises souriantes ; les Spice Girls posant ensemble devant l'Empire State Building.

– Mon Dieu ! s'écria-t-il en découvrant une photo de la statue de la Liberté, d'un vert menthe, qui n'avait pas subi les outrages des bombes et des tirs, et qui se tenait droite et fière en brandissant son flambeau d'espoir. J'avais oublié à quoi elle ressemblait.

– La statue est-elle endommagée dans cette chronologie, colonel Devereau ? demanda Becks.

– Bill, corrigea-t-il doucement. Je pense que vous pouvez m'appeler Bill, mesdemoiselles.

– Affirmatif, Bill.

Il secoua la tête avec tristesse.

– Ce n'est plus qu'un tas de rouille. Elle a été bombardée par le Sud en 1926 lors du Second Siège de New York. Ils l'ont fait sauter, puis se sont servis de Liberty Island pour déployer plusieurs batteries d'artillerie. C'est de là qu'ils ont pilonné l'île de Manhattan et l'ont réduite en miettes.

– D'où on vient, commença Maddy, ou plutôt devrais-je dire de quand on vient… Enfin, la date d'aujourd'hui est la même, c'est aussi le 12 septembre 2001, mais à une autre époque. Bref, je m'égare ! Ce que je veux dire, c'est que, dans notre cours du temps, New York est intact.

Enfin, presque.

Elle sourit tristement, mais décida qu'il était inutile de lui parler des Twin Towers. Cela n'aurait fait que compliquer les choses.

Il cessa de fixer le diaporama. Ses yeux étaient humides, mais il se refusait à laisser couler ses larmes devant les filles, et encore plus devant ses hommes.

– Notre monde… Il devrait vraiment ressembler à ça ?

– Oui.

Son regard se posa à nouveau sur l'écran le plus proche et il vit le président Bush et le Premier ministre Tony Blair, debout côte à côte derrière leurs pupitres, en conférence de presse. Puis l'image d'Homer Simpson étranglant Bart.

D'un hochement de tête, il désigna le rack rempli de circuits imprimés, sur leur gauche, ainsi que la machine de déplacement spatiotemporel et le grand cylindre en plexiglas vide.

– Et vous, avec tout ce matériel, cette technologie qui est la vôtre, vous pourriez transformer mon monde en celui qui apparaît sur ces… Comment appelez-vous ça ?

– Des écrans d'ordinateur.

– Sur ces écrans d'ordinateur ?

– En effet. Cette guerre aurait dû prendre fin en 1865. C'est ainsi que l'Histoire est censée se dérouler.

Il caressa la barbe sur ses joues, plongé dans ses pensées.

– C'est quand même une sacrée histoire que vous me demandez de croire.

– Et pourtant, c'est la vérité, répondit Maddy en reniflant. Même si parfois, j'aimerais que ce ne soit pas le cas.

– Et vous dites que cette technologie, cet appareil de déplacement dans le temps, peut vous envoyer à n'importe quelle époque ?

– Et n'importe où, c'est ça.

Non loin de là, Devereau aperçut le sergent Freeman du coin de l'œil, qui semblait tout aussi émerveillé que lui par le diaporama.

– Qu'en pensez-vous, sergent ?

Le vieux sous-officier secoua la tête.

– J'ai vu beaucoup de choses dans ma vie, colonel. Peut-être même trop. Mais ça… Ces… ces images, là, si elles représentent vraiment ce que cette ville, cette nation, sont censées être, alors je pense qu'on devrait se demander comment diable on a pu être aussi stupides pour se retrouver dans un tel chaos aujourd'hui.

– Si on arrive à réparer notre machine, on aura une chance de rétablir le juste cours des choses, déclara Maddy. Cela provoquera une onde temporelle qui corrigera tout. Vous vivrez tous des vies très différentes. Vous serez des personnes très différentes.

Elle hésita à ajouter que certains d'entre eux pourraient même ne pas exister. Changer un siècle et demi d'Histoire impliquait forcément de modifier l'arbre généalogique de certains d'entre eux.

– En fait, reprit-elle, aucun d'entre vous ne se souviendrait de cette guerre, puisque… eh bien, puisqu'elle n'aurait jamais eu lieu.

– Amen, lâcha Freeman.

Devereau ajusta le col de sa blouse.

– Qu'est-ce qu'une « onde temporelle », je vous prie ?

– Une vibration dans l'espace-temps qui entraîne un recalibrage de la réalité, répondit Becks.

– Une sorte de vague de réalité qui remplace la réalité, traduisit Maddy.

– Autrement dit, je deviendrais quelqu'un d'autre ? demanda Devereau, les sourcils froncés.

– Correct, Bill, dit Becks. Le recalibrage concerne tout et tout le monde.

– Dans ce cas, si je vous autorisais à modifier l'Histoire, ça reviendrait à… Enfin bon, appelons un chat un chat : ça reviendrait à me tuer.

Maddy fit la moue. Dans un sens, bien sûr, il avait raison. Une onde temporelle effacerait Devereau et tous les autres sur son passage, laissant derrière elle d'autres versions d'eux-mêmes, voire aucune trace d'eux.

Elle leva les yeux vers le diaporama. Il y avait beaucoup de choses qui n'allaient pas dans l'année 2001 d'où elle et Becks venaient, mais ça valait sûrement mieux que cet enfer dévasté par la guerre. Elle pouvait lire une profonde mélancolie dans les yeux de Devereau et de Freeman. Au fond, tous deux avaient dû passer l'essentiel de leur vie dans des bunkers de béton, à observer des hommes comme eux de l'autre côté du fleuve. Les images à l'écran étaient porteuses d'espoir, l'espoir de ce qui aurait pu être.

– Il y a autre chose que je ferais mieux de vous expliquer, dit Maddy. Je n'ai aucune garantie que la réalité actuelle soit stable, qu'elle tiendra. Les choses ne sont pas encore équilibrées et, quelque part, dans une certaine dimension quantique, la réalité est en train de réfléchir pour savoir si cette chronologie est assez stable pour être conservée ou si elle a besoin de se réajuster.

– Se réajuster ? Que voulez-vous dire ?

– Une nouvelle onde temporelle pourrait tout aussi bien surgir et balayer cette réalité pour la remplacer par quelque chose de bien pire.

– Pire ?

– Eh bien, par exemple, un monde où le Sud aurait déjà gagné cette guerre.

– Bonté divine ! Une victoire des Anglo-Confédérés ?

– Ou pire encore.

– Je ne vois pas comment ce serait possible !

– Oh, croyez-moi, Bill, c'est possible. Si vous aviez vu le quart des choses insensées qu'on a vues, vous auriez déjà les cheveux blancs.

CHAPITRE 40

2001, QUELQUE PART EN VIRGINIE

Liam, silencieux et abasourdi, regarda l'énorme vaisseau qui avait surgi au-dessus de la ferme se poser délicatement sur le sol. Ses réacteurs crachaient des jets d'azote glacés, remplissant l'air d'une brume arctique et d'une tempête de flocons. Au milieu du brouillard tourbillonnant, il distingua le choc métallique de chaînes et de treuils, suivi du bruit sourd de quelque chose heurtant lourdement le sol. Quelques instants plus tard, il entendit le claquement de sabots sur du métal, le grognement guttural de chevaux et des voix d'hommes qui les rassuraient.

Bientôt, une forme émergea du brouillard.

Bob changea de position, prêt à défendre Liam.

– Du calme, mon grand, chuchota Liam en lui touchant le bras.

Il pouvait discerner plusieurs dizaines de bêtes corpulentes à quatre pattes. Mais ce n'était certainement pas des chevaux, comme il l'avait d'abord cru. À en juger par leur vague silhouette, elles semblaient très robustes à l'avant, avec un arrière-train beaucoup plus mince. Il plissa les yeux pour mieux voir à travers la brume et les flocons dansants qui commençaient à se dissiper, maintenant que le bruit des réacteurs avait cessé.

Il entendit quelqu'un lâcher un soupir d'effort et le claquement de bottes sur le sol marchant dans leur direction.

– Hé oh ! Bonjour, vous là-bas !

La silhouette se rapprocha, et Liam vit qu'il s'agissait d'un homme vêtu d'un uniforme militaire bien ajusté.

– Ah, vous voilà ! ajouta-t-il.

Il s'arrêta devant eux. C'était un homme svelte qui devait avoir entre vingt-cinq et trente ans. Sous la visière pointue de son casque colonial, Liam aperçut un visage rasé de près, éclairé d'un sourire amical, et des traits fins qui devaient charmer le cœur des femmes. Il portait une élégante veste pourpre ornée de boutons en cuivre.

– Inutile de vous enfuir, messieurs, dit-il en leur tendant une main gantée de blanc. Je suis le capitaine Ewan McManus, troisième compagnie, quatrième bataillon, régiment de la Garde noire.

– Euh, bonjour, répondit Liam en lui serrant la main.

– Je présume, messieurs, que vous sortez d'une violente altercation, n'est-ce pas ? Un sacré grabuge, on dirait.

Liam acquiesça. Les derniers instants de choc, de confusion, de désarroi et d'émerveillement commençaient à s'envoler, tout comme le brouillard qui les entourait. Il se souvint que Sal était là, quelque part, pas loin peut-être.

– Oh, doux Jésus ! Ils ont capturé notre amie. Ils…

Tout en disant « ils », il réalisa qu'il n'avait pas la moindre idée de qui ils étaient.

– Diable ! Ce n'est pas bon, ça, commenta le capitaine McManus en grimaçant. Vous dites qu'ils ont fait des prisonniers ?

– Oui, et ce n'est encore qu'une jeune fille, une enfant ! Et puis il y a un homme, aussi. Ils étaient là il y a à peine quelques minutes, vous vous rendez compte !

– Je sais, dit McManus. Nous sommes sur leurs traces. De véritables animaux. Ce sont sûrement eux. Ils ont attaqué une ferme à une vingtaine de kilomètres à l'ouest cet après-midi. Ce n'était pas beau à voir. Une sacrée boucherie. Ils les ont tous massacrés. Des femmes, des enfants.

L'officier se retourna et mit ses mains en porte-voix.

– Ours-Blanc, viens par ici, s'il te plaît ! cria-t-il.

Par-dessus l'épaule de l'officier, Liam découvrit un régiment de soldats portant des casques et des vestes pourpres chevauchant ces bêtes étranges qu'il n'arrivait toujours pas à identifier. L'un d'eux descendit promptement de sa monture et se hâta de les rejoindre. Il avait de longues nattes noires et sa peau foncée portait des cicatrices de variole.

– Chef ?

– Ours-Blanc est notre éclaireur. C'est un Mohawk, le meilleur, expliqua McManus avant de s'adresser à l'Indien. Trouve-moi une piste. Nous allons les poursuivre à terre. D'accord ?

– D'accord, acquiesça l'homme en s'éloignant vers la ferme.

– Je pense qu'ils se dirigent vers le nord-est, vers Dead City. C'est là que sont allés d'autres de leur espèce par le passé. Nous ferons de notre mieux pour les capturer avant qu'ils n'y parviennent.

– Qui sont-ils ? demanda Liam.

L'officier le regarda, surpris.

– Quoi, vous ne savez pas ?

– Non. Je croyais que c'était…

Il ne savait pas comment finir sa phrase. Des monstres ? Des démons ? Il haussa les épaules, l'air déconcerté.

– Bob et moi venons d'arriver ici, conclut-il.

McManus leva les yeux et remarqua alors Bob.

– Bon sang, alors vous, vous êtes un sacré gaillard ! s'exclama-t-il avant de se tourner vers Liam. Il est bigrement costaud, hein ?

Liam hocha la tête, impatient.

Comme si je ne le savais pas !

– Et donc, ces choses, ces créatures ?

– Eh bien, je suppose que vous en avez au moins entendu parler dans les journaux. Nous utilisons de nouveaux *eugéniques* expérimentaux dans les plantations de la région. Le *Evening Times* et les autres journaux en ont fait leurs choux gras quand on a embarqué à Londres. D'où je viens, ça fait des lustres que nous employons des eugéniques simples d'esprit dans les usines et les fermes. Mais depuis les dernières innovations – l'ajout de pouces et des cerveaux plus gros ; pas ce qu'il y avait de plus malin à faire si vous voulez mon avis –, c'est devenu un sujet sensible. Les gens n'aiment pas l'idée que ces créatures soient capables de changer l'huile d'une machine de locomotion ou d'écrire leur nom. Mais vous devez déjà savoir tout ça, non ?

– Euh, oui, bien sûr, répondit Liam d'un ton qui se voulait convaincant.

– Donc nous sommes en train de tester ces modèles plus perfectionnés dans les États du Sud. En général, ces eugéniques, puisque dotés d'une plus grande intelligence, sont sacrément efficaces. Très impressionnants, à vrai dire. Mais de temps en temps, ils nous posent des problèmes. Il leur arrive de disjoncter et de devenir excessivement méchants.

Soudain l'officier secoua la tête, l'air embarrassé.

– Je suis désolé, je manque à tous mes devoirs : je ne vous ai même pas demandé vos noms.

– Je m'appelle Liam O'Connor. Et ce grand gaillard, c'est Bob.

– Ravi de vous rencontrer, messieurs. Bien, nous allons essayer de rattraper ces eugéniques avant qu'ils atteignent les faubourgs de la ville. Nous ferons tout notre possible pour ramener vos amis. Mais, je ne vais pas vous mentir, ils peuvent se montrer très imprévisibles.

– Que voulez-vous dire ? demanda Liam.

– Ils sont capables d'être doux, tendres, et même affectueux. Et puis sans prévenir, sans aucune raison, ils peuvent s'en prendre à vous. Avec beaucoup de férocité, d'ailleurs. On ne sait pas ce qui déclenche leurs crises.

Il remarqua le filet de sang qui coulait de la tempe de Liam et désigna d'un geste le gigantesque vaisseau qui se dressait au-dessus d'eux.

– Il y a un chirurgien à bord. Je vous suggère d'aller vous faire examiner. Quant à nous…

Liam secoua la tête.

– Laissez-moi plutôt vous accompagner. Je dois la retrouver !

– Affirmatif, approuva Bob. Nous devons faire vite. Il ne faut pas les perdre.

L'officier les dévisagea sans rien dire.

– C'est ma sœur, lâcha alors Liam d'un ton désespéré. Notre sœur. N'est-ce pas, Bob ?

– Euh, oui, bredouilla le clone. Nous sommes… de la même famille.

– Votre sœur ? répéta McManus en réfléchissant. Hmm, je ne suis pas vraiment censé autoriser des civils à nous accompagner. Mais enfin… qu'est-ce qu'on ne ferait pas pour retrouver sa famille, hein ?

– On ne vous dérangera pas, promit Liam. On veut seulement la retrouver, elle et notre ami.

McManus fit signe à l'un de ses hommes d'approcher.

– Sergent Cope, ces deux civils vont se joindre à nous. Libérez de la place sur les selles pour eux, voulez-vous ?

Le sergent, un homme aux yeux sombres portant une épaisse moustache, hocha vivement la tête.

– À vos ordres, mon capitaine.

McManus se tourna de nouveau vers Bob et Liam.

– Vous avez déjà monté un chison ?

– Un quoi ?

– Un chison. Ne vous en faites pas, vous monterez derrière quelqu'un. Mais nous allons devoir trouver un spécimen bigrement costaud pour notre ami Bob.

À ce moment-là, Ours-Blanc sortit de la ferme et courut pour rejoindre le capitaine McManus. Il fit un geste en direction du chemin de gravier par lequel Liam et les autres étaient arrivés au hameau plus tôt dans la journée.

– Les empreintes aller par là. Eux aller nord-est.

– Combien sont-ils, à ton avis ?

– Cinquante. Peut-être plus. Beaucoup différents. Des grands, des petits. Une seule trace humaine. Homme, je pense.

Liam jeta un regard inquiet au jeune officier qui leva la main pour le rassurer.

– Cela veut peut-être dire qu'ils portent votre sœur. Pour aller plus vite, vous voyez ?

McManus se tourna vers ses hommes.

– Préparez vos montures ! lança-t-il.

Ensuite, il fit sortir d'un côté de son casque une petite pochette rembourrée en cuir qui vint se placer autour de son oreille. Il en tira une tige télescopique arrondie en cuivre qui se déplia autour de sa mâchoire. Au bout se trouvait une sorte de microphone qu'il tapota une fois.

– Capitaine McManus à l'officier de service, annonça-t-il. Nous avons des traces très fiables par ici. Nous allons les suivre à pied.

Il acquiesça à la réponse transmise dans son écouteur.

– Très bien. Nous vous appellerons si nous avons besoin de vous.

Il adressa un sourire à Liam.

– Vous êtes prêt ?

– Il faut y aller maintenant, avant de les perdre !

L'officier hocha la tête vers les deux chisons qu'on avait débarrassés de l'équipement placé à l'arrière de leur selle.

– Alors, en route ! Allons secourir votre sœur et votre ami.

CHAPITRE 41

2001, QUELQUE PART EN VIRGINIE

Ils se déplaçaient en silence dans l'obscurité, au milieu de champs de maïs qui paraissaient sans fin. Sal rebondissait brutalement sur l'épaule d'une énorme bête au pas lourd. Peut-être était-ce un homme, mais elle n'en avait eu qu'un aperçu très fugitif. Elle savait seulement qu'il se tenait debout sur deux jambes et possédait deux bras – c'était à peu près là les seules comparaisons possibles avec un être humain.

Leur groupe – encore que le terme de « meute » semblait plus approprié – avançait rapidement entre les pieds de maïs, dont les feuilles et les épis lui fouettaient le visage. Elle essaya d'appeler Lincoln, sans savoir où il se trouvait – derrière elle ? devant ? jeté comme elle sur l'épaule solide de l'une de ces choses ? – ni même s'il était au sein de la meute. Mais une main, la main la plus étrange qu'elle ait jamais vue – deux gros doigts de la taille d'une aubergine et un pouce comme une courgette – lui couvrit maladroitement la bouche, écrasant ses lèvres contre ses dents.

Environ une heure semblait s'être écoulée lorsque le groupe émergea du champ et fit halte au bord d'une route goudronnée avec hésitation. Sal était à peu près sûre que c'était la même que celle sur laquelle ils avaient roulé avec le Chinois.

Il faisait complètement noir et une lune gibbeuse s'était levée, baignant la nuit dans un bleu argenté. La tête en bas, Sal pouvait mieux distinguer les créatures autour d'elle. Toutes étaient humanoïdes mais de tailles et de formes très diverses. Une dizaine d'entre elles étaient aussi carrées que celle qui la portait. Elles se dandinaient sur de petites jambes, avec un torse incroyablement développé à rendre Bob ridicule. Elles lui rappelaient vaguement des gorilles, sauf qu'elles étaient imberbes de la tête aux pieds. Leur peau pâle paraissait presque translucide sous le clair de lune.

En revanche, leur tête n'avait rien de celle d'un gorille : un crâne de la forme d'une miche de pain, plus petit que celui d'un humain, un visage minuscule, presque délicat, et des yeux si petits qu'ils avaient l'air de têtes d'épingle. Plus bas, une entaille, un simple rabat de chair ouvert, figurait le nez, sous lequel une simple fente sans lèvres faisait office de bouche.

Sal se tordit le cou et vit d'autres créatures, plus petites et paraissant plus agiles. Elles avaient un torse mince, un peu comme des salamandres. Leurs mains étaient comparables, avec deux doigts et un pouce pour la préhension, mais ceux-ci étaient longs et fins avec des jointures osseuses et des ongles qui avaient plutôt l'air de griffes. Leurs têtes étaient similaires, mais leurs yeux, qu'elles écarquillaient comme des chouettes, bien plus grands et tout noirs.

Elle repéra une troisième espèce, la plus petite, de la taille d'un enfant, avec une grosse tête disproportionnée. Ce devait être une créature de ce type qui avait surgi dans la cuisine et volé le fusil. Elle se demanda ce qu'elle en avait fait, si elle s'en était débarrassée, ne sachant pas ce que c'était ou comment s'en servir.

Ces créatures sont-elles si stupides ?

Sans doute que non. Après tout, elles avaient été assez malignes pour les piéger dans la ferme et les obliger à se retrancher à l'étage. Elles savaient donc au moins qu'une maison comporte en général une porte d'entrée et une porte de derrière.

Cette créature plus petite, cette sorte d'enfant, avait le même genre de mains que les autres, sauf que ses doigts paraissaient parfaitement humains. Elles auraient tout aussi bien pu être celles d'un ouvrier d'usine victime d'un accident du travail.

Son visage avait quelque chose d'étrange dans le clair de lune. Sal crut deviner des cicatrices autour de sa bouche sans lèvres.

Elle remarqua encore une chose avant que la brute qui la portait ne reparte à grandes enjambées, faisant rebondir sa tête contre son torse musclé et brouillant sa vision. Toutes les créatures étaient complètements nues, à l'exception d'un vêtement ou d'un accessoire. L'un des « gorilles » portait un chapeau de paille de femme, avec la lanière passée sous le menton pour le tenir, un autre avait une écharpe élimée autour du cou, tandis qu'une des « salamandres » était vêtue d'une robe d'été à pois bien trop grande pour son petit gabarit.

On aurait dit des enfants qui se seraient déguisés en piochant dans la garde-robe de leur maman.

Les créatures marchaient silencieusement le long de la route goudronnée, à l'affût du moindre signe d'un véhicule à l'approche devant et derrière elles, et surveillant même le ciel étoilé avec des yeux apeurés. Elles parcoururent plusieurs centaines de mètres, puis, après un son émis par « l'enfant » – une sorte d'ordre –, la meute traversa rapidement les deux voies et pénétra dans l'immense champ de l'autre côté. Les tiges y étaient plus courtes, surmontées de têtes rondes duveteuses qui giflaient Sal tandis que les créatures se frayaient un chemin à travers.

Elle aperçut un autre « gorille » courant près d'elle et reconnut sur son épaule la silhouette sombre du long corps de Lincoln, apparemment inerte. Sa tête rebondissait mollement sur le torse saillant de la créature. Pendant un moment, elle eut peur qu'il soit mort. Mais une secousse le fit alors tressauter, et il cracha une injure contre son porteur, qui lui asséna un coup de poing derrière la tête pour le faire taire. Indigné, Lincoln grogna et se débattit, distribuant de vains coups de poing contre la puissante épaule de la créature. Celle-ci continua d'avancer avec la grâce d'un rhinocéros, ignorant ses ripostes ridicules.

Sal ferma les yeux, soulagée de le savoir en vie et de ne pas se retrouver seule avec ces monstres et priant désespérément pour qu'ils laissent des traces que Bob et Liam pourraient suivre.

CHAPITRE 42
2001, NEW YORK

– Eh bien c'est d'accord, mademoiselle, dit le colonel.

Devereau cracha un nuage de fumée fétide que Maddy dissipa délicatement du revers de la main, sans qu'il semble s'en apercevoir.

– Vous aurez toute l'aide qu'il m'est possible d'offrir, reprit-il. Mais je parie que nous n'avons rien de semblable à votre technologie dans nos bunkers.

– Merci.

– Si vos appareils et vos gadgets fonctionnent comme vous dites, alors c'est plutôt nous qui allons devoir vous remercier…

Il hésita, fronça les sourcils, puis posa une main sur ses yeux fatigués et secoua la tête.

– Mais oui… non ! Mon Dieu ! La logique de ces voyages dans le temps m'embrouille. Évidemment, si vous réussissez à rétablir la version de l'Histoire que vous connaissez, je ne verrai pas la différence, n'est-ce pas ? Personne ne saura rien de ce qui s'est passé ?

Maddy hocha la tête.

– Affirmatif, dit Becks.

– Bonté divine, ces histoires de voyages dans le temps sont diaboliques, marmonna-t-il. J'imagine que ça doit vous rendre folle de passer votre temps à penser à ce genre de choses.

– Ça me donne parfois la migraine, admit Maddy. Mais je crois que je commence à bien piger tout ça, désormais.

Il faisait sombre dans l'arche. Le groupe électrogène avait été éteint pour économiser le carburant, et la flamme d'une bougie vacillait sur le bureau en désordre de Maddy, se reflétant sur les écrans des ordinateurs. Elle entendait les hommes de Devereau chuchoter dehors et distinguait la lueur de leurs cigarettes dans la nuit, tandis qu'ils montaient la garde au cas où la flotte aérienne du Sud se montrerait.

– Dites-moi, mademoiselle Carter, ces voyages dans le temps, c'est votre métier ? demanda Devereau avec un rire essoufflé de fumeur. Un passe-temps, peut-être ?

– Plutôt un devoir, en fait, répondit-elle. Et pas vraiment un que j'ai choisi. Ça nous est en quelque sorte tombé dessus, à moi et à deux autres bonnes poires.

– Et vous, mademoiselle Becks ? Est-ce la même chose pour vous ?

Becks lança un regard interrogateur à Maddy.

– Oh zut, et puis pourquoi pas, après tout ? lâcha cette dernière en souriant. Vas-y, autant lui dire la vérité sur ce que tu es. Cela ne fera aucune différence lorsque… enfin si on arrive à tout remettre en ordre.

– *Ce que tu es* ? répéta Devereau, troublé. C'est bien ce que vous avez dit ? Et pas *qui* tu es ?

– Je suis une unité de soutien, déclara Becks. Autrement dit, une forme de vie fabriquée artificiellement. Ma structure organique a été conçue génétiquement à des fins de combat et de reconnaissance par un fournisseur de logiciels d'ADN du domaine militaire.

– Et en plus, elle a toujours le mot pour rire, ironisa Maddy.

– Je te signale que j'ai développé des fichiers d'humour basique, répliqua Becks d'un air renfrogné.

– *Génétiquement ?* dit Devereau. C'est bien le terme que vous avez employé ?

– Oui.

– Les Anglo-Confédérés expérimentent depuis longtemps une invention au nom similaire. Je crois qu'ils appellent ça l'*eugénologie*. Ils s'amusent avec les briques et le mortier de la nature elle-même, ils jouent dans le laboratoire personnel de Dieu. Est-ce que ça a un rapport avec ce que vous venez de dire ?

– Affirmatif. Il s'agit de la manipulation des données génétiques. On modifie le code commandant la croissance de cellules souches afin de produire une forme de vie organique répondant à des critères spécifiques. Dans mon cas, je dispose d'une force physique quatre cents fois supérieure à celle d'une femme humaine de même gabarit. J'ai également un système immunitaire hyperréactif capable de réparer de graves blessures corporelles.

– Ce qui veut dire que, si on lui tire dessus, en gros, elle évacuera la balle d'un simple haussement d'épaules, comme un simple dard d'abeille, expliqua Maddy en retirant ses lunettes pour frotter ses yeux fatigués. Mais je vous rassure, on aura quand même droit à ses jérémiades !

– Je peux ressentir la douleur. Ce sont des données nécessaires pour pouvoir évaluer les dommages. Que sont des *jérémiades* ?

– Des lamentations. Mais ne t'inquiète pas, je plaisantais.

Becks pencha la tête pendant un instant et classa quelque chose dans sa base de données. Puis elle se tourna de nouveau vers Devereau.

– Il est possible de détruire ce corps, continua-t-elle. Le système immunitaire peut se retrouver débordé. Par exemple, en cas d'hémorragie trop importante, les organes cesseront de fonctionner, comme ceux d'un corps humain ordinaire.

Devereau s'enfonça dans sa chaise, comme pour mettre quelques centimètres d'espace supplémentaires entre Becks et lui. Il se mit à la regarder d'un air méfiant.

– Par le passé, le Sud a déjà expérimenté des créatures eugéniques sur le champ de bataille. Cela fait trente ans qu'ils font joujou avec cette science impie. Il y a vingt-trois ans, pendant la bataille de Preston Peak, alors que nos hommes lançaient une offensive sur la section Sheridan-Saint Germain de la première ligne, ils ont envoyé sur le terrain un régiment expérimental de ces démons. La presse de l'époque les avait surnommés les « Presque-Hommes ».

Devereau secoua la tête en rassemblant ses souvenirs. Il passa une main dans ses cheveux bruns, grisonnant au niveau des tempes.

– Ce fut un massacre, poursuivit-il. Les rumeurs qui coururent alors, les histoires dans la presse étaient épouvantables. Trois mille hommes tenaient la ville de Preston Peak, et la plupart étaient de nouvelles recrues de l'Ohio. Des gamins, vraiment... On les a tous perdus, jusqu'au dernier. Quand le Nord a contre-attaqué avec un régiment de tanks et des piétineurs à vapeur et réussi à reprendre la ville, ils n'ont retrouvé que des cadavres déchiquetés.

Il jeta sa cigarette par terre et l'écrasa avec le talon de sa botte.

– Ils ont découvert... C'est assez ignoble, mademoiselle Carter.

– Eh bien, vous avez commencé, alors autant continuer, dit-elle d'un ton hésitant.

– Comme vous voulez. Ils ont découvert un corps monté sur une barre transversale en bois. Une tête, des bras, un torse, des jambes, tous provenant d'hommes différents. Comme si ces créatures avaient voulu se moquer de l'homme, en parodiant la science des Sudistes, en tentant de créer leur propre créature. À leur entrée dans la ville, les soldats en ont trouvé très peu encore vivantes. Elles avaient fini par se battre entre elles, voyez-vous ? Comme si massacrer tous les humains de la ville ne leur avait pas suffi. Mais avant de s'entretuer, elles s'en étaient prises aux officiers du Sud chargés de les diriger. Et croyez-moi, mademoiselle Carter, il vaut mieux que vous ne sachiez pas ce qu'elles leur ont fait.

– En effet, vous avez sûrement raison.

– Après ça, ils n'ont plus expérimenté d'unités eugéniques

militaires. Mais nous savons qu'ils ont des ouvriers de ce genre. Des centaines, des milliers même, qu'ils font travailler dans les plantations. Aujourd'hui, je suppose qu'ils savent mieux comment les contrôler, comment intégrer l'obéissance dans leur esprit.

– C'est à peu près la même technologie que le génie génétique de mon époque, déclara Maddy en observant par le rideau entrouvert les ruines de Brooklyn éclairées par la lune. Vous savez, quand on est arrivés ici, je ne pensais pas que la technologie était si avancée.

– Les progrès scientifiques ne sont pas nécessairement symétriques, indiqua Becks.

Maddy hocha la tête. Becks avait raison. La guerre, et dans le cas présent un état de guerre permanent, semblait avoir accéléré le développement de certaines sciences et ralenti celui d'autres. Par exemple, les bombardiers de la flotte aérienne du Sud que Bill avait mentionnés paraissaient recourir à une technologie les rendant plus légers que l'air bien plus avancée que ce qui existait en l'an 2001 normal. Alors que, d'un autre côté, il n'y avait aucune trace de technologie informatique ou, si elle existait, elle était rudimentaire.

– Les Anglos-Confédérés ont beaucoup investi dans ces sciences modernes, expliqua Devereau. Les Britanniques bénéficient des meilleurs cerveaux scientifiques, de laboratoires de recherche, et ils ont de l'argent, ça c'est sûr.

– En tout cas, ils ne s'en sortent pas aussi bien à notre époque, l'informa Maddy.

Devereau eut un petit rire sec.

– J'ai du mal à y croire. L'Empire britannique comprend la moitié du globe. Pendant ce temps, notre gouvernement, continua-t-il en baissant la voix, ce tas de politiciens inutiles qui ne se soucient que de leurs propres intérêts, s'appuie sur des technologies complètement obsolètes : des tanks et des piétineurs à vapeur qui calent et nous lâchent en plein combat, ou des rotoptères qui tombent du ciel au moindre impact. Mais tant que le haut commandement de l'Union disposera d'hommes pour en faire de la chair à canon, et tant que cette fichue guerre sans fin restera dans l'impasse, les hommes d'affaires, les industriels et les fabricants d'armes continueront d'avoir du pouvoir et de s'en mettre plein les poches.

Maddy remarqua que sa voix était désormais presque un murmure.

– Vous ne diriez pas tout ça devant vos hommes, pas vrai ?

– Oh, j'imagine qu'ils sont tout aussi cyniques que moi. Mais il suffirait qu'un seul d'entre eux aille rapporter mes propos au haut commandement pour que je me retrouve face à un peloton d'exécution. Alors je garde mes griefs pour moi et je fais mon boulot, ajouta-t-il avec un sourire fataliste. Je tiens ma section de la ligne de front.

Son ton changea, de même que l'expression de son visage, soudain un peu plus optimiste.

– Alors, dites-moi, quel genre de pièces mystérieuses vous faut-il pour réparer votre appareil à remonter le temps ?

CHAPITRE 43

2001, QUELQUE PART EN VIRGINIE

– Quoi ? Est-ce qu'il vient de dire qu'on les a perdus ?

Liam passa une jambe par-dessus la selle de son chison et sauta à terre. La créature – moitié cheval, moitié bison – renâcla, irritée par sa descente soudaine et maladroite.

– Oui, acquiesça le capitaine McManus, il semblerait bien. Nous avons affaire à des bestioles futées, cette fois. Elles se sont séparées, et l'un des groupes nous a laissé une fausse piste.

Ours-Blanc, accroupi pour étudier des empreintes au sol, leva vers eux des yeux dépités.

– Eux très malins. Duper moi.

– Ne t'inquiète pas, le rassura McManus en lui tapotant l'épaule. On retrouvera leur trace demain matin.

– Vous ne pouvez pas vous arrêter maintenant ! protesta Liam.

– Mais si, on peut. Et on doit. Nous les avons perdus. Nous risquerions de passer la nuit à chasser des fantômes et nous serions Gros-Jean comme devant au lever du jour.

– Mais ils vont s'échapper ! S'il vous plaît, nous devons...

– Nous allons installer le campement ici, décida le capitaine avant de désigner l'écouteur dans son casque. Demain dès l'aube, j'appellerai le convoyeur du régiment. Nous aurons des hommes et des bêtes en renfort. Je vous garantis que nous les retrouverons.

– Ah oui ? s'emporta Liam, exaspéré. Pourtant, vous venez de les perdre.

– Au contraire, monsieur O'Connor, je suis presque certain qu'ils vont dans cette direction, dit-il en pointant son index vers l'horizon. Je dirais que c'est à moins de quinze kilomètres d'ici.

– De quoi parlez-vous ?

– De Dead City, la ville morte, connue autrefois sous le nom de Baltimore. Ce n'est pas la première fois que des eugéniques se rebellent contre nous. C'est là-bas qu'ils ont tendance à aller dans des cas pareils. Ils savent bien que nous préférons ne pas nous en approcher.

– Pourquoi ?

– Vous n'êtes pas au courant ? s'étonna McManus en secouant la tête. Bonté divine, où donc avez-vous grandi, monsieur O'Connor ?

– Eh bien, euh… je… J'ai vécu dans un monastère, au prieuré de Kirklees.

– Ah, vous êtes catholique ?

– Oui, quelque chose comme ça. Alors, c'est quoi le problème de cette ville ?

– Le Nord l'a empoisonnée avec des virus. Ils ont tué des milliers de citoyens innocents avec la maladie de Habsbourg. Je sais que c'était il y a près de vingt ans, mais il paraît que les rats et les chiens errants sont encore porteurs de germes. C'est vraiment le dernier endroit où l'on aurait envie de se rendre. C'est pour cette raison que les eugéniques sauvages s'en servent de refuge.

– Eh bien moi, je vais y aller ! Bob et moi, on…

– Ne vous en faites pas. Si c'est bien là qu'ils sont allés, et je crois que c'est le cas, j'y emmènerai une brigade pour faire sortir cette vermine. Mes hommes sont tous vaccinés contre la maladie de Habsbourg. On va leur mettre la main dessus. Maintenant, si vous le permettez, je dois m'occuper de certaines choses…

McManus lui tourna le dos et lança des ordres au sergent moustachu qui, à son tour, les cria aux autres d'une voix de stentor. Les soldats du régiment descendirent de leurs montures et commencèrent à préparer le campement pour la nuit.

– McManus a pris une décision tactiquement correcte, indiqua Bob à Liam.

– Mais Sal est là-bas ! rétorqua le jeune homme en serrant les poings. Elle a besoin de nous !

– Ils sont tous les deux là-bas. Les récupérer, l'un comme l'autre, est la priorité de la mission.

Bob avait raison, bien sûr. Ils devaient aussi ramener Lincoln en vie, s'ils voulaient avoir la moindre chance de rétablir le cours de l'Histoire.

Le clone lui lança un clin d'œil qui se voulait rassurant.

– D'après mes calculs, nous avons une forte probabilité de les retrouver sains et saufs.

Liam regarda l'auxiliaire de mission et réalisa qu'il faisait de son mieux pour le soutenir. Même si son esprit se résumait grosso modo à des boucles de codes informatiques, il y avait, quelque part dans cette noix de coco qui lui servait de tête, un ami qui lui tendait la main et cherchait à l'aider.

– Ouais… Après tout, t'as peut-être raison, mon gros.

CHAPITRE 44
2001, QUELQUE PART EN VIRGINIE

Le thé était bon. Fort et fumant. Liam l'avala goulûment, même s'il était si chaud qu'il lui brûlait la gorge. Jusqu'ici, il ne s'était pas rendu compte à quel point il avait soif.

Un brasero flamboyait au milieu du champ moissonné dont il ne restait plus que des rangées de tiges coupées, aplaties par les bottes des soldats et les sabots d'une vingtaine de chisons pesant chacun une tonne. Les bêtes étaient désormais attachées ensemble, formant un entassement de muscles et de peaux s'ébrouant et meuglant d'un air hargneux.

Quatre soldats montaient la garde, scrutant l'obscurité, tandis que les autres hommes du régiment étaient enveloppés dans d'épais ponchos de laine. La plupart, habitués aux rigueurs de la vie militaire, dormaient déjà à poings fermés, profitant des quelques heures d'obscurité restantes.

Le capitaine McManus attrapa la théière métallique suspendue au-dessus des braises rougeoyantes. Il remplit à nouveau la tasse en émail de Liam.

– Merci.

– C'est mon moment préféré de la journée, dit McManus en sirotant son thé. Les quelques heures qui précèdent l'aube. Le ciel se pare de tons sublimes juste avant le lever du soleil. Surtout en Asie Mineure. En Afghanistan, c'est très joli aussi. À l'aurore, le ciel y est couleur vanille.

– Il est presque toujours gris à Cork, dit Liam.

– Ah, voilà ! s'exclama McManus, le sourire aux lèvres, en agitant l'index. Je savais bien qu'il y avait une pincée d'irlandais dans votre accent, Liam O'Connor. Mais je n'arrivais pas à en être sûr.

– C'est vrai que je l'ai un peu perdu. Depuis quelque temps, je vis plus ou moins avec une fille de Boston et une Indienne.

McManus le regarda en penchant la tête d'un air plein de curiosité.

– Ne le prenez pas mal, mais vous êtes le gars le plus étrange que j'aie rencontré depuis longtemps.

– Et encore, vous n'en savez pas la moitié.

– Vous savez à qui vous me faites penser ? Vous allez rire sans doute… À un personnage de roman, Rip Van Winkle. On dirait que, comme lui, vous avez dormi toute votre vie. Comment se fait-il que vous en sachiez si peu sur le monde ? Vous ne lisez pas les journaux ?

– Comme je vous l'ai dit, Bob et moi vivions dans un prieuré, coupés de tout. Notre mère est morte récemment, alors on est rentrés pour s'occuper de Sal. Et ensuite, tous les trois, on a décidé, euh… d'aller découvrir le monde.

– Eh bien, vous n'avez pas choisi l'endroit idéal pour entamer votre voyage, Liam. La Guerre d'Amérique s'enlise un peu depuis quelques années, mais…

McManus jeta un regard prudent autour de lui, avant de poursuivre en baissant légèrement la voix.

– Il y a des rumeurs qui courent comme quoi cela va changer.

– Que voulez-vous dire ? demanda Liam avec un regain d'intérêt.

– Après tout, ce n'est pas un secret, répondit McManus en caressant son menton lisse. Chez nous, la population soutient de moins en moins cette guerre. Les Britanniques s'en lassent. La guerre. C'est tout ce qu'ils connaissent. Nous menons tellement de guerres différentes en même temps, comprenez-vous ? Nous combattons des séparatistes au nord de l'Inde, des milices de bandits dans nos colonies africaines, des bandes tribales en Afghanistan et en Perse. Je ne peux même pas vous dire dans combien de trous paumés nous avons livré bataille, mes hommes et moi.

Réchauffé par le brasero, le capitaine déboutonna le col de sa veste et secoua la tête tristement, les yeux perdus dans la lueur des braises.

– Et c'est toujours la même brutalité, la même cruauté gratuite. Une tribu de sauvages qui en massacre une autre. Et ce sont toujours, absolument toujours, les femmes et les enfants qui meurent les premiers. J'ai… j'ai vu des choses, vous savez, des choses horribles.

Liam observa le jeune officier, qui lui sembla tout à coup bien plus vieux que son âge.

– On dirait bien que vous avez eu plus que votre lot de combats.

– Je suis capable de mener autant de batailles que nécessaire, vous savez. Je peux me trouver sur un champ de bataille aux côtés de mes hommes et faire baisser les yeux à une armée en face de nous. Je suis un soldat, c'est exactement pour ça que j'ai été formé. Mais…

– Mais ?

– Mais c'est le mal, la haine pure, glaciale, que je vois dans nos colonies… La barbarie. La plupart du temps, ils ne se battent même pas contre nous, ils sont trop occupés à régler leurs comptes entre tribus. Étrange, non ? On pourrait penser que les gens dans ces contrées lointaines s'uniraient pour affronter l'uniforme rouge de nos soldats. Mais non.

Il se tut et, pendant un moment, ils écoutèrent les ronflements de la vingtaine d'hommes endormis dans le champ.

– Je me demande parfois pourquoi nous nous accrochons à notre empire, reprit-il. Pourquoi nous sommes là. Ce n'est pas comme si ces gens désiraient les lois et l'ordre que nous essayons de leur imposer. Ils semblent prendre plaisir à leur barbarie, à ces horreurs qu'ils se font endurer les uns aux autres. On ne peut pas éduquer ces gens-là. C'est une sale situation.

– Ouais, eh bien, il me semble qu'en général il y a toujours un gars riche et puissant quelque part à qui profitent les sales situations. C'est sûrement pour ça que vous et vos hommes êtes partout.

– Peut-être, soupira McManus avant de finir son thé. Il y a toujours de l'argent à faire dans une zone en guerre. Mais je continue de m'interroger sur les raisons de notre présence dans tous ces fichus endroits. Quand je perds des hommes et que je dois écrire à leur mère ou à leur femme qu'ils sont morts courageusement, pour une bonne cause…

– Vous vous demandez ce qu'est cette bonne cause ?

– Oui. Vous savez, quelque part, je pense que nos hommes devraient tous rentrer chez eux et laisser ces sauvages se débrouiller. Si ça leur plaît de s'entredéchirer, alors qui sommes-nous pour vouloir leur imposer nos lois ? Mais ensuite, je me rappelle que ceux qui souffrent le plus, en fin de compte, ce sont les enfants. Quand on voit ça de ses propres yeux… quand on voit ce que j'ai vu, je vous assure que c'est difficile de renoncer.

– Mais peut-être qu'à la base vous n'avez rien à faire là-bas ? suggéra Liam. J'ai connu plein de gars qui ne disaient pas beaucoup de bien des Britanniques…

– Que ce soit bien ou pas, la situation est ce qu'elle est, et la vérité, c'est que nous commençons à perdre notre emprise sur les colonies. Nous avons besoin de plus de soldats en Afrique, en Asie Mineure, en Extrême-Orient, alors que nous n'en avons pas besoin d'autant ici.

– Est-ce que ça veut dire que votre camp est sur le point de rendre les armes ?

McManus le regarda avec insistance, sans dire un mot. Liam se rappela avoir entendu, un peu plus tôt dans la soirée, certains des hommes évoquer leur redéploiement précipité en Amérique.

– Attendez… Alors c'est pour ça que vous êtes ici… Pour mettre terme à cette guerre ?

McManus esquissa un hochement de tête presque imperceptible.

– Nos hommes sont répartis de manière beaucoup trop éparse. Je crois que notre gouvernement souhaite en finir une bonne fois pour toutes avec cette guerre-là.

Il passa une main dans ses cheveux blonds, écartant une mèche rebelle de son visage gracieux.

– Une dernière offensive du Sud… et puis, j'imagine, une paix rapidement négociée.

CHAPITRE 45

2001, NEW YORK

– Je ne suis pas certaine que ce soit une si bonne idée que ça, dit Maddy.

Le bateau oscillait doucement sur le fleuve, sous l'effet de la marée, tandis que le moteur à vapeur qui actionnait la roue à aubes toussotait et crachait de la fumée.

– Tout ira bien, dit Devereau. Je connais le colonel Wainwright. Il n'ordonnera pas à ses hommes de nous tirer dessus tant que nous arborerons le drapeau blanc.

Maddy leva les yeux vers le chiffon qui flottait en tête de mât du petit bateau. Elle aurait voulu qu'il soit beaucoup plus grand et un peu plus propre, autrement dit plus blanc et plus visible. Là, il ressemblait plus à une voile lâche claquant dans le vent qu'à un drapeau de trêve.

Maintenant qu'ils avaient traversé les deux tiers de l'East River, elle voyait mieux la première ligne du Sud avec ses tranchées en béton armé et ses bunkers percés de petites ouvertures d'où sortaient les longs et gros canons d'artillerie lourde. Elle pouvait même distinguer les visages des soldats au milieu des structures. Plus ils se rapprochaient, plus le paysage semblait s'animer.

– Ils vont nous couler, marmonna-t-elle.

– Nous sommes à leur portée depuis cinq minutes, l'informa Becks, qui se tenait à ses côtés. Et ils n'ont pas tiré.

– J'imagine que c'est bon signe ? répondit Maddy avec un sourire nerveux.

– Affirmatif.

Le bateau finit par atteindre un ponton en bois qui s'avançait au-delà d'un cimetière de coques rouillées et pourries, vestiges de navires autrefois bombardés et échoués sur les berges boueuses du fleuve.

Le pilote enclencha la marche arrière, provoquant de bruyants remous et ralentissant le bateau, tandis que deux soldats postés à la proue se préparaient à sauter sur la jetée.

– Espérons qu'ils ne vont pas croire que nous organisons une invasion amphibie, murmura Maddy.

– Négatif, dit Becks. Nos effectifs sont trop réduits pour que ça ressemble à un véritable assaut. Ce serait une invasion kamikaze.

– Ah, vraiment ? soupira Maddy, affligée par sa naïveté.

Le bateau heurta doucement la jetée. Les deux soldats bondirent sur les planches en bois grinçantes et attachèrent rapidement les amarres.

Devereau fut le premier à les rejoindre sur le ponton.

– Je vous en prie, lança-t-il à Maddy en lui tendant la main.

– Vous êtes un vrai gentleman ! s'exclama-t-elle avec reconnaissance. Merci.

Devereau offrit ensuite sa main à Becks qui la suivait.

– Je n'ai pas besoin d'aide, lâcha celle-ci avant de faire claquer lourdement ses baskets sur les planches.

Devereau haussa les épaules.

– C'est ce qu'il semble. Sergent Freeman ?

– Oui, mon colonel ?

– Prenez cinq ou six hommes et venez avec nous. Les autres restent à bord.

Maddy regarda autour d'elle et frissonna. Le matin était encore frais, et le ciel de septembre était teinté d'un rose magnifique par le soleil levant.

– Ne sois pas nerveuse, Maddy, dit Becks, je suis avec toi.

La jeune fille prit la main de l'unité de soutien.

– Je vais bien, mentit-elle. J'ai juste un peu froid, c'est tout. Et maintenant, qu'est-ce qu'on fait ? demanda-t-elle à Devereau.

À l'autre bout de la jetée, elle perçut un mouvement semblant répondre à sa question. Un comité d'accueil s'était formé, constitué d'une dizaine de soldats vêtus d'uniformes étonnamment semblables à ceux de Devereau et de ses hommes, sauf qu'ils étaient d'un gris poussiéreux et non bleu foncé. À la tête de cette escorte armée, un officier qui devait approcher la quarantaine marcha dans leur direction. Il arborait une barbe brune, comme celle du colonel Devereau, mais taillée d'une façon qui rappela à Maddy *Le Cavalier riant*, un tableau qu'elle avait vu sur Internet.

Il s'arrêta à bonne distance, enleva sa casquette d'un geste théâtral, révélant de longs cheveux cendrés, et salua tel un comédien pour un rappel.

– Colonel Devereau ! Quelle bonne surprise ! s'exclama-t-il en souriant. À moins que je n'aie complètement perdu la notion du temps, il me semble que nous sommes encore à plusieurs semaines de Thanksgiving, non ?

– En effet, colonel Wainwright, répondit Devereau en s'avançant vers lui la main tendue. Mais je ne suis pas ici pour partager notre bouteille de sherry annuelle.

– C'est bien dommage.

Devereau désigna Maddy et Becks derrière lui.

– J'ai avec moi deux jeunes femmes qui ont, comment dire… besoin d'aide.

– Besoin d'aide ? répéta Wainwright, les sourcils froncés.

– Oui, acquiesça Devereau avant de poursuivre en baissant la voix. James, elles ont une histoire assez fascinante à vous raconter. Franchement fascinante, même.

– Une histoire que je dois être le seul à entendre. C'est bien ça, Bill ?

– Absolument.

– Et je suppose que c'est important ?

– Très.

Wainwright resta pensif un moment.

– Nous devons rester discrets, mon ami… Nous avons des visiteurs.

– Des Britanniques ?

– Oui, des hauts gradés… Ils font une inspection du réseau de défense dans le secteur voisin. J'imagine qu'ils n'apprécieraient guère de me voir tailler une bavette avec l'ennemi.

– Dans ce cas, nous ne devrions pas perdre plus de temps à rester ici.

Wainwright hocha la tête et jeta un regard aux jeunes femmes.

– Mesdames, enchanté de faire votre connaissance ! Bill, que diriez-vous de m'accompagner ? Il se trouve que je viens de préparer du café tout à fait décent.

Devereau laissa à Maddy l'initiative d'expliquer la situation, Becks intervenant ponctuellement pour clarifier des subtilités techniques – ce qui était peine perdue avec le colonel du Sud, tout comme ça l'avait été avec celui du Nord.

Wainwright resta assis, l'air impénétrable, pendant une demi-heure, n'affichant tout le long de l'exposé qu'une sorte de tolérance courtoise. On aurait dit un grand-père écoutant patiemment les élucubrations de sa petite-fille.

Maddy acheva son récit et avala une gorgée de café froid.

– Eh bien, sacrée histoire, commenta enfin Wainwright. William, que pensez-vous de tout ça ?

– Je l'aurais volontiers fait enfermer, pensant qu'elle appartenait à votre réseau d'espions, si elle ne m'avait pas montré un aperçu de son monde.

Face au regard intrigué de son homologue du Sud, Devereau tapota le sac que Maddy avait posée sur ses genoux.

– Faites-lui voir ce que vous avez apporté.

Maddy acquiesça, plongea la main dans son sac et en sortit un exemplaire de *Wired* qu'elle tendit au colonel. Elle l'avait pris près de sa couchette, dans la pile où s'entassaient les numéros de septembre de divers magazines sur les nouvelles technologies et les jeux vidéo. Tous les deux ou trois jours, depuis son recrutement, elle ressentait le besoin d'acheter des revues, pour rester connectée avec le monde, en quelque sorte. Elle avait même poussé le vice jusqu'à se procurer quelques-uns de ces affreux journaux de la presse à scandale, remplis de photos de célébrités ivres qui trébuchaient en sortant de boîtes de nuit ou de limousines.

Wainwright parcourut les pages en papier glacé, découvrant des photos d'effets spéciaux de films à venir. Maddy attrapa un exemplaire du *National Geographic.*

– Ça, c'est mieux, lui dit-elle. On y voit des images du monde réel et pas de films.

– Des films ?

– C'est un peu comme le journaloscope, James, expliqua Devereau. Des images qui bougent avec du son.

– Je vois, marmonna Wainwright en attrapant le magazine que lui tendait Maddy.

Il le feuilleta et s'arrêta sur une photo représentant le lancement de la navette spatiale Discovery depuis cap Canaveral, et sur une autre montrant la Terre vue de l'espace. Il leva les yeux vers Maddy.

– Vous êtes en train de me dire que tout cela est réel ? Que des hommes sont allés… dans l'espace ?

– Eh oui ! Pour tout vous dire, ils ont même marché sur la Lune, ajouta-t-elle en souriant. Et c'est déjà de l'histoire ancienne pour mon époque. Ça s'est passé en 1969.

Wainwright regarda d'un air méfiant des photos de la Station spatiale internationale sur laquelle un homme vissait des boulons, vêtu d'une combinaison incroyablement volumineuse qui lui semblait faite de lin blanc. Visiblement, il était sceptique.

– Décidément, c'est une sacrée histoire, lâcha-t-il pensivement. J'aimerais beaucoup croire qu'un tel monde existe. Mais ces photos pourraient très bien être l'œuvre du service de propagande de l'Union, Bill.

– Vous pensez vraiment que mon haut commandement pourrait être aussi inventif ? plaisanta Devereau. Ces idiots arrivent à peine à préparer les colis de vivres pour mes hommes.

Wainwright haussa les épaules. Ce n'était pas faux.

– Attendez, j'ai aussi ça, dit Maddy en prenant son smartphone.

Elle l'alluma et tourna l'écran lumineux vers le colonel. Celui-ci bondit dans son fauteuil, donnant un coup de pied involontaire dans la table et renversant son café.

– Bonté divine ! Qu'est-ce que c'est que cette chose ?

– Ben, un téléphone, répondit-elle. Un peu comme les radios de l'armée, j'imagine.

Il fixait toujours l'écran, les yeux écarquillés.

– Vous avez des radios, non ? Des appareils de communication sans fil ?

Devereau lui avait dit qu'ils en avaient. Pour les communications sur le terrain, les soldats du Sud disposaient même d'équipements beaucoup plus perfectionnés que ceux de son propre régiment, qui utilisait encore une technologie dépendant des câbles téléphoniques, obsolète et fréquemment mise à mal par les bombardements du Sud.

– Oui, euh… bien sûr, bafouilla Wainwright en tendant une main gantée pour toucher l'appareil. C'est incroyablement petit.

– Oh, et il fait tout un tas d'autres choses. Il joue de la musique, par exemple. Vous voulez écouter ?

Il acquiesça, les yeux brillants de curiosité dans la pénombre du bunker.

Elle effleura l'écran et, après un court instant, du rap se fit entendre dans le petit haut-parleur.

Les deux officiers affichèrent une expression semblable, à mi-chemin entre rictus de dégoût et sourire poli rempli de compassion.

– C'est de la musique, ça ? De la musique de votre époque ? demanda Wainwright.

Maddy coupa le son et haussa les épaules d'un air contrit.

– J'imagine que tout ne va pas toujours en s'améliorant, admit-elle en lui tendant le smartphone.

Il resta muet quelques instants, caressant la surface de l'écran lumineux avec émerveillement. Devereau se pencha vers lui, et le fourreau de sa baïonnette heurta le pied d'un fauteuil.

– James, dit-il, vous et moi, nos hommes, nous pourrions tous vivre dans ce monde-là, plutôt qu'ici. Cette fille vit en Amérique, mais il s'agit d'une Amérique différente. C'est une nation, une nation unie, et non pas ruinée et brisée. Nos hommes, notre peuple, ont leur propre drapeau, leur propre gouvernement !

Wainwright leva la main pour interrompre poliment son ami, les yeux rivés sur le smartphone et ses icônes colorées.

– Bill, il me semble que cette technologie est largement en avance, même sur celle des Britanniques.

– Elle l'est, dit Maddy. Et il y en a partout à mon époque. Tous les gamins en ont. Enfin… presque tous.

– Vous voulez dire que c'est un jouet ?

– Non, pas vraiment, mais bon, les enfants savent s'en servir.

Wainwright était décidément stupéfait.

– J'ai vu d'autres choses, reprit Devereau. Ces jeunes femmes sont arrivées de nulle part, au beau milieu de nos anciennes lignes, près du fleuve, et elles ont tout un tas de machines là-bas. Vous devriez venir y jeter un coup d'œil.

– Alors c'est… Ce que cette fille raconte, c'est bien réel ?

– Oui, je crois. C'est la seule façon d'expliquer ces photos et cet appareil que vous avez dans les mains. James, si elle a raison, s'il existe vraiment une autre Amérique, alors il n'y aura plus de champ de bataille, plus d'Anglais et de Français se battant sur nos terres et versant le sang américain.

Devereau tapota de l'index la photo de la navette spatiale dans le magazine.

– Les Américains ont réussi à faire ça, James. Pas les Anglais. Pas les Français. Les Américains !

Wainwright le regarda en plissant les yeux.

– Les hommes avaient un rêve autrefois, mon ami, n'est-ce pas ?

– Fonder une nation libre, confirma Devereau. Oui, ils avaient un rêve.

Wainwright se tourna vers Maddy et lui rendit son téléphone.

– Et vous dites que votre machine à remonter le temps peut changer le monde et le rendre tel que sur ces photos ?

– Oui.

– Bien. Alors dans ce cas, qu'attendez-vous de moi ?

Becks se pencha au-dessus de la table.

– Il nous faut une antenne radio parabolique à alimentation axiale.

– Je vous demande pardon ?

– Une antenne satellite ? tenta Maddy.

Les deux colonels la dévisagèrent comme si elle parlait chinois.

– Une parabole, pour la radio ?

– Ah, dit Devereau. Je crois qu'elles veulent parler d'une soucoupe de communication.

Maddy acquiesça.

– Ça doit être à peu près ça.

CHAPITRE 46

2001, DEAD CITY

Sal gémit de douleur lorsque la créature la posa sans ménagement sur le sol. Elle observa l'endroit dans lequel elle se trouvait sans pouvoir distinguer autre chose que la faible lueur de la lumière du jour dans l'obscurité. Mais ses autres sens détectaient des grognements, des respirations haletantes, une odeur rance de transpiration.

Soudain, une allumette s'embrasa dans le noir, et elle comprit qu'elle était dans la cave à charbon d'un immeuble, avec toute la meute des étranges créatures. Une grosse bougie qui avait déjà bien servi, recouverte de gouttes et de petites coulées de cire durcie s'alluma. Sal pouvait maintenant les observer. Certaines d'entre elles s'étaient installées sur des lits faits de chiffons ou sur des matelas éventrés.

Ce lieu doit être leur… Comment appeler ça ? Leur tanière ?

La petite créature ressemblant à un enfant avait l'air d'organiser les choses, distribuant des bouts de tissu à celles qui n'avaient pas d'endroit où se reposer. Les marmonnements et autres grognements cessèrent lorsqu'elle se mit à faire des gestes pour se faire comprendre auprès de six « salamandres » qui paraissaient à la fois désorientées et apeurées.

Elles sont nouvelles dans le groupe.

La meute les avait sûrement recueillies lors d'une expédition à l'extérieur de…

Elle frissonna.

Dead City. La ville morte.

C'était forcément là qu'ils étaient. Elle en avait eu un aperçu un peu plus tôt, malgré l'épaule de la créature qui la portait et l'empêchait de bien voir. Des images fugaces de la périphérie d'une ville déserte, de mauvaises herbes très hautes, d'arbustes poussant au milieu de routes goudronnées défoncées que Dame Nature avait depuis longtemps choisi de réarranger à sa façon. Le soleil levant projetait les ombres de grands immeubles en briques, garnis de fenêtres aux vitres couvertes de crasse et d'algues, et aux cadres envahis de mousse.

Elle avait aussi entrevu de vieilles devantures de magasins et des panneaux décolorés à la peinture écaillée : QUINCAILLERIE MCKENZIE, CONFISERIE RUSSEL ET BARTON, POULET FRIT DE MA JACKSON. Ils se balançaient mollement au-dessus de vitrines brisées et de bâtiments vides, depuis longtemps dépouillés de toute chose utile ou comestible.

Dead City. Le Chinois ne leur avait-il pas recommandé de ne pas trop s'en approcher ?

– Mademoiselle Vikram, chuchota une voix.

Elle tourna la tête et vit, à son grand soulagement, Lincoln allongé sur un tas de charbon à côté d'elle.

– Jahulla ! chuchota-t-elle, surprise de son propre enthousiasme. Ça va ?

Ses cheveux étaient recouverts de sang séché.

– Un de ces maudits colosses m'a fichu un sacré coup quand on était dans la ferme. J'ai perdu connaissance pendant un bon moment.

– Je crois que nous sommes à Dead City. Vous vous souvenez ? Le Chinois en a parlé.

– C'est fort probable.

– J'ai peur.

– Moi aussi, admit Lincoln en ravalant sa salive. Avez-vous une idée de ce que sont ces créatures ?

Elle secoua la tête. Si elle avait cru aux choses auxquelles croyaient ses parents – Shiva, Brahma et ses quatre têtes, Vishnu avec tous ses bras, tous ces êtres bizarres –, alors peut-être aurait-elle pensé qu'il s'agissait de créatures surnaturelles, voire diaboliques.

– Des suppôts de Satan ? suggéra Lincoln dans un murmure. Des démons ? Vous croyez que nous sommes morts et que c'est la toute première étape de l'enfer ?

– Pourquoi, c'est ce que vous pensez ? rétorqua-t-elle, incrédule.

Il grimaça en touchant la bosse qu'il avait sur la tête.

– En tout cas, je n'ai jamais vu de telles créatures sur terre.

Leur conversation à voix basse avait attiré l'attention de « l'enfant ». Il délaissa les autres et se dirigea vers eux d'un pas mal assuré, comme s'il imitait un humain.

Sal et Lincoln cessèrent immédiatement de parler. Sal le voyait plus distinctement, même à la seule lueur de la bougie. Il faisait un peu plus d'un mètre de haut, ses épaules étaient fines et étroites et sa tête avait la forme d'une miche de pain, comme les autres, mais bien plus grosse proportionnellement à son corps maigre.

La créature s'accroupit, apparemment plus à l'aise dans cette position, et pencha bizarrement sa tête disproportionnée devant eux. Ses yeux étaient plus grands que ceux des créatures simiesques qui les avait transportés jusqu'ici. Plus grands et plus enfantins. Mais c'est surtout sa bouche qui attira encore une fois son attention. Dépourvue de lèvres, c'était juste une ligne irrégulière de chair balafrée, nervurée et bosselée. Comme si un sculpteur négligent, ou peut-être ivre, l'avait conçue après coup avec de l'argile grumeleuse.

Sal remarqua, surprise de ne pas l'avoir vu avant, que la créature portait un nœud papillon noir autour de son cou étroit. C'en était presque comique, et il lui fit de nouveau penser à un enfant déguisé. Si elle n'avait pas été aussi terrifiée par le sort que ces créatures lui réservaient, elle aurait presque pu penser que cette chose était… mignonne.

– Je… je suis… Sal, bredouilla-t-elle. Mon nom… est… S-Sal.

Et lui, c'est A-Abraham, ajouta-t-elle en désignant Lincoln du doigt.

La créature pencha à nouveau la tête en plissant ses yeux, tout noirs comme ceux d'un rongeur, et sa peau pâle et lisse se fronça légèrement. L'entaille qui faisait office de bouche se tordit en une sorte de grimace.

– Chal ?

– Saleena, précisa-t-elle. Mon prénom entier est Saleena.

– Chaleena ? répéta la créature en s'appliquant.

– Non, c'est Ssssaleena.

– Ch'est che que j'ai dit. Chaleena ?

La jeune fille réalisa que le chuintement était dû à sa bouche déformée.

– Oui, c'est bien ça, acquiesça-t-elle.

– A-bra-ham ? articula ensuite la créature en regardant Lincoln.

Celui-ci approuva.

La créature les observa attentivement pendant une bonne minute sans rien dire, semblant réfléchir, puis elle se remit à parler.

– Je m'appelle… Choixante-et-un. Du moins ch'est ainchi qu'on m'appelait avant.

Sa bouche remua d'une façon que Sal interpréta comme un sourire, mais, avec les lignes tordues et irrégulières de ses « lèvres », ce tressaillement aurait pu vouloir dire n'importe quoi.

– J'ai changé de nom… Maintenant ch'est Chamuel.

Sal jeta un coup d'œil rapide à Lincoln, avant de s'adresser à la créature.

– Votre nom… Vous dites que votre nom est Samuel ?

Celui-ci hocha la tête. Sal trouva qu'il y avait une pointe de fierté enfantine dans ce geste, comme un petit garçon montrant à sa maîtresse qu'il arrive désormais à faire ses lacets tout seul.

– Ch'est bien cha, confirma-t-il avec un nouveau sourire. Mon nom est Chamuel.

CHAPITRE 47
2001, AUX ABORDS DE DEAD CITY

Le capitaine Ewan McManus observa la ville à l'horizon avec ses jumelles. Puis il les baissa et cligna des yeux, ébloui par les rayons du soleil.

– Merveilleux, marmonna-t-il sans réel enthousiasme.

– Voulez-vous dire qu'ils sont allés là-bas ? demanda Liam. C'est bien Dead City, l'endroit dont vous nous parliez hier soir ?

– Tout à fait.

Ours-Blanc se tenait près d'eux. Il venait juste de revenir d'une mission de reconnaissance.

– Traces vont vers ville, annonça-t-il. Beaucoup plus traces entrent dans ville.

Le capitaine rangea ses jumelles dans une pochette qu'il portait à la ceinture.

– C'est bien ce que je pensais, déclara-t-il. Cet endroit est infesté d'eugéniques en fuite. Ils organisent des raids pour trouver de la nourriture, ou parfois juste pour s'amuser. Et c'est là qu'ils filent se réfugier.

– Je vois aussi empreinte humaine. Petite, mince, peut-être fille, dit Ours-Blanc en regardant Liam. Votre sœur ? Elle marche. Peut-être eugénique besoin souffler un peu. Ouaip ?

– Doux Jésus ! Merci mon Dieu… elle est vivante ! s'exclama Liam.

McManus lui donna une tape sur l'épaule.

– Eh bien voilà une nouvelle bigrement bonne pour vous !

– Et maintenant, qu'est-ce qu'on fait ? On y va ?

– Un peu qu'on va y aller, acquiesça McManus. Voilà le genre de choses que mes hommes ont l'habitude de faire. Du combat urbain, maison par maison. Je préfère vous prévenir : mieux vaut avoir le cœur bien accroché. Je crains que ce ne soit pas joli à voir. Évidemment, si les Confédérés avaient eu le cran d'aller nettoyer ce bazar un peu plus tôt, au lieu d'ignorer le problème, nous n'aurions pas affaire à autant d'eugéniques aujourd'hui. Maudite bande d'incapables ! Rien que des paysans, des imbéciles et des criminels à peine formés.

– Alors quand ? insista Liam.

– Quand y allons-nous ?

– Oui, qu'est-ce qu'on attend ?

– Je dois d'abord contacter le convoyeur du régiment. Mes hommes vont avoir besoin de certaines choses.

McManus tourna les talons et se dirigea vers le reste de la section, tout en dépliant la tige de communication de son casque.

– Lui appeler dieu du ciel, dit Ours-Blanc, le sourire aux lèvres.

– Pardon ?

– Gros oiseau... dans ciel. Il arrive... fait beaucoup neige. Ouaip ?

– Ah oui, d'accord. Tu aimes la neige, c'est ça ?

L'Indien hocha énergiquement la tête.

Liam scruta la ville silencieuse. Une ville que, fut un temps, on appelait Baltimore. À cette distance, elle ne semblait pas morte. Juste calme. Il distinguait de grands immeubles au centre, des cheminées d'usines, des clochers d'églises au loin, et des rangées bien ordonnées de maisons en briques à la périphérie. Une ville paisible dormant dans le soleil de midi.

Il entendit alors le bruit sourd de pas lourds qui s'approchaient, et Bob apparut.

– Alors ?

– Négatif, grommela Bob.

Il était parti escalader un château d'eau à proximité, espérant avoir plus de chances de voir quelque chose. Mais toujours aucun message de Maddy, pas même un message partiel, pas la moindre particule de tachyon. Cela ne pouvait signifier qu'une chose : elle avait des choses plus urgentes à faire.

On prend les mêmes et on recommence.

Quand n'étaient-ils pas tous occupés à lutter désespérément pour échapper à leurs ennuis respectifs ?

CHAPITRE 48

2001, NEW YORK

– Je suppose que vous faites allusion à la plateforme de communication de notre division ? demanda Wainwright.

Becks acquiesça.

– Le colonel Devereau nous a expliqué que la plateforme permettait de relier cette partie de la première ligne et le haut commandement de Fredericksburg, en Virginie.

– Vos espions semblent bien renseignés, Bill, en déduisit Wainwright en jetant un regard appuyé à Devereau.

– Eh bien, nous savons où elle se trouve. Ça fait même un certain temps. Juste au sud de l'ancien Times Square. Nous avons repéré la soucoupe et les antennes. Comme quoi, notre force aérienne ne vaut pas un clou. Sinon nous l'aurions bombardée et réduite en miettes depuis des années.

Wainwright se leva et se dirigea vers l'un des murs de son bureau, presque entièrement recouvert par une immense carte. Celle-ci était constellée d'épingles, de notes et de marques griffonnées au stylo indiquant le déploiement des troupes et les zones de défense, tout le long de la côte est de Manhattan. En période de guerre active, ces informations auraient constitué des renseignements militaires cruciaux. Mais pour Devereau, la plupart d'entre elles relevaient de l'histoire ancienne : des tranchées, des bunkers et des blockhaus construits de nombreuses décennies auparavant, lorsque lui et Wainwright étaient encore des gamins en culottes courtes. Devereau en savait autant sur le déploiement des hommes de Wainwright que sur celui des siens.

Le colonel sudiste posa un doigt sur la carte.

– C'est là, en effet, en dessous de l'endroit qu'on appelait Times Square, avant. Ce n'est pas très loin d'ici.

– Alors ? dit Maddy. Qu'est-ce qu'on attend ?

– Ce n'est pas très loin, certes, mais le bunker de communication est occupé par une garnison de soldats détachés de l'armée britannique. Ils n'en confient pas la garde aux simples troupes des Confédérés. Pour eux, nous sommes juste une bande de vieux péquenauds stupides…

Il étudia la carte pendant un moment, puis reprit la parole :

– Autrement dit, il faudrait prendre le bunker à la force des armes. L'attaquer.

Il laissa ces mots résonner entre les murs épais de la pièce, puis finit par secouer la tête en soupirant :

– Je suis désolé. C'est le seul matériel de communication dont nous disposons dans cette partie de la ligne. N'y a-t-il pas un autre moyen de réparer votre machine ?

– Négatif, répondit Becks.

Wainwright regarda les magazines ouverts sur la table et le petit écran lumineux de l'appareil que la jeune femme avait appelé « smartphone ». Tout cela prouvait l'existence d'un autre monde. Il était persuadé que le Nord n'avait pas ce genre de technologie, ni les connaissances, l'imagination ou les capacités nécessaires pour fabriquer les images de ces revues. Et il était plus sûr encore qu'ils n'auraient jamais pu concevoir un tel appareil.

– Ce que vous me demandez, c'est de commettre un acte de trahison.

– Le fait d'être ici en ce moment à discuter avec vous, James, fait de moi un traître, dit Devereau. En vérité, nous sommes d'ores et déjà passibles d'exécution.

– Vous avez sans doute raison. Mais de là à s'emparer de ce bunker, à échanger des tirs avec les soldats britanniques… Vous savez ce que cela signifie ?

– Oui, ce serait un acte de mutinerie.

Ces mots firent l'effet d'une douche froide sur les deux officiers.

– Attendez, peut-être qu'on peut se débrouiller autrement, suggéra Maddy.

– Négatif, répéta Becks. Nous avons besoin d'une parabole de transmission radio. Il faudra modifier le…

Maddy leva la main pour l'interrompre.

– Vous ne vous retrouverez jamais face à un peloton d'exécution, car dès que nous aurons intégré votre réseau d'antennes à notre système, nous pourrons rétablir le monde dans sa version précédente.

– Mais, objecta Devereau, si ce plan échoue pour quelque raison que ce soit, les répercussions sur nos hommes et sur nous-mêmes seront, au bas mot, catastrophiques.

Wainwright s'assit devant la table, prit le pichet ébréché et se servit le reste de café froid.

– Que le colonel Devereau et moi-même soyons jugés coupables de trahison, c'est une chose, renchérit-il. Nous en assumerions les conséquences. Mais une mutinerie ?… Tous les hommes du régiment seraient sanctionnés, qu'ils y aient participé ou non.

– Je ne peux pas faire courir ce risque à mes troupes, acquiesça Devereau.

– On pourrait leur montrer tout ce qu'on vient de vous faire voir, dit Maddy.

– Non. Je crains qu'ils ne soient pas très nombreux à comprendre tous les enjeux. Et s'ils ne les comprennent pas, ils ne prendront pas le risque d'être accusés de mutinerie.

On frappa à la porte.

– Entrez.

Un jeune homme, portant une casquette grise sur une touffe de cheveux roux, passa la tête à l'intérieur.

– Mon colonel ?

– Oui, caporal.

– Vous m'avez demandé de vous prévenir quand les Britanniques arriveraient. Eh bien… ils arrivent.

– Merci, Lawrence. Ordonnez aux hommes de se tenir prêts pour une inspection.

– Bien, mon colonel.

Le jeune homme disparut en fermant la porte derrière lui.

– Vous devez partir sur-le-champ, dit Wainwright. Ils seront là d'ici une dizaine de minutes. Mieux vaut que vous soyez déjà loin à ce moment-là.

– S'il vous plaît ! insista Maddy. S'il vous plaît, réfléchissez !

– Tenez, mademoiselle, vous devriez récupérer vos affaires, dit-il en rassemblant les magazines.

Becks les ramassa, ainsi que le téléphone, et rangea le tout dans le sac.

– Essayez juste d'y réfléchir. Nous devons réparer l'Histoire ! implora Maddy. Vous trouvez que c'est une sale guerre ? Dites-vous bien qu'elle pourrait empirer !

Wainwright se raidit, ignorant ses supplications.

– Colonel Devereau, voulez-vous bien raccompagner ces jeunes femmes à votre campement ?

– Bien sûr.

Devereau salua l'officier du Sud qui lui rendit la politesse sans s'attarder. Puis il tourna les talons et tira Maddy par le bras en ouvrant la porte.

– Venez, mademoiselle Carter, il faut y aller. Maintenant.

– Mais… protesta-t-elle en s'agrippant au bord de la table. Bon sang, c'est notre seul espoir ! Nous devons…

– Sergent Freeman !

La tête de Freeman apparut dans l'encadrement de la porte.

– Pouvez-vous m'aider, s'il vous plaît ?

Chose étonnante, Becks était d'accord avec le colonel.

– Il vaut mieux partir maintenant, Madelaine. Nous évaluerons la situation une fois rentrées à l'arche.

Cinq minutes plus tard, ils étaient à bord du bateau, qui avançait lentement sur l'East River en haletant. Maddy scruta le paysage de Brooklyn en ruine qui se rapprochait peu à peu, en se demandant si leur unique espoir était de convaincre le colonel Devereau et ses hommes de lancer leur propre attaque, pour prendre le bunker de communication.

Elle les regarda, lui, le sergent Freeman et les autres soldats, les jeunes et les moins jeunes, vêtus de leurs uniformes élimés, affichant tous le même regard résigné, et elle réalisa qu'ils n'étaient pas des combattants. Simplement des recrues, des hommes effectuant le temps de service qu'on leur avait ordonné et comptant les jours qui les séparaient d'un éventuel retour chez eux.

À moins qu'elles trouvent une solution, un autre plan d'action, elles étaient bel et bien enlisées dans ce bourbier. Inutile de penser à aider Liam et Sal. Inutile de se soucier des avertissements écrits en provenance du futur… Elle et Becks n'étaient plus que deux civiles coincées sur le champ de bataille d'une guerre éternelle.

CHAPITRE 49

2001, AUX ABORDS DE DEAD CITY

Liam observait le paysage, posté à l'avant du pont de l'appareil. Il était fermé par une longue cloison semi-circulaire de panneaux de verre, qui permettait au soleil de cette fin de journée d'inonder le lieu de chaleur et de lumière. Ils survolaient une mosaïque de champs qui lui avaient paru nettement plus vastes lorsqu'il était encore sur la terre ferme, et au-delà desquels il aperçut la périphérie de Dead City.

Des rangées ordonnées de pavillons, avec leurs jardins abandonnés depuis bien longtemps, laissaient place à des maisons plus petites et beaucoup plus serrées, auxquelles succédaient de tristes immeubles anciens en briques. Plus loin, les bâtiments d'habitation devenaient plus hauts et côtoyaient des usines, des entrepôts et des immeubles de bureaux. Tous étaient si éteints et si silencieux qu'on aurait dit les pierres tombales d'un cimetière.

Le capitaine McManus fit un signe de tête à un homme trapu d'une quarantaine d'années aux cheveux argentés et aux épais favoris.

– Nous n'allons pas tarder à atterrir, annonça-t-il. Le colonel Donohue nous adjoint trois compagnies composées d'hommes et de quelques expérimentaux.

– Des expérimentaux ? répéta Bob. Pouvez-vous expliquer ?

– Vous comprendrez le moment venu, répondit le capitaine en souriant.

Le bourdonnement des moteurs changea, et le vaisseau amorça sa descente en douceur. Liam vit des nuages de brume s'élever à hauteur des vitres du pont, et se remémora la vision étrange de la tempête de neige qui avait brusquement envahi le ciel.

– C'est quoi, toute cette neige ?

– Le convoyeur utilise des gaz plus légers que l'air et des espaces de vide pour permettre l'ascension. Mais cela n'est pas encore suffisant pour faire flotter un vaisseau de cette taille. C'est pourquoi nous libérons un nuage d'azote depuis le fond de la coque, afin de refroidir l'air, ce qui le rend plus dense et nous permet de prendre plus d'altitude. En somme, nous créons une couche d'air sous le vaisseau, qui nous suit dans nos déplacements.

– Et pourquoi la neige ?

– Eh bien, s'il y a de l'eau dans l'air, elle se transforme en neige en refroidissant.

– Capitaine McManus ? appela Donohue.

– Oui, colonel ?

– Il est temps de préparer vos hommes pour le débarquement.

– Vous avez raison, acquiesça-t-il avant de tapoter le bras de Liam. Par ici.

McManus les conduisit jusqu'à la plage arrière, puis ils empruntèrent une échelle menant au pont inférieur. Tandis qu'il descendait, Liam eut le malheur de jeter un coup d'œil au-delà des montants en cuivre et vit le paysage urbain en contrebas qui se rapprochait lentement.

– Doux Jésus, dit-il, avec le mal au cœur, je n'aurais jamais dû faire ça.

– Vous avez le vertige, expliqua McManus, amusé. Certains de mes hommes en souffrent aussi. Il vous suffit de ne pas regarder en bas.

Liam et Bob le rejoignirent sur le pont inférieur et, au grand soulagement de Liam, ils furent reconduits à l'intérieur. Ils passèrent devant plusieurs soldats qui s'écartèrent poliment, puis descendirent une autre échelle menant à un grand hangar.

– Waouh ! chuchota le garçon en arrivant en bas.

Le hangar semblait faire grosso modo la taille d'un petit terrain de football. Il était occupé par trois cents hommes qui se regroupaient, s'organisaient et contrôlaient mutuellement leurs sacs à dos et leurs sangles, et par plusieurs dizaines de chisons parqués dans un coin. Il faisait froid, à cause du brouillard artificiel généré hors de la coque, et les hommes soufflaient de petits nuages de fumée en respirant.

Bien que rongé d'inquiétude au sujet de Sal, qu'il espérait vivante quelque part dans la ville en dessous d'eux, Liam ne put s'empêcher de s'émerveiller devant le bouillonnement d'activité auquel il assistait.

Au fond du hangar, il repéra plusieurs dizaines d'animaux qui ressemblaient à des chiens, mais ce n'en était pas, ou alors il n'en avait jamais vu de pareils. Ils étaient plus grands, presque aussi gros que des lions, mais sveltes comme des lévriers. Ils avaient des têtes étrangement humaines, comme celles des babouins en fait, avec des yeux très vifs dont semblait se dégager une certaine intelligence.

– Qu'est-ce que c'est que ça ?

– Des renifleurs. Des eugéniques, bien entendu. Nous les avons utilisés avec beaucoup de succès en Afghanistan et au nord de l'Inde. Ils sont très doués pour flairer les insurgés, se faufiler dans les grottes, les galeries et que sais-je encore. Puis ils nous signalent leur position et nous renseignent sur l'effectif des troupes.

– Vous voulez dire qu'ils savent...

– Parler ? Oui, évidemment. Sinon ils ne nous seraient d'aucune utilité.

Il sourit devant l'expression stupéfaite de Liam, bouche bée et les yeux grands ouverts.

– Oh, il ne faut pas s'attendre à ce qu'ils disent des choses très profondes. Ils ne vous réciteront jamais *Hamlet*, j'en ai bien peur. Ce ne sont que des enfants, au fond.

– Comment ça, des enfants ?

– Leurs capacités de raisonnement ne dépassent pas celles d'un enfant de cinq ans, précisa-t-il. Nous avons commis des erreurs avec de précédentes catégories d'eugéniques… Certains d'entre eux étaient bien trop intelligents, et ça leur jouait des tours. C'est ça l'astuce, vous comprenez ? Faire en sorte qu'ils soient suffisamment malins pour pouvoir accomplir les missions pour lesquels on les fabrique, et pas plus. Ainsi, ils sont plus faciles à contenter.

McManus s'éloigna pour retrouver ses officiers subalternes et ses sous-officiers, laissant Liam digérer le fait que, dans ce monde insensé, il y avait des chiens à tête de babouin capables de parler. Il se tourna vers Bob, qui haussa les épaules et grimaça un sourire.

– Cette réalité commence à être bien trop étrange pour moi, murmura Liam.

– Nous devons les trouver au plus vite, acquiesça Bob. Avant la prochaine onde.

CHAPITRE 50
2001, DEAD CITY

Il y avait de la nourriture. Enfin, en quelque sorte. Sal observait les créatures avaler avec voracité les restes qu'elles avaient récupérés au cours de leur raid. Elles faisaient circuler de vieilles boîtes de conserve rouillées, dont les étiquettes étaient décolorées quand elles n'avaient pas été arrachées depuis longtemps. Elles décortiquaient des épis de maïs et faisaient cuire des rats, beaucoup de rats, qu'elles avaient capturés et dépecés.

Elle aperçut Samuel au milieu des créatures qui marmonnaient. Il organisait la répartition, s'assurant que chaque membre de sa meute avait de quoi manger.

Meute.

C'est le terme qu'elle avait spontanément utilisé pour les désigner. Mais maintenant qu'elle savait qu'au moins certaines de ces choses étaient capables de parler exactement comme les humains, et que les autres, à défaut de savoir parler, avaient un comportement qui traduisait clairement une forme d'intelligence, le mot « meute » ne lui semblait plus vraiment approprié.

Samuel s'approcha de Lincoln et elle, portant divers aliments entre ses bras maigres.

– Vous devez manger chi vous ne voulez pas mourir de faim.

Il leur tendit un bâton sur lequel était embrochée une carcasse de rat qui grésillait encore après avoir été retirée du feu.

– Tenez, ch'est très bon.

Sal secoua la tête pour décliner l'offre.

– Mon Dieu, lâcha Lincoln. Je ne peux pas manger un rat !

Samuel haussa les épaules.

– Dans che cas, je vais le manger. Que voulez-vous à la place ? Du maïch ?

C'était du maïs cru, mais Sal réalisa qu'elle était affamée.

– D'accord, acquiesça-t-elle, vite imitée par Lincoln.

Samuel leur tendit deux épis de maïs dans leur enveloppe, puis s'accroupit pour manger le rat.

La cave à charbon du bâtiment renvoyait l'écho des bruits de bouches aspirant, mastiquant, avalant, et des grognements de satisfaction.

– Samuel, pourquoi… pourquoi sommes-nous ici ? murmura Sal.

– Vous êtes tous les deux nos prisonniers, répondit l'eugénique en levant les yeux de la carcasse du rat.

Sal enleva la dernière feuille de son épi de maïs et mordit dans les grains avec avidité.

– Mais pourquoi ?

– Des choldats vont bientôt arriver.

– Des soldats ?

– L'un des autres groupes a tué des gens. Ch'était vraiment idiot. Ils ont tué des humains, comme vous. Du coup, les choldats vont venir ichi. Je le chais. Ch'était vraiment idiot, répéta-t-il en secouant la tête, avant de se donner une grande tape sur le front.

Shadd-yah, ce geste avait vraiment l'air humain !

C'était exactement le genre de choses que Maddy faisait quand elle était énervée ou stressée par quelque chose.

– Nous allons servir d'otages ? demanda Lincoln.

– Des otages ? Qu'est-che que cha veut dire ?

– Vous allez utiliser nos vies pour… négocier les vôtres.

Samuel hocha doucement la tête. Son regard pensif indiquait que les idées se bousculaient dans son esprit.

– Pourquoi pas ? dit-il. Chi nous vous rendons chains et chaufs, peut-être qu'ils nous laicheront tranquilles ? Normalement, nous ne tuons pas d'humains. Cha entraîne des problèmes. Il a dû arriver quelque chose de grave.

Il détacha soigneusement un autre morceau de rat cuit. Sal remarqua qu'il mastiquait très délicatement, en prenant garde à ne pas mordre les plis lâches et irréguliers de ses lèvres. Elle se décida à poser la question qui la taraudait.

– Qu'est-il arrivé à votre bouche ?

– Je chuis né avec une bouche normale, répondit-il. Tout comme la vôtre, Chaleena. J'ai été conchu pour travailler chur des machines.

– Conçu ?

– Oui, créé par des hommes intelligents, dans une ville lointaine du nom d'Oxford. Là-bas, ils cultivent les eugéniques comme nous dans de grandes cuves…

– Des eugéniques ? le coupa Sal, intriguée. Vous voulez dire que vous êtes des… des choses conçues génétiquement ?

– Vous dites avoir travaillé sur des machines, intervint Lincoln en même temps.

– Dans la mécanique, précisa Samuel avec une pointe de fierté. Un eugénique mécanichien. Je chuis très intelligent. La catégorie d'eugénique à laquelle j'appartiens répare les machines en panne dans les usines. Après, elles remarchent parfaitement. Mais… moi et ma grande bouche…

Sal supposa qu'il souriait, mais c'était difficile à dire.

– J'ai eu de gros, de très gros ennuis.

– Quel genre d'ennuis ? demanda Lincoln après avoir retiré un bout de maïs coincé entre ses dents.

– Un des grands eugéniques ouvriers a été écrasé et tué par l'une des machines de l'usine. J'ai tout vu. Ch'était la faute d'un humain car la machine était mal réglée. Alors je l'ai dit. Mais les humains n'ont rien voulu entendre. J'ai concheillé à tous les ouvriers manuels eugéniques d'arrêter de travailler juchqu'à che qu'ils règlent la machine correctement. Chinon un autre allait mourir, puis un autre, et un autre.

– Et que s'est-il passé ?

– Ils m'ont cousu la bouche avec du fil et une aiguille. Ils ont dit que j'étais un fauteur de troubles. Voyez-vous, ils n'aiment pas qu'on leur tienne tête ! Et enchuite, ils ont fouillé ma couchette et découvert que j'avais des livres. Cha ne leur a pas plu du tout, le fait que j'apprenne à lire. Ch'était très dangereux pour les autres eugéniques. Cha risquait de les…

Samuel s'efforça de prononcer correctement le mot suivant. Il parvint à le dire sans chuintement.

– … inspirer.

Il prit une autre bouchée avec prudence.

– Cha fait des années qu'ils ont arrêté de fabriquer des eugéniques intelligents comme moi. Notre insolence posait trop de problèmes !

– Je ne comprends toujours pas comment ils ont pu vous *fabriquer*, dit Lincoln.

– Tout d'abord, il y a un chiècle, on croisait un animal avec un autre pour en créer de nouveaux. On appelait cha la « reproduction chélective ». Mais désormais ils chont capables de fabriquer une créature à partir de rien. J'ai entendu quelqu'un dire que les hommes brillants d'Oxford pouvaient manipuler le « code de la nature ». On pourrait même dire que ch'est le code de Dieu ! Mais le nom exact de chette technique est « eugénologie ».

Samuel termina son rat et jeta la brochette en bois sur laquelle il ne restait plus que les os noircis du rongeur et quelques petits bouts de viande nerveuse.

– Ils écrivent le code et ils nous font poucher, exactement comme des plants de tomates, dans une grande ferme induchtrielle.

– Comme des plants de tomates ?

– Oui, dans un grand tube rempli d'un truc vichqueux et puant nommé « choluchion de croichanche protéique ».

– Shadd-yah, murmura Sal, pareil que pour Bob !

Un des eugéniques appela alors Samuel.

– Ah, quelqu'un a besoin de moi, s'excusa-t-il. Mangez votre maïch, vous allez avoir besoin de forches.

Il se leva et s'éloigna à pas feutrés, laissant Sal et Lincoln entre eux.

– Bonté divine, son histoire est remarquable ! s'extasia Lincoln. Ils les font pousser comme des haricots ? À moins qu'il ne se moque de nous ?

Sal secoua la tête, mordant une nouvelle fois dans son épi de maïs.

– Il s'agit de génétique, une technologie très importante à mon époque. Tout est génétiquement modifié. Comme Bob.

– Bob ? Le grand costaud ?

– Oui, il a été conçu exactement comme eux.

CHAPITRE 51
2001, NEW YORK

– Colonel James Wainwright ?

Le colonel ne daigna pas se mettre au garde-à-vous ou même saluer l'officier britannique.

Ce dernier avait fait irruption dans la pièce de façon grossière et arrogante, sans même avoir la courtoisie de frapper. Wainwright consentit toutefois à lever les yeux de la pile de formulaires de réquisition qu'il était en train de signer.

L'officier semblait avoir la moitié de son âge, une vingtaine d'années à peine, et arborait pourtant un grade plus élevé.

– Oui, de quoi s'agit-il ?

L'officier se raidit en entendant son ton dédaigneux.

– Il est d'usage de saluer ses supérieurs.

Wainwright se cala au fond de son fauteuil avec désinvolture et écarta les mains.

– Alors ? Que voulez-vous ?

Le visage du jeune homme ne lui était pas familier. Il devait avoir été nommé officier assez récemment. D'après les insignes sur son col et sur sa poitrine, il était membre de la DTSR – Division des transmissions, de la sécurité et des renseignements –, le groupe d'officiers chargé de l'inspection de cette partie de la première ligne.

Le jeune homme fit un pas en avant, tira une chaise et s'y assit avec nonchalance.

– Colonel Wainwright, dit-il calmement, commandant du 38e régiment de Virginie.

– Je suis au courant, merci.

– Dispensons-nous des formalités, si vous voulez bien. Vous pouvez m'appeler Rupert.

Wainwright se tut, observant le jeune officier avec un mépris à peine dissimulé.

– Depuis combien de temps êtes-vous aux commandes ici, colonel Wainwright ? Approximativement.

– Neuf ans, trois mois et sept jours si vous voulez tout savoir. Mais ça fait près de vingt ans que je surveille l'ennemi de l'autre côté de ce maudit fleuve.

– Ça fait longtemps, commenta Rupert en joignant les mains d'un air pensif.

– Beaucoup trop longtemps.

– Bien, poursuivit l'officier en baissant un peu la voix, cela devrait donc être un soulagement pour vous.

– Un soulagement ? répéta Wainwright en lui décochant un regard sévère.

– Vous savez, les choses sont en train de changer. Les pouvoirs en place ont le sentiment que cette impasse, cette guerre froide, a suivi son cours, rempli ses objectifs, et maintenant ils aimeraient en finir avec tout ça.

Wainwright se redressa dans son fauteuil, soudain intéressé par la conversation.

– Bonté divine, une trêve ! s'exclama-t-il. C'est bien de cela dont vous êtes en train de parler ?

– Non, bien sûr que non, gloussa Rupert. Une offensive, colonel. Une offensive finale. Et nous allons la lancer au cœur du Nord, dans ce qui reste de cet amas de décombres.

Il haussa les épaules d'un air contrit.

– Excusez-moi, est-ce que j'ai dit « décombres » ? Je voulais dire dans ce qui reste de New York.

– C'est de la folie ! Les Nordistes y sont aussi solidement incrustés que des tiques sur le dos d'un chien. N'importe quel régiment d'infanterie débarquant de l'autre côté du fleuve serait fauché…

– Oh, je ne m'inquiéterais pas trop pour ça à votre place, mon vieux. Entre le pilonnage par nos vaisseaux aériens et les expérimentaux que nous enverrons aux côtés de vos hommes, je pense que nous…

– Des expérimentaux ?

– Oui, acquiesça Rupert avec un léger sourire. Des eugéniques.

– Vous voulez mêler des eugéniques à mes hommes !

– Pas de panique, colonel. Ils n'ont rien à voir avec les anciens modèles. Ceux-là sont bien plus fiables.

Wainwright se leva et se pencha au-dessus de son bureau, faisant face au jeune officier.

– Le haut commandement nous avait fait une promesse ! Une promesse en béton ! Plus d'eugéniques utilisés à des fins militaires. Plus de ces… de ces monstres !

– Allons, allons. Ce ne sont pas des monstres, colonel. Ce sont juste des outils ayant une fonction bien précise. De simples outils de notre boîte à outils.

– Un outil, jeune homme, ne se retourne pas contre son propriétaire. Un outil ne réduit pas l'ennemi en miettes, avant d'en faire autant avec celui qui le manipule… et ensuite, quand il n'y a plus rien à tuer, de s'en prendre à ses congénères.

– Oh, je vous en prie, vous faites référence à l'incident de Preston Peak, c'est ça ? Cela s'est passé il y a une vingtaine d'années. Nous intégrons désormais dans nos eugéniques des inhibiteurs de comportement bien plus puissants.

– Mes hommes n'accepteront jamais ça. Ils refuseront de se battre à leurs côtés !

Rupert fixa froidement le colonel du Sud. Son visage finit par se radoucir.

– Eh bien, à proprement parler, Wainwright, ils ne se trouveront pas à leurs côtés, de toute façon. Vos gars feront partie de la première vague à terre, afin de créer une tête de pont pour l'attaque. Ensuite seulement, nous enverrons nos « monstres », comme vous les appelez, et nous les lâcherons sur l'ennemi.

– C'est insensé ! Je... je suis... je m'y opposerai en...

– Bien, venons-en au fait. Vous pourrez protester tant que vous voudrez depuis votre cellule à Camp Elizabeth.

– Que venez-vous de dire ?

La seule mention du camp de détention militaire fit taire Wainwright. Un long silence pendant lequel son esprit galopait en réfléchissant à ce que ce Rupert pouvait savoir à son sujet.

– Vous avez bien entendu. À vrai dire, je suis ici pour vous relever de vos fonctions... Et j'imagine que vous n'allez pas tarder à être traduit en cour martiale.

– Pourquoi ? De quoi m'accuse-t-on ?

Le jeune homme haussa les sourcils.

– Je pense que vous le savez. Voulez-vous vraiment que je clarifie ce point pour vous ?

– Je crois que vous auriez tout intérêt, en effet.

– Eh bien, voyez-vous, j'ai un dossier sur vous. Un dossier plutôt important, d'ailleurs. Cela fait quelques années qu'on vous a à l'œil. Trop de rumeurs circulaient disant que vous aviez relâché la pression à l'égard de l'ennemi. Nous sommes au courant de vos diverses réunions avec des officiers de l'autre côté. Nous savons également qu'il y a quelques années, vous avez donné l'ordre de libérer des prisonniers de guerre du Nord, pour qu'ils retournent...

– C'était des déserteurs ! Ils n'étaient pas faits pour se battre. Ils voulaient seulement rentrer chez eux !

– Encore ce matin, mon petit doigt m'a dit que vous aviez reçu des visiteurs ayant traversé le fleuve jusqu'ici. Je crains que tout cela ne soit pas acceptable. Avec la mise en place de l'offensive, nous ne pouvons en aucun cas nous permettre d'avoir un officier de première ligne qui a pour habitude de prendre le thé avec l'ennemi.

– Vous me relevez de mes fonctions de commandement ?

– Avec effet immédiat, j'en ai bien peur, confirma le jeune

officier avec un air faussement compatissant. Bon, il y a deux façons de régler ça. Je peux faire venir une escouade pour vous emmener de force pendant que vous vous débattrez en criant. Mais ce ne serait pas très digne. Je suis certain que vous n'aimeriez pas que vos hommes vous voient partir de la sorte. Ou alors nous pouvons agir comme de véritables gentlemen. Vous nommez un commandant de régiment temporaire pour vous remplacer, vous réunissez les effets personnels que vous souhaitez emporter, et nous sortons ensemble. Je pense qu'il serait préférable, pour vous et vos hommes, que nous procédions ainsi.

Wainwright jeta un coup d'œil vers la porte ouverte. Il voyait le couloir extérieur, la tache de lumière projetée par une ampoule au plafond, et l'ombre d'un soldat au garde-à-vous.

Un des siens ou un des miens ?

Le jeune homme lui tendit une main gantée de blanc au-dessus du bureau.

– Je vais avoir besoin de votre arme, colonel, si vous voulez bien.

Wainwright ouvrit l'étui de son revolver et sentit le métal froid de l'arme sous ses doigts.

– Je vous en prie ! chuchota-t-il. Je ne ferai pas d'histoires, mais écoutez-moi. Vous ne pouvez pas envoyer des eugéniques aux côtés de mes hommes. Ce sera un vrai massacre !

– Nous avons désormais besoin de régiments dignes de ce nom sur la première ligne, Wainwright, des hommes prêts à se battre. Pas des traîtres comme vous, ou des lâches… ou ces paysans analphabètes que vous osez appeler soldats. Nous placerons des troupes britanniques à l'avant-garde, une fois que nous aurons un pied sur le terrain. Mais votre milice de paysans sera en première…

L'arme s'était soudainement retrouvée dans sa main, et la pièce résonnait déjà de l'écho faiblissant du coup de feu, tiré avant même qu'il ait pu prendre conscience de ce qu'il venait de faire. À travers le nuage de fumée bleu gris qui commençait à se dissiper, il distingua le jeune officier qui le fixait. Il arborait un troisième œil au milieu de son front plissé, d'où s'écoulait un petit filet sombre de sang presque noir sur son visage figé par la surprise.

Sa bouche s'ouvrit avec un gargouillement.

– Vous… vous…

Ce fut tout ce qu'il parvint à dire avant que ses yeux se révulsent et qu'il s'effondre sur le sol. Une de ses bottes tambourina, post mortem, contre le pied de son bureau.

Wainwright pointa son arme vers la porte en voyant l'ombre vaciller. Une tête apparut soudain dans l'encadrement, celle de son caporal aux cheveux roux. Les yeux écarquillés, il fixa le revolver, puis le jeune homme encore agité de tressaillements.

– Vous… venez de… tuer… un officier britannique ? balbutia-t-il.

– Oui, Lawrence, il semblerait que ce soit ce que je viens de faire, répondit Wainwright avec une moue pensive. Combien d'hommes a-t-il amenés avec lui ?

– Douze.

– Où sont-ils ?

– Au réfectoire, monsieur.

– Arrêtez-les.

– Qu'on les arrête ?

– Vous m'avez entendu. Confisquez leurs armes, leur équipement radio, et enfermez-les dans le bunker à provisions. Ensuite… ensuite…

Il serra les poings et frappa lourdement le bureau, poussant son cerveau en ébullition à se concentrer.

– Ensuite, reprit-il, je veux que vous doubliez la garde de nos bunkers de commandement et de nos postes de tir. Personne n'entre, personne ne sort.

– Bien, mon colonel, acquiesça le lieutenant en tournant les talons.

– Attendez, Lawrence ?

– Oui, mon colonel ?

– Retirez tous les câbles de la salle radio qui nous relient à la plateforme de communication.

– Tous ?

– Jusqu'au dernier !

Il était certain que les Britanniques ne tarderaient pas à remarquer la disparition de leur officier, et que la nouvelle se répandrait qu'il y avait de l'orage dans l'air... Mais plus tard ils l'apprendraient, mieux ce serait.

– Que va-t-il nous arriver, mon colonel ? demanda le jeune caporal, soudain blême.

– Rien de bon, j'en ai peur. Je dois parler aux hommes.

– Vous voulez que je les rassemble ?

– Non... non, pas tout de suite. Je dois d'abord aller voir quelqu'un. Pas un mot sur ce qui vient de se passer, c'est compris ?

Lawrence acquiesça.

– Et fermez cette pièce à clé. Je reviens dès que possible.

– Où allez-vous, mon colonel ?

– Rendre visite à l'ennemi.

CHAPITRE 52

2001, DEAD CITY

– Par tous les saints ! Mais c'est le musée des horreurs, ici ! murmura Lincoln.

Sal se surprit à acquiescer. Elle estima qu'ils étaient près de cent cinquante dans le *Albion Theatre* laissé à l'abandon. Des rangées de sièges en velours bordeaux, tachés, décolorés et perdant leur rembourrage par les coutures défaites, faisaient face à une scène de planches en bois pourries. Des gouttes d'eau tombaient du toit partiellement effondré, produisant un ploc-ploc incessant, tandis que la lumière de la fin d'après-midi projetait des rayons obliques teintés de rose dans la pénombre de la salle.

Samuel était apparemment l'un des chefs de cet étrange groupe de créatures improbables, avec deux autres : le comité de direction, en quelque sorte. L'un d'entre eux était encore plus maigre que ceux qui ressemblaient à des salamandres, si incroyablement maigre que Sal se demanda où il pouvait bien mettre ses organes internes. Ses bras et ses jambes étaient comme des baguettes, avec des articulations affreusement saillantes. Sa tête n'était pas en forme de miche, comme celle de beaucoup d'autres créatures, mais plus grande et de la forme d'un cône de chantier. Samuel leur avait expliqué que chaque type d'eugénique avait été conçu dans un but bien précis. Sal se dit que celui-ci ne pouvait avoir été fabriqué que pour se glisser dans des canalisations, ou en tout cas pour se faufiler dans des endroits très étroits. On aurait dit un cigare avec des bras et des jambes.

– Ils nous ont ignorés… jusqu'à présent, parce que nous représentons… seulement une nuisance… pas un danger !

Son buste était tellement mince et ses poumons devaient être si petits qu'il était obligé de haleter comme un chien en pleine canicule et de fragmenter ses paroles en petits morceaux confus entre chaque brève inspiration.

– Je pense que… nous devons… rester cachés ici.

Il se traîna sur ses jambes flageolantes jusqu'à un tabouret sur le côté de la scène et s'installa au bord du siège.

Un autre chef prit la parole. C'était une version encore plus corpulente de celui qui ressemblait à un singe. Il se balançait à cause de son buste très large, dont les muscles se contractaient et bougeaient, comme animés d'une vie propre. Sa tête ressemblait à une pomme, paraissant presque perdue entre les deux pastèques que formaient ses épaules, et était coiffée d'un haut-de-forme. Sal réalisa que même si elle n'avait pas l'air plus grosse qu'une pomme par rapport à son corps, elle devait en réalité avoir les mêmes dimensions que celle d'un humain adulte, car le chapeau était parfaitement ajusté.

Il est énorme.

Le reste de son corps était étrangement disproportionné. Sa taille était fine, et ses jambes, grosses et courtes, semblaient presque avoir été ajoutées à la dernière minute.

– Si eux humains venir… commença-t-il d'une voix si grave que Sal sentit des vibrations dans sa poitrine.

À côté, la voix caverneuse de Bob aurait ressemblé au sifflement d'un moustique.

Il tendit alors un doigt aussi gros qu'une aubergine vers Lincoln et elle.

– Si eux venir, peut-être nous tuer ces deux et montrer leurs têtes aux soldats. Eux avoir peur ! Plus embêter nous !

Samuel posa sur la scène le fusil qu'il tenait délicatement dans ses bras maigres, et il s'avança.

– Non, ch'est chtupide ! Nous avons besoin d'eux vivants !

Chi nous les tuons, ils che vengeront chauvagement de nous touch !

– Je suis sûr qu'aucun… humain ne viendra… Samuel, murmura la créature-cigare en faisant un pas en avant. Ils nous ont… laissés tranquilles… jusqu'à présent…

– Mais ch'était avant qu'un idiot d'eugénique ne tue certains d'entre eux ! répliqua-t-il avant de traverser la scène et de lever les yeux vers la petite tête arrondie du singe. Ch'en était un de ton groupe, la chemaine dernière, n'est-che pas ?

Le singe haussa les épaules d'un air coupable.

– Peut-être.

– Imbéchile ! pesta Samuel. Nous allons touch mourir à cause de toi !

– Ils n'entreront pas… dans la ville, Samuel, balbutia le cigare. Ils ont encore peur… de tous les poisons… et des maladies.

Sal remarqua que ses jambes maigres s'étaient remises à trembler, à cause du seul effort que représentait le fait d'être debout. Il avait peut-être été conçu pour se glisser dans des lieux étroits, mais ses jambes n'avaient vraisemblablement pas été créées pour supporter son poids bien longtemps. Une fois encore, il s'installa sur le bord du tabouret.

– Et d'abord… pourquoi as-tu… enlevé des humains ?

– À cause du raid de ches crétins, Henry. J'ai appris que des humains avaient été tués, des femmes et des enfants ! Et je chavais qu'il vaudrait mieux qu'on ait une monnaie d'échange quand ils viendraient nous chercher ichi !

Le singe se pencha au-dessus de Samuel, recouvrant la moitié de la scène de son ombre menaçante.

– Si toi dire encore moi être crétin… moi écraser toi !

Samuel leva les yeux vers lui. Les lambeaux de ses lèvres tressaillaient. Sal ne savait pas si elle devait interpréter ça comme de la peur ou de la frustration. Tous les eugéniques observaient la scène en silence, avec le goutte-à-goutte de l'eau de pluie en fond sonore.

Sal contempla ce tableau figé. Elle se demanda pendant un instant si elle n'avait pas, d'une certaine manière, été aspirée dans le terrier d'un lapin pour se retrouver dans une étrange version post-apocalyptique d'*Alice au pays des merveilles.*

– Donne eux humains à moi, dit le singe. Je tue eux, prends têtes à eux, et lance à manteaux rouges si eux venir. Ça faire fuir eux ! Et sinon, ajouta-t-il en regardant l'arme posée sur la scène, nous avoir grand beau fusil maintenant.

– Ils ont de plus grands fusils que nous, gros bêta, rétorqua Samuel d'un air désapprobateur. Et en quantités ! Nous ne tiendrons pas une minute chi nous nous battons contre eux, Jerry !

Le singe frappa violemment son poing à trois doigts sur le vieux plancher, faisant vibrer toute la scène.

– Moi vouloir affronter eux… pas m'enfuir comme…

Il se gratta la tête, s'efforçant de trouver un exemple.

Samuel attendit jusqu'à ce qu'il devienne évident que Jerry ne finirait pas sa phrase.

– La vérité, ch'est que tu as commis une énorme erreur en tuant des humains.

– Moi pas vouloir, Samuel ! Eux être en travers du chemin et… et… ça être arrivé. Très vite.

– Bon, on ne peut pas revenir en arrière. Ch'est fait, déclara Samuel en haussant ses frêles épaules. Peut-être que moi auchi j'ai commis une erreur en capturant des humains. Nous avons trop tiré chur la corde chette fois. Je dis que nous devons touch partir. Trouver un nouvel endroit où nous cacher.

– Où pourrons… nous aller… Samuel ? articula Henry le cigare.

– Pourquoi pas vers le nord ?

Une vague de murmures parcourut l'assemblée.

– Chertains d'entre vous chavent que je chais lire, non ? Eh bien, avant, je lisais che qu'on appelle des *livres*.

– Des *livres* ? répéta le singe à la tête de pomme en fronçant les sourcils. Eux être quoi ?

– Des marques chur du papier, gros bêta. Des mots. Du chavoir.

– Toi appeler encore moi bêta, moi écraser toi !

– Tais-toi, je n'ai pas fini ! reprit Samuel en agitant la main en l'air. Je lisais des livres chur le monde. Chur comment il était avant. On appelle cha des livres d'Hichtoire.

L'assemblée d'eugéniques répéta cette expression à voix basse, tous essayant de la prononcer avec leurs lèvres différentes.

– Il y a eu des humains qui étaient traités exactement comme nous. On les appelait les nègres. Leur apparenche était différente. Ils avaient la peau noire et étaient traités comme des moins-que-rien. Mais quelques humains blancs che chont inquiétés de leur chort et croyaient qu'ils étaient auchi normaux que les autres humains.

– Et alors… Samuel, où veux-tu… en venir ? demanda Henry d'une voix faible, sifflante comme celle d'un asthmatique.

– Vous chavez qu'il y a une guerre entre les humains, non ? Il y a les Nordistes d'un côté, et de l'autre cheux qui che chervent de nous. Peut-être que chi nous allons vers le nord et que nous retrouvons les Nordistes, ils nous traiteront différemment ?

– Eux Nordistes, grogna le singe, eux êtres humains aussi ?

– Oui, évidemment.

– Eux traiter nous pareil. Tous les humains mauvais.

– Non, pas tous les humains. Chertains d'entre eux…

– Tous les humains mauvais ! Moi tuer eux si eux venir dans notre ville !

Quelques eugéniques hurlèrent en signe de soutien.

Samuel poussa un soupir. Il se tourna vers le grand singe et montra du doigt le haut-de-forme bien enfoncé sur sa tête.

– Alors pourquoi, Jerry, chi tu hais tellement les humains, pourquoi échaies-tu de leur rechembler ? Hein ? Et pourquoi t'être choisi un nom d'humain ?

Jerry fronça les sourcils, aussi énervé que perplexe. Le théâtre resta silencieux pendant un moment.

Samuel laissa la question en suspens pour permettre au géant de réfléchir.

Finalement, Jerry leva son gros poing en l'air, arracha son couvre-chef et le jeta à l'autre bout de la scène.

– Chapeau stupide de toute façon, gronda-t-il.

– Jerry, Henry, vous touch, écoutez-moi ! Nous devons partir dès demain. Je chais que les humains arrivent… Je le chens au plus profond de moi. Et ils nous tueront chi nous rechtons. J'en chuis chertain !

Jerry secoua la tête avec provocation.

– Eux venir ici ? Nous écraser eux !

Les hurlements d'approbation du public redoublèrent.

– Bon, vous faites comme vous voulez. Moi, je pars demain et j'emmène ches deux prisonniers avec moi, déclara Samuel en désignant Sal et Lincoln.

– Eux rester ici !

Samuel se dirigea vers Jerry en se dandinant. Il se colla face à lui et lui jeta un regard noir.

– Ils chont à moi. Je les ai trouvés ! Chi tu les veux, il faudra me les prendre.

Jerry serra et desserra ses poings en lui retournant son air de défi de ses petits yeux noirs. Ils se fixèrent avec hargne pendant une dizaine de secondes, dans un silence absolu.

– Alors ? Tu vas m'écraser ?

Le singe se taisait.

– Alors ?

Jerry finit par baisser honteusement les yeux vers le plancher de la scène entre ses grands pieds.

– Non, Samuel, bredouilla-t-il.

– Eh non, tu ne vas pas le faire. Parche que chi je n'étais pas là pour comprendre les choses qui chont trop compliquées pour vous, vous cheriez perdus. Touch autant que vous êtes ! ajouta Samuel en toisant l'étrange ménagerie assise dans les rangées de sièges usés.

Les bruits – pépiements, marmonnements, mugissements – disparurent progressivement.

– Il faut partir. Les hommes de l'armée vont venir car des humains ont été tués. Nous partirons demain matin vers le nord pour trouver un nouvel abri.

Il désigna Sal et Lincoln.

– Tous les humains ne nous détechtent pas. Ches deux-là m'ont l'air différents. Peut-être que les gens du Nord le cheront auchi. Ou peut-être pas. Mais je chais que nous ne pouvons pas rechter ichi plus longtemps. Nous chavions de toute fachon que che jour finirait par arriver.

Le vieux bois érodé grinça comme pour combler le long silence qui suivit.

– Je pense que… Samuel a raison, dit Henry. Nous devons… partir.

Jerry le dévisagea, sentant que des esprits plus sages que le sien étaient parvenus à un consensus auquel il ne pouvait pas s'opposer.

– Peut-être vous avoir raison, soupira-t-il.

– Ch'est évident.

– Pardon, dit-il enfin.

– Che n'est pas grave, dit Samuel en tapotant l'un de ses muscles saillants. Mais tu dois me faire confianche, gros bêta, d'accord ? Nous cherions vraiment des idiots de rechter ichi et d'affronter les choldats. Vraiment de maudits idiots.

Samuel se dandina jusqu'au bord de la scène et tourna les yeux vers les rangées de sièges perdues dans l'obscurité.

– Et nous ne chommes pas des idiots, n'est-che pas ?

CHAPITRE 53

2001, DEAD CITY

Sal observait les étoiles par le soupirail de la cave à charbon. C'était étrangement apaisant. Dans un monde sens dessus dessous, où tout allait de travers, où tout était bizarre, on pouvait au moins lever les yeux vers le ciel et voir quelque chose de normal. Les étoiles brillaient sans se préoccuper de qui gagnerait la guerre de Sécession, ou de qui devait ou ne devait pas être président. Leur lumière avait des milliards d'années. Elles se moquaient bien de savoir qu'une fille de 2026, coincée en 2001, dans un monde qui n'aurait jamais dû exister, était en train de les regarder.

C'était plutôt amusant, en fait.

En face d'elle, installé sur un tas de couvertures usées, Samuel était agité de soubresauts dans son sommeil, ses lèvres irrégulières faisant le même bruit que les rabats d'une tente à chacune de ses légères expirations. Autour de lui, d'autres eugéniques de tous les types qu'elle avait identifiés étaient pelotonnés et dormaient à poings fermés, produisant un concert de respirations : différents sons, différents rythmes.

De légers gémissements, des syllabes marmonnées, des pieds et des mains qui tressaillaient. Elle réalisa que ces créatures fabriquées rêvaient en dormant, exactement comme les humains. Elles bougeaient et se recroquevillaient, tels des bébés dans le ventre de leur mère.

Des bébés. Des enfants. Oui, on aurait dit des enfants effrayés. Même les plus intelligents, comme Samuel et cet étrange et maigre Henry. Même ce singe gigantesque… Tout féroce qu'il puisse paraître, ce n'était qu'un petit bébé dans sa tête miniature. Et leurs efforts futiles pour sembler plus humains n'étaient-ils pas tout aussi enfantins ? Les vêtements, les chapeaux que chacun essayait de porter correctement, les noms qu'ils s'étaient choisis. Ils avaient toutes les raisons du monde de haïr les humains pour la façon dont ils avaient été traités, et pourtant ils faisaient tout leur possible pour leur ressembler.

Après la réunion dans le théâtre abandonné, les différents groupes étaient retournés s'installer dans leur antre pour la nuit. Elle et Lincoln avaient discuté un moment avec Samuel, à voix basse, pendant que les autres créatures commençaient à s'endormir. Elle lui avait posé des questions sur sa vie, sur ce que ça faisait d'avoir été « fabriqué ». Il leur avait parlé des fermes de croissance qui se trouvaient dans la campagne anglaise : d'énormes usines avec une structure en fer et des panneaux de verre crasseux, où des eugéniques presque arrivés à maturité naissaient dans d'énormes cuves en cuivre, avant d'être nettoyés, habillés et numérotés. Il leur avait aussi raconté sa vie dans les écoles dès le premier jour de son existence : de longues baraques remplies de couchettes dures et de matelas en paille. On leur y apprenait les bases dont ils avaient besoin pour les rôles qu'ils devraient assurer toute leur vie, l'enseignement étant dispensé par d'autres eugéniques conçus spécialement à cette fin. Sa description des fermes de croissance rappelait à Sal les énormes camps de détention de 2026, le long de la frontière entre le nord de l'Inde et le Pakistan. Les réfugiés y vivaient parqués dans des enceintes clôturées, et chaque jour ressemblait au précédent.

Ensuite, sans le moindre avertissement, on l'avait mis dans une caisse, comme une simple marchandise, et envoyé dans un coin reculé de l'Empire britannique.

Samuel leur avait confié qu'au début, il avait travaillé dans un endroit très chaud, où les humains étaient de la même couleur que Sal, et même plus noirs pour la plupart. Là-bas, il s'occupait de l'entretien de moissonneuses-batteuses. Il les démontait et nettoyait les moteurs aux côtés d'ouvriers humains qui vivaient à peine mieux que les eugéniques. C'était d'ailleurs l'un d'eux qui lui avait appris à lire.

Et une fois encore, sans le prévenir, on l'avait empaqueté et envoyé dans un autre pays, et puis un autre. Grâce aux bribes de brochures et de livres qu'il avait trouvés et cachés, il avait fini par découvrir le nom de tous ces endroits étranges – Nouvelle-Rhodésie, Grande-Albanie, District britannique central, Cap Géorgie –, avant d'atterrir enfin dans un lieu appelé Amérique.

Samuel savait lire la plupart des choses même si parfois la langue était trop compliquée pour lui. Mais ce qu'il regrettait le plus, c'était de ne pas arriver à mieux écrire. Ses mains, conçues pour tenir des clés à molette, manquaient de dextérité pour manier un simple crayon.

S'il avait pu, il aurait aimé écrire des « histoires chantantes ». Sal n'avait aucune idée de ce qu'il entendait par là. Peut-être parlait-il de poèmes.

Sur ces mots, il avait dit qu'il devait se reposer et s'était endormi en quelques secondes. Elle se demandait si c'était une capacité propre aux eugéniques, comme s'ils pouvaient appuyer sur un bouton interne et être instantanément inconscients, ou si c'était une habitude liée à sa vie et qu'il avait appris à se reposer dès que c'était possible.

– Abraham ? chuchota-t-elle dans l'obscurité.

Pas de réponse.

– Lincoln ? appela-t-elle à nouveau.

Rien.

Elle voulait avoir son avis sur une idée qu'elle venait d'avoir. Ils auraient pu sortir de la cave incognito, s'échapper de la ville et essayer d'intercepter ces soldats que les eugéniques s'attendaient à voir débarquer. Peut-être qu'en les voyant libres et indemnes les soldats laisseraient les créatures tranquilles et seraient redéployés ailleurs pour une mission plus utile. Ou sinon, peut-être qu'elle et Lincoln pourraient les renvoyer dans la mauvaise direction, à la chasse aux fantômes, et donner à ces créatures une chance de s'échapper et de trouver un nouveau refuge ailleurs. Mais la voix profonde d'un eugénique grogna d'un air agacé dans la pénombre.

– Tais-toi. Dormir maintenant.

Et son idée tomba à l'eau.

CHAPITRE 54

2001, AUX ABORDS DE DEAD CITY

Liam observait le ciel nocturne. Il regardait exactement les mêmes étoiles que Sal. À l'horizon, il devinait les contours de la banlieue obscure de la ville.

À l'aide d'un bâton, McManus remua les braises du feu qui était en train de s'éteindre.

– Nous devons attendre l'aurore, Liam. Ensuite, nous enverrons les molosses.

Les choses étaient encore repoussées de plusieurs heures. Liam fit de son mieux pour contenir sa frustration en serrant les dents.

– Ils devraient trouver les fugitifs assez facilement… et aussi votre sœur et votre ami.

Liam jeta un coup d'œil de l'autre côté du champ piétiné, éclairé par plusieurs feux de camp. Les molosses auxquels McManus faisait allusion, c'était ces gros chiens à tête de babouin. Il les voyait rassemblés autour d'un des feux, mangeant leur ration de nourriture dans une auge. Il apercevait aussi l'éclat brillant de leurs longues dents lorsqu'ils levaient la tête en mâchant avidement ce qui ressemblait à des morceaux de biscuits protéinés.

– Ils ont l'air particulièrement féroces, pour sûr. Vous êtes certain que ma sœur ne craint rien avec eux ?

– Faites-moi confiance. Ces renifleurs ne lui feront aucun mal, pas plus qu'à votre ami. Ils ont reçu des instructions.

– Mais comment sauront-ils qui ils ne doivent pas blesser ?

– Ours-Blanc leur a fait à tous sentir les traces laissées par les eugéniques. Ils connaissent bien l'odeur des humains, et ont l'ordre de suivre la piste, de les localiser, et de nous communiquer l'information.

– Vous avez dit que vous leur aviez donné des instructions ? demanda Liam, l'air sceptique. À vous entendre, on dirait presque que vous parlez d'humains.

McManus sourit. Il mit ses doigts dans sa bouche et siffla. L'un des renifleurs leva les yeux de son auge.

– Oui, c'est ça, toi là-bas ! Pack-Alpha… viens ici !

La créature se leva docilement et trottina à travers le camp jusqu'à eux.

Liam et Bob échangèrent un regard.

– Je n'ai jamais vu un chien aussi bien dressé.

– Bien, tout d'abord, je vous rappelle que ces choses ne sont pas des chiens, dit McManus.

Le renifleur s'arrêta devant eux. Il leur arrivait à la taille et était presque aussi grand qu'un dogue allemand.

– Tu peux t'asseoir, Pack-Alpha.

– Merci, chef, grogna-t-il en posant son arrière-train élancé sur le sol poussiéreux.

– Ce civil est M. Liam O'Connor. Et ce grand gaillard, c'est M. Bob O'Connor. C'est leur sœur et leur ami qui ont été enlevés par les fugitifs. Maintenant, pour leur tranquillité d'esprit, veux-tu bien leur dire quels ordres tu as reçus ?

Il tourna vers Liam ses yeux de babouin brillants d'intelligence. Une langue rose sortait de son long museau poilu, humectant ses fines lèvres sombres et tannées.

– Suivre traces d'odeurs. Trouver humains.

– Et que feras-tu quand tu les auras trouvés ?

Il pencha la tête, et Liam aurait pu jurer que la chose avait levé les yeux au ciel, comme s'il s'agissait de la question la plus stupide qu'une personne puisse lui poser.

– Prévenir troupes.

McManus pointa le doigt vers une sangle en cuir que la

créature avait autour du cou. Sous sa mâchoire était accrochée une petite boîte en cuivre, dotée d'un simple interrupteur à bascule.

– Ils enclenchent cet interrupteur, et ça allume une balise radio à courte portée dont nous pouvons remonter la trace. Ça active également le microphone. Ils peuvent ainsi nous décrire exactement ce qu'ils voient. Ce sont d'excellentes unités de reconnaissance.

Il se tourna vers l'eugénique et s'accroupit pour vérifier un numéro d'identification sur son collier.

– Ah, tu es Pack-Alpha-2. Désolé, je ne t'avais pas reconnu… George, c'est ça ?

Liam étouffa un rire surpris.

– George ? répéta-t-il.

– Ah oui. Nous les laissons choisir leur propre nom officieux. Ça leur plaît. Ils ont ainsi l'impression de faire partie du régiment. N'est-ce pas, mon vieux ?

– Oui, acquiesça la créature. Bon nom, George. Exactement comme roi.

– C'est vrai, comme notre roi George, approuva McManus en caressant sa petite tête ronde. George est l'un des meilleurs. Il a vraiment fait du très bon travail en délogeant les méchants dans les montagnes afghanes. Pas vrai ?

– Mauvais hommes. Je tue.

– Tu as bigrement bien fait, George. Vraiment très bien fait.

George tourna sa tête de babouin pour regarder sa meute et l'auge, son front protubérant barré d'un froncement inquiet.

– Aller manger maintenant, chef ?

– Ah oui… Mieux vaut que tu y ailles avant que les maudits gloutons de ton escouade n'aient tout avalé. Tu peux disposer.

Le renifleur s'éloigna en traversant le campement de fortune.

Liam secoua la tête, encore déconcerté par la conversation étrange à laquelle il venait d'assister.

– Voyez-vous, ce sont des produits eugéniques très utiles,

déclara McManus. Ils sont bien plus efficaces que n'importe quel humain pour suivre une piste. Plus encore, j'oserais dire, que notre cher Indien, Ours-Blanc.

– Pourquoi n'avez-vous pas utilisé ces renifleurs plus tôt, alors ? demanda Bob.

– Lorsque nous suivions la trace depuis la ferme ?

Bob acquiesça.

– Pister ne se réduit pas à suivre une odeur ou des empreintes de pas. Il faut aussi réfléchir, se demander ce qu'on ferait soi-même pour tenter de dissimuler ses traces. C'est un peu comme jouer aux échecs, il faut anticiper le mouvement de l'adversaire. George et ses comparses ne peuvent pas faire des choses aussi sophistiquées. Mais ils sont bigrement doués pour suivre une trace. Pister et suivre une trace sont deux choses très différentes.

– Et leurs noms… dit Liam. Pourquoi choisissent-ils de tels noms ? Des noms d'humains.

McManus haussa les épaules.

– Les eugéniques sont étranges. D'une façon ou d'une autre, ils cherchent tous à être plus humains. Après tout, j'imagine qu'ils doivent nous considérer comme… comme leurs parents, en un sens. Au fond, ce ne sont que des enfants, mais des enfants simples d'esprit.

Haut dans le ciel, le convoyeur du régiment manœuvrait lentement en décrivant un grand arc. Un projecteur transperçait l'obscurité de temps à autre, balayant le terrain autour du campement.

McManus tisonna de nouveau le feu avec un bâton pour raviver les braises rougeoyantes.

– Même les sauvages, les fugitifs, prennent des noms d'humains. Nous avons remarqué qu'ils essaient de nous imiter dès qu'ils le peuvent, portant parfois des vêtements, des bracelets ou des chapeaux, ce genre de choses.

– Comme les esclaves noirs le faisaient ?

McManus s'arrêta net.

– Les esclaves noirs ? répéta-t-il en jetant un regard furieux à Liam. Dieu du ciel, vous parlez d'esclavage humain ?

– Oui.

– De la pure barbarie ! fulmina-t-il. Une pratique odieuse et sauvage. Dieu merci, nous vivons en des temps modernes, loin de l'obscurantisme d'autrefois.

– Alors… votre côté, le Sud…

– L'Anglo-Confédération, corrigea McManus. Le Nord et le Sud sont des noms datant d'une époque révolue.

– L'Anglo-Confédération, donc… n'a plus d'esclaves noirs ?

– Bonté divine, monsieur O'Connor ! Cherchez-vous vraiment à être insultant, ce soir ?

– Non, je… je suis désolé, bafouilla Liam. C'est juste que je me demandais…

– Pensez-vous sincèrement que le gouvernement de Sa Majesté, nos forces armées, ce régiment prestigieux, pourraient se battre aux côtés d'une nation ayant encore des esclaves humains ? Nous avons débarrassé le pays de cette hérésie il y a près d'un siècle et demi !

McManus secoua la tête d'un air désapprobateur.

– Bon sang ! Regardez un peu autour de vous, monsieur O'Connor ? Nous ne sommes pas de fichus barbares !

Il se leva et s'éloigna à grands pas, laissant Liam et Bob derrière lui.

Liam regarda Bob.

– Ben quoi ? J'ai juste posé une question, c'est tout.

– Je pense que tu as mis McManus en colère.

– Tu as sans doute raison.

Il examina les alentours, comme le capitaine le lui avait suggéré. Les hommes, vêtus de maillots de corps en laine et de bretelles, étaient assis près des feux de camp. Les officiers subalternes se réchauffaient les mains autour de leur brasero. Liam avait été tellement préoccupé par le sauvetage de Sal et Lincoln, perturbé par la technologie bizarre de ce monde et les étranges créatures douées de parole qu'elle avait engendrées, qu'il n'avait même pas remarqué qu'au moins un tiers de ces hommes et officiers portant des vestes pourpres et des casques coloniaux étaient basanés. Des soldats de carrière, recrutés dans tous les coins de l'Empire britannique.

– Oh… je vois.

Il se mordit les lèvres, réalisant maintenant pourquoi sa question maladroite avait déclenché la colère de McManus.

– Je crois que je ferais mieux d'aller m'excuser.

CHAPITRE 55

2001, NEW YORK

Devereau regarda son homologue sudiste sauter dans l'eau depuis la proue du bateau et marcher jusqu'aux galets de la rive.

Arrivé à un mètre de lui, Wainwright le salua brièvement.

– Colonel.

Devereau lui rendit son salut.

– Deux fois en une seule journée, dit-il. Nous ne sommes pas des ennemis très sérieux, n'est-ce pas ?

Wainwright fit un signe de tête poli en direction de Maddy et Becks, qui étaient restées en arrière.

– William, nous devons discuter au plus vite.

– Que se passe-t-il ?

– Les Britanniques préparent une offensive dans le secteur.

– Encore ?

Tous les deux ou trois ans, semblait-il, l'Anglo-Confédération lançait un assaut sans conviction quelque part le long de la ligne de front. Des milliers d'hommes se faisaient tuer ou étaient blessés pour une première ligne qui se déplaçait finalement de trois ou quatre cents mètres dans un sens ou dans l'autre. Ça faisait la une des journaux, ça donnait l'occasion aux généraux des deux camps de récolter des médailles, mais ça ne menait nulle part.

– Non, William, cette fois, c'est du sérieux. Ils veulent une victoire nette.

– Ah bon ?

– Ils veulent s'emparer de New York, déclara Wainwright

avant de s'approcher en baissant la voix. Et ils vont envoyer des expérimentaux.

Des *eugéniques*. Devereau sentit les poils de sa nuque se dresser, mais il prit soin de conserver un visage neutre.

– James, êtes-vous bien sûr de ce que vous avancez ?

– Si j'en suis sûr ? répondit Wainwright avec un rire amer. Je viens de commettre un acte de trahison. Évidemment que j'en suis sûr ! Ils arrivent, William. Ils vont sortir des monstres de leur sac à malices et vous les jeter à la figure.

– Que Dieu nous vienne en aide… murmura Devereau.

Il jeta un coup d'œil par-dessus son épaule vers Maddy et Becks, puis se retourna vers Wainwright.

– Dans ce cas, en ce qui concerne la discussion que nous avons eue ce matin, peut-être accepterez-vous de reconsidérer votre position ?

– C'est pour ça que je suis là, mon vieux. Ces deux jeunes femmes, est-ce que vous… ?

– Est-ce que je crois à leur histoire ? devina Devereau, avant de réfléchir un instant. Vous avez vu leurs images, leur petit appareil… Je ne suis pas technicien, mais je jurerais que tout cela va au-delà des connaissances scientifiques actuelles, y compris celles des Britanniques.

– C'est certain.

– Et puis, il y a encore d'autres choses dans leur bunker, si vous voulez venir voir, et …

Wainwright l'interrompit d'un geste de la main.

– Nous n'avons que peu de temps. Je n'ai guère d'autre choix que de les croire. Il ne me reste plus rien, à part l'espoir qu'elles puissent changer tout ça.

Devereau fit signe à Maddy et à Becks de les rejoindre.

– Colonel, dit poliment Maddy en souriant.

– Mademoiselle Carter, j'ai accepté d'apporter mon soutien au colonel Devereau pour vous aider à réparer votre machine à remonter le temps.

– C'est vrai ? Oh, c'est…

– Écoutez-moi bien, tous les trois, reprit Wainwright avec un profond soupir. J'ai commis un acte de trahison et de mutinerie. Dès qu'ils s'en rendront compte, ils débarqueront en masse partout dans mon secteur. Si vous avez besoin de pièces de la plateforme de communication britannique, il faut faire vite.

– Si nous arrivons à récupérer ce que vous voulez, dit Devereau, combien de temps vous faudra-t-il pour réparer votre machine ?

– À ton avis ? demanda Maddy à Becks.

– Je ne peux donner aucune estimation précise. La configuration et la connexion d'une antenne pour les communications radio peuvent prendre…

Ses paupières papillotèrent quelques instants.

– Treize heures.

– Quoi ? s'étrangla Wainwright. C'est beaucoup trop long !

– Sans compter que nous devrons mettre en place une source d'énergie. Notre groupe électrogène utilise un diesel dérivé du pétrole. Est-ce que vous avez ce type de carburant ?

Les colonels échangèrent un regard. Wainwright fit non de la tête.

– Je n'en ai jamais entendu parler. Les moteurs sudistes marchent au maïsole, un carburant liquide. Il me semble que c'est un mélange d'alcool de maïs et de pétrole texan.

– Je m'en doutais, fit Becks. Une sorte d'éthanol hybride. Il nous faudra donc adapter le groupe électrogène pour qu'il fonctionne avec ce carburant, ce qui peut-être s'avérera impossible. Auquel cas, il nous faudra disposer de l'un de vos moteurs et l'utiliser pour mettre en route la dynamo du groupe électrogène et produire de l'électricité.

Maddy serra les dents.

– C'est vraiment beaucoup de travail, on dirait.

– Exact, répondit Becks en clignant de nouveau des yeux.

Approximativement trente heures. Mais ce calcul est assez hypothétique. Ça pourrait être beaucoup plus long.

– Bonté divine, nous n'y arriverons jamais ! Les Britanniques seront là avant même que…

– Sauf si nous leur procurons le temps dont elles ont besoin… dit Devereau, vers qui tous les yeux se braquèrent. James, nous nous sommes déjà fait cette réflexion, vous vous souvenez ? Cette guerre n'est pas celle qui a commencé. Ce n'est pas la nôtre.

– C'est une guerre dont aucun Américain ne voudrait, admit Wainwright.

Les deux colonels s'observèrent en silence, suffisamment longtemps pour que Maddy ressente le besoin de dire quelque chose.

– Quoi ? Bon sang, mais à quoi pensez-vous ?

– James, je crois… non, à vrai dire, je suis sûr que mes hommes me suivraient. Et les vôtres ?

Le colonel des Confédérés se retourna et scruta l'autre côté de l'East River.

– J'imagine que oui. En particulier s'ils apprennent ce que les Britanniques ont prévu.

– Quoi ? dit Maddy en les dévisageant l'un après l'autre. De quoi parlez-vous, au juste ?

– D'un soulèvement, répondit Devereau.

– Une mutinerie, ajouta Wainwright.

Les deux hommes eurent un sourire.

– Ça pourrait se propager, dit Devereau. Vraiment, ça pourrait se propager tout le long du front. Il suffirait que quelqu'un, quelque part, ose lancer le mouvement.

– Il faudrait que l'information sorte, William. Il faudrait que vous et moi, nous nous assurions que la nouvelle s'ébruite.

– Mon cher ami, s'enthousiasma Wainwright, il n'y a pas un régiment confédéré, pas un seul, qui ne fêterait la fin de cette fichue guerre.

– Oh, la vache ! C'est donc ça votre idée ? demanda Maddy. Un soulèvement populaire ?

– Si la nouvelle se répandait parmi les hommes que les Britanniques ont l'intention de déployer encore une fois leurs unités eugéniques militaires sur le sol américain, expliqua Devereau, alors oui, bon sang de bois, ça pourrait marcher ! Les soldats des deux camps, tout comme la population civile, seraient terrifiés à l'idée d'un nouveau massacre comme celui de Preston Peak.

– Et si ça arrive, ajouta Wainwright, si ça devait arriver, nos hommes se battraient côte à côte, j'en suis convaincu.

Maddy crut deviner des larmes dans les yeux de Devereau.

– Mon Dieu, James, c'est peut-être ça la solution, une poudrière capable d'unir les Américains ! Les eugéniques militaires utilisés une nouvelle fois sur notre territoire !

– C'est cela qu'il faut dire, mon vieux. Haut et fort, pour que tout le monde puisse l'entendre. De quoi mettre le feu aux poudres !

– Exactement.

Maddy regardait l'un et l'autre à tour de rôle.

– C'est ça qu'on prépare, alors ? Une révolution ?

– Et sans tarder, ajouta Devereau.

– OK. Alors, messieurs, vous faut-il une poignée de mains pour sceller tout ça ?

Wainwright tendit la main et Devereau la saisit.

– Nous avons beaucoup à faire, James, et au plus vite.

– En effet. Je dois retourner auprès de mes hommes et les informer de ce projet.

– Il ne me reste plus qu'à en faire autant, répliqua Devereau.

CHAPITRE 56

2001, AUX ABORDS DE DEAD CITY

Les troupes britanniques s'étaient rassemblées à l'aube dans un fracas métallique de fusils et de boucles de ceinturons, mêlé au martèlement sourd des bottes sur le sol séché et aux ordres aboyés par les officiers. Liam observait la scène avec une fascination retenue, tandis que les hommes se précipitaient pour rejoindre les rangs, leur peloton, leur compagnie. Bientôt, il put contempler trois cents soldats, formant des rangées de tuniques rouges et de ceinturons de cuir entrecroisés se soulevant doucement au rythme de leur respiration. Des casques coloniaux blancs s'alignaient en rangs, leurs visières pointues abritant les yeux de visages endurcis qui semblaient avoir vécu bien des batailles.

Liam était impressionné par leur discipline et leur efficacité. S'ils combattaient à moitié aussi bien qu'ils se rassemblaient, il n'imaginait pas qu'une guerre n'importe où sur cette terre puisse durer longtemps face à une telle machine militaire.

McManus leur avait confié la veille que ce régiment, appelé Garde noire, était considéré comme l'un des meilleurs de l'armée britannique : c'était un régiment d'élite qui s'était battu sur tous les continents du monde et avait été choisi pour tester sur le terrain la dernière génération d'unités eugéniques expérimentales.

Le garçon aperçut justement les renifleurs quittant le camp au trot, tandis que les tentes et le matériel de campement restants étaient emballés et rangés dans les grandes sacoches des chisons affectés au transport des bagages. Le renifleur qui avait brièvement discuté avec McManus hier soir, George, échangea un signe de tête poli avec le capitaine tandis que sa meute quittait les lieux en dernier. Au trot, puis au grand galop, ils s'éloignèrent à travers les champs parsemés de mauvaises herbes. Moins d'une minute plus tard, ils disparurent à quatre ou cinq cents mètres de là, dans les banlieues abandonnées et envahies par la végétation de la périphérie de Baltimore. Liam ne distinguait qu'une rangée de jardins, à l'arrière de masures à moitié écroulées, délimités par des clôtures branlantes et moisies, des chariots abandonnés, des carcasses de véhicules rouillées rivées au sol par les ronces qui s'enchevêtraient dans les rayons de leurs roues.

McManus donna des ordres aux officiers subalternes et aux sous-officiers avant de rejoindre Bob et Liam.

– Ils devraient localiser les eugéniques sans tarder. Vous avez vu à quelle vitesse ils ont levé le camp ? Je crois qu'ils sont déjà sur une piste.

– Êtes-vous certain qu'ils ne se laisseront pas aller à, comment dire… à faire couler le sang, lorsqu'ils les trouveront ? demanda Liam.

– Ce sont peut-être des eugéniques, mais ce sont avant tout des soldats de l'armée britannique. Ils savent se tenir.

Puis il tira le microphone en cuivre de l'oreillette sur le côté de son casque.

– Ici le capitaine McManus, dit-il. Nous venons d'envoyer les molosses. Nous nous dirigeons vers la ville.

Il hocha brièvement la tête en entendant la réponse transmise dans son écouteur.

Au-dessus d'eux, Liam remarqua le convoyeur qui décrivait de lents cercles à haute altitude, les premiers rayons de l'aurore se reflétant sur le cuivre brillant de sa coque. Le vaisseau voyait le soleil une bonne heure avant qu'eux-mêmes sentent sa chaleur sur leur visage.

– Bon, nous allons faire entrer nos soldats avant nous pour

avoir moins de terrain à couvrir quand ils auront localisé quelque chose, dit McManus en souriant. Nous les retrouverons ce matin, ne vous en faites pas.

Liam hocha la tête. Vu la rapidité avec laquelle les chiens-babouins avaient traversé un terrain pourtant impraticable, il leur faisait plutôt confiance pour les retrouver. Ce qui l'inquiétait, c'était de savoir s'ils seraient en un seul morceau.

Le sergent à la grosse moustache beugla aux troupes de quitter les lieux et, section par section, les hommes rompirent les rangs pour rejoindre l'arrière de la colonne grandissante, qui avançait sur le bitume éventré de ce qui avait été autrefois la route principale vers la ville.

– Dites, les gars, vous préférez marcher ou avoir une monture ? lança McManus à Liam et à Bob.

– On va marcher, répondit Liam.

– Bigrement bien, dit-il en ajustant les brides de son casque. Alors, inutile de rester ici plus longtemps. Il n'y a que les mendiants et les employés de bureau qui restent à l'arrière !

CHAPITRE 57

2001, DEAD CITY

Sal sentit une main sur son épaule qui la secouait avec insistance.

– Debout ! Tout de suite !

Elle ouvrit les yeux et reconnut le « singe » qui l'avait portée jusqu'ici l'avant-veille.

– Qu'y a-t-il ?

– Eux… arriver !

Sal s'assit sur son lit, un tas informe de sacs de charbon crasseux, et vit que tous les eugéniques étaient en train de rassembler à la hâte leurs maigres possessions. À côté d'elle, Lincoln se redressa, tout aussi surpris d'être réveillé si brusquement.

– Que diable se passe-t-il encore ? bougonna-t-il.

Samuel trottina jusqu'à eux.

– Ils chont déjà là ! Les choldats ! Ils arrivent ! Il faut partir ! Je vous en prie ! ajouta-t-il en prenant Sal par la main.

Elle refusa de se lever.

– Allez-y, filez ! Pendant ce temps, on va aller voir les soldats et leur dire qu'on va bien !

L'espace d'un instant, Samuel eut l'air de réfléchir à cette proposition. Mais il tira à nouveau Sal par la main.

– Non ! Vous venez avec moi !

– Non ! répliqua-t-elle en retirant vivement sa main.

L'eugénique marmonna un juron dans sa barbe et se tourna vers le singe à côté de lui.

– Occupe-toi d'eux ! lança-t-il avant de s'adresser aux autres. Allons-y !

Samuel sortit en premier de la cave à charbon, tandis que le grand singe obligeait Sal et Lincoln à se mettre debout.

– Vous venir ! gronda-t-il en les poussant devant lui.

Ils gravirent un escalier en pierre, puis traversèrent le parquet grinçant de ce qui était autrefois un salon. Une faible lumière filtrait à travers les fenêtres aux volets fermés, permettant à Sal de distinguer de grands fauteuils anciens recouverts de draps et un mur rempli de rayonnages de livres qui tombaient en poussière dans la plus grande discrétion.

Ils accédèrent à un couloir éclairé par la lumière du petit matin qui pénétrait par la porte d'entrée ouverte. L'instant d'après, ils dévalèrent les marches du porche, parcoururent un jardin envahi par la végétation et franchirent un portail rouillé. Ils débouchèrent dans une large avenue couverte de mauvaises herbes, flanquée de part et d'autre de grandes maisons victoriennes à trois étages avec des vérandas majestueuses et des porches ostentatoires.

Sal aperçut des planches en bois clouées aux portes et aux fenêtres, et les restes de lettres peintes en rouge à la hâte des décennies plus tôt pour signaler une épidémie.

Devant eux, les épaules rentrées comme un primate, Samuel filait à toute allure dans l'avenue, d'une curieuse démarche qui lui faisait traîner les pieds. Il se démenait sur ses jambes courtes et disproportionnées pour rester en tête de son groupe, où se mélangeaient des « singes », des « salamandres » et plusieurs autres types d'eugéniques.

Elle en remarqua plusieurs miniatures, qui ne mesuraient pas plus de cinquante centimètres de haut, avec des corps aussi fins que des suricates, mais chauves et pâles comme tous les autres et avec le même crâne en forme de miche de pain. Ils portaient tous la même salopette rayée, et elle se dit qu'il devait s'agir d'une sorte d'équipe de travail. Elle se demanda pour quel genre de tâche ils avaient été créés. De temps en temps, ils utilisaient leurs bras pour tenir la cadence, courant comme des macaques. Elle entendait leur charabia effrayé, un ersatz d'anglais qu'ils babillaient de leurs voix aiguës.

Derrière eux, provenant du bout de l'avenue au détour d'une rue, Sal perçut l'écho de coups de feu suivis du cri haut perché et déchirant de quelque chose qui venait de tomber. Sûrement un eugénique de l'un des autres groupes.

Ils sont tout près !

Ils pressèrent le pas et arrivèrent à une intersection. Devant eux se trouvait un grand bâtiment ancien en briques rouges, avec des colonnes de marbre soutenant un vaste porche. Un clocher muni d'une horloge s'élevait fièrement de son toit. Elle supposa que c'était autrefois un tribunal, une bibliothèque ou un bâtiment de service public. À l'avant, des jardins d'agrément étaient revenus à l'état sauvage, délimités par un muret en pierre qui exhibait encore des traces de peinture blanche cloquée et écaillée. Une plaque rouillée aux lettres à moitié effacées y était accrochée, indiquant :

UNIVERSITÉ ROBERT E. LEE.

Samuel remua frénétiquement ses bras maigres vers la gauche.

– Par ichi ! hurla-t-il. Par ichi, vite !

Dans les ruelles adjacentes et par les portes ouvertes des maisons abandonnées, d'autres groupes surgissaient pour les rejoindre.

Ils étaient désormais dans une avenue bien plus large, mais elle était encombrée de vieilles automobiles et de chariots abandonnés longtemps auparavant par des civils prêts à tout pour s'enfuir, témoignant de la panique qui s'était emparée de la ville. Des chariots chargés de valises, de précieux héritages et de portraits de famille dans des cadres dorés, exposés aux outrages du temps et des intempéries.

North Charles Street. Maintenant un cimetière de véhicules et, oui, ici et là, Sal pouvait voir des os blanchis, le cuir sombre d'une peau desséchée et des mèches de cheveux au milieu des roues aux rayons en acier et des châssis rouillés.

Ils commençaient juste à se frayer un chemin au milieu du fatras de carcasses de véhicules lorsqu'ils entendirent à nouveau des coups de feu. Ça avait l'air plus proche que la fois d'avant. Sal dégagea sa main de l'emprise du singe.

– Non ! s'écria-t-elle. S'il vous plaît, laissez-nous partir !

Le grand singe s'empara d'elle sans ménagement, la souleva et la maintint sous un de ses bras.

Samuel, toujours en tête, interrompit sa progression. L'amoncellement de véhicules les ralentissait trop. Il sortit de l'avenue et tourna dans une allée plus étroite. Les autres le suivirent. Il s'arrêta et s'effondra contre un mur en briques, à bout de souffle, épuisé par les quelques minutes passées à courir. Ses poumons et son cœur n'étaient pas conçus pour un tel effort. Les autres eugéniques se rassemblèrent autour de son petit corps haletant, attendant qu'il se remette et leur donne de nouvelles instructions.

– Allez-y ! suffoqua-t-il. Allez ! Continuez chans moi ! Allez ! Allez !

– Mais par où, Samuel ? demanda l'un d'eux.

– Vers le nord !

– C'est par où, le nord ? s'inquiéta l'une des salamandres.

Il montra du doigt la bande de ciel au-dessus de l'allée.

– Là ! Gardez le choleil, le choleil, là-haut ! Dans le chiel ! Gardez-le chur votre droite ! dit-il en se tapant l'épaule droite pour ceux de son groupe qui ne faisaient pas la différence entre leur droite et leur gauche. Gardez le choleil de che côté ! haleta-t-il. Maintenant, courez !

Plusieurs eugéniques obéirent et s'éloignèrent à contrecœur dans l'allée en direction d'un plus petit carrefour tout au bout, jetant des regards malheureux par-dessus leur épaule dans l'espoir de voir Samuel pas trop loin derrière eux.

Le singe qui tenait Sal et tirait Lincoln par le bras hésitait à laisser Samuel, alors que quelques autres s'attardaient sans savoir quoi faire, se balançant d'un pied sur l'autre.

– Samuel ? Toi venir aussi ?

– Allez-y… touch ! répondit-il en agitant ses mains. Allez !

Pendant ce temps, Sal continuait de se débattre.

– Lâchez-moi ! cria-t-elle. S'il vous plaît !

– Samuel… Toi venir aussi ? répéta le singe.

– Je n'en… peux… plus.

Ils entendirent de nouvelles détonations et les hurlements des eugéniques abattus plus loin dans North Charles Street. On aurait dit que toute la ville revenait à la vie tandis que des créatures prises de panique émergeaient de leurs refuges, tels des rats quittant un navire en perdition. Sal comprit que la ville abritait bien plus que les cent cinquante créatures qu'ils avaient vues lors de la réunion.

Les coups de feu semblaient provenir de différents endroits de l'avenue. Les soldats arrivaient de toutes parts, resserrant l'étau autour d'eux.

Sal leva les yeux vers le singe.

– Pose-moi ! Laisse-nous partir et porte Samuel !

Le singe hocha la tête, desserra son emprise et se tourna vers Samuel.

– Moi porter toi.

Le petit eugénique secoua sa tête disproportionnée.

– Non. Mais… fais che qu'elle te dit. Laiche-les partir.

Le singe déposa Sal à terre et lâcha Lincoln qui grogna de soulagement en frottant son avant-bras endolori.

– Allez voir les choldats chi vous voulez, soupira Samuel.

– Il faut vous enfuir, maintenant ! lui conseilla Sal en s'agenouillant devant lui. Abraham et moi, on va les arrêter, on va essayer de les retarder pour vous faire gagner du temps. Mais vous devez partir. Tout de suite !

– Vous voulez que je m'échappe ? articula Samuel, la mine perplexe.

– Oui ! répondit-elle en regardant Lincoln. N'est-ce pas ?

– Absolument. Tout étrange que vous soyez, je vois en vous, comment dire... Je vois en vous, monsieur, des qualités admirables. Une bonne âme. Meilleure que celle de bien des gens qu'il m'a été donné de rencontrer.

Samuel leva vers lui des yeux écarquillés.

– On ne m'avait jamais appelé monchieur, avant...

Ils entendirent des coups de feu et des cris stridents à l'autre bout de l'allée. Sal se retourna et vit les eugéniques qui étaient partis dans cette direction rebrousser chemin vers eux. Au-delà de leurs silhouettes gauches, au niveau du carrefour éloigné, elle vit une rangée de créatures à quatre pattes, comme des chiens de chasse, quoique pas tout à fait. Derrière eux se tenaient des hommes armés en uniforme. L'allée était bloquée.

– Shadd-yah ! s'écria-t-elle en jetant un regard à Lincoln.

Qu'est-ce qu'on fait ?

L'allée – ce n'était guère plus qu'une ruelle – se trouvait dans l'ombre de deux vieux immeubles en briques. La plupart des fenêtres et des portes étaient barricadées, mais certaines des planches étaient tombées. Les eugéniques auraient pu s'engouffrer à l'intérieur de ces bâtiments et se cacher dans le labyrinthe obscur des pièces et des couloirs, mais un temps seulement. Ils auraient été pris au piège.

Sal perçut du bruit provenant de North Charles Street. Des soldats déblayaient grossièrement le tas de véhicules pour ménager un passage au milieu des carcasses. On entendait le craquement des rayons des vieilles roues, le gémissement du métal rouillé tordu qu'on traînait vers le bord du trottoir.

Puis, elle sentit quelque chose... quelque chose de froid qui chatouillait sa joue. La sensation recommença. De l'humidité.

Je pleure ou quoi ?

Elle sentit un picotement frais sur le dos de sa main et regarda Lincoln. Un flocon de neige tombait doucement entre eux en voltigeant.

– Il neige ? grommela Lincoln.

– On dirait bien.

D'autres flocons dansaient autour d'eux. Elle regarda en l'air et ne vit rien d'autre qu'une fine bande de ciel bleu au-dessus d'eux. Pendant un instant, son esprit se demanda instinctivement pourquoi, comment il pouvait bien neiger par une belle matinée de septembre… Puis une forme sombre obscurcit le ciel, et le bleu disparut pour laisser place au cuivre foncé de la coque lisse d'un vaisseau gigantesque.

– Eux là, maintenant, dit le singe en levant vers le ciel des yeux ronds comme des billes.

CHAPITRE 58
2001, DEAD CITY

Le capitaine McManus hocha la tête en recevant le message dans son écouteur.

– Bien reçu, nous sommes en route.

Il se tourna vers Liam.

– Bonne nouvelle, monsieur O'Connor. On vient de nous signaler un petit groupe de fugitifs retranchés dans une ruelle… avec des « invités ». Une fille et un homme plutôt grand. On dirait bien que ce sont eux, non ?

– Ouf ! soupira Liam. Est-ce qu'ils vont bien ?

– Apparemment, oui. Ils ont tous les deux été vus debout, ce qui est sans aucun doute bon signe, juste à côté de la vieille université, sur North Charles Street.

Il déplia une carte de la ville, puis leva les yeux pour regarder les rues autour d'eux, prenant le temps de se repérer.

– Ah, je vois, c'est tout près en vérité, dit-il en désignant le vaisseau qui flottait au-dessus de la ville quelques rues plus loin. Ils sont juste là-bas, en fait, pile en dessous du convoyeur.

Il enclencha un interrupteur sur son microphone.

– À toutes les unités à proximité du cargo… Ici le capitaine McManus. Un groupe d'eugéniques et leurs prisonniers humains sont repliés dans une allée. Que personne n'engage le combat. Je répète : n'ouvrez pas le feu. Maintenez vos positions jusqu'à nouvel ordre, les gars.

Il appuya sur l'interrupteur de son microphone pour le couper.

– Très bien, messieurs, on y va ?

Un soulagement longtemps attendu s'afficha sur le visage de Liam.

– Pour sûr !

– Nous aller nous cacher, dit le singe avec inquiétude, montrant du doigt les sorties de secours et les ouvertures sombres des fenêtres des immeubles.

– Non ! rétorqua Sal. Si vous fuyez, si vous vous réfugiez dans ces immeubles, ils viendront vous chercher ! Ils vous tueront tous !

Un gémissement plaintif de peur parcourut les créatures regroupées autour de Samuel.

– Nous quoi faire, Samuel ? demanda l'un d'eux. Nous quoi faire ?

Sal se tordit le cou pour regarder la grande avenue donnant sur la ruelle. Elle vit des dizaines de soldats en uniforme rouge accroupis et des armes braquées sur eux. Ils avaient poussé des carcasses de véhicules sur le côté pour se frayer un passage. Elle se retourna pour voir l'autre bout de l'allée. Les soldats et leurs chiens semblaient les attendre patiemment. Au-dessus de leurs têtes, le vaisseau remplissait toujours le ciel, et un projecteur s'allumait de temps en temps pour balayer l'allée de long en large.

– Je vais sortir, dit-elle en montrant les soldats. Laissez-moi leur parler. Je vais leur expliquer que vous n'êtes pas dangereux, que vous n'avez blessé personne et que vous vous rendrez pacifiquement.

– Eux tuer nous ! balbutia l'un d'entre eux.

– Il faut me faire confiance ! insista Sal. Je pense qu'ils sont venus pour nous secourir, Abraham et moi. Si on sort et qu'on leur montre qu'on est indemnes, ils…

– Soldats tuent les aut'. Moi j'ai vu ! dit un eugénique d'un autre groupe. Les mains en l'air et eux fait pan, pan !

– Si vous essayez de vous enfuir, alors là, c'est sûr, ils vous tireront dessus ! répliqua Sal avant de se tourner vers Samuel. Je vous en supplie... laissez-moi leur parler.

Il se frotta le menton, les doigts tremblants. Ses yeux passaient nerveusement d'un bout à l'autre de l'allée.

– Vous êtes chertaine ? Vous pouvez nous protéger ?

– Vous n'êtes pas des monstres et vous n'êtes pas dangereux.

– Alors, dites-leur, décida-t-il en pinçant ses lèvres grossières. Dites-leur qu'on n'est pas méchants. Qu'on n'a bleché perchonne.

– Je vous le promets, assura-t-elle.

– J'ai confianche, dit Samuel avec un sourire.

– OK, dit Sal en lui rendant son sourire. Allez !

– Un instant, jeune dame, s'interposa Lincoln.

Il déchira le bas de la manche de sa chemise sale et l'accrocha au bout d'un bâton.

– Un drapeau blanc, expliqua-t-il. Enfin, pour être honnête, il est plutôt marron, mais ils ne manqueront pas d'y voir un signe de trêve. Permettez !

Il se leva et s'avança avec précaution vers l'avenue.

– Je sors ! s'écria-t-il. Par pitié, n'utilisez pas vos fusils !

Il brandit son drapeau de fortune au-dessus de lui et l'agita plusieurs fois, pour être sûr qu'on le voyait bien.

– Je sors ! répéta-t-il de sa grosse voix.

Puis il émergea lentement dans la lumière du matin qui baignait la grande avenue, les deux bras en l'air.

– Je m'appelle Abraham Lincoln et je ne suis pas armé.

– Avancez un peu, s'il vous plaît, monsieur, pour qu'on vous voie bien.

– Il y a une jeune fille avec moi. Elle souhaite engager des pourparlers.

Il n'y eut pas de réponse. Lincoln se tourna lentement et fit signe à Sal de le rejoindre. Elle apparut dans la lumière, se protégeant les yeux avec ses mains levées.

– Je vous en prie, ne tirez pas ! cria-t-elle.

– Placez-vous à côté de ce monsieur, répondit une voix. Voilà, c'est bien.

– Il y a des eugéniques avec nous dans l'allée ! poursuivit-elle. Eux aussi veulent sortir et nous rejoindre pacifiquement !

Aucune réponse. Tout était paisible et silencieux, à l'exception du ronronnement des moteurs tournant au ralenti dans le ciel. Au loin, le calme fut rompu par l'écho d'un coup de feu.

– Sal ?… C'est bien toi ?

CHAPITRE 59

2001, DEAD CITY

La voix provenait d'un peu plus loin dans l'allée. Sal n'y voyait rien à cause du soleil qui l'éblouissait, mais elle reconnut la voix.

– Liam ?

– Ouais. Jésus Marie Joseph !

La voix du garçon résonna dans toute l'avenue. Elle entendit le claquement de ses pas sur le bitume et, enfin, sa silhouette émergea devant les soldats et il se planta devant elle.

– Ça alors, non mais tu t'es vue ? dit-il en l'examinant de la tête aux pieds. T'es dans un drôle d'état, pour sûr !

Elle ressentit un tel soulagement que ses jambes se mirent à flageoler. À son tour, elle l'observa et remarqua qu'il avait un bandage sur la tête.

– Tu es blessé ?

– Je me suis assommé. C'était vraiment stupide, j'aurais dû me baisser. Et c'est pour ça que…

– Alors, c'est elle, votre sœur ? s'écria une autre voix, cassante et autoritaire.

Votre sœur ?

Elle lança un regard à Liam, auquel il répondit par un signe de tête discret. Elle comprit qu'il avait sûrement une raison d'avoir raconté ça. Une imposante silhouette apparut alors dans la clarté du soleil. C'était Bob à n'en pas douter. À ses côtés, un autre homme, élancé, avec un casque colonial blanc.

– Cet homme est le capitaine McManus, dit Liam alors qu'ils approchaient. Sans son aide, on ne vous aurait jamais retrouvés.

Sous la visière du casque, elle vit le visage crispé d'un jeune officier.

– Votre sœur ? demanda-t-il, troublé. Mais vous êtes blanc et elle est…

– C'est ma demi-sœur, en fait, le coupa Liam. C'est ma famille la plus proche, vous savez.

McManus haussa les épaules avant de tendre à Sal une main gantée de blanc.

– Bon, alors ravi qu'on vous ait retrouvée en un seul morceau, mademoiselle.

Sal lui serra légèrement la main et le remercia.

– Et vous, monsieur ?

– Mon nom est Abraham Lincoln.

– Je suis bigrement content de vous voir sain et sauf, monsieur Lincoln, dit McManus en lui serrant la main. Bien, nous avons un groupe de fugitifs dans l'allée, c'est bien ça ?

– S'il vous plaît, ne leur faites pas de mal ! implora Sal.

– Ne pas leur faire de mal ? répéta-t-il, interloqué.

– Je vous en prie, ils sont inoffensifs !

Il se tapota le menton pensivement.

– Combien sont-ils, dans cette ruelle ?

– Je ne sais pas. Une vingtaine, je dirais.

– Capitaine, ils n'ont tué personne, intervint Lincoln. Ce ne sont pas eux, les responsables. Et ils ne nous ont fait aucun mal.

– Ils nous ont très bien traités, renchérit Sal. Ils nous ont donné à boire et à manger.

– Vraiment ? répondit McManus, l'air perplexe. C'est un comportement assez inhabituel de la part de ces choses. Ce sont des bêtes sauvages, vous comprenez. Il est parfaitement impossible de prévoir leurs réactions.

– Tu dis qu'ils ne vous ont fait aucun mal ? s'étonna Liam. Je veux dire… enfin, ils avaient quand même l'air sacrément féroces à la ferme.

– Ils avaient peur, Liam ! Ils sont comme des enfants effrayés.

– Ils avaient peut-être peur, mais il n'empêche qu'ils sont extrêmement dangereux, rappela McManus. Nous nous devons de les appréhender. Ensuite, nous déciderons de leur sort. Comprenez-moi, je ne peux promettre aucune clémence si nous découvrons que l'un de ces eugéniques est impliqué dans les meurtres qui ont eu lieu récemment.

– Vous pouvez me croire, il ne s'agissait d'aucun d'entre eux, rétorqua Sal.

Le capitaine jeta un regard derrière elle vers les vieux bâtiments en briques abandonnés.

– Est-ce qu'il va falloir les faire sortir d'ici aussi ?

– Non, répondit Sal, je leur ai dit de ne pas se cacher à l'intérieur, que ça ne ferait qu'empirer les choses.

– Conseil judicieux.

– Ils attendent tous dans l'allée. Ils veulent juste sortir, comme nous. Juste sortir les mains en l'air.

– Bon, fit-il avant de mettre ses mains en porte-voix et de hausser le ton. Je m'adresse aux fugitifs cachés dans l'allée ! Vous feriez mieux de sortir, maintenant !

Aucun mouvement. Sal eut le pressentiment affreux que la peur avait été plus forte qu'eux et qu'ils avaient filé en douce dans les immeubles. Mais elle entendit alors un faible gémissement apeuré dans la pénombre de l'allée.

Ils ont trop peur pour bouger.

– Laissez-moi essayer, proposa-t-elle à McManus.

– Si vous voulez.

– Samuel ! appela-t-elle. C'est bon ! Ils ne vous feront pas de mal ! Faites ce qu'il a dit… tous ! Faites comme moi, sortez doucement, les mains bien en l'air !

Silence. Pas le moindre murmure. Elle était sur le point de recommencer quand une première silhouette pâle apparut, plissant les yeux face au soleil.

C'était Samuel. Il faisait ce qu'elle lui avait demandé, tenant ses mains frêles d'enfant au-dessus de sa tête disproportionnée.

Il était à vingt mètres d'elle, et elle remarqua qu'il tremblait. Le grand singe surgit derrière lui, le dépassant largement, ses grands bras musclés en l'air.

– Pas tirer ! cria-t-il de sa voix grave.

– Ne vous en faites pas ! les encouragea Sal. Personne ne va vous tirer dessus ! Allez !

Les autres commencèrent à apparaître, les uns après les autres.

– Voilà, continuez ! Tout va bien !

Le capitaine McManus examina les créatures émergeant dans la lumière.

– D'après la forme de leurs têtes, je dirais que ce sont surtout des eugéniques de type Watson-Rutherford. Fabriqués il y a quinze ans, voire vingt pour certains d'entre eux, réfléchit-il. Hum, rien que des vieux modèles, et en très mauvais état on dirait, dénutris pour la plupart.

Il ordonna à quelques-uns de ses hommes de les regrouper tous ensemble.

Liam s'approcha de Sal, passa un bras autour de ses épaules et la serra fort contre lui.

– Quel soulagement de te revoir ! chuchota-t-il. Je n'ai pas été à la hauteur. Bon sang, je m'en veux tellement ! Quand je suis revenu à moi, j'étais... tu étais déjà partie.

Elle lui mit une main devant la bouche.

– Je vais bien, je t'assure.

– Mais si...

– Nous allons bien tous les deux, Liam, lui dit-elle en souriant. On a faim, très faim, même. Mais on va bien.

– Plus près les uns des autres, caporal ! aboya McManus. Il n'est pas question qu'un de ces fripons se fasse la malle !

– Monsieur Lincoln ? Vous n'êtes pas blessé ? demanda Liam.

– Comme vous l'a dit cette demoiselle, nous allons tous les deux très bien, monsieur O'Connor. Mais j'ai une faim de loup !

– Tu as des nouvelles de Maddy ? demanda Sal.

– Aucune, répondit Liam en baissant la voix. Pas le moindre signe. J'imagine qu'elle est bien occupée.

Pendant ce temps, McManus continuait de donner des ordres et évaluait l'état des eugéniques.

– Que ceux d'entre vous qui portent des vêtements me fassent le plaisir de les enlever ! cria-t-il. Vous n'êtes pas des humains, que diable !

Sal se tourna vers Bob et lui sourit.

– Ça fait plaisir de te voir, toi aussi, mon gros !

– Content que vous soyez sains et saufs, répondit-il.

Elle lui mit un petit coup de poing dans les côtes.

– Tu as vu ? Il y a des eugéniques qui ont des muscles encore plus gros que les tiens.

– Le facteur primordial n'est pas la taille des muscles mais la densité de leurs tissus, rétorqua-t-il d'un air renfrogné.

Elle désigna les créatures d'un signe de tête.

– Tu as vu le grand, là-bas ? Pas trop jaloux ?

– Je n'ai pas encore réussi à générer de fichiers sur ce sentiment humain, répondit Bob, perplexe.

– Tu veux me faire croire que tu n'es pas jaloux ? Allez, c'est ça, railla-t-elle en s'apprêtant à lui montrer le grand singe du doigt. Hé ! Qu'est-ce qui se passe ?

Les autres tournèrent les yeux et virent McManus dégainer son arme. Les créatures étaient rassemblées les unes contre les autres au milieu de l'avenue, et leurs vêtements – chapeaux, écharpes, tabliers – jetés à terre. Les soldats les avaient encerclées, en maintenant une distance de sécurité d'une dizaine de mètres, leurs fusils à l'épaule. Ils étaient prêts à tirer.

– Vous faites quoi, là ? s'écria Sal.

McManus ne prêta pas attention à elle.

– Choisissez vos cibles, les gars !

– Doux Jésus ! s'exclama Liam en courant vers lui, suivi de Sal. Capitaine ! Mais arrêtez ! Vous n'allez quand même pas les exécuter !

– Quoi ? fit McManus en se retournant. Évidemment que si !

Sal aperçut Samuel, au premier rang du petit groupe, les yeux rivés sur elle. Les lambeaux de ses lèvres bougeaient. Elle devina ce qu'il murmurait :

Sal, tu nous avais promis…

– Vous voyez bien qu'ils ne représentent actuellement aucun danger pour quiconque ! protesta Liam. Vous êtes aveugle ou quoi ? Ils ne sont même pas armés ! Regardez-les ! Ils sont…

– Ils sont défectueux, monsieur O'Connor. Ce sont des produits eugéniques défectueux. Et par conséquent pas fiables. Comme je vous l'ai dit, ils sont imprévisibles.

– Défectueux ? répéta Sal.

– Tout à fait, oui, acquiesça-t-il d'un air détaché. Ils ne peuvent pas être recyclés. De vous à moi, ils sont dans un état lamentable de toute façon. Et on ne peut évidemment pas laisser ces choses se balader dans la nature.

Il se retourna vers ses hommes.

– À mon commandement !

– Arrêtez ! Je vous en supplie, arrêtez ! hurla Sal en saisissant sa main qui tenait l'arme.

– Voyons, voulez-vous bien me lâcher !

– Écoutez, capitaine, dit Liam, je suis d'accord avec elle, ce n'est pas juste. Vous ne pouvez quand même pas les tuer comme ça !

Lincoln les avait rejoints.

– Mes amis ont tout à fait raison, monsieur. Ces pauvres malheureux ne devraient pas être traités de la sorte !

McManus les dévisagea tous les trois, déconcerté par leur inquiétude.

– Vous avez bien conscience que ce ne sont pas… des gens ? Bon sang, ce ne sont même pas des animaux ! Ce sont des unités eugéniques. Des machines d'usine en chair et en os, rien de plus.

– Non, cria Sal. Jahulla ! Non ! Ils sont plus que ça ! Ils…

ils sont comme nous ! Ils sont intelligents ! Ils savent parler et…

– Évidemment qu'ils savent parler ! Certains d'entre eux ont été fabriqués pour ça. Il faut croire que les plus intelligents peuvent presque se montrer convaincants. Mais écoutez-moi bien, jeune dame, poursuivit-il doucement, presque avec bienveillance : ne faites jamais l'erreur de penser que l'une de ces choses peut devenir votre ami.

Il la força à lâcher sa main.

– Des produits, vous comprenez ? reprit-il. C'est tout ! Des machines ! Et plus grave encore, ce sont des machines hors d'usage. On ne peut plus leur faire confiance. Ils sont imprévisibles. Et dangereux !

Il leva son arme.

– Par pitié ! s'écria Sal. Arrêtez !

Elle vit Samuel, cachant son visage derrière ses bras décharnés. McManus ôta le cran de sécurité de son arme et prit une grande inspiration.

– En joue !

Le grand singe entoura le petit torse de Samuel d'un de ses gros bras d'un geste protecteur, comme si sa masse musculaire pouvait suffire pour faire bouclier.

– Feu !

CHAPITRE 60

2001, NEW YORK

Le colonel Wainwright considérait ses soldats, réunis sur le terrain rocailleux entre le bunker de commandement principal et la tranchée faisant face à l'East River. Il restait un peu moins de trois cents hommes dans son régiment. La dernière fois que le 38ᵉ de Virginie avait été au grand complet, avec un effectif de six cents hommes, c'était des décennies plus tôt. Bien avant son arrivée.

Apparemment, l'état-major sudiste avait adopté la méthode nordiste consistant à laisser les régiments péricliter avant de les démanteler entièrement dès que le nombre de soldats atteignait un seuil critique. Il secoua la tête en pensant combien c'était stupide. L'esprit de combat d'un régiment résidait dans son histoire. Le 38ᵉ avait été créé en 1861, commandé par le général Lee, il avait combattu sous Pickett et repoussé les troupes de l'Union à Gettysburg. Il avait repris Cemetery Ridge et renvoyé chez eux les hommes de Meade. Un tel héritage liait les hommes, les incitait à s'engager pleinement dans l'*esprit de corps**.

Tous le regardaient à présent. L'incertitude se lisait sur leurs visages. Des rumeurs avaient déjà gagné les rangs. Les hommes étaient au courant que quelque chose de grave s'était passé un peu plus tôt dans le bunker de commandement. Ils savaient qu'une douzaine de soldats britanniques avaient été arrêtés, désarmés et mis sous les verrous. Les commentaires allaient bon train sur la rumeur grandissante rapportant qu'un événement très important se préparait. L'information apportée par l'officier britannique, selon laquelle une nouvelle offensive était sur le point d'être lancée, n'avait guère étonné Wainwright. Dans les tranchées, nul n'ignorait que les Britanniques avaient fait venir des unités de tout l'empire. Les bavardages à ce sujet et d'autres demi-vérités colportées par le bouche-à-oreille avaient réussi à se frayer un chemin tout le long de la ligne Sheridan.

Ce jeune officier n'avait fait qu'en confirmer la véracité.

– Les Britanniques sont en train de rassembler leurs forces en vue d'une offensive, les gars. Et le fer de lance de cette attaque sera précisément ce secteur.

Les hommes s'agitèrent. Un sentiment de malaise se propagea dans les rangs.

– Le 38e de Virginie sera donc en première ligne.

Les hommes secouaient la tête, refusant d'y croire. Ils savaient tous pertinemment ce que ça signifiait. Des pertes considérables. Quand les navires les débarqueraient sur la plage de galets de l'autre côté, l'ennemi les arroseraient d'une pluie de tirs cinglants depuis leurs retranchements, des tirs d'enfilade sur leur droite depuis l'extrémité effondrée du pont Williamsburg, et sur leur gauche depuis les ruines de l'usine. Ce serait un massacre.

Wainwright comprit qu'ils faisaient tous le même constat en silence. Un carnage à grande échelle.

Et ce n'est même pas le pire, les gars…

– La deuxième ligne…

Wainwright s'interrompit en attendant que les murmures cessent. Il fallait qu'ils entendent la suite, qu'ils l'entendent clairement.

– La deuxième ligne… comportera des eugéniques.

Sa voix fut noyée par la clameur des hommes. Près de trois cents voix portées par l'inquiétude, l'incrédulité, la colère, et surtout la peur. Il leva les bras pour ramener le calme. Mais même si ces hommes faisaient confiance au colonel, lui obéissaient et le respectaient, le brouhaha ne faiblit pas.

Il dégaina son arme et tira un coup de feu pour la deuxième fois en deux jours.

Les voix se turent jusqu'à ce qu'on n'entende plus que le mouvement inquiet des bottes sur le gravier.

– Je crois… commença-t-il.

Pèse tes mots, James, fais ça bien.

– Depuis longtemps, de nombreuses années maintenant, je crois que nous ne nous battons plus pour la cause des Confédérés, que nous sommes devenus rien de plus que de la chair à canon au service des seuls intérêts britanniques.

Cette fois-ci, la clameur monta à l'unisson. Une clameur de soutien à celui qui avait osé dire tout haut ce que chacun pensait tout bas. Osé dire quelque chose capable de lui valoir avec certitude, en tant que traître, une exécution sommaire contre un mur de briques.

– Voilà, fit Wainwright en se caressant le menton. C'est dit. Ce qui fait désormais de moi un homme mort.

De l'autre côté du fleuve, les hommes de Devereau remplissaient le rez-de-chaussée de l'usine et la moitié de l'étage au-dessus, où des rangées de bottes se balançaient le long des bords déchiquetés du sol, en partie effondré suite à d'anciens bombardements.

– … ils nous empêcheront de battre en retraite, continua Devereau.

Lui et les hommes réunis ici savaient précisément ce que ça voulait dire. Directement derrière la ligne de front patrouillaient des unités de la Légion étrangère française. Les soldats des troupes fédérales qui se replieraient sans l'accord de l'état-major seraient considérés comme des déserteurs et abattus sur-le-champ.

Et pourtant, je suis sûr que beaucoup d'entre eux doivent réfléchir à cette éventualité.

Il valait toujours mieux s'enfuir en espérant échapper au

peloton d'exécution que devoir faire face aux monstres eugéniques du Sud.

L'usine renvoya l'écho de la réponse de ses hommes, des protestations qui ricochaient sur les murs criblés de balles du bâtiment.

– Je… Je ne crois pas…

Le colonel s'interrompit. Le tapage des hommes rendait sa voix inaudible.

– Silence, le colonel parle ! gronda le sergent Freeman.

L'effet fut quasi instantané, à défaut d'être total. Freeman jeta un regard sévère aux quelques hommes qui chuchotaient encore, ce qui les fit taire rapidement.

– Je pense que nous ne devons pas continuer cette guerre ! reprit Devereau.

L'usine était désormais parfaitement silencieuse.

– Non, je n'y crois plus, lâcha-t-il en secouant doucement la tête. Je n'ai pas confiance en nos généraux et je n'ai plus foi en notre gouvernement de l'Union des États du Nord.

Dans le fond de l'usine, une voix isolée poussa un cri de joie.

– Ça c'est bien dit, mon colonel ! s'écria une autre.

– Les endroits d'où nous venons… nos villes… nos États… notre nation tout entière est une nation sous occupation étrangère. Ne vous méprenez pas, messieurs, nous sommes déjà un peuple conquis. Conquis non pas par l'Anglo-Confédération, mais par la France et ses alliés : l'Autriche, la Prusse, la Suisse… ainsi qu'une dizaine d'autres pays dont je suis sûr que la plupart d'entre vous n'ont jamais entendu parler !

Il eut un rire forcé.

– Nous n'avons pas été battus sur un champ de bataille, poursuivit-il. Ce n'est pas un combat à la régulière que nous avons perdu, non. Nous avons fait bien pire : nous avons invité nos conquérants chez nous !

Des éclats de voix en colère résonnèrent dans l'usine. Devereau demanda une nouvelle fois le silence en levant les bras.

– L'heure est venue, messieurs, de mener le véritable combat. Pas frère contre frère. Pas Américain contre Américain. Mais les Américains contre les Anglais et…

Devereau s'arrêta un instant. Il n'y aurait pas moyen de retirer les paroles qu'il s'apprêtait à prononcer. Il jeta un coup d'œil à Maddy, qui se tenait derrière lui sur le côté, lui laissant l'espace sur la petite estrade faite de caisses de munitions. Elle lui fit un signe de tête discret. Elle savait ce qu'il allait dire.

– … et les Américains contre les Français.

Les hommes s'agitèrent, mal à l'aise, et se mirent à chuchoter.

– Autrefois, nous partagions une nation avec ces gars de l'autre côté du fleuve. Il est temps de nous battre à nouveau pour cette nation…

CHAPITRE 61

2001, NEW YORK

– C'est bien ce que j'ai dit, messieurs ! reprit Wainwright. Un rassemblement des forces ! Un soulèvement, bon sang de bois !

Il serra le poing et se frappa la cuisse rageusement.

– Et puis, fichtre, appelons un chat un chat ! Oui, je vous parle d'une mutinerie !

Le mot résonna lourdement dans l'air. Il rebondit sur le mur éloigné d'un bâtiment en partie effondré, en ricochant comme une balle de fusil.

– Une mutinerie, répéta-t-il. Qui va débuter ici même, au sein du 38e de Virginie.

Les hommes hurlèrent en signe de soutien.

– Et ce n'est pas tout, les gars… Nous ne serons pas seuls. Nous serons rejoints par d'autres ! Le 11e d'Alabama un peu plus au nord… et tout près d'eux, le 7e du Maryland… ainsi que tous les régiments de la ligne Sheridan !

Les soldats exultaient. Plusieurs casquettes furent lancées en l'air, jaillissant au milieu du groupe d'uniformes gris élimés.

Wainwright eut un sourire triomphal et leva le poing en imitant le geste de ses hommes. Bien entendu, il était le seul à savoir que cette dernière phrase était un mensonge. Il n'avait eu aucun contact avec les régiments amis le long de la ligne. Pas encore, du moins. Mais il comptait sur leur soutien. C'était même un pari. Ils allaient quand même bien suivre l'exemple du 38e ?

Il leva à nouveau son revolver, prêt à faire feu pour obtenir le silence, mais les hommes se turent aussitôt.

– Écoutez-moi bien ! Nous aurons le soutien de régiments

de l'autre côté de l'East River… Oui, les troupes fédérales de l'Union des États du Nord !

Les hommes accueillirent la nouvelle de façon mitigée. Cette annonce allait peut-être un peu trop loin pour certains d'entre eux. Après tout, pour chacun des soldats qui se tenaient devant lui, les hommes de l'autre côté du fleuve – le Nord – avaient toujours été « l'Ennemi ».

Wainwright réalisa qu'il était désormais totalement engagé. Il fallait qu'il rallie ses hommes, qu'il leur fasse comprendre qu'ils avaient besoin les uns des autres, qu'ils avaient besoin des gars du 54e du Massachusetts.

– Ces hommes ne sont pas différents de vous et moi. Ce sont des Américains, tout comme nous. Avec le même rêve ancestral ! La même langue ! Le même héritage ! La même foi… en une terre libre !

Il vit quelques visages approuver et entendit des voix s'élever ici et là.

– Autrefois, il y a cent quarante ans, nous avons bêtement choisi des chemins différents. Mais aujourd'hui, vous voyez le résultat ? Vous comprenez ? Nous avons la possibilité d'avoir à nouveau un but commun, de reformer une véritable nation américaine. D'être maîtres de notre destinée !

Il s'arrêta et se rendit compte que ses mots lui revenaient du fond de la salle dans un silence sombre, pesant, chargé d'attente.

Bon sang, peut-être que je me suis trompé sur l'état d'esprit de mes hommes.

– Qui est avec moi ?

Le sol entre le bunker de commandement et la tranchée vibra soudain au son assourdissant des hourras, des voix éraillées que les hommes de Devereau de l'autre côté du fleuve devaient entendre, il en était convaincu.

Il tira en l'air encore et encore, jusqu'à ce que son chargeur soit vide et que le cliquetis de la détente se noie dans la cacophonie tonitruante. Et tandis qu'il souriait et mêlait ses cris de joie à ceux de ses hommes, il espérait de tout son cœur pouvoir tenir sa promesse – que les soldats du 11e d'Alabama à l'extrémité nord de Manhattan et du 7e un peu plus loin se rallieraient à leur idée et rejoindraient leurs rangs.

Dans un cas comme dans l'autre, de toute manière, il savait qu'il n'y avait désormais plus moyen de faire machine arrière.

Devereau hochait la tête en souriant. Les acclamations résonnaient à travers les ruines de l'usine. Il s'était demandé si ses hommes seraient prêts à franchir un tel pas… à tendre une main amicale aux Confédérés de l'autre côté du fleuve. Il s'était seulement douté, il avait peut-être même espéré, qu'ils pourraient avoir la même opinion que lui.

Mais maintenant, en voyant leurs visages radieux, en entendant leurs hourras…

On peut y arriver.

Il se retourna vers Maddy et Becks. Maddy souriait de toutes ses dents, les deux pouces levés.

On peut vraiment y arriver.

Peut-être cette mutinerie permettrait-elle d'obtenir bien plus qu'un simple gain de temps pour que ces deux mystérieuses voyageuses temporelles puissent réparer leur machine. Devereau n'était pas encore tout à fait sûr d'être capable de croire à leur histoire. Malgré toutes les images et les gadgets qu'elles lui avaient montrés, ça paraissait trop irréel, comme un vœu ou un rêve qui s'évanouit au moment où l'on s'apprête à le toucher du doigt. Quoi qu'il en soit, la roue continuait de tourner. Les dés étaient jetés. Que les voyages dans le temps et les versions alternatives de l'Histoire existent ou non, ils avaient désormais une chance bien réelle de tout changer.

Peut-être cette rébellion allait-elle réellement se propager tout le long de la ligne de front comme un virus : des dizaines, des centaines de milliers de soldats, au Nord et au Sud, prêts à se révolter et à affronter les étrangers qui avaient fait d'eux leurs marionnettes. Même si la promesse de Mlle Carter de réécrire cette triste page de l'Histoire se soldait par un échec, la mutinerie pourrait bien à elle seule mettre un terme à cette guerre éternelle.

Devereau se joignit à l'enthousiasme général. Un rugissement s'échappa de sa gorge, s'unissant aux cris de ses hommes. Le bruit emplit ses tympans, les fit bourdonner. Un bruit assourdissant et merveilleux. On aurait dit un barrage qui cède sous des millions de tonnes d'eau, un déchaînement d'énergie, un cuirassé à l'approche, une tempête qui se prépare. Un bruit évoquant des murs qui s'effondrent, des cloches célébrant la liberté, des bâtiments du pouvoir pris d'assaut.

Un bruit synonyme de révolution.

Un bruit synonyme d'espoir.

CHAPITRE 62

2001, NEW YORK

– Enfin, voyons, vous n'êtes qu'une femme ! Mes hommes sont parfaitement capables d'attaquer et de prendre ce bunker de communication.

– Négatif, l'interrompit Becks. Ce bunker contient du matériel fragile qui pourrait être endommagé par un assaut conventionnel. On ne peut pas se permettre un tel risque. Je suggère une stratégie différente.

Wainwright fut pris de court par les manières quelque peu directes de l'unité de soutien.

– Laquelle, alors ?

– Combien de soldats britanniques compte la garnison du bunker ? demanda-t-elle.

– En général, il y a deux sections, soit vingt hommes, trente tout au plus.

– C'est acceptable, jugea Becks en se tournant vers Maddy.

Elles venaient toutes les deux de traverser le fleuve sur le bateau à moteur de Devereau. Isolés à l'arrière du bateau, deux soldats nordistes avaient dévidé une grosse bobine de câble. Pendant ce temps, à l'entrée du bunker de commandement de Wainwright, les officiers en charge des communications de chaque camp débattaient sur la meilleure façon d'introduire le câble et de le brancher pour créer une ligne directe entre les deux colonels. Comme Maddy n'avait pas tardé à le faire remarquer, la réussite du soulèvement dépendrait de la qualité de communication entre eux deux.

– Tu penses pouvoir t'en emparer toute seule ?

– Affirmatif. Je calcule une plus grande probabilité de succès sans gros dégâts sur le matériel en agissant seule, plutôt qu'avec… qu'avec ces…

Elle lança un regard au petit bataillon de soldats que Wainwright avait réunis pour cette mission. Maddy lui fit signe de se taire pour l'empêcher de laisser échapper un commentaire qui aurait pu paraître insultant.

– Becks est très spéciale, s'empressa-t-elle de dire. Ce n'est pas qu'un joli minois.

Wainwright fronça les sourcils.

– Mam'zelle, j'admets que vous venez d'une époque très différente de la nôtre, mais cela ne change rien à l'arithmétique de la situation : d'un côté, j'ai une vingtaine de soldats britanniques armés et entraînés, et de l'autre une seule femme, alors vous n'espérez quand même pas…

– Becks est une unité de combat.

– Une quoi ?

– C'est un être humain conçu génétiquement avec un processeur à base de silicium en guise de cerveau. Elle est extrêmement robuste, extrêmement forte et extrêmement rapide. Pour faire court, c'est une sorte de machine à tuer.

Le colonel examina Becks de la tête aux pieds.

– Êtes-vous en train d'insinuer que cette jeune femme n'est pas…

– Pas humaine, le coupa Maddy en haussant les épaules. Pas vraiment, en effet.

– Bonté divine ! s'étrangla-t-il, les yeux écarquillés. Est-ce que vous voulez dire que c'est une… une eugénique ?

– Eh bien, je ne suis pas vraiment sûre de comprendre ce que sont les eugéniques, mais je pense qu'il serait plus juste de la considérer comme un robot organique.

– Un robot ? Jamais entendu ce mot. Qu'entendez-vous par là, mam'zelle ?

– Un robot, c'est comme, disons… une machine.

– Une machine ! s'écria-t-il en regardant à nouveau le clone. Mais elle n'est pas faite de métal et de câbles !

– Non, non, bien sûr… Mais ça reviendrait au même.

Wainwright plissa les yeux d'un air soupçonneux.

– Ce que vous dites n'a aucun sens.

– Écoutez, on perd du temps, là, dit Maddy. Il nous faut cette plateforme de communication, et il nous la faut intacte. Faites-moi confiance, Becks peut se débrouiller toute seule.

– J'ai besoin d'armes, dit Becks d'un ton neutre.

– Bien entendu, répondit Maddy en lui tapotant l'épaule. Et je suis sûre que le colonel Wainwright te fournira toutes les armes que tu voudras. N'est-ce pas, colonel ?

Wainwright regarda ses hommes, répartis en plusieurs rangées dans la zone de regroupement jonchée de décombres.

– Vous dites qu'elle… peut faire ça… toute seule ?

– Ben oui. Vous savez, elle a déjà mis un dinosaure KO, alors elle est sûrement capable de s'occuper de quelques malheureux soldats, non ?

– Excusez-moi, mam'zelle, mais je crois que j'ai du mal à comprendre…

– Colonel, l'interrompit Becks, vos hommes pourraient constituer des renforts précieux. Il faudrait délimiter un périmètre autour du bunker pour s'assurer qu'aucun autre soldat britannique ne vienne renforcer la garnison. Ensuite, il serait préférable de me laisser régler seule ce qui se passe à l'intérieur.

– Croyez-moi, elle a raison ! approuva Maddy.

Wainwright les observa toutes les deux, incertain de la conduite à tenir. Certes elles venaient d'un autre monde – leur manière d'être, leurs habits, les expressions qu'elles utilisaient, tout le prouvait. Mais de là à imaginer que cette fille puisse à elle seule s'emparer d'un bunker…

– Vous n'avez pas l'air convaincu, colonel, remarqua Maddy.

Il jeta un regard derrière elle en direction de ses hommes, qui attendaient patiemment hors de portée de voix.

– Mes hommes et moi-même avons signé notre arrêt de mort. Dorénavant, nous sommes simplement en sursis, à moins que, comme l'affirme mon ami le colonel William Devereau, vous ayez réellement une machine capable de remplacer notre monde par un monde meilleur. Je n'ai d'autre choix que de vous croire sur parole, puisque je ne l'ai pas vue. Et d'ailleurs, le colonel Devereau ne l'a pas vue fonctionner, lui non plus.

– Elle fonctionne, dit Maddy, sans quoi ni Becks ni moi ne serions là, devant vous.

– Là où je veux en venir, mam'zelle, c'est que j'ai engagé la vie de mes hommes sur la véracité de vos propos. Et maintenant, vous me demandez de croire que cette jeune femme peut mener à bien un assaut sur une position protégée, et cela sans l'aide de personne ?

– Affirmatif, dit Becks.

– Bon, dit Maddy. On ne peut pas se permettre de saccager cet endroit, n'est-ce pas ? Donc mieux vaut éviter des échanges de coups de feu prolongés. Becks est la solution. Il faut me faire confiance. Et si elle échoue, eh bien vous n'aurez qu'à envoyer vos hommes. Qu'est-ce que vous en dites ?

Wainwright se tourna vers Becks.

– Vous croyez vraiment que vous pouvez faire ça toute seule ?

Becks braqua ses yeux gris et froids sur le colonel confédéré.

– Nous devrions agir immédiatement. Nous gaspillons un temps précieux.

CHAPITRE 63

2001, NEW YORK

Depuis son poste de garde, le deuxième classe Sutter observait une petite partie de tranchée de l'autre côté des décombres, d'où descendaient quatre marches menant à l'entrée de la Structure de Défense 76 – le nom d'usage du bunker de communication. Ni lui ni les autres hommes de la garnison n'étaient censés savoir officiellement qu'il s'agissait d'une plateforme d'ondes radio couvrant cette partie de la ligne de front. Ce qui était parfaitement grotesque, vu que la parabole et le réseau d'antennes étaient on ne peut plus visibles bien au-dessus d'eux, perchés sur le toit en partie affaissé du grand bâtiment à côté du bunker. Des câbles entortillés couraient sur la façade béante, descendant le long des étages jusqu'au sol avant de disparaître à l'intérieur de ce dernier.

Non, ils n'étaient pas censés savoir ce qu'était cet endroit, et on leur répétait sans fin qu'ils ne devaient s'y référer que par le seul nom de Structure de Défense 76, ce qui pouvait ainsi désigner tout et n'importe quoi en cas d'interrogatoire : une tourelle, un poste de mitrailleuse, une station d'artillerie.

Sutter secoua la tête. De toute façon, ces bons à rien de ploucs en bleu de l'autre côté du fleuve ne feraient jamais plus que trembler dans leurs bottes et rester planqués dans leurs retranchements, comme des cafards dans une cuisine.

Et peut-être bien qu'ils avaient raison de trembler, songea le deuxième classe Sutter. Il savait par le première classe Davies, qui avait lui-même eu vent de l'information par quelqu'un travaillant à l'approvisionnement, qu'un « truc important » était vraisemblablement en train de se préparer. Peut-être une offensive ou quelque chose de ce genre. Forcément.

Toutes sortes de rumeurs commençaient à courir, et les hommes de son peloton mouraient d'envie de prendre part à ce qui se tramait. Jouer au vigile devant une petite boîte en béton qui servait surtout à émettre des messages de propagande sur cette partie de la ligne… eh bien, ce n'était pas pour ça que Sutter s'était engagé dans l'armée britannique.

Il s'appuya contre les sacs de sable, las, suivant du regard un chemin dégagé au milieu des décombres, un chemin juste assez large pour laisser passer un véhicule, flanqué de chaque côté d'un talus de briques, de débris et de poussière.

À une époque, ça avait été une route importante. À l'angle du bâtiment près de lui, il y avait une plaque à demi effacée et parsemée de rouille :

7E AVENUE.

Autrefois, c'était l'une des artères principales de New York, d'après ce qu'on lui avait raconté.

Ça ne ressemble plus à grand-chose, aujourd'hui.

À travers la porte ouverte du bunker, il entendit le bruit sourd d'une bouilloire qu'on pose sur un fourneau, le petit bruit sec des dominos qu'on distribue, le rire gras de quelqu'un qui raconte la même blague pour la centième fois.

Il soupira. Il s'ennuyait à mourir et, en plus, il n'avait pas eu son thé de l'après-midi. Formidable. Il en était presque à se demander si ça pourrait venir à l'idée d'un des gars de lui en apporter une tasse, lorsqu'il vit quelqu'un arriver, juste en face de lui.

Une seule silhouette, apparemment. Oui, une seule… et, maintenant qu'elle s'approchait, il vit que c'était une femme.

Une femme ? Le deuxième classe Sutter n'en avait pas vu depuis que lui et les autres gars avaient remplacé le dernier groupe de vigiles, qui s'ennuyaient à mourir eux aussi, trois mois auparavant. Elle avançait dans sa direction d'un air déterminé.

Sutter eut un large sourire… Un peu de compagnie féminine, ce serait bien agréable pour une fois.

Il ramassa son casque colonial et l'enfila, serra le lien sous son menton, puis grimpa d'un échelon de façon à émerger de la tranchée et être plus visible.

– Halte ! cria-t-il.

Il tenait son fusil pointé vers le sol. Elle ne représentait pas vraiment une menace, après tout.

La femme continua de marcher vers lui d'un pas décidé, sans prêter attention à sa sommation. La voyant de plus près, il remarqua qu'elle portait une cape d'officier du gris des Confédérés. Et ce n'était pas tout… Il vit qu'elle était très belle – un visage d'ange, pâle et lisse, avec de longs cheveux bruns qui tombaient en cascade sur ses épaules.

– Mademoiselle, je vais devoir vous demander de rester où vous êtes ! s'écria-t-il, en s'excusant presque.

Elle ne ralentit pas davantage et se mit à escalader les gravats dans sa direction.

– Mademoiselle ! S'il vous plaît ! Je vous demande de ne plus bouger, ma belle ! insista-t-il en levant son fusil à contrecœur.

Elle n'était plus qu'à une dizaine de mètres à peine et elle continuait de gravir sans faillir les gravats instables. Elle souriait.

Sutter se demanda si c'était une blague. Ou peut-être un test. Il savait que cette partie de la ligne était inspectée pour vérifier l'aptitude des hommes au combat. Si tel était le cas, il avait déjà laissé cette jeune femme s'approcher bien trop près. Il en serait quitte pour une sévère réprimande.

– Halte, ou je tire ! lança-t-il, en colère contre lui-même.

Cette fois, elle s'arrêta enfin. Cinq mètres de plus, juste

quatre ou cinq enjambées supplémentaires, et elle se serait retrouvée à côté de lui.

– Identifiez-vous ! aboya Sutter.

– Je m'appelle Becks, répondit-elle avec un sourire plus grand encore.

Sa cape se souleva. Il crut que le vent s'y était engouffré. Ce n'est qu'en apercevant un éclat brillant dans l'air entre eux qu'il comprit que c'était le mouvement de ses bras qui l'avait fait bouger.

Sutter sentit comme un coup de poing dans sa gorge qui lui coupa le souffle, le faisant suffoquer. Il lâcha son fusil et fit remonter ses mains pour comprendre pourquoi il ne parvenait pas à inspirer alors que sa bouche était grande ouverte. Il sentit alors sous ses doigts une sorte de tige enfoncée dans sa gorge. Il baissa les yeux et vit la poignée d'une baïonnette qui pointait sous son menton.

Ah, je vois…

Son esprit embrouillé comprit qu'il avait une baïonnette plantée dans la gorge.

Il se retrouva à glisser vers l'avant, pris de vertiges, et s'effondra sur les sacs de sable devant lui. Il leva les yeux vers la jeune femme qui l'enjambait avec précaution. Elle était vraiment très belle. Elle se baissa à côté de lui dans la tranchée et retira la lame saillante de sa gorge.

Une giclée de sang rouge foncé se répandit sur les sacs de sable.

Très belle. Vraiment. Comme un ange.

Du sang coula sur ses lèvres et son menton tandis qu'il essayait de lui demander si elle en était un.

Elle lui sourit et lui couvrit la bouche de sa main.

– Et maintenant, veuillez mourir sans faire de bruit, lui dit-elle d'un ton presque maternel.

CHAPITRE 64
2001, À BORD DU « DEFIANT »

Tout ce qu'elle pouvait voir, en regardant la couchette au-dessus de la sienne, c'était des images fugaces de corps, grands et petits, alignés tête-bêche sur le côté de la rue. Comme de vulgaires sacs-poubelle. Sal réalisa qu'elle manquait de mots pour décrire l'état dans lequel elle se sentait à cet instant. Vide ? Creuse ?

Cest le choc ? Je suis en état de choc ?

La couchette grinça sous le poids de Lincoln qui bougeait sur le matelas au-dessus d'elle. Une botte pendait sur le côté : ses jambes étaient bien trop grandes pour ces couchettes exiguës. Elle entendait le doux ronron des moteurs au loin qui vibraient à travers la coque du convoyeur, le murmure discret des hommes dans un couloir, le léger bruit métallique des casseroles dans les cuisines.

Environ trente-six heures…

C'est à peu près tout ce qu'elle se rappelait de ce qu'avait dit Liam quand Lincoln et elle avaient été conduits à bord du vaisseau et qu'un médecin militaire les avait rapidement examinés.

Environ trente-six heures. Il avait aussi parlé de soldats que le convoyeur devait aller chercher pour les emmener vers le nord, tandis qu'eux quatre seraient déposés en chemin… Et puis, elle s'était retrouvée là, étendue sur une couchette de l'infirmerie du vaisseau, et elle se rendit soudain compte à quel point elle était exténuée. Comme si son matelas l'avait d'une certaine façon vidée de toute vie, avait aspiré le sang de ses veines, ne laissant d'elle qu'une enveloppe flétrie.

Elle revoyait leurs corps… Yeux vitreux, visages morts mi-humains mi-animaux face au ciel bleu.

Samuel, sa petite bouche déchiquetée grande ouverte, figée dans une grimace de terreur.

Elle n'avait pas pu s'empêcher de regarder quand les hommes les avaient jetés à l'arrière d'un véhicule comme des sacs de farine. Elle avait entendu l'un deux dire que les corps allaient être « hachés » avant d'être servis aux « chisons », un mot qu'elle n'avait jamais entendu. Ensuite, elle avait vu d'autres créatures, de nouvelles espèces d'eugéniques : de grands animaux poilus avec un avant-train de taureau, une tête rappelant vaguement celle d'un cheval et un arrière-train élancé ; et puis des créatures proches du chien dont la tête faisait penser à des babouins. Ces deux espèces semblaient avoir les yeux éteints de bêtes stupides. Des visages dénués de toute émotion ou expression.

Rien à voir avec Samuel et ses amis fugitifs. De nouvelles races… moins intelligentes, moins curieuses, moins à même de contester leur sort.

Manipulables.

Elle ferma les yeux à contrecœur, trop épuisée pour les garder ouverts, mais consciente que sur la toile sombre de ses paupières apparaîtrait encore le visage ensanglanté de Samuel.

– Nous ferons plusieurs escales, en réalité, dit le capitaine McManus. Nous devons récupérer le reste du régiment.

– Le reste ? dit Liam en fronçant les sourcils. Mais vous êtes combien sur ce… navire ?

– Huit cent trente-six, si ma mémoire est bonne. Six cent vingt-sept soldats et officiers du régiment, vingt-quatre renifleurs et cinquante chisons… sans oublier l'équipage du convoyeur et le personnel d'assistance – cent vingt-trois personnes en tout, précisa-t-il en sirotant son thé. Mais nous avons trois compagnies d'hommes éparpillées dans la campagne de Virginie pour diverses manœuvres : patrouilles, maintien de la paix.

Maintien de la paix ?

Le terme convenait mal à la scène à laquelle Liam avait assisté dans la matinée.

– Quand nous les aurons tous rassemblés à bord, nous prendrons la direction du nord et nous ferons halte à la sortie de New Wellington, dans le New Jersey. C'est à l'embouchure de la Lower New York Bay, la baie inférieure de New York. Il y a un port pour les convoyeurs là-bas. Nous nous y arrêterons pour réapprovisionner le régiment et faire le plein avant de repartir vers le nord. Vos amis et vous pourrez en profiter pour descendre si vous le souhaitez.

Liam acquiesça. Il avait remarqué que l'activité battait son plein à bord du vaisseau : des officiers subalternes couraient dans tous les sens, des blocs-notes sous le bras.

– Quelque chose se prépare ?

McManus leva les yeux de sa tasse de thé. Le mess des officiers était petit, juste de quoi loger trois grandes tables garnies de tabourets de chaque côté. Les murs étaient décorés de trophées militaires et de photos de groupes sépia sur lesquelles de jeunes hommes souriaient, vêtus d'élégants uniformes d'apparat. Au-dessus d'eux, accroché au plafond bas, se balançait un lustre en verre que les vibrations du moteur faisaient doucement tinter.

Ils étaient seuls dans la pièce.

– Il semblerait que le Nord soit le théâtre de certaines tensions dont nous devons nous occuper, dit McManus en haussant les épaules. Rien d'ingérable pour mes hommes.

Liam comprit que l'officier ne lui en dirait pas davantage.

Il remua distraitement une cuillère dans sa tasse en porcelaine, pendant que Bob observait son thé, étudiant le dessin des feuilles flottant à la surface.

– Le fait que j'ai ordonné qu'on se débarrasse de ces eugéniques vous perturbe, n'est-ce pas ? dit McManus.

Liam prit un petit biscuit dans une assiette entre eux et se mit à le retourner dans tous les sens. Il n'avait pas vraiment faim et se demanda pourquoi il s'était servi. Peut-être pour occuper ses mains.

– Pour être honnête, oui. Oui, ça me perturbe.

– Il s'agissait d'eugéniques âgés, conçus et cultivés il y a longtemps. Certains d'entre eux avaient vingt, voire trente ans. Ils n'étaient pas fiables, Liam. Et dangereux, soupira McManus. Dans les années soixante-dix, on en a produit des dizaines de milliers pour toutes sortes d'usages. Bon sang, il y en avait même qui étaient employés de maison ! Des cuisiniers, des majordomes… Vous imaginez ? Et pour ce genre de tâches, il fallait qu'ils soient un minimum intelligents.

Il s'interrompit pour boire une gorgée de thé.

– Nous avons beaucoup progressé en eugénologie depuis cette époque. Nous savons désormais qu'il est nettement plus facile de créer la forme et la musculature d'une créature que de modeler son comportement, ses idées. Aujourd'hui, nous ne faisons plus les mêmes erreurs. Les eugéniques sont dotés d'esprits bien plus sommaires. C'était de la folie, quand on y pense aujourd'hui, avec le recul, de la pure folie, de créer des eugéniques capables, par exemple, de lire et écrire. Espérer mettre au point des créatures qui deviendraient nos ingénieurs, nos techniciens, nos médecins… et croire qu'on pourrait les contrôler comme des animaux domestiques !

– Ces créatures que vous avez fait exécuter, dit Liam en levant les yeux vers lui, est-ce que vous insinuez qu'elles étaient suffisamment intelligentes pour lire et écrire ?

– La plupart d'entre elles étaient des travailleurs manuels de fabrication ancienne. Plus intelligents que les eugéniques extrêmement costauds qu'on produit de nos jours, mais guère plus.

Il observa le visage préoccupé de Liam.

– Écoutez, Liam, je crois que vous faites l'erreur de considérer ces créatures comme une forme de vie naturelle. Ce n'est pas le cas. Ce sont des produits organiques, des machines de muscles et d'os… rien de plus. Et lorsqu'une machine commence à ne plus fonctionner correctement, alors il est temps de la démonter. Sans quoi, il y a des victimes.

Bob marmonna. Quelque chose lui traversait la tête. Liam lui jeta un coup d'œil depuis l'autre côté de la table. Lui aussi avait l'air préoccupé. Liam se demanda si son unité de soutien se sentait d'une certaine façon lié aux eugéniques. Après tout, pour ce qu'il en savait, ils étaient plus ou moins le fruit de la même science.

– Ces machines s'étaient détériorées. Elles étaient devenues dangereuses, reprit le capitaine avant de se pencher au-dessus de la table. Je vais être honnête avec vous, Liam. Je n'aurais pas parié qu'on retrouverait votre demi-sœur et votre ami entiers. Ils ont vraiment beaucoup de chance d'être en vie.

– P'têt' bien.

– Dieu sait combien de ces choses sont encore en liberté ! La plupart des eugéniques d'ancienne génération ont été regroupés et pris en charge, mais je pense qu'il doit en rester quelques centaines, éparpillés dans les États confédérés : des fugitifs qui vivent dans des taudis ou en pleine nature, dans les forêts et les montagnes. C'est un problème qu'on ne peut pas ignorer… Et un jour, j'imagine, il nous faudra les pourchasser jusqu'au dernier. Mais ce n'est pas quelque chose que nous pouvons faire dans l'immédiat.

– Ah non ? Et pourquoi ?

McManus ne semblait pas vouloir répondre à la question de Liam.

– Disons simplement que l'armée britannique est très occupée ces temps-ci… Bon, et vous autres, qu'avez-vous prévu une fois qu'on vous aura débarqués ? Puis-je vous conseiller un retour à l'abri en Irlande ?

– Nous avions l'intention de visiter New York, répondit Liam.

– Vous savez, on dirait vraiment que vous arrivez d'un tout autre monde, dit McManus en le dévisageant. Est-ce que vous ignorez vraiment que New York est une zone de combat depuis près de soixante-dix ans ?

– Euh… oui, bien sûr, vous avez raison. Peut-être que Bob, les autres et moi, on ira plutôt explorer le Far West.

– Ce serait une excursion nettement plus sûre pour vous. Je crois que la nature est encore préservée dans les États montagneux comme le Nouveau-Wessex ou la Nouvelle-Albanie. Ours blanc dit qu'il y a toujours des tribus d'Indiens qui vivent dans ces territoires sauvages.

– Huit cent vingt-quatre, dit Bob.

Les deux autres le regardèrent.

– Hein ?

– Huit cent vingt-quatre, répéta Bob. Vous avez détaillé la composition de l'équipage, mais initialement vous avez parlé d'un total de huit cent trente-six, ce qui fait douze personnes manquantes.

– Ah, eh bien… je ne suis pas mathématicien, rétorqua le capitaine avec une grimace.

Un klaxon retentit doucement.

McManus leva les yeux.

– Nous n'allons pas tarder à descendre pour le ramassage. Si vous voulez bien m'excuser.

CHAPITRE 65
2001, NEW YORK

– Alors ? Est-ce que c'est utilisable ? demanda Maddy.

Becks s'agenouilla à côté du réseau d'antennes, une plateforme rotative motorisée de cinquante centimètres de diamètre surmontée d'une dizaine d'antennes qui ressemblaient à des piques de brosse à cheveux. Au-dessus d'elles se dressait une parabole en forme de cône évasé en fines mailles d'aluminium.

Une brise fraîche se mit à souffler sur le toit du bâtiment et Maddy frissonna. De leur position, au sommet de l'un des plus grands édifices encore debout, elle pouvait discerner la plupart des vestiges de New York : un paysage marqué, fait de bâtiments déchiquetés, comme autant de chicots pourris ; un paysage gris de béton réduit en miettes, parsemé par endroits de quelques touches de vert, là où la nature avait prématurément décidé de reprendre ses droits.

Tout en bas, en suivant les câbles entortillés au bord du toit, se dessinaient les contours familiers de Times Square… même si elle avait appris par Devereau que l'endroit avait été rebaptisé, en français, *Place de la Liberté** la dernière fois que le Nord avait conquis la ville sur cette rive de l'East River. Elle avait le vertige à force de regarder en bas, aussi s'éloigna-t-elle du bord et se retourna-t-elle vers Becks, qui étudiait posément le réseau d'antennes.

– Alors ? Qu'est-ce que tu en penses ?

– On peut utiliser la parabole pour émettre des particules de tachyons. La plateforme d'antennes pourrait également s'avérer utile.

– Bon, fit Maddy en rajustant ses lunettes. Je pense pouvoir trouver comment raccorder la plateforme au système informatique. C'est juste un moteur électrique. Allez, on n'a qu'à tout prendre.

– Affirmatif.

Elle laissa Becks finir d'inspecter la plateforme et traversa le toit en direction de Wainwright et de ses hommes.

– On va pouvoir s'en servir, lui dit-elle. Il faut juste qu'on descende le tout en un seul morceau.

– Parfait, acquiesça Wainwright. Je vais dire à mes hommes d'aider votre… euh… votre…

Par-dessus l'épaule de Maddy, il regarda la silhouette recroquevillée de Becks, incapable de terminer sa phrase. Maddy eut la nette impression qu'il allait dire : « votre eugénique ».

– Mes hommes disent qu'elle a tué jusqu'au dernier soldat à l'intérieur. La garnison tout entière.

Maddy confirma d'un signe de tête. Elle était arrivée à temps pour voir les derniers corps évacués du bunker et Becks, debout devant l'entrée, avec son visage pâle éclaboussé de sang séché, rehaussé d'un sourire amical qui semblait lui demander : « Alors, j'ai bien travaillé ? »

Elle en avait eu la chair de poule.

– Pas un seul prisonnier, continua Wainwright calmement. Bon sang, mais c'est quoi, cette femme ?

– La priorité de sa mission, c'était de récupérer le réseau d'antenne intact et pas de faire des prisonniers, j'en ai peur.

Elle se dit qu'il serait trop compliqué d'expliquer à Wainwright que les vies que Becks avait ôtées à mains nues n'auraient de toute façon jamais dû être vécues. Ces corps ensanglantés appartenaient à des hommes qui vivraient des vies bien différentes… dès que l'Histoire serait corrigée.

Mais son imagination lui renvoyait des images de la lutte brève et brutale qui avait dû se dérouler à l'intérieur. Elle tremblait d'effroi à l'idée que Sal, Liam et elle-même partageaient l'arche avec Bob et Becks, deux créatures qui pouvaient les mettre en pièces à tout moment si l'idée venait à surgir dans leurs têtes, si une simple ligne de code informatique décidait que c'était une « priorité de mission ».

– Pour répondre à votre question, mon colonel... Vous demandiez ce qu'elle était ?

Elle se tourna vers Becks, désormais allongée sous la plateforme, occupée à débrancher les câbles électriques.

– Eh bien, je dirais que c'est une machine à tuer... une unité de combat provenant du futur. Considérez-la comme un prototype d'eugénique très perfectionné.

– Bonté divine ! s'écria-t-il, les yeux écarquillés. Je préfère ne pas penser qu'elle... enfin, que cette chose est... *ça*.

– Becks est une femme, pas une chose. Vous lui feriez de la peine si elle vous entendait parler d'elle ainsi, dit-elle avec un petit rire forcé qui s'étrangla dans sa gorge.

– Et vous, mademoiselle Carter ? Qu'est-ce que vous êtes, vous ? lui demanda-t-il en plissant les yeux. Une création de toutes pièces ? Un super guerrier en jupons ? Une eugénique ?

– À une époque, j'étais programmatrice de jeux vidéo, une fille douée pour rester assise à pianoter sur un clavier d'ordinateur pendant des heures. Voilà, répondit-elle dans un haussement d'épaules. Rien d'extraordinaire, je dois bien l'avouer.

Une bourrasque déferla sur eux, faisant voler des tourbillons de poussière à travers le toit.

– Avez-vous envoyé votre message, colonel ?

Wainwright répondit d'un signe de tête affirmatif. Il avait lancé un appel de ralliement aux régiments le long de la ligne avant qu'on ne démonte le réseau. Ils n'avaient plus qu'à espérer que son discours vibrant allait faire son effet et que d'autres troupes confédérées plus loin sur la ligne leur feraient bientôt part de leur intention de se joindre à eux. Mais en tout cas, jusqu'à présent, il ne se passait rien.

– Nous ne tarderons pas à avoir de leurs nouvelles, dit-il en souriant, j'en suis convaincu.

– Dans ce cas, on ne devrait pas traîner, déclara Maddy.

Elle leva les yeux vers le ciel bleu, puis au sud-ouest vers l'horizon où un banc de nuages au loin promettait un ciel couvert plus tard dans la journée.

– Qui sait combien de temps il nous reste avant que les Britanniques ne rappliquent…

– En effet, dit Wainwright en suivant son regard.

CHAPITRE 66

2001, NEW WELLINGTON

Liam et les autres se trouvaient sur le pont-batterie, juste devant la tourelle avant, un dôme métallique de trois mètres de haut et sept mètres de diamètre, garni d'énormes rivets. Deux longs canons d'artillerie en sortaient. Pour le moment, ils étaient recouverts d'une bâche de protection.

Tous observaient le paysage tandis que le convoyeur descendait lentement vers New Wellington, dans un ciel d'un blanc spectral rempli de nuages effilés. À leur gauche, la côte est américaine, et à droite, l'océan Atlantique d'un gris maussade. Devant eux, Liam distinguait une nappe quadrillée déployée sous la proue : des routes, des rues et des avenues divisant la ville en un échiquier de quartiers suburbains, industriels et de quartiers d'affaires.

– Regardez, dit Liam en pointant le doigt vers la côte.

Le ciel brumeux au-dessus de New Wellington était envahi par les silhouettes fantomatiques d'une dizaine de vaisseaux aériens, plusieurs d'entre eux ayant le même profil que le convoyeur sur lequel ils se trouvaient.

– Il y en a onze, dit Lincoln. Non… douze, si je ne me trompe pas.

Sal plissa les yeux en apercevant de vagues formes sombres plus loin au-dessus de l'océan.

– Et d'autres arrivent, fit-elle remarquer. Vous croyez qu'ils sont tous remplis de soldats ?

– J'imagine qu'il s'agit d'autres régiments britanniques, répondit Liam en enfilant la capuche de la veste qu'il avait empruntée pour se protéger du vent frais. Quelque chose d'important se prépare. C'est certain.

Plus près d'eux, suffisamment près pour qu'ils puissent en distinguer les ponts, les tourelles et les gros réservoirs de gaz centraux, divisés en plusieurs parties, un convoyeur quasiment identique au leur prenait place sur un quai d'amarrage. Ils entendirent l'écho d'une corne, rappelant le chant lointain d'une baleine, et un léger grondement de gaz comprimé, tandis que le vaisseau faisait souffler une tempête de neige et d'azote sur l'espace découvert en dessous de lui, d'une surface égale à au moins deux terrains de football mis bout à bout. On aurait dit qu'il se posait sur son propre nuage, un matelas blanc qui se dissipa progressivement en tourbillons s'évacuant vers l'extérieur, révélant des hectares de goudron saupoudrés de neige.

Liam repéra quatre autres pistes d'atterrissage similaires, chacune dominée par deux grues d'amarrage de cent ou deux cents mètres de haut. Sous leurs yeux, le vaisseau qui venait d'atterrir fut saisi à l'avant et à l'arrière par les grues et se balança jusqu'à ce qu'elles le tiennent fermement, comme un bébé qu'on porte dans ses bras.

Alors que le dernier nuage d'azote s'évanouissait, la partie inférieure de la coque du vaisseau commença à s'ouvrir et des rampes de chargement en sortirent. Ils discernèrent les points noirs des minuscules silhouettes qui débarquaient, formant peu à peu des rangs ordonnés sur la piste d'atterrissage.

Liam et Sal échangèrent un regard silencieux, et Liam comprit que Sal pensait la même chose que lui.

Encore une autre vision incroyable qui n'aurait jamais dû exister.

Il continua d'observer la scène, accoudé à la rampe en cuivre, conscient qu'il n'oublierait jamais ce moment. Comme la mer intérieure du Texas au Crétacé et la vaste plaine parsemée de troupeaux de dinosaures, comme l'océan scintillant de cottes de mailles et d'armures de l'armée de Richard Cœur de Lion qui avançait, l'horizon rempli de fanions flottant au vent et de piques brandies, et les structures robustes des catapultes au loin. Ces moments étaient gravés dans sa mémoire aussi définitivement que des lettres taillées dans le marbre.

Il réalisa que, s'il devait mourir demain, il aurait déjà, durant sa courte existence, vu, entendu, goûté, senti, vécu plus de choses de l'Histoire que quiconque, plus que tout historien pourrait jamais en rêver.

– C'est vraiment extraordinaire. N'est-ce pas, Sal ?

Elle acquiesça, choisissant silencieusement tous les détails dont elle se souviendrait.

Lincoln avait lui aussi les yeux écarquillés et le visage blême.

– Et ça, ce n'est qu'une partie des forces de l'armée britannique ? articula-t-il.

– Ouais, acquiesça Liam. Et à mon avis, on n'a encore rien vu.

– Par tous les…

Sa voix, dont les emportements étaient dignes des prétoires, avait perdu toute sa puissance, réduite à un faible chuchotement.

– Par tous les saints.

Six heures après être arrivé au-dessus de New Wellington et avoir attendu dans une file de Léviathans flottant dans le ciel – formes énormes, sombres et menaçantes comme des nuages d'orage –, le convoyeur vit enfin son tour arriver et put atterrir au milieu de sa propre tempête de neige, permettant aux premiers régiments de la Garde noire de débarquer.

Le capitaine McManus, tout comme les autres officiers, s'affairait à diriger ses troupes sur la plateforme d'atterrissage. Il devait faire cantonner ses hommes dans les campements autour des docks pendant la durée de la halte, commander et sécuriser les approvisionnements, établir un roulement des permissions à terre pour les hommes, gérer les équipements, les armes et les munitions, réparer les dégâts et enrayer les pénuries. Lui et tous les officiers subalternes avaient un nombre incalculable de choses à régler. Ses adieux furent donc brefs.

– Je rentrerais en Irlande si j'étais vous, Liam O'Connor. Beaucoup de choses se préparent… et tout se déroulera un peu plus au nord.

Liam savait qu'il valait mieux ne pas le questionner davantage. McManus en disait déjà bien trop. Le jeune officier l'observa, puis se tourna vers Sal, qui lui renvoya un regard froid.

– J'imagine que vous me considérez comme un assassin sans pitié, n'est-ce pas ?

Il interpréta son silence comme une confirmation.

– J'ai vu ce que ces créatures sont capables de faire. Non seulement les fugitifs… mais également nos propres eugéniques. Si cela dépendait de moi, il n'y aurait aucune de ces aberrations dans le monde. L'homme n'a pas à réécrire l'œuvre de la nature, déclara-t-il en resserrant la lanière de son casque sous son menton. Mais voilà, le génie est sorti de la lampe et nous sommes là où nous en sommes. En tout cas, je suis soulagé que nos deux portés disparus s'en soient sortis indemnes.

Il les gratifia d'un salut rapide et d'un sourire chaleureux, avant de les dévisager une dernière fois l'un après l'autre.

– Vous formez une « famille » vraiment étrange, si je puis me permettre. Et vous, monsieur, ajouta-t-il en serrant la main de Liam, vous êtes sans doute le plus bizarre du groupe. Si je croyais en de telles choses, je dirais que vous êtes tombé du ciel, en provenance d'un tout autre siècle.

– Eh bien, répondit Liam en souriant, disons que j'ai toujours été un peu en retard sur mon temps.

McManus lâcha sa main, les salua tous d'un signe de tête, et retourna vers ses hommes qui attendaient patiemment dans l'ombre du convoyeur. Les voyageurs temporels le regardèrent s'éloigner sans rien dire. L'après-midi résonnait du bruit des bottes et des harnais, des ordres que les sergents aboyaient comme des rottweilers bien dressés, et du fracas métallique des chariots de provisions descendant le long des rampes.

– Et maintenant, qu'est-ce qu'on fait ? demanda Sal.

– On va vers le nord, répondit Liam. À New York. Nous devons trouver un moyen de rentrer chez nous. À moins que Maddy ne se manifeste et nous donne des instructions.

– Affirmatif, acquiesça Bob.

– Elle a des ennuis, dit Sal, c'est évident. Elle a besoin de notre aide.

– Nous devons nous rendre là-bas aussi vite que possible, renchérit Liam.

Il leva les yeux vers le ciel, où cinq ou six autres convoyeurs flottaient dans les airs, attendant de pouvoir se poser pour débarquer leurs troupes.

– Avant que tous ces types ne se dirigent vers le nord et anéantissent ce qui reste de New York.

CHAPITRE 67
2001, NEW YORK

Maddy leva la tête en abritant ses yeux du revers de la main. Becks et un technicien du régiment de Wainwright, le sous-lieutenant Jefferson, s'affairaient à fixer la plateforme motorisée au sommet du tas de briques de leur arche. Il fallait absolument qu'elle soit maintenue solidement, pour ne pas trembler. Elle aurait été plus stable sur le sol à côté de l'arche délabrée, mais elle se serait retrouvée trop bas et le bord du cratère aurait limité sa portée.

Jefferson avait suggéré de l'installer au sommet d'une immense pile de soutènement du pont Williamsburg. Mais il aurait fallu faire courir des câbles sur une longue distance... des câbles qui auraient facilement pu s'endommager dans l'amas dense de métal torsadé et tranchant qu'était devenu le pont. Et surtout, Maddy n'était pas rassurée à l'idée que le réseau ne se trouve pas juste à côté d'eux.

Du bas de la plateforme, un ensemble de câbles descendaient le long des briques branlantes, traversaient un trou dans le toit jusqu'à la salle du fond. Là, ils rampaient sur le sol poussiéreux, franchissaient la porte coulissante menant à la pièce principale, longeaient le bureau informatique, passaient au-dessus du petit cratère creusé vers le tube en plexiglas, jusqu'au support métallique de la machine de déplacement spatiotemporel.

La veille, Maddy avait passé la majeure partie de la journée à proférer des jurons en bidouillant les câbles. Ses grossièretés avaient dû, pensait-elle, quelque peu déconcerter le sergent Freeman, qui l'observait avec curiosité.

En s'appuyant à la fois sur son intuition et sur un schéma qu'elle avait dessiné précédemment, elle avait connecté le câble de données et le câble d'alimentation au système informatique, de façon à permettre à Bob-l'ordinateur de contrôler la parabole. Bien sûr, Bob ne savait alors rien de tout cela. Les ordinateurs en réseau étaient encore déconnectés, et ils le resteraient jusqu'à ce que le groupe électrogène soit remis en marche – une tâche de plus qui venait s'ajouter à la longue liste de choses à faire.

Le générateur était tout simplement hors service. Plus précisément, son moteur. Le réservoir s'était rompu lorsqu'une partie du plafond s'était effondrée et il ne contenait plus que quelques gouttes de carburant. Le reste s'était répandu dans la salle du fond, qui empestait le gazole.

Néanmoins, l'alternateur et le régulateur de tension étaient intacts et nécessitaient simplement une source d'alimentation mécanique – un autre moteur – pour générer une charge électrique utilisable. La réponse à ce problème était simple, du moins en théorie ; il fallait juste qu'ils bricolent un peu un véhicule à moteur quelconque.

Le régiment de Devereau, un régiment d'infanterie, n'avait pas le moindre camion, jeep ou tank à offrir. Les deux seules possibilités que le colonel avait proposées à Maddy, c'était soit de dépouiller leur unique bateau motorisé de son moteur hors-bord peu puissant, soit d'essayer de démonter et de transférer le vieux groupe électrogène de l'armée qui était enfoui au fond d'un de leurs bunkers.

Wainwright avait quelque chose de plus prometteur à lui offrir : un de leurs anciens tanks, qui tombait en décrépitude dans l'enceinte située entre leurs bunkers de défense.

– Un modèle Mark IV de Géorgie, avait-il indiqué.

– Une de ces fameuses friteuses du Sud, avait commenté Devereau, semblant savoir de quoi il était question.

– Une friteuse ? avait répété Maddy en les dévisageant.

– Un blindage peu épais et mal conçu, avait expliqué Wainwright. La chaleur générée par le moteur se dégage dans tout le véhicule, ce qui donne l'impression d'être assis dans une cocotte-minute.

– Et puis le réservoir de carburant est bêtement disposé à un endroit qui le rend très vulnérable, avait ajouté Devereau. On savait qu'il suffisait de tirer dessus pour l'endommager, et que le carburant se répandrait dans le véhicule… et ensuite…

– En effet. C'est pas pour rien qu'on les appelait des friteuses.

Maddy vit que Becks et Jefferson finissaient de fixer la plateforme. De l'autre côté de l'East River, de nombreux hommes en bleu et en gris faisaient déjà crépiter les étincelles des chalumeaux, travaillant d'arrache-pied sur le radeau de fortune qui allait permettre de faire traverser le vieux tank Mark IV.

De son côté, le colonel Devereau supervisait la réparation du réseau de tranchées abandonné. Wainwright et lui étaient d'avis qu'il serait vain de défendre le côté des Confédérés, étant donné que les défenses étaient toutes orientées du mauvais côté, vers le nord, en direction du fleuve, alors que les Britanniques arriveraient par le sud. C'était donc sur cette rive que les deux régiments, ensemble, allaient devoir défendre leurs positions.

Le réseau de tranchées dominait les ruines délabrées qui recouvraient l'espace descendant en pente douce jusqu'au fleuve. Si les Britanniques envisageaient réellement un assaut amphibie, c'était là qu'ils devraient débarquer. Et c'était là qu'ils seraient tués en masse, si les tranchées étaient bien remises en état.

Maddy avait demandé pourquoi les Britanniques feraient une chose pareille, un débarquement amphibie, alors qu'il leur suffisait de parachuter leurs hommes derrière la ligne de défense depuis l'un de leurs gros vaisseaux aériens.

Les deux colonels l'avaient regardée avec perplexité.

– « Parachuter » ? avait répété Devereau, les sourcils froncés. De quoi diable parlez-vous ?

– Bon, oubliez ça, avait répondu Maddy.

Le colonel suivait maintenant son regard vers les étincelles de l'autre côté du fleuve.

– C'est une vision encourageante, vous ne trouvez pas ? Nos hommes travaillant main dans la main.

– Oui. J'espère seulement que nous aurons suffisamment de temps.

Devereau hocha la tête. Un mandat d'arrêt à son encontre était arrivé dans la matinée, remis par un officier portant l'uniforme bleu foncé, presque noir, de la Division des renseignements de l'Union, accompagné d'une patrouille de la Légion étrangère. La nouvelle était déjà remontée aux oreilles du haut-commandement.

Il avait espéré apprendre que les hommes du 5e du Maine, à l'extrémité est de la ligne Sheridan-Saint Germain, étaient les premiers à suivre leur exemple et à les rejoindre. Mais pour le moment, il n'en était rien.

Le colonel promena son regard sur sa droite, le long de la vaste courbe du fleuve. Parmi les silhouettes déchiquetées des bâtiments en ruine au loin, il imagina les autres officiers nordistes observant l'effervescence à cet endroit de la rive en se demandant combien de temps la « ridicule mutinerie de Devereau » allait durer.

Elle durerait beaucoup plus longtemps... si vous aviez le cran de livrer bataille à nos côtés !

La situation n'était guère meilleure du côté du colonel Wainwright. Un mandat d'arrêt était arrivé de Richmond l'accusant de mutinerie.

Wainwright et lui avaient eu une brève conversation dans la matinée via leur liaison téléphonique temporaire. Les nouvelles qu'il attendait de son côté du fleuve ne s'étaient pas concrétisées. Soit le message de Wainwright invitant les autres régiments confédérés de la ligne à les rejoindre n'avait pas été reçu, soit, et il penchait plutôt pour cette hypothèse, les hommes n'avaient pas la volonté ou le courage de se rallier à leurs compagnons.

Le dernier détachement d'hommes du 38e était censé traverser le fleuve plus tard dans la journée et se joindre à eux pour creuser de ce côté. Un peu moins de six cents hommes en tout, y compris des officiers. C'était bien peu pour faire face à la puissance de l'armée britannique, et très probablement à un ou deux régiments de la Légion étrangère, qui était l'unité d'élite de l'armée française.

Il se doutait que des réunions clandestines avaient déjà eu lieu entre les principaux généraux des deux camps, s'accordant pour collaborer temporairement afin d'écraser au plus vite leur petite mutinerie.

Il regarda les lignes du réseau de tranchées, que les hommes creusaient plus profondément et renforçaient avec des sacs de sable et des étais en bois. Elles s'étendaient parallèlement au fleuve, depuis la pile de soutènement du pont Williamsburg vers les ruines lézardées et crasseuses des usines Bryson Glue, là où Brooklyn suivait l'East River vers le nord et se fondait avec le Queens. Des hommes seraient postés dans les usines avec des positions parfaites pour des tirs d'enfilade vers la plage de galets et les voies d'accès.

Mais c'était là, dans cet espace ouvert, ces cinq cents mètres de décombres bombardés et de cratères qui descendaient vers le fleuve, c'était là, où il y avait suffisamment d'espace pour que des dizaines d'engins de débarquement abaissent leurs rampes simultanément, qu'ils allaient devoir les attaquer le plus violemment.

Et c'était dangereusement près du fragile dôme de briques, dans lequel se trouvait la prétendue machine à voyager dans le temps.

Leur première ligne de défense, baptisée « la frontière », consistait en une longue tranchée en ligne droite, allant de la pile du pont à l'usine de colle. La deuxième ligne de défense était le « fer à cheval », une tranchée creusée à la hâte qui suivait les contours de l'imposant cratère au fond duquel était niché le monticule de briques.

Enfin, quand le fer à cheval serait envahi, si cela devait se produire, il y avait « le fort ». L'entrée de l'arche avait été renforcée par un petit édifice de sacs de sable et de barres de soutien, surmonté d'un toit fait d'autres sacs et de terre ramassée à la pelle. Dans ce bunker seraient postées trois équipes munies de mitrailleuses tirant à travers des meurtrières.

Ce sera notre dernier bastion de résistance... si on doit en arriver là.

Il cacha cette pensée derrière un sourire rassurant.

– Nous défendrons ce terrain suffisamment longtemps pour que vous puissiez activer votre machine et nous écrire une toute nouvelle Histoire, mademoiselle Carter. J'en suis persuadé. C'est un bon bout de terrain à défendre.

CHAPITRE 68
2001, NEW WELLINGTON

Les rues de New Wellington étaient engorgées de véhicules à moteur ou tirés par des chevaux, les réfugiés cherchant tous à gagner le Sud pour éviter la bataille imminente. La nouvelle se répandait déjà. La rue principale de la ville portuaire était désormais paralysée par un embouteillage massif, résonnant d'un tumulte assourdissant de cris de colère, de renâclements de chevaux agités et de ronflements de moteurs à combustion.

De chaque côté, les trottoirs étaient encombrés de piétons transportant leurs biens sur le dos. Liam et les autres se retrouvèrent sous le porche d'une quincaillerie à observer la vague des marcheurs défilant devant eux.

– On dirait bien que tout le monde s'en va ! s'exclama Liam.

– Que se passe-t-il ? demanda Sal. McManus t'a expliqué ?

Elle avait prononcé son nom avec une grimace de dégoût.

– Quelque chose se prépare à New York. Il a parlé d'une nouvelle offensive.

– La guerre, encore ? râla Lincoln. Ce monde corrompu n'en a-t-il pas déjà eu assez ?

– Mais si la bataille doit avoir lieu à New York, pourquoi est-ce que tout le monde s'enfuit d'ici ? C'est suffisamment loin du combat, non ?

– Non, pas assez, répondit une voix rauque derrière eux.

Un vieil homme venait d'ouvrir la porte de la boutique.

– Z'avez donc point entendu les rumeurs ?

– Les rumeurs ? répéta Liam en haussant les épaules. Les Britanniques vont attaquer, pour sûr !

Le vieil homme agita une main en l'air pour signifier que cette information n'avait plus rien de nouveau.

– Ça, à peu près tout l'monde est au courant, mon p'tit gars... Non, cette fois, paraît qu'ils vont à nouveau combattre avec des expérimentaux. La nouvelle était dans les journaux ce matin. Des dockers qu'étaient sur leurs aires de déchargement ont aperçu un groupe de leurs bestioles en tube d'un nouveau genre.

Liam regarda Sal et les autres, en se demandant si le vieil homme faisait allusion aux renifleurs ou aux chisons.

– Les imbéciles ! Ils se fichent comme d'une guigne des choses qu'ils lâchent sur nous, par ici ! Des monstres détraqués conçus pour tuer ? Qu'importe, c'est jamais que l'Amérique, pas vrai ? maugréa-t-il. C'était d'jà assez pénible qu'on ait de ces bestioles en tube dans toutes les fermes et les usines du pays... mais maintenant ils nous en balancent qu'ont été fabriquées uniquement pour tuer ? Pas étonnant que ça fiche la pétoche à tout l'monde. Z'ont peur d'un nouveau Preston Peak ! R'gardez-bien cet endroit ! Dans vingt-quatre heures, ce sera une ville fantôme. Va falloir que j'barricade ma boutique contre les pillards, et p'têt bien qu'moi aussi, j'vais filer vers le sud jusqu'à ce qu'ils aient bien rassemblé tous leurs monstres et qu'ils les aient remis dans leurs cages. Bon sang, j'veux pas être le seul fou en ville s'ils perdent à nouveau le contrôle de leurs satanées créatures.

– Je vous comprends, acquiesça Liam.

– Bon, reprit le vieil homme l'air revêche, vous et vos amis, z'étiez venus acheter quèqu'chose ?

– Ah non, on essayait juste... d'éviter tous les..

– Eh ben, c'est pas un maudit hôtel ici !

Il jeta un coup d'œil à la silhouette imposante de Bob, qui se tenait voûté pour que sa tête puisse passer sous l'auvent accroché au-dessus du porche.

– Vous bloquez l'accès aux vrais clients ! Feriez mieux de débarrasser le plancher si vous d'vez rien acheter !

– D'accord, d'accord, soupira Liam, on s'en va.

Il descendit le premier les trois marches menant sur le trottoir et se retrouva au beau milieu de la foule affairée. Toutes les classes sociales se mêlaient, riches et pauvres, chapeaux melons et casquettes, bonnets en dentelle et châles élimés, un flot de citadins inquiets, grognant des jurons et marmonnant des reproches au passage de Liam et de ses compagnons qui progressaient tant bien que mal à contre-courant.

Une heure plus tard, ils longeaient la route en direction du nord-est à la sortie de New Wellington. La chaussée était encore bondée de véhicules et de chariots roulant vers le sud. Ils avançaient péniblement et lentement, mais au moins ils avançaient.

Liam se demandait bien pourquoi tant de civils s'embêtaient à vivre si près du front. Après tout, selon McManus, la guerre était une lutte continuelle, une fluctuation constante de la première ligne, qui s'étendait vers l'ouest en passant par l'État de New York, la Pennsylvanie, l'Ohio, l'Illinois, avec de petites escarmouches ici et là chaque été, qui repoussaient la ligne de cinq cents mètres d'un côté ou de l'autre.

Mais cette guerre était dans une impasse et les gens s'étaient habitués à vivre avec. Ils s'étaient habitués à son grondement discret en fond sonore, comme un orage qui passe.

Les gens font avec… C'est comme ça.

Sauf qu'évidemment ce n'était plus le cas désormais. Pas avec ces rumeurs d'offensive militaire. Pas avec ces rumeurs d'eugéniques tueurs déployés non loin de chez eux.

– C'est ridicule, s'indigna Sal quand il lui fit part de ses pensées. Les eugéniques ne sont pas dangereux… pas ceux qui nous ont enlevés, en tout cas. N'est-ce pas ?

Elle leva les yeux vers Lincoln.

– Pauvres choses, dit-il. À vrai dire, c'était de bien tristes créatures.

Liam ne savait décidément pas quoi penser des eugéniques.

Il pouvait comprendre la peur de tous ces gens qui passaient devant eux. Quand ils étaient à la ferme, l'attaque lui avait semblé violente et franchement terrifiante sur le coup. Et pourtant, il réalisait maintenant que ces créatures étaient juste une bande d'ouvriers fugitifs, craignant pour leurs vies, faisant simplement leur possible pour trouver de quoi manger et survivre.

Mais si ces créatures avaient eu l'air effrayantes, à quoi pouvaient ressembler des eugéniques de combat ? Cela dit, il en avait déjà rencontré quelques-uns, les renifleurs, et ils ne lui avaient pas paru si horribles.

Une pensée lui vint à l'esprit qui le fit frissonner.

Il doit y en avoir d'autres types que nous n'avons pas encore vus.

– On ferait bien de se remettre en chemin. La route a l'air de se dégager un peu. On devrait avancer plus vite maintenant qu'on est sortis de la ville. À quelle distance sommes-nous de New York, Bob ?

– Information : cent soixante-dix-huit kilomètres.

– Ah bon, j'ai eu peur, commenta Liam en souriant. On s'est bien rapprochés, alors. On y va ?

CHAPITRE 69

2001, NEW YORK

– Oh la vache ! s'exclama Maddy. Ça marche vraiment !

Le voyant de la prise quadruple protégée contre les surtensions était orangé.

– Nous avons suffisamment d'amplitude, maintenant.

– Affirmatif, répondit Becks, qui se tenait juste à côté d'elle.

Maddy se baissa pour allumer d'un geste brusque le PC en réseau le plus proche. Un des écrans clignota. Elle alluma le suivant, puis celui d'après, jusqu'à ce que les neuf ordinateurs ronronnent à l'unisson en démarrant.

Maddy voulait que les deux colonels soient témoins de ça. Même si elle savait qu'ils croyaient désormais plus qu'à moitié à son histoire, ça ne leur ferait pas de mal de voir les machines reprendre vie. Elle courut à travers l'arche, dérapant sur des débris, et sauta par-dessus l'épais réseau de câbles d'alimentation qui sortait sous le rideau métallique entrouvert. Il serpentait autour de l'entrée du « fort », puis tournait à gauche en suivant une tranchée fraîchement creusée sur une vingtaine de mètres, avant de remonter le long de la paroi arrière de la tranchée. De là, il traversait plusieurs mètres d'un terrain vague plein de gravats et de mauvaises herbes, en direction des panneaux arrière ouverts du tank Mark IV de Wainwright. Le carter du moteur, volumineux et piqué de rouille, trépidait nerveusement, comme un chat sauvage coincé dans une boîte à chapeau, et crachait un épais nuage de fumée par un pot d'échappement situé au sommet de la tourelle.

Le moteur du tank qui peinait faisait tourner un volant

d'inertie. Une courroie de distribution, constituée d'une boucle de cuir épais prise sur l'arbre de transmission du véhicule, avait été installée autour du volant et reliée à leur groupe électrogène en piteux état. Celui-ci avait été hissé dehors et placé à côté du tank.

Sur le terrain en pente descendant vers le fleuve, Maddy aperçut Wainwright et Devereau qui se tenaient au bord de la « frontière ». Devereau était accroupi et parlait à quelqu'un dans la tranchée, tandis que Wainwright fumait sa pipe en scrutant l'autre rive du fleuve.

– Hé, vous deux ! Les colonels ! hurla-t-elle en essayant de couvrir le vrombissement du moteur capricieux du tank.

Ils regardèrent tous les deux dans sa direction, et elle leur fit un signe de la main.

– Ça marche ! On a du courant !

Elle attendit qu'ils la rejoignent à petites foulées, puis les conduisit à travers la tranchée en suivant le câble, baissa la tête pour entrer dans l'arche et se dirigea vers les ordinateurs. Tous les moniteurs affichaient désormais le même fond d'écran qu'elle avait installé quelques jours auparavant : un portrait d'Homer Simpson.

– Bonté du ciel ! s'exclama Devereau, décontenancé par la rangée de visages identiques, tous souriants.

Maddy tira un siège et s'assit devant le bureau.

– Bob-l'ordinateur ? Tu es là ?

– Ce… ce visage jaune, balbutia Wainwright, c'est le visage de… de votre ordinateur ?

– Quoi ? Oh mais non, c'est juste un… un… Enfin bon, ce n'est pas très important.

Une boîte de dialogue apparut sur l'écran face à elle.

> Bonjour, Maddy. Une grosse défaillance semble s'être produite.

Soit Bob voyait les décombres dans l'arche derrière elle, soit il enregistrait des problèmes internes sur un ou plusieurs des ordinateurs en réseau.

> Je détecte également la présence de deux personnes non autorisées dans l'arche.

– C'est bon, Bob, c'est bon. Ils ont ma permission.

> Affirmatif.

Wainwright n'en croyait pas ses oreilles.

– Cette machine discute avec vous ?

– Eh oui… Bob est… enfin, Bob-l'ordinateur. À ne pas confondre, bien sûr, avec Bob, qui est… eh bien, une sorte d'ordinateur en forme d'homme et une copie de Bob-l'ordinateur… et d'une partie de Becks en fait, qui est d'ailleurs elle-même une copie de Bob-l'ordinateur…

Elle leva les yeux vers les colonels et réalisa qu'elle était en train de s'emmêler les pinceaux.

– Considérez simplement Becks et ce système informatique comme une famille… en quelque sorte.

– Une famille ? répéta Wainwright, en regardant Devereau qui ne comprenait pas davantage.

– Bob, nous avons été confrontés à une onde temporelle. Et une grosse.

> C'est manifeste.

– L'onde a été provoquée par la présence de Lincoln en 2001, alors qu'il aurait dû être ramené à son époque.

> C'est la conclusion la plus probable. Où se trouve Lincoln maintenant ?

– Nous n'avons pas cette information, répondit Becks.

> Bonjour, Becks.

– Bonjour, Bob-l'ordinateur.

Maddy frappa du poing sur le bureau d'un air impatient.

– Gardez vos cajoleries pour plus tard, vous deux. Nous devons leur envoyer un message immédiatement !

– Le dernier emplacement connu est la fenêtre ouverte près de la FBI Academy à Quantico, en Virginie, indiqua Becks. C'était il y a cinq jours.

> Correct. Ces coordonnées figurent dans mon journal de bord.

– Ils ont dû essayer de nous rejoindre, dit Maddy. C'est à quelle distance d'ici ?

– Information : trois cent soixante-quatre kilomètres.

– Ils devraient déjà être arrivés, non ? suggéra Maddy d'un air incertain. À moins qu'ils aient décidé de ne pas bouger en attendant que j'ouvre une fenêtre là où nous les avons déposés ?

> C'est une possibilité tout aussi probable.

Maddy serra le poing et jura. Les deux colonels échangèrent un regard perplexe devant ce langage coloré auquel ils ne comprenaient pas grand-chose.

– Mais attendez ! dit-elle soudain. Je peux leur laisser tout le temps qu'ils veulent… même un mois entier si c'est ce qu'il leur faut pour…

– On ne pourra pas retenir les Britanniques aussi longtemps !

Maddy secoua la tête.

– Du calme, du calme. Nous parlons de déplacement spatiotemporel. Nous pourrons ouvrir un portail dès que la machine sera suffisamment chargée. Disons dans douze heures, environ. Mais je peux décider que le repère temporel ouvrira un espace dans un mois à compter de maintenant. Vous voyez, avec le déplacement spatiotemporel, chaque moment, que ce soit dans le passé, le présent ou le futur, se situe maintenant… tant qu'on a assez d'énergie pour y parvenir. C'est simple comme bonjour.

Un curseur clignota dans la boîte de dialogue.

> Négatif.

– Quoi ?

> Le diagnostic de la machine de déplacement indique que le module d'analyse de la phase tertiaire descendante a échoué. Pour le moment, il est impossible d'ouvrir une fenêtre dans le futur.

– Bon sang, pourquoi est-ce toujours si… ? fulmina Maddy en tapant encore du poing sur le bureau.

– Est-ce que cela signifie que votre machine ne peut pas fonctionner ? demanda Devereau.

– Non… non, ça veut simplement dire que nous devons

attendre en temps réel, soupira Maddy dans un haussement d'épaules. Je suis bien bête, j'espérais pouvoir recourir à la solution la plus simple. Bon, d'accord... On passe au plan B, alors. On choisit un endroit qui se trouve à peu près à mi-chemin entre New York et Quantico, et on leur laisse, voyons... deux jours... non, trois – en tout cas suffisamment de temps pour être sûrs qu'ils puissent y arriver.

– À partir de maintenant ? demanda Devereau.

Elle acquiesça, puis remarqua que les deux hommes avaient l'air inquiets.

– On peut tenir nos positions tout ce temps ? Enfin, je veux dire... S'ils attaquaient, disons maintenant, vos hommes pourraient défendre cet endroit pendant trois jours ?

Les officiers se regardèrent sans rien dire. Ce fut Wainwright qui rompit le long silence.

– Tout dépendra des forces qu'ils nous envoient... et bien sûr, du temps qu'ils mettront à réagir à la nouvelle de cette mutinerie.

– Et de la combativité de nos hommes, ajouta Devereau.

– Je sais que les officiers de mon régiment se battront jusqu'à la mort. En tant que gradés, nous serions désormais tous bons pour le peloton d'exécution si nous étions amenés à nous rendre. Quant aux simples soldats, ils se retrouveraient dans les prisons militaires britanniques.

Devereau acquiesça d'un air grave.

– Un destin similaire attend mes officiers. Mais je pense que mes hommes se battront jusqu'au bout, car aucun repli ne sera possible en cas d'attaque. Les légionnaires français seront alignés derrière nous, prêts à tirer sur quiconque tentera de battre en retraite.

– Alors ? reprit Maddy, qui attendait toujours une réponse. Trois jours, c'est bon ?

– Juste pour être sûr... répondit Wainwright pensivement. Vous nous promettez que cette nouvelle version de l'Histoire remplacera la version actuelle ?

– Si j'arrive à les récupérer et à les renvoyer en 1831, oui.

Et si Lincoln est toujours en vie.

Elle supposait que Bob et Liam allaient bien. Jusqu'à présent, ils semblaient avoir été capables de tout surmonter ensemble. Quant à Sal, elle devait aller bien aussi, elle pouvait compter sur eux deux pour prendre soin d'elle. Mais Lincoln… c'était un électron libre. Une grande gueule. Il avait pu lui arriver tout et n'importe quoi en une semaine.

– Dans ce cas, nos hommes vont vous donner ces trois jours, dit Wainwright. Qu'en dites-vous, William ?

– Oui. C'est une bonne position défensive.

Maddy se tourna vers la webcam.

– OK, Bob-l'ordinateur. On fixe le rendez-vous dans trois jours. Il ne reste plus qu'à trouver un endroit à mi-chemin entre ici et Quantico. Un lieu calme et paisible, de préférence.

> Affirmatif.

– Disposons-nous d'assez d'énergie pour envoyer un signal à longue portée ?

> Affirmatif. Information : mon diagnostic a également relevé des erreurs de calibrage sur le dispositif de transmission.

– Correct, confirma Becks. Une pièce de remplacement a été connectée. C'est une antenne de communication radio classique. Je peux t'aider à effectuer le recalibrage, Bob.

– Très bien, vous deux, occupez-vous de ça, trancha Maddy avant de se tourner vers les colonels. L'un d'entre vous aurait-il des cartes relativement récentes que nous pourrions consulter ? Nous devons trouver un lieu de rendez-vous pour nos voyageurs.

CHAPITRE 70
2001, NEW WELLINGTON

Des étincelles s'envolaient de leur feu de camp en dansant dans le ciel nocturne. Il y en avait des dizaines d'autres devant et derrière eux, tout le long de la chaussée. Les réfugiés se dirigeaient vers le sud, et ceux qui étaient à pied, comme eux, s'étaient arrêtés sur le bord de la route pour la nuit, afin de se reposer, de manger et éventuellement de dormir.

Liam, Sal, Bob et Lincoln étaient occupés à faire cuire des épis de maïs qu'ils avaient cueillis dans un champ un peu plus tôt dans la soirée. Quelque part de l'autre côté de la route, quelqu'un torréfiait des grains de café et quelqu'un d'autre faisait griller du bacon.

– Il fait plus frais, ce soir, dit Liam.

Sal, blottie contre lui, hocha la tête.

– Tu vas bien, Sal ? lui demanda-t-il.

Elle acquiesça à nouveau, les yeux rivés sur le feu.

– Je sais, commença-t-il. Je sais combien ce qui s'est passé était dur…

– Dur ? chuchota-t-elle.

C'était un mot bien faible, bien mal choisi pour qualifier ce à quoi ils avaient assisté.

– Je… je le vois tout le temps, Liam. Tu sais ? Je vois Samuel qui me regarde, qui me regarde droit dans les yeux au moment où ils le tuent. Il était…

Elle ne parvint pas à finir sa phrase. Ils observèrent le feu en silence, tandis que les épis noircissaient lentement.

– Je me sens… reprit-elle d'une voix nerveuse. Je me sens

bizarre. Comme si… comme si je n'étais plus moi. Plus la même Saleena qu'avant.

– Nous avons vu beaucoup de choses, toi et moi.

– C'est comme si mon ancienne vie, mes parents, ma maison, mes camarades d'école… c'est comme si tout cela faisait partie de la vie de quelqu'un d'autre, et non plus de la mienne. Tu vois ce que je veux dire ?

– Oui, répondit-il doucement. C'est pareil pour moi.

– C'est comme si toi, Maddy et moi étions ensemble depuis des années.

Pourtant Sal savait exactement combien de temps cela faisait : cent cinquante-cinq jours, soixante quinze cycles de boucle temporelle et cinq jours.

– Pour moi, c'est vraiment le cas, dit Liam. J'ai passé six mois en 1956… et de nouveau six mois au XIIe siècle. Et encore un semestre au temps des dinosaures. Tu sais quoi ? ajouta-t-il en lui lançant un regard perplexe. J'ai vécu une année entière de plus que vous depuis que nous avons été recrutés.

Elle leva les yeux vers lui et inclina la tête pour regarder la mèche de cheveux blancs sur sa tempe.

– Je sais. Tu as l'air plus vieux, d'ailleurs.

– Eh bien, je devrais avoir dix-sept ans maintenant, je crois, remarqua-t-il, avant d'afficher un air faussement sérieux. J'ai raté mon anniversaire !

Elle sourit et lui donna une petite tape sur le bras.

– Joyeux anniversaire, alors.

Il tâta un des épis roussis avec un bâton. Il était encore trop dur pour être mangeable. De l'autre côté du feu, Lincoln marmonnait quelque chose à Bob à propos de son enfance, une histoire de dépeçage de lièvre.

– Tu as raison, reprit Liam au bout d'un moment.

– À quel sujet ?

– Quand tu dis que nous sommes différents, maintenant. Toi, Maddy et moi. J'ai vu et fait des choses qui m'ont changé, je pense.

– Comme quoi ?

– Eh bien… j'ai tué un homme, pour sûr.

– Vraiment ?

– Ouais. Pendant la bataille de Nottingham. J'ai tué un soldat avec mon épée. Il me regardait… il me fixait quand j'ai fait ça. Comme… je ne sais pas, Sal, c'était comme s'il voulait que je le *connaisse* à ses derniers instants, comme s'il voulait que je sois sûr de me souvenir de lui pour toujours. Et ça a marché. Je le vois toutes les nuits… dans mes rêves. Ce même gars. Ce même visage.

– Ça t'arrive de rêver du moment où Foster t'a recruté ?

Liam ferma les yeux. Pas récemment. Depuis Nottingham, c'était cet homme qui hantait ses nuits, encore et encore.

– Ça m'arrivait, avant ça.

– Moi, j'en rêve encore presque toutes les nuits. Je me rappelle les moindres détails. Je revois tout, comme si c'était un film holographique.

Elle lui avait raconté son recrutement une fois.

– Le feu ?

Sal acquiesça.

– Chaque matin, quand je me réveille, j'ai envie de pleurer… parce que c'est comme si je venais de quitter mes parents… ma *mathaji* et mon *baba*, encore une fois.

– Moi je me souviens à peine des miens, avoua Liam.

Il essaya de se les rappeler, s'efforça de revoir leurs sourires et leurs regards sévères. Une seule image, très fugace, semblait capable de lui remémorer leurs visages : il tenait entre ses mains une photo d'eux passablement jaunie dans un vieux cadre en étain. Il secoua la tête. Pourquoi était-ce le seul souvenir tangible auquel il pouvait se raccrocher ?

– Mais il y a cette chose, Liam, cette chose étrange…

Il renonça à trouver une autre image mentale de ses parents. Ils avaient disparu. Ils appartenaient à la vie de quelqu'un d'autre, désormais.

– Quoi ? Quelle chose ?

– Dans mon souvenir, quand Foster me sauve de cette tour en feu, il y a ce moment, lorsque le bâtiment commence à s'effondrer. C'est horrible.

Elle tressaillit en repensant à la sensation du sol qui se dérobe sous ses pieds, cette impression de chute… et le feu en dessous d'elle semblant attendre qu'elle y plonge, comme si elle tombait dans l'enfer lui-même.

– Je tombe, Liam… mais en dessous de moi, il y a cette peluche qui tournoie. Un ours. Un ours en peluche bleu. Il appartenait à un de mes voisins, le petit garçon de Mme Chaudhry. Il m'arrivait de le garder.

– Et alors ? Qu'y a-t-il de si étrange dans tout ça ?

– Je l'ai vu, Liam. Le même ours, *exactement* le même ours. Je l'ai vu dans la boutique de vieilleries à côté de l'arche.

CHAPITRE 71

2001, NEW WELLINGTON

De l'autre côté du feu, Lincoln faisait la grimace. Il avait l'air à la fois troublé et contrarié.

– Comment un monde peut-il être à ce point différent du fait de l'absence d'un seul homme ? marmonna-t-il en se grattant la barbe. Cette idée me semble dénuée de toute logique. Même s'agissant d'un homme comme moi. J'espérais laisser une trace dans l'Histoire, mais de là à faire naître un tout nouveau monde… par ma seule absence ? Je n'arrive toujours pas à trouver un sens à tout cela.

– Puisque tous les moments du passé, du présent et du futur existent en même temps, il est logique de dire que le futur a déjà eu lieu, déclara Bob tout en scrutant l'obscurité avec méfiance. Ainsi, tous les événements sont prédéterminés à se produire d'une certaine façon. Chaque fait, chaque individu, est un élément de cette série d'événements, expliqua-t-il avant de tourner son regard vers Lincoln. La série prédéterminée, que vous appelez « Histoire », peut tolérer l'absence ou la modification d'événements mineurs. Mais votre influence sur l'issue de la guerre de Sécession était un événement essentiel.

– Alors il me paraît important que vous m'en disiez davantage sur la vie qui m'attend, vous ne croyez pas ? De façon à ce que je prenne les bonnes décisions dans cette vie où je me retrouve président du Nord pendant la guerre.

– Négatif. Vous n'avez pas besoin de savoir. Les événements de l'Histoire, les circonstances de votre vie et votre propre nature se conjugueront pour vous orienter dans la bonne direction.

– Mais il y aura sûrement des moments dans cette vie où ma destinée ne tiendra qu'à… je ne sais pas, moi… à une pièce qu'on lance à pile ou face, ou même au sourire troublant d'une jolie femme.

– Si le cours de votre vie dépendait de variables aussi insignifiantes, vous seriez un événement mineur de la série, et votre absence n'aurait pas provoqué cette onde temporelle, répliqua Bob en penchant la tête tandis qu'il s'efforçait de trouver une expression appropriée dans sa base de données. Le destin a un projet pour vous.

Lincoln regardait fixement les flammes, comme s'il espérait découvrir des réponses cachées dans leurs formes vacillantes et éphémères.

– Autrement dit, vous pensez que je dois suivre mon instinct ?

– Tout ce que vous serez existe déjà en vous, répondit Bob. L'esprit humain est un stock de souvenirs. Ces souvenirs et le modèle comportemental dont vous héritez génétiquement définissent qui vous êtes.

Lincoln acquiesça. Il pensait avoir compris. Un jour, il avait eu une conversation très similaire avec son père, un homme simple, sans éducation, mais avec une sagesse bien plus grande que ne le laissaient penser ses mains calleuses.

Nous sommes tout ce que nous voyons et ce que nos ancêtres ont vu.

Et, au cours des derniers jours, il avait vu des choses très douteuses, ces créatures par exemple. Des créatures capables de penser et parler intelligemment – *elles savent lire et écrire, bon sang de bois !* – traitées comme des biens appartenant à quelqu'un. Comme des objets, des choses qu'on jette ou qu'on recycle lorsqu'elles sont cassées. On pouvait donc traiter une créature comme un chien de garde, et même pire, comme du bétail, tout en lui reconnaissant une forme d'intelligence humaine ?

– Je pense que vous avez raison, Bob. Un jour, mon père…

– Un instant, le coupa Bob les yeux papillotant.

– Parbleu, qu'est-ce qui vous prend ? s'offusqua Lincoln.

Liam et Sal se turent et observèrent Bob, depuis l'autre côté du feu de camp.

– Bob ? Est-ce que tu … ?

– Affirmatif, Liam. Je détecte des particules de tachyons.

– Enfin ! s'exclama Sal. Qu'est-ce que te raconte Maddy ?

Bob avait la tête inclinée, tel un chien guettant son maître.

– Juste un instant… Je reconstitue le message.

Lincoln les dévisagea tous les trois, l'un après l'autre, comme s'ils étaient tous devenus fous.

– Vous n'allez quand même pas me dire qu'il entend la voix de Mlle Carter ?

– Eh bien si, d'une certaine façon, admit Liam en haussant les épaules.

Bob hocha alors la tête, se redressa et regarda le garçon.

– Maddy nous fixe un rendez-vous.

– Où ? demanda Sal.

– Et surtout quand ? ajouta Liam.

– Dans soixante et onze heures, cinquante-neuf minutes et trois secondes.

– Autrement dit, dans trois jours, traduisit Liam.

– Le point de rendez-vous se trouve à cinquante kilomètres à l'ouest d'ici. Un endroit connu sous le nom de New Chelmsford.

– Cinquante kilomètres ! répéta Sal. Jahulla ! Ça fait une longue marche, non ?

Liam se mit à réfléchir en scrutant l'obscurité. La direction qu'ils devaient prendre allait les éloigner de l'axe nord-sud qu'ils avaient suivi jusqu'alors. Dans la campagne, loin des routes engorgées de réfugiés. Loin de New York.

Elle l'a fait exprès. Elle nous a trouvé un lieu sûr vers lequel nous diriger.

– Ça fait une trotte, pour sûr… mais ce n'est pas si terrible, après tout. Nous partirons tôt demain matin.

CHAPITRE 72

2001, NEW YORK

Wainwright avala une petite gorgée de café et se lécha les babines, l'air satisfait.

– Et vous dites que vous appelez ça du café « instantané » ?

Maddy regarda le pot qui se trouvait sur la desserte à côté de leur bouilloire.

– Tout à fait. On est un peu paresseux à notre époque. Pour faire du café, il suffit d'appuyer sur le bouton de la bouilloire et de mettre une cuillerée de granules dans une tasse. Finie la corvée des grains à torréfier et à moudre soi-même.

C'était rassurant d'avoir à nouveau de l'électricité, de voir la douce lueur des écrans de Bob-l'ordinateur, et d'entendre le ronronnement de la machine de déplacement spatiotemporel qui se rechargeait doucement. Dehors, hors de vue mais haletant toujours, le moteur du tank continuait de tourner avec un marmonnement mécanique capricieux, semblant vouloir dire qu'il jetterait l'éponge au premier reproche.

Les hommes étaient désormais reclus dans les tranchées, soldats confédérés et soldats de l'Union réunis en un seul et même régiment. Des vestes bleu foncé et grises côte à côte, observant l'étendue de l'East River éclairée par la lune et la silhouette dentelée de Manhattan au-delà.

– Les Britanniques lancent rarement l'assaut la nuit, indiqua Wainwright en reprenant sa discussion concernant les préparatifs. C'est leur côté fair-play. Bien sûr, cela ne veut pas dire qu'ils ne tenteront rien cette nuit.

Une petite équipe d'hommes se trouvait de l'autre côté de

l'East River, à l'affût des premiers signes des Britanniques. La ligne téléphonique était encore en fonction entre les deux rives. Dès qu'ils verraient du mouvement, les hommes appelleraient pour donner une estimation brute de l'effectif des troupes ennemies avant de traverser le fleuve rapidement sur le bateau à moteur.

– Mais je pense que ce soir nous pouvons nous permettre de savourer ce café, dit Wainwright en sortant de sa poche une petite flasque cabossée. Colonel Devereau ? Un petit remontant pour accompagner votre café *instantané* ?

Devereau sourit, et tendit sa tasse pour que le Confédéré y verse une dose de whisky.

– Juste une goutte… Il faut que je garde les idées claires.

– En effet.

Les deux colonels trinquèrent et avalèrent une gorgée.

– Mademoiselle Carter ? dit Devereau. Dites-m'en plus sur les voyages dans le temps. Je trouve cela absolument fascinant, même si c'est quelque peu déroutant.

– Que voulez-vous savoir ?

– Eh bien… pour commencer, ça fait quoi de véritablement voyager dans le temps ?

Elle ferma les yeux et se mit à réfléchir.

– C'est… c'est très étrange. D'un blanc spectral. On est dans une sorte d'espace intermédiaire. Dans une autre dimension, à vrai dire. Parce que c'est ce qu'on fait, dans le fond : on quitte l'espace-temps conventionnel et on le réintègre à un nouvel endroit, plus tôt ou plus tard.

– Quelle expression venez-vous d'employer ? demanda Wainwright. Une autre « dimension » ?

– Exactement. Vous comprenez ce que sont les trois dimensions, non ? En haut et en bas, à gauche et à droite, devant et derrière ?

– Ah ! Vous voulez dire les axes de mouvement, mademoiselle Carter ? C'est bien de cela dont vous parlez ?

– Tout à fait. Nous les appelons les « dimensions spatiales ». Eh bien, dans notre cours du temps, les physiciens évoquent l'existence de onze dimensions spatiales. Onze axes de mouvement.

– Cela n'a pas de sens ! protesta Devereau. Quelle autre direction peut exister en dehors de celles que vous avez citées ?

– Justement, tout est là. Nous, les humains, ne pouvons visualiser plus de trois dimensions, car c'est l'espace dans lequel nous vivons. Mais ces autres dimensions existent vraiment, qu'on y croie ou non, qu'on puisse en faire l'expérience ou non. Tenez, imaginez un monde en deux dimensions.

Maddy arracha une feuille de papier quadrillé à un bloc, et la posa sur la table de la cuisine, entre les colonels. Elle saisit un stylo à bille et dessina un bonhomme-têtard sur la page.

– Je vous présente Fred, qui vit dans son monde bidimensionnel. Vous voyez, Fred peut voir et se déplacer dans quatre directions : en haut et en bas, à gauche et à droite. OK ?

Ils acquiescèrent tous les deux.

Elle griffonna un autre bonhomme-têtard, cette fois avec une jupe et une bouche lippue.

– Et voici Loretta. Eh bien, si Fred regarde Loretta, il ne saura pas si c'est un garçon ou une fille. Pourquoi, à votre avis ?

Les deux colonels caressèrent leur barbe d'un air pensif.

– Que pensez-vous que Fred voit lorsqu'il la regarde ?

– Une femme en bâtons mal dessinée ? répondit Wainwright.

– Non, il ne voit rien d'autre qu'un trait plat. Il peut seulement regarder le long de la surface du papier. Et si vous posez vous-même votre tête directement sur le papier, vous pourrez presque voir les choses de son point de vue. Loretta est seulement un trait. Il ne verra jamais ses lèvres pulpeuses ou sa jupe de fille. Il verra seulement un trait, car il ne peut pas regarder cette page d'en haut, ou plus précisément à l'intérieur de cette page. Il ne saura pas que c'est une dame, et ils ne tomberont donc jamais amoureux.

– Mais Fred peut-il regarder vers le haut ? demanda Devereau, perplexe. Pourrait-il nous voir ?

– Non. Même si nous sommes juste là, penchés au-dessus de lui. Car il ne peut concevoir « l'intérieur » ou « l'extérieur » du monde que représente ce bout de papier. Il ne saura jamais que nous existons. C'est pour ça que nous, qui sommes nés dans un univers tridimensionnel, nous ne pouvons voir, ni même concevoir d'autres dimensions spatiales. Mais ce n'est pas parce qu'on ne peut pas les voir qu'elles n'existent pas.

– Je comprends.

Elle se demanda si c'était vraiment le cas.

– Ainsi, poursuivit-elle, pour Fred, voyager dans le temps, ce serait comme le faire s'envoler de ce bout de papier et le reposer dans un autre coin de la feuille.

– Ce serait sans doute une expérience troublante pour Fred, commenta Wainwright.

– Personnellement, je n'aime pas trop cette sensation, admit Maddy. On a l'impression de tomber.

Ils se turent un instant. Dehors, quelque part dans la nuit, autour d'un feu de camp, des hommes hurlaient de rire.

– Si vous réussissez et que cet Abraham Linford…

– Lincoln.

– Oui, que cet Abraham Lincoln est renvoyé à son époque, vous dites que l'Histoire essaiera de se réécrire ?

– C'est exact.

– Dites-moi, intervint Devereau, que se passera-t-il pour nous ? Pour James, moi… nos hommes ? De quoi serons-nous conscients ? Saurons-nous que c'est en train de se produire ?

– Oui, vous verrez l'onde arriver. C'est un spectacle assez impressionnant.

– Pourriez-vous le décrire, mademoiselle Carter ?

– Eh bien…

Elle se tourna vers Becks, dont le regard neutre et calme indiquait qu'elle ne lui serait d'aucun secours.

– Eh bien, c'est… c'est un mur de réalité, comme la première vague d'un raz-de-marée. Une vague qui commence comme une simple ondulation et qui traverse les jours, les mois, les années, les décennies… les siècles, en devenant de plus en plus puissante. Et lorsqu'elle arrive enfin…

Maddy secoua la tête et ferma les yeux, sentant la chair de poule couvrir ses avant-bras.

– C'est comme regarder, je ne sais pas… C'est comme si la croûte terrestre se déchirait, et qu'un bord avalait l'autre. C'est aussi gigantesque qu'une chaîne de montagnes, mais ça ondule et ça tourbillonne comme si c'était liquide. Et ça arrive vite, messieurs… vraiment très vite. Vous ne pouvez pas lui échapper.

– Ça a l'air franchement terrifiant, bredouilla Devereau, la mine pâle.

– La première fois, oui, j'imagine.

– Et lorsque cette vague vous atteint, mademoiselle Carter, que se passe-t-il ? demanda Wainwright.

– Vous changez. Le monde change.

– On change ? Est-ce qu'on le ressent d'une façon ou d'une autre ? Est-ce que ça fait mal ? Est-ce que c'est désagréable ?

– Non. Vous cessez simplement d'exister, et une autre version de vous apparaît. C'est tout.

Les hommes échangèrent un regard. Wainwright fronça les sourcils.

– À vous entendre, c'est comme si… comme si j'allais être anéanti par cette vague, vaporisé.

Maddy se mordit la lèvre. Il avait plutôt raison, dans le fond.

– Cette vague signifierait la fin de mon existence ? reprit Wainwright. L'homme que je suis devenu, toute cette vie de bons et de mauvais souvenirs, ma famille à Richmond, tout ça disparaîtra ? Tout sera détruit ?

Elle se demanda si elle ne devrait pas enjoliver un peu la vérité, la rendre plus acceptable, plus tolérable, aux yeux du colonel sudiste. Mais elle n'en fit rien et décida plutôt d'être honnête avec lui.

– Oui, cela signifie la fin de votre existence, en quelque sorte. Mais, ajouta-t-elle rapidement, cela veut aussi dire qu'apparaît un nouveau vous.

– Un nouveau moi, dites-vous ? Un autre moi ? Ce sera sûrement un homme qui n'aura de commun avec moi que le nom et l'apparence, non ? imagina-t-il avant de se tourner vers Devereau. William, sommes-nous en train de sacrifier nos vies simplement pour que d'autres hommes, qui nous ressemblent étrangement, puissent jouir d'une meilleure existence ?

– Peut-être, acquiesça Devereau, soucieux. Mais, James… ne sommes-nous pas déjà morts, de toute façon ? Notre mutinerie sera de courte durée. J'avais espéré que les flammes de la rébellion se propageraient, mais… eh bien… il s'avère que nous sommes désormais seuls dans cette aventure. Voilà où nous en sommes, c'est ainsi. Mais, colonel, permettez-moi de vous présenter les choses autrement.

– Comment ?

– Si en mourant sur un champ de bataille ou en étant anéanti par cette « onde temporelle », vous pouviez mettre un terme à cette guerre, chasser les Français et les Britanniques de nos terres, et unir nos États du Nord et du Sud une bonne fois pour toutes… Et si vous pouviez faire tout cela en un instant. Ne serait-ce pas une belle façon de disparaître ?

Wainwright fixa longuement son homologue. Enfin, son expression soucieuse s'envola et laissa place à un grand sourire.

– Vu sous cet angle, colonel Devereau…

Il leva sa grande tasse et trinqua avec son ami.

– Aux fous qui veulent changer l'Histoire.

CHAPITRE 73

2001, NEW YORK

Le sergent Freeman frotta ses yeux endormis en regardant le ciel brumeux. Par-delà la bande de terre de Manhattan, par-delà l'Hudson River, vaste et tranquille, se trouvait le New Jersey.

Le Sud.

Freeman réalisa qu'il n'avait jamais réellement vu le Sud d'aussi près que de l'endroit où il se trouvait installé, avec le jeune Ray, quasiment au dernier étage d'un grand bâtiment qui avait dû être une banque ou quelque chose comme ça dans le temps. De là où ils étaient assis, sur des tabourets recouverts de poussière, derrière un encadrement de fenêtre fendu, ça ne semblait guère différent des ruines au milieu desquelles il avait vécu depuis tant d'années qu'il préférait ne pas les compter. Le soleil levant derrière eux faisait ressortir les squelettes difformes et tordus des grues sur les docks, et la coque rouillée d'un vieux cuirassé Sherman, un navire de la marine sabordé près de soixante-dix ans auparavant, quand le Sud avait lancé son second assaut sur New York.

Il frissonna tandis qu'un vent frais s'engouffrait, faisant voler des tourbillons de poussière sur le sol éventré. Le mur de la façade est avait complètement disparu, révélant une vue en coupe des nombreux étages du bâtiment. Il se tourna et observa le vieux mobilier de bureau – des machines à écrire, des armoires à dossiers, des tables et des chaises toutes recouvertes d'une épaisse couche de poussière de plâtre et de fientes de pigeons.

Le soleil baignait l'étage, pénétrant par là où le mur aurait dû se trouver. Le sergent se protégea les yeux de la lumière aveuglante. S'il les plissait un peu, il pouvait presque imaginer ce qu'avaient dû être ces bureaux autrefois : grouillants d'activité, grouillants de jeunes hommes élégants qui savaient où ils allaient, qui gagnaient de l'argent. Et ces grandes fenêtres offrant une vue plongeante sur New York, sur toute cette promesse de richesse et d'espoir. Un sourire mélancolique se forma sur son visage tanné.

– Sacrée vue qu'y d'vaient avoir les gars, d'ici ! marmonna-t-il.

– Quoi, sergent ?

– Rien, Ray. Juste un vieux qui débloque.

– On se gèle !

– Le soleil va pas tarder à t'réchauffer, fiston.

Il se frictionna les mains. Le jeune homme avait raison. Il faisait vraiment froid ici, avec ce vent.

J'aurais dû demander au colonel la permission d'apporter un brasero. Ou au moins des gourdes d'eau chaude, un truc de ce genre.

Ray scrutait la longue rive ouest de l'île de Manhattan. De fines volutes de fumée au loin indiquaient la position des feux de camp des régiments sudistes.

– Vous croyez que les aut' régiments là-bas y vont s'rallier à nous, sergent ?

– En temps voulu… bien sûr, oui. Faut juste qu'on leur fasse une petite démonstration, dit-il en ramenant le regard vers le labyrinthe embrumé que formait le quartier bombardé de Brooklyn. Nos gars et les Sudistes… faut qu'on se serre les coudes, faut qu'on leur montre que cette rébellion, c'est pas d'la rigolade. Qu'on veut en finir avec cette guerre.

Freeman se doutait bien que ça ne serait pas si simple. Pire, il sentait le même doute chez leur colonel.

Les dés sont jetés. Y'a plus rien à faire qu'à jouer.

– Sergent ?
– Qu'est-ce qui y'a, fiston ?
– C'est quoi, ça ? demanda le garçon en montrant quelque chose du doigt.
Freeman regarda dans la direction indiquée et plissa à nouveau ses yeux usés pour mieux voir. On aurait dit qu'il y avait des nuages d'orage à l'horizon. Logique. Ils étaient censés avoir de la pluie dans les prochaines heures.
Une rangée de gros nuages entassés les uns sur les autres.
– File-moi les jumelles, fiston.
Le jeune garçon les sortit d'un étui et les tendit au sergent.
– Bon alors, dit-il en tournant la molette pour faire le point, laisse-moi voir ça d'un peu plus…

La sonnerie tira Maddy d'un rêve agité. Elle ouvrit les yeux et se retrouva à fixer les ressorts de la couchette de Sal au-dessus d'elle. L'espace d'un instant, avec la lumière douce de l'ampoule électrique protégée par une petite grille qui projetait un véritable patchwork d'ombres, et le ronron des ordinateurs, elle crut que tout allait bien à nouveau, que l'idée d'une guerre civile toujours en cours parmi les décombres de New York n'était rien d'autre qu'une facétie de son esprit endormi.
Mais, à nouveau, la sonnerie retentit.
Elle tourna la tête et vit le colonel Devereau se réveiller en sursaut dans l'un des fauteuils. Il tendit la main vers la table et décrocha le combiné.
– Oui ?
Maddy se leva, tandis que Wainwright s'étirait et que Becks passait la tête sous le rideau métallique pour pénétrer dans l'arche.
Devereau hochait la tête d'un air grave en écoutant ce qu'on lui disait.
– Très bien, lâcha-t-il enfin. Revenez immédiatement.
Il raccrocha le téléphone.

– Ils arrivent.

Un moment plus tard, tous sortirent dans la lumière vive du matin. Becks et Maddy suivirent les colonels dans la tranchée, frôlant des hommes à la mine sombre qui se rassemblaient déjà, ajustaient leurs sangles, vérifiaient leurs étuis à munitions, leurs fusils, boutonnaient leurs vestes, troquaient leurs casquettes contre des casques solides. Elles gravirent une courte échelle et quittèrent la tranchée en forme de fer à cheval, puis rejoignirent les colonels sur le terrain qui descendait en pente douce vers la frontière et le fleuve.

Un bateau à moteur se dirigeait vers eux en glissant sur la surface lisse de l'eau, laissant une ondulation en V dans son sillage.

– Les voilà, commenta Becks.

Une gigantesque flotte de convoyeurs aériens venait de surgir à basse altitude dans le ciel de Manhattan, tel un archipel d'îles flottantes.

CHAPITRE 74

2001, SUR LA ROUTE DE NEW CHELMSFORD

Liam épongea la sueur de son front. La matinée avait pourtant commencé fraîchement. Mais maintenant, à la mi-journée, avec un ciel d'un bleu intense et le soleil au zénith, c'était l'été indien.

À force de marcher à travers la campagne, ils étaient épuisés. Ils arrivèrent dans un champ de pommiers qui semblait infini.

– Un moment, haleta Liam en s'affalant au pied d'un arbre. J'ai un point de côté. On fait cinq minutes de pause ici et on repart.

Lincoln se laissa glisser à côté de lui, tout aussi fourbu et pestant contre les ampoules qu'il avait aux pieds.

Sal préférait ne pas s'asseoir. Elle savait que, si elle les imitait, elle serait incapable de repartir. De toute manière, elle avait une envie plus pressante.

– Il faut que, euh… que j'aille, euh…

D'un geste, Liam lui fit comprendre qu'elle pouvait s'éloigner.

– Ne va pas t'aventurer trop loin.

– D'accord.

Elle tourna les talons, marcha jusqu'à l'arbre le plus proche, et se glissa sous les branches basses de celui-ci. Elle les voyait toujours, ce qui voulait dire qu'ils la voyaient également. Elle s'éloigna donc davantage entre les rangées d'arbres, à travers des herbes suffisamment hautes pour lui chatouiller les doigts. Elle se baissa à nouveau pour se faufiler sous un amas de branches chargées de pommes et se retrouva au bord d'une clairière.

Elle jeta un coup d'œil en arrière. Elle ne les voyait plus, mais distinguait encore le doux grondement de la voix de Bob.

Pour la pudeur, ça devrait aller.

Elle s'apprêtait à faire le tour de l'arbre à côté d'elle pour entrer dans la clairière lorsqu'elle le vit. Elle se retint de hurler d'effroi et s'accroupit aussitôt dans les herbes hautes.

Un eugénique.

Il était assis à la limite de la clairière. Immense. De la catégorie des grands singes, avec une tête minuscule, comme ajoutée après coup, guère plus qu'une excroissance sur ses épaules énormes. Elle se figea sur place, pétrifiée à l'idée d'attirer son attention si elle bougeait à nouveau.

Elle l'observa plus précisément. Il avait l'air d'être une taille au-dessus des autres singes, deux fois plus costaud, avec un buste doté d'une musculature encore plus massive. Mais c'est son visage qui la frappa le plus.

Pas de bouche. Ou plutôt, à la place de la bouche, il y avait un petit tuyau, scellé à l'extrémité. Il semblait également porter une sorte de bonnet en cuir. Elle le regarda pendant une bonne minute avant de se dire qu'il devait être mort, tout simplement.

Liam s'accroupit pour étudier attentivement son petit visage. Ses yeux étaient ouverts, dilatés et vitreux. Ils l'entendaient respirer, l'air entrait en sifflant par les fentes de son nez et ressortait en faisant autant de bruit qu'un soufflet de forgeron.

– Eh bien, en tout cas, il n'est pas mort, ça c'est sûr.

– Cette créature est dans un état de stupeur, ajouta Lincoln.

Sal tendit la main et toucha son visage de singe. Sa peau était aussi pâle, lisse et glabre que celle d'un bébé. Son bonnet était solidement fixé à son crâne par deux pinces attachées à un élastique qui entourait son front.

– Tu crois que ça s'enlève ? demanda-t-elle à Liam.

– Essaie, suggéra-t-il. Je ne crois pas que ça dérangera cette grosse brute.

Elle ôta avec précaution une première pince, puis la suivante, et souleva doucement le bonnet.

– Oh, c'est trop dégeu !

Sous un couvercle en verre éraflé, ils virent que son crâne avait été vidé de son cerveau. À travers le verre rayé, ils distinguaient quelque chose de gris et strié, ressemblant en tout point à une noix. À l'intérieur se trouvaient une demi-douzaine de petites tiges en cuivre, reliées par des fils électriques à un boîtier de contrôle sur lequel clignotait un voyant orangé.

– Information, dit Bob : les impulsions électroniques envoyées via les baguettes vers le tissu organique stimulent l'activité cérébrale. Une version ultra simplifiée de l'interface semi-organique intégrée dans mon crâne.

Liam lâcha un soupir d'écœurement.

– McManus disait qu'ils contrôlaient nettement mieux leurs créatures dorénavant. Voilà donc comment ils s'y prennent : ils vident la cervelle de ces pauvres bougres et ils fourrent ce machin à la place.

– C'est un cerveau, c'est-ça ? demanda Sal.

– Ouais, mais il est minuscule. De la taille de celui d'un rat ou quelque chose comme ça. Ou alors, peut-être qu'ils les fabriquent directement sans cervelle, désormais.

Étrangement, cette idée lui paraissait plus tolérable. C'était toujours mieux que de produire des créatures douées d'intelligence pour les lobotomiser ensuite.

Ils entendirent un sifflement au loin.

– C'était quoi, ça ? demanda Lincoln.

Des voix d'hommes résonnèrent dans le verger, mêlées au bruit de machines qu'on mettait en route.

– C'est peut-être la fin de la pause-déjeuner, suggéra Liam avec un haussement d'épaules.

Le voyant du boîtier passa soudain de l'orangé au vert.

– Vous croyez qu'il vient de s'allumer ? demanda Sal en penchant la tête.

Liam regarda les autres.

– Euh… qui pense qu'il vaut mieux s'en aller ?

Sal hocha la tête. Elle remit en place le petit bonnet en cuir et réussit à rattacher une des pinces avant que l'eugénique ne remue. Ses petits yeux papillotèrent puis se fixèrent un instant sur elle.

– Jésus Marie Joseph ! chuchota Liam. Il s'est réveillé ! Là, du calme, mon grand, ajouta-t-il d'une voix tremblante en tirant Sal derrière lui.

Le singe se leva lentement et s'immobilisa une fois debout. Il était largement plus grand que Bob. Ses yeux entièrement noirs, petits et brillants comme ceux d'une araignée, semblaient les observer sans le moindre soupçon de curiosité. Puis, tout à coup, il tourna les talons et s'engagea entre les deux pommiers les plus proches.

Liam se baissa sous les branches pour le suivre du regard et le vit s'engouffrer à travers une autre rangée d'arbres pour pénétrer dans un champ en train d'être moissonné. Il distingua une dizaine d'autres créatures semblables, des eugéniques à la taille de colosses, regroupés autour de ce qui semblait être une moissonneuse-batteuse.

Dans le ciel, à moins d'un kilomètre d'eux, un vaisseau aérien s'approchait en descendant lentement. Exactement comme lors de l'opération agricole à laquelle ils avaient assisté une semaine auparavant.

Il observa de nouveau les énormes ouvriers eugéniques. La taille de cette espèce était tout simplement impressionnante. À côté d'eux, Bob avait vraiment l'air d'un nain.

– On n'en avait jamais vu des comme ça, dit Liam.

– On devrait y aller, suggéra Bob en s'accroupissant à côté de lui. Il nous reste trente-quatre kilomètres jusqu'au lieu de rendez-vous.

– Alors en route !

CHAPITRE 75

2001, NEW YORK

Maddy recracha du sable.

– La vache, c'est pas passé loin !

Le tir de barrage avait commencé quelques heures après l'arrivée des Britanniques, exactement comme le colonel Devereau l'avait prévu. À chaque fois qu'un obus percutait la rive du fleuve, l'arche faisait pleuvoir sur eux plus de poussière et de morceaux de briques. Ils étaient en partie protégés des tirs directs par les vestiges déchiquetés du pont au-dessus d'eux… Mais vu comment le toit s'effritait, Maddy savait que même un tir proche risquait de faire tout autant de dégâts.

Elle souleva le clavier de l'ordinateur devant elle et le retourna, pour faire tomber sur le bureau les grains de sable et de poussière qui s'étaient insinués entre les touches.

– Purée… J'en reviens pas qu'il y ait encore des choses qui marchent, là-dedans !

Ses mots furent couverts par une autre explosion à proximité, provoquant une nouvelle pluie de débris depuis le plafond. Le bombardement durait depuis dix minutes, et Maddy avait déjà les nerfs à vif.

Encore un coup… rien qu'un seul… et je vais finir enterrée sous une avalanche de briques.

L'idée la titillait de quitter l'arche et d'aller se réfugier dans une tranchée. Au moins, elle ne mourrait pas écrasée. Becks était assise à côté de la machine de déplacement spatiotemporel et empêchait le rack de circuits imprimés de tomber en miettes. Le clavier de l'ordinateur pouvait peut-être encore fonctionner malgré les débris de briques qui s'y étaient logés, mais il était peu probable que les fragiles composants électroniques de la machine puissent supporter ça.

Et que dire du réseau d'antennes, qui était dehors ? S'il était touché, il faudrait le réinitialiser. Sortir, monter sur le toit et effectuer le recalibrage, sans quoi elles n'auraient aucune chance d'ouvrir une fenêtre.

Pire encore, le vieux tank rouillé, qui continuait de haleter courageusement, risquait d'être touché. Plus de tank, plus de courant, ce qui signerait leur arrêt de mort.

– Becks ?

– Oui, Maddy ?

– On ne tiendra jamais deux jours comme ça !

Un nouvel impact violent déversa une pluie de débris sur elle. Elle cracha de la poussière et secoua la tête pour chasser d'autres saletés qui atterrirent sur ses genoux.

– Il faut ouvrir la fenêtre là, tout de suite, maintenant !

– C'est impossible, Maddy. Ils ne sont peut-être pas encore au point de rendez-vous.

Becks... Toujours la reine de cette fichue logique.

– Je sais... je sais, mais... il faut faire quelque chose avant qu'on soit touchées.

Becks et Bob disposaient tous deux d'un réseau local sans fil, mais aucun d'eux n'était en mesure de transmettre à l'autre un message à plus de deux ou trois kilomètres.

– Information : nos chances d'être touchées par un tir direct d'artillerie sont relativement faibles, Maddy. Il est bien plus probable que les vibrations répétées des impacts finissent par provoquer une défaillance du matériel.

– C'est bien ce que je dis, il faut agir... et vite !

Becks n'avait rien à proposer. Une autre explosion causa l'extinction des écrans, qui se rallumèrent presque aussitôt en clignotant.

– C'est la cata, Becks. On doit à tout prix faire quelque chose !

Elle inspecta son bureau en quête d'une idée.

Allez… allez. Voyons… Qu'est-ce que je peux faire ?

Il fallait envoyer un message à Bob et aux autres, les informer qu'on devait accélérer les choses et ouvrir la fenêtre beaucoup plus tôt que prévu. À ce rythme-là, dans deux jours, il n'y aurait plus d'arche, pas plus que de tranchées ou de troupes. Juste un terrain vague constellé de nouveaux cratères.

– Eh ! Bob-l'ordinateur !

Une boîte de dialogue apparut.

> Oui, Maddy ?

– Nouveau message pour Bob…

> Vas-y.

– *Arche attaquée… besoin d'ouvrir fenêtre aux coordonnées convenues bien plus tôt.*

Elle se mordit les lèvres.

Combien de temps le matériel peut-il encore endurer tout ça ? Quelques minutes, quelques heures ?

À cette question vint alors s'en ajouter une autre, tout aussi importante : à quelle distance Liam et les autres étaient-ils du point d'extraction ? Il n'y avait tout simplement aucun moyen de le savoir. Ils pouvaient très bien être tout près… Après tout, elle avait choisi un endroit qui se situait environ aux deux tiers du chemin de Quantico à New York, et à une vingtaine de kilomètres à l'ouest des principales autoroutes. Un lieu calme. Peut-être se trouvaient-ils dans les parages quand ils avaient reçu le message… Peut-être. Et puis, celui-ci avait été envoyé depuis environ dix-huit heures.

Ils pouvaient être en train d'attendre là-bas, se tournant les pouces, attendant impatiemment que la fenêtre s'ouvre. D'un autre côté, ils pouvaient aussi être à cent ou cent cinquante kilomètres de là, à lutter comme des forcenés pour arriver à temps au lieu de rendez-vous.

– Ouverture de la fenêtre dans dix minutes ! dit Maddy. Fin du message.

> Affirmatif. Je prépare le message.

– Maddy ! s'écria Becks. Si nous ouvrons une fenêtre dans dix minutes, il faudra attendre douze heures pour recharger la machine.

Maddy grimaça et jura. Becks avait raison, elle le savait bien. Ils ne pouvaient pas se permettre de céder à la panique et de gaspiller la charge accumulée. Elle lança un coup d'œil vers le rack de circuits imprimés et aperçut les douze voyants verts allumés. Le chargement était achevé, et cela avait pris la nuit entière et la majeure partie de la journée, avec ce pauvre vieux tank cahotant.

– Bob-l'ordinateur… annule ça. Nouveau message !

> Message annulé. Je suis prêt pour ton nouveau message, Maddy.

– Bon, OK, le message est : *Arche attaquée. Rendez-vous aux coordonnées le plus vite possible, bougez-vous ! On vous guettera avec sonde miniature. Ouverture dès qu'on vous verra. Fin du message.*

> Affirmatif. Je prépare le message.

Elle se tourna vers Becks.

– On va ouvrir une minuscule fenêtre pour saisir une image… S'ils n'y sont pas, on recommencera dans, disons… une demi-heure. Et ainsi de suite.

– Ça va épuiser la batterie.

– Et alors, quoi, tu vas me faire un procès ? répondit-elle, cassante, avant d'afficher une moue coupable, car elle savait bien que Becks ne faisait que son travail. Au moins, on pourra jeter de brefs coups d'œil, d'accord ? Et on arrête dès qu'on risque de ne plus avoir assez de courant pour pouvoir ouvrir la fenêtre.

– Correct.

– Bon alors, on fait ça.

> Maddy, dois-je envoyer ce message ? Confirme, s'il te plaît.

– Oui, je confirme. Vas-y !

CHAPITRE 76

2001, NEW YORK

Devereau observait les hommes blottis au creux de la « frontière ». Le but d'un bombardement d'artillerie comme celui-ci, sur une position de défense, était plus de saper le moral des troupes que de réduire leur effectif. La plupart des obus criblaient le terrain de nouveaux cratères. Seuls un ou deux d'entre eux avaient atteint leur cible et fait s'effondrer une partie de la tranchée, mais rien cependant qui ne pouvait être rapidement dégagé et réparé avant la survenue d'un débarquement.

Non… les vrais dégâts que causaient les bombardements se mesuraient sur la combativité des hommes. Ils les faisaient se sentir sans défense, impuissants, tandis que l'ennemi les pilonnait de loin.

Dans la tranchée, le sergent Freeman beuglait des encouragements aux hommes qui l'entouraient, un mélange de soldats de son propre régiment et de celui de Wainwright. Le visage de Devereau s'éclaira d'un grand sourire. C'étaient les sous-officiers comme Freeman qui étaient la colonne vertébrale d'un régiment. Des vétérans aux visages durs avec les cicatrices de toute une vie et des voix habituées aux champs de bataille qui couvraient jusqu'aux explosions des obus. Les hommes suivaient leurs généraux et leurs colonels, mais c'était vers leurs sergents et leurs caporaux qu'ils se tournaient pour obtenir un signe de tête rassurant au cœur du combat.

Il était sur le point de jeter un coup d'œil au fer à cheval pour vérifier si le tank était toujours en marche, quand il se retrouva tout à coup allongé sur le dos au fond de la tranchée. Il eut juste le temps de voir une petite avalanche de terre noire lui tomber dessus. D'instinct, il se couvrit le visage et ferma la bouche tandis que la terre l'ensevelissait. Il essaya de gesticuler pour se relever, mais ses bras et ses jambes étaient lourds comme du plomb.

Et soudain, tout fut incroyablement silencieux. Le seul bruit qu'il entendait était celui des pulsations de son cœur. Le grondement assourdi des tirs d'artillerie donnait l'impression que les bombardements avaient lieu à des milliers de kilomètres. Un orage d'été dans un autre pays.

Il sentit des mains sur lui, qui le déterraient, le tiraient hors de sa tombe de fortune. Juste au-dessus de lui, il distingua un visage, l'un des Confédérés de Wainwright, couvert de barbe et de terre sous son casque. L'homme criait quelque chose, mais Devereau n'entendait rien de ce qu'il disait. Tout ce qu'il percevait, c'était les battements de son cœur et le grondement lointain.

– Je vais bien ! cria-t-il à l'homme.

Non qu'il pouvait s'entendre lui-même. Il ne savait pas vraiment s'il avait crié ou chuchoté. L'homme l'aida à se relever, et Devereau s'empressa de se palper pour s'assurer qu'il n'avait pas été blessé par un éclat d'obus.

La pulsation artérielle dans ses oreilles était devenue un bourdonnement strident dont il pensa qu'il le rendrait vite fou s'il devenait permanent. Il ramassa sa casquette dans la terre noire, entre ses bottes, et la remit sur sa tête. En redressant la visière, il vit qu'une dizaine de visages dans la tranchée le fixaient avec circonspection.

Ils te regardent… Bombe un peu le torse.

Il tira son sabre – qui était avant tout une arme d'apparat – de son fourreau et maintint la lame près de son visage, en se servant de la surface polie comme d'un miroir tandis qu'il ajustait sa casquette et resserrait son col. Il esquissa un hochement de tête satisfait avant de rengainer son sabre, sachant que cela provoquerait une vague de sourires parmi les hommes, Nordistes comme Sudistes.

Le bourdonnement dans ses oreilles commençait à faiblir et désormais, il pouvait à peu près entendre la voix du soldat confédéré.

– … onel… arrage… rêtés !

– Quoi ? dit-il en plaçant sa main en cornet devant son oreille.

L'homme fit un signe de tête en direction du bord de la tranchée.

– Arrêtés, mon colonel ! Les tirs de barrage se sont arrêtés !

Devereau monta sur une caisse de munitions pour bien voir l'espace devant eux.

Ils se sont arrêtés… Mais oui !

Il sentait que les vibrations sporadiques des impacts et les ondes de choc avaient cessé. À présent, la pente émaillée de cratères qui s'étendait devant eux était baignée d'un voile ondulant de fumée blanche.

– De la fumée, murmura-t-il.

La dernière salve de tirs d'artillerie avait créé un véritable brouillard. Il se tourna vers le soldat.

– Ils arrivent !

Après le vacarme incessant des bombardements, le calme soudain était troublant. Le bourdonnement dans ses oreilles n'était désormais plus qu'un léger sifflement, et il essaya de percevoir la rumeur des Britanniques à l'approche. Derrière ce nuage de fumée, quelque part, ils devaient être en train de traverser l'East River, avec Dieu sait combien de bateaux pétaradant sur l'eau.

– Tenez-vous prêts, les gars ! cria-t-il dans le silence. Vérifiez vos armes et assurez-vous d'avoir assez de munitions à portée de main ! Ça va aller très vite !

Il regarda de nouveau le mur blanc et régulier qui dérivait lentement dans la brise.

Bon sang, c'est bien le jour où il fallait que le temps soit aussi calme !

N'importe quel autre jour, un vent fort, venu de l'Atlantique, aurait déjà balayé la majeure partie de l'écran de fumée.

– Sergent Freeman !

– Mon colonel ! lui répondit une voix, plus loin dans la tranchée.

– Vous êtes prêt pour la bagarre ?

– Prêt ? J'me tiens prêt depuis c'matin, mon colonel. Et j'commence à en avoir ma claque qu'ça leur prenne autant d'temps !

Une vague de rires, de ces rires nerveux qui précèdent les batailles, parcourut le régiment.

Devereau sourit.

Un bon gars, ce Freeman.

C'est alors qu'il l'entendit… un vague vrombissement de moteurs à l'unisson arrivant de quelque endroit du fleuve. Il ouvrit l'étui de son revolver et serra l'arme dans sa main gantée. Il la sortit un peu trop vite. Elle lui échappa et il faillit la faire tomber.

Près de lui, un soldat confédéré fit une grimace. Il avait assisté à sa maladresse et esquissa un hochement de tête compréhensif. Par chance, les autres hommes ne s'étaient aperçus de rien.

Il soupira. La dernière chose qu'ils avaient besoin de savoir était que leur colonel avait peur.

Le bruit des moteurs se faisait maintenant plus distinct, et parmi les tourbillons de fumée, il discernait à présent les vagues contours d'une douzaine de barges de débarquement à l'approche. Il avait déjà vu le Sud utiliser de telles embarcations : d'immenses radeaux avec des panneaux dressés sur les côtés qui s'abaissaient en accostant. Chacun d'eux pouvait transporter une compagnie d'hommes au complet.

Bonté divine… mille deux cents hommes, deux régiments entiers, dès la première vague ?

Pendant un instant, il eut l'impression de suffoquer.

Reprends-toi, colonel.

Il prit une grande inspiration.

– Attendez qu'ils abaissent les rampes, les gars ! hurla-t-il. Et on leur montrera un aperçu de l'enfer !

Une acclamation de défi parcourut la tranchée.

Il voyait maintenant les barges de plus près, en distinguait les détails, les étendards qui flottaient au sommet, la silhouette d'un officier debout devant le timonier à l'arrière de chaque embarcation. Il perçut le bruit des moteurs qui faiblissait et, pour finir, le fracas et les grincements de chacune des barges grimpant sur les galets et s'immobilisant l'une après l'autre.

Il entendit les voix assourdies des officiers britanniques, derrière les panneaux métalliques dressés, aboyant des ordres, préparant leurs hommes au débarquement. Plusieurs tirs nerveux partirent des tranchées, faisant voler des étincelles sur les panneaux.

– Ne tirez pas encore, nom d'une pipe ! rugit le sergent Freeman.

La gorge de Devereau était sèche.

Ce n'est plus qu'une question de secondes.

La rumeur des hommes au bas de la pente lui parvint. Ils lançaient des hourras à quelque chose qu'on leur avait dit, une clameur de confiance, la clameur des vétérans certains que cette petite escarmouche prendrait fin avant que le dernier tourbillon de fumée se soit dissipé.

Puis un clairon sonna.

Au même instant, les douze barges abaissèrent leurs panneaux. Ils basculèrent lourdement et crissèrent sur les galets, formant des passerelles. Devereau se sentit subjugué à la vue d'un si grand nombre d'hommes – un océan de vestes rouge sang et de casques blancs déferlant hors des radeaux.

– Feu !!!

CHAPITRE 77

2001, SUR LA ROUTE DE NEW CHELMSFORD

Ils traversèrent une autre petite ville tranquille du nom d'East Farnham : une rue principale bordée de boutiques vendant les productions des fermiers, des articles de quincaillerie et des outils, une mairie et une église, des maisons en bois entourées de clôtures.

Ils commençaient à s'habituer aux coups d'œil en coin que les gens leur lançaient sous les rebords des chapeaux de feutre ou des bonnets en dentelle, des regards curieux face à leurs vêtements sales et singuliers, et surtout face à Bob. Peut-être le prenaient-ils pour un prototype d'eugénique.

À ce propos, Liam repéra justement deux autres colosses lobotomisés, en train de décharger des balles de foin d'une remorque. Avec leurs gestes pataudS, ils évoquaient des robots, des machines de mauvaise facture. Une fois de plus, il fut fasciné par leur taille : trois mètres, trois mètres cinquante de haut, et il y avait bien deux mètres et demi entre leurs deux épaules.

– On ne pourrait pas s'arrêter dans cette ville pour la nuit ? ronchonna Lincoln. J'ai les pieds en compote.

Liam approuva d'un signe de tête compréhensif. Il se sentait tout aussi épuisé de la tête aux pieds. Plus de vingt kilomètres de marche sur du goudron, c'était déjà un sacré parcours, mais à travers des champs fraîchement labourés, des prés à l'herbe haute et emmêlée, des bois au sol couvert de feuilles molles, cachant des racines noueuses prêtes à vous faire trébucher, c'était absolument exténuant.

Il leur restait encore près de vingt-six kilomètres à parcourir. C'est ce que Bob avait dit la dernière fois qu'il avait harcelé l'unité de soutien pour avoir une estimation.

– Ouais, ce n'est pas une mauvaise idée. On a encore une grosse journée devant nous pour arriver à destination. Et ça me paraît faisable de finir la route demain.

Ils n'avaient pas d'argent sur eux pour se payer un hébergement, non qu'il ait aperçu un seul endroit ressemblant à une auberge ou à un hôtel. Mais la perspective de passer la nuit dans une grange était quand même plus attrayante que de dormir à la belle étoile.

Il se retourna pour dire à Bob qu'ils allaient trouver un endroit aux abords de la ville où faire halte pour la journée. Même si ce n'était encore que le milieu de l'après-midi, ils avaient tous besoin de repos et ils disposaient de bien assez de temps pour pouvoir s'en accorder un peu.

Mais Bob s'était immobilisé à une dizaine de mètres derrière eux, figé comme une statue, en fixant le ciel bleu et dégagé, comme engourdi.

– Bob ? Ça va ?

– Je crois qu'il est en mode « réception », si tu vois ce que je veux dire, fit Sal.

Liam jeta un coup d'œil alentour.

Bon sang, il aurait pu choisir un meilleur endroit.

Son étrange comportement attirait encore davantage les regards curieux des habitants qui traversaient la rue principale. L'air de rien, Liam revint sur ses pas et tira Bob par la manche.

– Hé, mon grand… Tu fais un peu peur aux gens, là.

Bob l'ignora, occupé à capter et collecter les particules de tachyons invisibles qui palpitaient dans l'air autour d'eux.

– Votre ami a un problème, jeune homme ? s'informa une dame, agrippant fermement un panier.

Elle s'arrêta à mi-course et les observa par-dessous son bonnet, abritant d'une main ses yeux éblouis par le soleil de l'après-midi.

– Non, non, il va bien, répondit Liam. On est juste un peu fatigués, m'dame.

Elle hocha la tête et passa son chemin, non sans leur jeter un nouveau regard inquisiteur avant de traverser la grand-rue.

– Euh… Bob ? Que dirais-tu qu'on marche un peu pendant que tu t'occupes du message ? Tout le monde te fixe.

Bob demeurait pétrifié.

– Bob ?

Il finit par battre des paupières en reprenant conscience derrière ses yeux vitreux et baissa la tête vers lui.

– Liam, dit-il. Je viens de recevoir un message.

– Eh bien ? demanda Liam en écarquillant les yeux.

Bob fronça les sourcils.

– C'était Maddy ? demanda Sal.

– Affirmatif. Un message partiel. Le signal a été légèrement endommagé. Le contenu du message est le suivant : *Ar… taquée… dez-vous aux coordonnées le plus vite… ssible, bougez-vous ! On vous guettera… sonde minia… Ouver… dès qu'on… verra.*

Liam consulta les autres du regard.

– Ar… taquée… ? répéta Sal d'un air soucieux. Ça m'a tout l'air de vouloir dire que l'arche est attaquée, non ?

Liam laissa échapper un juron.

– Recommandation : nous devrions…

– Je sais, je sais, le coupa Liam. On peut oublier la sieste !

Il observa la rue d'un bout à l'autre. Deux chevaux étaient attachés à une balustrade devant un magasin. Plus loin, un chariot tiré par deux chisons s'approchait lentement en suivant les sillons creusés dans le sol poussiéreux par le trafic.

Trop lent.

Ils ne suivaient aucune carte routière pour rejoindre le point de rencontre. Ils se contentaient d'avancer à vol d'oiseau, en ligne droite à travers champs, par-dessus les haies, à travers les bois et les rivières.

Il leur fallait quelque chose qui ne nécessitait pas de route. Il regarda de l'autre côté de la rue.

Il s'arrêta de nouveau sur la remorque chargée de balles de foin qu'il avait vue tout à l'heure : elle était tirée par un tracteur à moteur. Au-dessus de la cabine du conducteur, un pot d'échappement crachait nerveusement des nuages de gaz vers le ciel.

– Vous comptez voler ce véhicule, ou je me trompe ? demanda Lincoln.

Liam acquiesça.

– Ce n'est peut-être pas ce qu'il y a de plus rapide… mais ça ira plus vite que de marcher.

Sal et Lincoln approuvèrent d'un hochement de tête.

– Bon, ben, dit Liam, je crois qu'il est temps d'aller, euh, disons l'emprunter.

CHAPITRE 78

2001, NEW YORK

Devereau compta trente secondes d'une salve de tirs quasiment continue de la part de ses hommes avant que le crépitement des coups de feu se mette à décroître, remplacé par le cliquetis caractéristique des douilles qu'on expulse des fusils.

Un autre banc de fumée de poudre descendait lentement le long de la pente depuis leur tranchée. Au fur et à mesure qu'il se dissipait, il remarqua que les galets et l'eau peu profonde autour des rampes étaient parsemés de morts et de blessés. Sur le coup, cette première salve dévastatrice parut avoir décimé les Britanniques. Mais nombre des vestes rouges, au sol ou dans l'eau qui clapotait, se révélèrent être des hommes qui s'étaient instinctivement allongés sur le sol et qui maintenant se relevaient, redressant leurs fusils et se mettant à riposter.

Des mottes de terre explosèrent tout le long de la tranchée. Devereau se baissa comme ses hommes tandis que les Britanniques organisaient leurs tirs de couverture.

Ses soldats faisaient maintenant feu individuellement après avoir rechargé leurs armes, tirant de façon opportune, par séries d'un ou deux coups, derrière les sacs de sable.

Devereau s'aventura à lancer un long coup d'œil, laissant sa tête dépasser imprudemment de la ligne des sacs pendant une demi-minute. À vue de nez, il dénombra quarante, peut-être cinquante victimes britanniques. Pas mal pour une première salve. Mais cela avait sans doute été leur seule chance d'obtenir un tel score. À présent, les Britanniques s'étaient dispersés sur la rive, se servant pour se couvrir des nouveaux cratères, des creux et bosses que formaient les fondations de vieux édifices et les sous-sols éventrés, ou des petits éboulis de murs d'angle en ruine, guère plus que des empilements de vieilles briques, parvenant encore à tenir debout après tant de décennies de châtiment.

Une balle siffla tout près de son oreille gauche. Il jura en replongeant au fond de la tranchée, rechargea son revolver, s'efforçant de contrôler le tremblement de ses mains pour réussir à glisser une balle dans chaque chambre.

Leur meilleure tactique consistait à bloquer les Britanniques sur cette pente, à les empêcher d'organiser une avancée groupée vers la tranchée et à tenter d'en réduire le nombre, un coup chanceux après l'autre.

D'abord, identifier les officiers.

Il savait que les soldats britanniques en feraient autant : cibler les sergents, les caporaux, les capitaines et les lieutenants, pour essayer de priver leurs ennemis de chefs.

Il se risqua une nouvelle fois à passer la tête au-dessus des sacs de sable et pointa rapidement son revolver, tirant les six balles du barillet vers la silhouette aux épaules de taureau d'un sergent barbu qui faisait des signes frénétiques à ses hommes. La terre cracha six nuages de poussière, et le sergent se jeta au sol, remerciant certainement sa bonne étoile pour le manque de précision de Devereau.

Le colonel redescendit au fond de la tranchée et rechargea son revolver, cette fois d'une main plus sûre.

– Mon colonel !

C'était la voix de Freeman.

– Que se passe-t-il, sergent ?

– Ils sont en train de se rassembler pour une offensive ! À trente mètres à gauche de la cheminée, mon colonel !

À mi-chemin sur le terrain de débarquement se détachait la cheminée d'un four, ultime vestige d'une usine qui se dressait là cinquante ans auparavant, guère plus qu'un cercle de briques à hauteur d'épaule. Devereau jeta un coup d'œil. Freeman disait vrai. Il apercevait la cime de casques coloniaux blancs qui disparaissaient derrière la cheminée.

Ils attendaient les ordres, des ordres auxquels répondraient le rugissement impatient des hommes se relevant et le crépitement sonore des tirs de couverture depuis la plage de galets.

Une rapide estimation lui permit de réaliser que cette première tentative pour prendre d'assaut la frontière risquait de s'avérer concluante. Certains des ennemis parviendraient probablement jusqu'à la tranchée, et on en serait réduit au corps à corps.

– Fixez les baïonnettes ! cria-t-il.

Le Confédéré qui se tenait près de lui hocha la tête et transmit l'ordre tout en extirpant tant bien que mal la sienne de son fourreau.

– Visez les officiers quand ils s'approcheront, ajouta-t-il. Faites passer le mot !

Il rangea son revolver dans son étui et sortit son sabre.

C'est ainsi qu'on combattait dans cette guerre au début. Des fusils, des sabres, et des nerfs d'acier.

– Vous êtes prêt, colonel ? demanda le Confédéré.

Devereau se frotta le menton et acquiesça.

– Et vous ?

L'homme emboîta la baïonnette sous la bouche du canon de son fusil.

– J'crois que j'les vois comme vous. Maint'nant, vous et moi, on est du même bord, colonel.

Il entendit des voix monter à l'unisson depuis le bas de la colline : les troupes britanniques se dopaient à l'adrénaline. Il perçut trois hourras scandés, chacun plus fort que le précédent, le dernier se terminant par un rugissement qui résonna tout le long du terrain de débarquement.

Les voilà.

– Feu à volonté ! hurla Devereau.

Les soldats sudistes et nordistes se levèrent d'un seul mouvement, posant leurs fusils sur les sacs de sable, formant ainsi une ligne irrégulière de plusieurs centaines de canons vacillants au bout desquels brillaient les baïonnettes. Un mur de fumée apparut tandis qu'ils opposaient un barrage de feu cinglant aux Britanniques qui grimpaient la pente en courant.

CHAPITRE 79

2001, SUR LA ROUTE DE NEW CHELMSFORD

– Seigneur, mais que faites-vous, voyons ? s'écria Lincoln.

– J'essaie de diriger ce fichu machin, bon sang !

Liam devait actionner deux manettes de commande. Après avoir zigzagué en tous sens dans la rue principale en semant d'énormes balles de foin derrière eux, il avait fini par saisir – à peu près – comment les manœuvrer. Celle de gauche contrôlait la grande roue gauche du tracteur, et celle de droite, la roue droite. Pour tourner à droite, par exemple, il se rendit compte qu'il devait tirer la droite en arrière et pousser la gauche vers l'avant, et pour aller tout droit, qu'il fallait pousser les deux manettes en avant.

Le temps qu'il comprenne tout cela, la petite ville d'East Farnham était déjà saccagée et jonchée de débris, témoignant de son apprentissage des virages quelque peu laborieux. Le tracteur s'éloignait de la ville en dévalant une route poussiéreuse flanquée de vergers.

– Jésus Marie Joseph, on a réussi ! haleta Liam.

Lincoln et Sal, serrés dans la cabine, se cramponnaient tant bien que mal au siège du conducteur. Bob était dehors, juché sur la remorque désormais vide. Liam poussa le tracteur à fond – il ne dépassait guère la vitesse d'un coureur asthmatique – sur un kilomètre avant de finir par se ranger sur le bas-côté.

Cinq minutes plus tard, ils se remirent en route, beaucoup plus rapidement maintenant qu'ils avaient détaché la remorque.

– Alors, de quel côté on va ? cria Liam par-dessus le vacarme du moteur.

Bob tendit le doigt en dehors de la route sur laquelle ils circulaient, en direction d'un enclos rempli d'eugéniques qui ressemblaient à des chevaux de trait.

– Par là.

– Accrochez-vous ! s'exclama Liam en tirant légèrement sur la manette de gauche.

Les énormes roues du tracteur passèrent sans effort sur une clôture en bois puis à travers l'enclos, éparpillant les chevaux qui, au garrot, paraissaient aussi grands que des éléphants.

– Information : vingt-quatre kilomètres et cent soixante mètres dans cette direction.

– Bien, dit Liam, agrippant les deux manettes d'un air extrêmement concentré. OK… vingt-quatre kilomètres.

Le tracteur avançait facilement désormais, même s'il faisait des bonds dangereux sur le sol inégal et des écarts ponctuels pour éviter les imprévisibles mouvements de panique des énormes chevaux de trait qui se pressaient à ses côtés.

– Aaah ! s'écria Sal en pointant le doigt vers le pare-brise de la cabine, maculé de boue. Attention au…

Le tracteur roula sur une longue auge, faisant voler des éclats de bois et des épis de maïs.

– Non, rien, lâcha Sal.

Liam sortit avec fracas de l'autre côté de l'enclos et fit une embardée à droite pour éviter de rentrer dans une grange ouverte. Un moment plus tard, ils roulaient dans une cour où s'entrecroisaient des fils à linge.

– Fais gaffe, regarde… Il y a des gosses !

Plusieurs enfants qui s'amusaient entre des draps claquant dans le vent se dispersèrent en criant.

– Oh, doux Jésus ! Pardon ! Je suis désolé ! hurla Liam par la fenêtre ouverte tandis qu'ils sortaient bruyamment de la cour, avant de rouler au milieu d'un jardin potager puis sur une cabane aux couleurs vives.

Quelques instants plus tard, ils traversèrent un vignoble,

écrasant l'une après l'autre des rangées de pieds de vigne bourgeonnants. Sal désigna un long alignement de serres nichées au milieu des rangs de vignes. Elle aperçut l'expression choquée d'un vieil homme qui se tenait dans l'embrasure d'une porte, un arrosoir dans une main, un sécateur dans l'autre. Les gigantesques roues du tracteur labourèrent un chemin de terre à tout juste quelques centimètres de lui et de la fragile structure de bois et de verre.

– Tu as oublié de démolir la serre ! cria Sal.

Le visage du garçon était tendu dans un terrible effort de concentration.

– J'aimerais bien t'y voir ! J'ai jamais conduit de ma vie, moi !

Des branches de vigne frappaient le pare-brise, y laissant des traînées de jus de raisin.

– Liam ! cria Sal.

Il louchait à travers le dépôt de jus et de saletés couvrant la vitre, trop concentré pour écouter la jeune fille.

– Liam ! insista-t-elle.

– Mais quoi ?

Elle lui pressa doucement l'épaule.

– Peut-être que tu devrais laisser quelqu'un d'autre conduire, non ?

– Bonté divine, oui ! fulmina Lincoln, se tenant la tête là où il se l'était plusieurs fois cognée contre le toit trop bas de la cabine.

– Euh… OK, ouais. C'est sûrement… une bonne idée.

Il ramena doucement les deux manettes en même temps, afin d'éviter une embardée d'un côté ou de l'autre. Finalement, le tracteur s'immobilisa, et le moteur arrêté grogna d'indignation d'avoir été aussi maltraité.

Bob se pencha par-dessus l'épaule de Liam.

– Recommandation : je devrais conduire ce véhicule.

Liam hocha la tête d'un air penaud et lâcha les commandes qu'il serrait comme un étau.

– Bon, d'accord… je crois que ça vaut mieux.

CHAPITRE 80

2001, NEW YORK

Devereau regarda autour de lui : pour le moment, aucun adversaire ne lui faisait face. Le sol de la tranchée était déjà un tapis mouvant de corps, morts ou mourants, où s'enchevêtraient des vestes rouges, grises et bleues.

D'autres Britanniques continuaient de sauter dans la tranchée, renversant l'équilibre des forces en défaveur des hommes de Devereau.

On va perdre cette tranchée... et dans pas longtemps.

Dans la tranchée, le sergent Freeman parait les coups avec l'assurance calme d'une machine. Derrière lui, un soldat britannique s'apprêtait à l'embrocher avec sa baïonnette. Devereau prit son revolver, visa et vida le barillet sur lui. À travers le voile de fumée, il vit le soldat s'effondrer. Freeman se retourna et découvrit le destin auquel il venait d'échapper de justesse.

Devereau lui fit signe de le rejoindre, et Freeman se fraya un passage parmi les corps, bousculant brutalement deux hommes qui se battaient.

– Mon colonel ?

– On a perdu cette tranchée. Il faut sonner la retraite vers le fer à cheval !

Freeman acquiesça, visiblement du même avis.

– Bien, mon colonel.

Le sergent fouillait la poche de sa veste pour prendre son sifflet, accroché au bout d'une chaîne, quand Devereau remarqua un nouveau mouvement. Le bord arrière de la tranchée fut soudain hérissé de silhouettes qui pointaient leurs armes sur eux. Une voix cria un ordre, et l'air se remplit aussitôt d'un épais nuage de poudre tandis que retentissait le crépitement assourdissant de la fusillade. Au milieu de la mêlée des combattants, des hommes en rouge furent projetés en arrière contre les parois boueuses.

Alors que les coups de feu commençaient à s'espacer et que résonnait le bruit des chargeurs vides qu'on éjecte, les soldats britanniques qui étaient encore debout se mirent à escalader la tranchée pour battre en retraite.

Le colonel Wainwright sauta dans la fosse aux côtés de Devereau. Il poussa un rugissement sanguinaire et escalada l'autre côté de la tranchée, tirant sauvagement avec son revolver sur les troupes britanniques qui se repliaient.

Quel inconscient !

– James ! Descendez !

Une salve de coups de feu fit jaillir des panaches de poussière tout près de lui, et Wainwright reprit aussitôt ses esprits. Il sauta à nouveau dans la tranchée en criant d'excitation.

Tout le reste du régiment prolongea son cri qui se transforma en une huée contre les vaincus en veste rouge. Ces derniers se repliaient vers la plage de galets, progressant en s'abritant dans des cratères ou derrière des pans de murs en ruine.

Freeman cracha son sifflet avant de sourire à Devereau.

– Bon sang, mon colonel… On leur a montré c'qu'on avait dans les tripes, pas vrai ?

– Oui, absolument, sergent.

Il observa Wainwright qui avançait parmi les hommes, brandissant triomphalement son sabre.

– Je vais voir nos blessés, sergent.

Il passa devant Freeman et une dizaine d'autres hommes qui agitaient leurs casques au-dessus d'eux, au bout de leurs baïonnettes.

– Remettez vos casques, bande d'idiots ! cria-t-il.

Il parvint finalement à rejoindre Wainwright.

– Colonel ! Je croyais que le plan était que vous restiez dans le fer à cheval ! Qu'est-ce que vous êtes tous venus faire ici ?

Wainwright haussa les épaules d'un air coupable.

– C'est vrai, mais ça aurait été honteux de perdre une tranchée si tôt dans la bataille. Vous ne croyez pas, William ?

Devereau se détendit.

C'est sûr.

– Eh bien… on peut dire que vous êtes arrivés pile au bon moment.

Les troupes britanniques se regroupaient sur les galets. Des tireurs d'élite faisaient feu ponctuellement vers la frontière pour dissuader les mutins de venir les attaquer.

– Le fait est qu'ils ont un pied de ce côté, maintenant, ajouta-t-il.

– On pourrait donner la charge, proposa Wainwright. Ils sont encore désorganisés. La hauteur de notre position et l'effet de surprise jouent en notre faveur.

– Mais pas nos effectifs. Ils sont plus de mille en bas, et nous sommes moins de six cents. C'est trop peu. Notre meilleur espoir, c'est de rester retranchés et de tenir bon, comme des tiques sur le dos d'un chien.

Les deux hommes observèrent les Britanniques par-dessus leurs sacs de sable. Les mécaniciens détachaient rapidement les panneaux latéraux des barges de débarquement et les assemblaient sur les galets, créant ainsi des barricades rudimentaires derrière lesquelles se réfugier. Les blessés étaient traînés jusqu'à la relative sécurité des positions couvertes pour y être soignés. Devereau s'émerveillait de leur discipline en plein cœur du combat. Ils étaient si rapides, si efficaces, capables de transformer une déroute en retranchement, une défaite temporaire en occasion de remobiliser leurs forces.

– Bonté divine… Pas étonnant que le drapeau britannique flotte sur la moitié de la planète.

Il recula d'un pas dans la boue et vit que Wainwright, accroupi, inspectait les grades sur le col de l'uniforme d'un ennemi mort.

– Et ce ne sont que des régiments de ligne ordinaires, William. Même pas des troupes d'élite.

Devereau savait ce que ça voulait dire. Le pire était encore à venir… Peut-être un des régiments les plus réputés : la Garde noire, les Gardes grenadiers ou la Garde royale.

– Vous avez réussi !

Les deux colonels levèrent les yeux et virent que Maddy et Becks se tenaient debout au bord de la tranchée.

– Vous feriez mieux de descendre ! lança Wainwright. Ils ont des tireurs d'élite.

À ces mots, un tir isolé siffla tout près. Maddy plongea presque au fond de la tranchée.

– Bon sang ! Est- ce qu'on…

– Est-ce qu'on vous visait ? la coupa Devereau avant de hocher la tête d'un air sévère. Oui.

Becks sauta à son tour et atterrit à côté d'elle.

Maddy découvrit les corps gisant au fond de la tranchée. Certains bougeaient encore et gémissaient. Elle entrevit des blessures déchiquetées, des bouts de chair rose plissée, du sang noir qui coulait ou même giclait parfois. Une odeur de poudre planait dans l'air, se mêlant aux autres relents de la bataille : sueur, vomi, urine… Et elle perçut le murmure des voix misérables des agonisants.

Elle se sentit mal, prise de vertiges et de nausées, ce qui n'échappa pas à Wainwright.

– Comme on oublie vite à quoi ressemble vraiment la guerre, dit-il simplement.

Maddy, la mine blême, avala sa salive, se retenant visiblement de vomir.

– Je… euh… je suis venue vous trouver, dit-elle, prenant quelques longues inspirations. J'ai envoyé un autre message. Pour avancer le rendez-vous.

– De combien ?

– Je ne peux pas vous dire, mais on a le moyen de savoir quand ils seront arrivés. Dès lors, on n'aura plus qu'à les récupérer.

– Quand ? demanda Devereau.

– Ça peut être n'importe quand.

Un sourire éclaira le visage des colonels.

– Alors, plus les Britanniques perdront du temps sur la plage, mieux ça vaudra pour nous, commenta Wainwright.

Devereau acquiesça, puis se tourna vers Maddy et baissa la voix.

– Et dès que vous aurez renvoyé vos collègues en… quelle année déjà ?

– 1831.

– En 1831… ce monde changera vraiment ?

– Juste après, oui. Parfois c'est immédiat, parfois ça prend quelques heures.

– Il est impossible de prédire avec exactitude l'heure d'arrivée d'une onde de réalité après une altération temporelle, ajouta Becks.

– Mais ça se produira rapidement, le rassura Maddy en jetant un coup d'œil aux corps qui remuaient sur le sol. Assez rapidement pour que vous puissiez arrêter cette guerre aussitôt que je les aurai renvoyés là-bas.

– Vous parlez d'une reddition ?

Wainwright et Devereau échangèrent un regard.

– Je me demande… Cette « onde temporelle » arrivera-t-elle à temps pour nous éviter à tous deux le peloton d'exécution ?

Maddy secoua la tête.

– Je… je ne peux pas vous dire quand. Ça pourrait même prendre une journée…

– Dans ce cas, je pense que nous sommes d'accord, colonel Wainwright, pour dire que nous préférons nous battre jusqu'à l'arrivée de cette onde ?

– Tout à fait d'accord, colonel Devereau.

– Très bien, mais… reprit Maddy.

Elle se retourna et désigna la tranchée en forme de fer à cheval et, plus loin, le sommet du monticule de briques dans l'ombre du pont Williamsburg en ruine.

– Le réseau d'antennes… Il faut le protéger à tout prix, vous comprenez ? S'il est endommagé, tout est fichu.

– Alors on va continuer de se battre ici aussi longtemps que possible, déclara Wainwright. Et mon tank ? Le moteur fonctionne toujours ?

– Il marche, on a du courant. Et la machine de déplacement spatiotemporel est chargée et prête à l'emploi. Donc ça va.

– Alors il ne nous reste plus qu'à attendre, conclut Devereau.

– Vous savez, c'est quelque chose que je fais beaucoup dans ce travail. Attendre… lança-t-elle dans un demi-sourire. Vraiment, j'adore ça.

CHAPITRE 81
2001, NEW YORK

Le capitaine Ewan McManus leva les yeux vers le ciel. Le soleil de la fin d'après-midi teintait d'une belle couleur saumon les nuages bas effilés au-dessus de New York. Encore quelques heures et il ferait nuit.

Le colonel Donohue réunit ses officiers autour de lui : des capitaines de compagnie, des lieutenants, des sergents. Il leur désigna l'autre rive de l'East River, au-delà des soldats qui assemblaient les derniers éléments de leurs radeaux.

– C'est à nous, maintenant, messieurs. Aux dernières nouvelles, les Fusiliers du Lancashire se sont jetés à l'eau et ont consolidé leur position là-bas pour nous. Comme vous pouvez voir, les, euh… les mutins, si on peut les appeler ainsi, ont deux lignes de défense : une tranchée s'étirant parallèlement au fleuve, depuis ces usines en ruine à gauche jusqu'aux vestiges de ce pont sur la droite, et derrière, une deuxième tranchée en forme d'arc, qui semble s'incurver sous le pont. J'imagine qu'elle leur sert de position de défense secondaire.

McManus et tous les autres officiers tendirent le cou.

– Au-delà de ces deux lignes de défense… on pénètre dans l'ancienne ligne du Nord. Comme vous le savez sûrement déjà, un régiment confédéré, de Virginie je crois, les soldats qui jusqu'à récemment occupaient le terrain même sur lequel nous nous trouvons actuellement, s'est mutiné avec un régiment nordiste. Ainsi nous nous retrouvons dans une situation plutôt inhabituelle puisque nous avons une entente provisoire avec le haut commandement français.

– Une entente, colonel ?

– Oui. Aucun des deux camps ne tient à ce que cette sédition absurde ne prenne de l'ampleur. Les Français sont donc prêts à nous laisser entrer, dans leur propre intérêt, afin de... stériliser la plaie, si j'ose dire.

– Ils nous font sacrément confiance ! s'écria quelqu'un.

Tous rirent de bon cœur

– En effet, répondit le colonel avec un sourire. Et ce n'est pas très malin.

Les hommes acquiescèrent d'un signe de tête. Même si, officiellement, c'était toujours censé être top-secret, tous les officiers, dans tous les régiments réquisitionnés, savaient bien que cette petite révolte était une bonne occasion pour les Britanniques de lancer leur dernière offensive contre le Nord. À dire vrai, cette futile rébellion n'aurait pas pu mieux tomber pour eux. Les Français se tenaient prêts à la contenir, sans savoir que les Britanniques, qui devaient entrer et l'écraser, avaient l'intention de poursuivre l'offensive, de faire une percée dans le front du Nord et de faire reculer le flanc de la côte est.

– Capitaine McManus ?

– Colonel ?

– Je pense que ça pourrait être le moment idéal pour tester nos modèles cuirassés sur le terrain avant que la vraie bataille commence... Qu'en dites-vous ?

– Bonne idée, colonel.

– Débarquez votre compagnie pour les soutenir... Mais j'aimerais vraiment voir comment nos expérimentaux se débrouillent tout seuls.

– Très bien, juste en guise de soutien, colonel.

– Le reste d'entre vous pourra suivre dans la seconde flottille. Mieux vaut ne pas avoir trop de nos gars dans le coin quand ces monstres flaireront l'ennemi.

Le colonel Donohue se retourna pour observer l'autre rive du fleuve. Un nuage de poudre flottait au-dessus de la zone de débarquement et, de temps à autre, un crépitement de fusils dans le lointain faisait naître un autre léger panache de fumée gris-bleu.

– Que Dieu vienne en aide à ces malheureux quand ça leur tombera dessus.

CHAPITRE 82

2001, NON LOIN DE NEW CHELMSFORD

– Bob ? On est à combien, maintenant ?

Bob ramena les manettes en arrière. Les grosses roues crantées du tracteur traversèrent un petit ruisseau en projetant des éclaboussures de chaque côté.

– Information : à 3,31 kilomètres.

Le tracteur sortit de l'eau, laissant deux profonds sillons dans la rive boueuse.

– Trois kilomètres ?

– Affirmatif.

– Bon, alors arrête-toi là.

Bob obéit, relâcha les manettes, mit le tracteur au point mort et tira le frein à main. Il regarda Liam.

– Pourquoi ?

– Ouais… on y est presque ! renchérit Sal.

– Justement, dit Liam en pointant du doigt la vitre arrière maculée de boue. On a laissé des traces que même un aveugle pourrait suivre. Si des policiers ou une milice cherchent ce tracteur, ils n'auront aucun mal à le trouver.

Le crépuscule tombait. Le soleil répandait une lueur teintée de rose et dessinait de longues ombres à travers le paysage bucolique. Au loin, un petit village se nichait au milieu de sycomores et des filets de fumée montaient des cheminées dans le ciel.

– Si on va en tracteur jusqu'au lieu de rendez-vous, poursuivit-il, on risque d'avoir une bande de flics ou de soldats à nos trousses. C'est à trois kilomètres d'ici. Si on court, on peut être là-bas en… vingt minutes, à peu près.

– C'est une décision tactique judicieuse, commenta Bob.

Lincoln gémit en montrant ses vieilles bottes en cuir. L'une d'elles avait le bout béant, à l'endroit où une couture s'était déchirée. Ses longs orteils poilus remuaient au travers d'une chaussette élimée.

– Mes pieds sont aussi usés que les sabots d'un cheval de trait.

– Oh shadd-yah ! Mais quel paresseux, celui-là !

Liam ouvrit la portière de la cabine et descendit d'un bond sur la rive.

– Allez ! Ce n'est plus très loin !

Bob sauta lourdement à ses côtés.

– Correct, ce n'est pas loin.

Sal poussa Lincoln devant elle.

– Allez, allez, on se dépêche.

CHAPITRE 83

2001, NEW YORK

Maddy regarda l'écran. Il affichait une autre image floue, de basse résolution et pixellisée, de ce qui semblait être un champ boueux où se dressaient de longs abris en bois. Elle pouvait distinguer quelques arbres, et un ciel qui s'assombrissait.

Toutes les dix minutes, Bob-l'ordinateur envoyait un minuscule signal vers le lieu de rendez-vous, recherchant brièvement d'éventuelles variations de densité et captant en même temps une photo miniature de l'endroit. Cela épuisait peu à peu la réserve d'énergie de la batterie totalement chargée de la machine de déplacement spatiotemporel : sur les douze voyants verts de chargement, trois étaient désormais éteints.

Encore une dizaine de vérifications, et ils risqueraient d'entamer le stock d'énergie dont ils avaient besoin pour renvoyer Liam et les autres en 1831, et les ramener ici.

Allez, Liam ! Mais où es tu passé, bon sang ?

Devereau discernait six autres barges de débarquement qui traversaient le fleuve en haletant. Il les observa avec un malaise grandissant. Les soldats britanniques, tout en maintenant leur position sur les galets derrière les panneaux qui leur servaient de barricades, commençaient à s'écarter du milieu de la zone de débarquement, où les six embarcations semblaient se diriger.

– James ! appela-t-il dans l'obscurité croissante. Wainwright !

Ce dernier se fraya un chemin dans la tranchée, gratifiant chaque homme qu'il croisait d'un petit mot d'encouragement et d'une tape sur l'épaule, et rejoignit Devereau.

– Qu'y a-t-il ?

Devereau lui tendit ses jumelles.

– Voilà les renforts.

Wainwright plissa les yeux en regardant dans les jumelles, faisant le point tout en parcourant la coque de l'une des embarcations en forme de boîte. Les panneaux de protection étaient relevés, dissimulant les troupes qui se trouvaient à son bord. Il lui sembla apercevoir une tête bouger, ou un mouvement quelconque. Il régla les jumelles sur le drapeau qui flottait mollement à l'arrière, à côté du poste du timonier.

– Si je pouvais au moins voir la bannière du régiment, je pourrais dire…

Il ne termina pas sa phrase.

– Quoi ? Qu'est-ce qui se passe ?

Wainwright abaissa les jumelles.

– C'est la Garde noire.

Devereau savait que c'était l'un des meilleurs régiments de l'armée britannique, et de loin. Il gonfla les joues et esquissa un sourire forcé.

– Eh bien, cette fois, le combat sera plus équitable.

Wainwright secoua la tête avec un air de méfiance.

– Non, William, dit-il dans un murmure destiné aux seules oreilles de Devereau, tout ça ne me dit rien qui vaille. C'est avec la Garde noire qu'ils ont testé des unités expérimentales.

– C'est-à-dire ?

Le regard tourmenté de Wainwright était sans équivoque.

– Bonté divine, vous voulez dire…

– Les eugéniques, oui.

Devereau inspecta de nouveau le fleuve. Les six radeaux bordés de panneaux verticaux avaient presque achevé leur traversée, et le toussotement de leurs moteurs troublait le silence qui s'était emparé de cette portion disputée de terrain criblé de cratères et recouvert de mauvaises herbes.

Il caressa longuement sa barbe d'un air pensif.

– Dans ce cas… nous devons faire en sorte de concentrer notre puissance de feu sur ces radeaux. Et sur les monstres qu'ils transportent, quels qu'ils puissent être.

Wainwright en convint d'un signe de tête.

Parce que si ces créatures pénètrent dans la tranchée…

– Il faut en informer les hommes, ajouta-t-il.

– Entendu.

Devereau plaça ses mains en porte-voix.

– Les gars… écoutez !

Le léger murmure de voix dans la tranchée, une centaine de conversations à voix basse, cessa.

– Les barges se rapprochent… Et ces vaisseaux transportent des eugéniques !

Il s'était attendu à des cris de panique, peut-être même à entendre des armes tomber, et à voir les plus jeunes s'enfuir en escaladant la tranchée. Au lieu de cela, il se retrouva face à un silence absolu. Plusieurs centaines de visages recouverts de poussière se tournèrent vers lui, saisissant peu à peu la portée de ce qu'il venait d'annoncer.

– Autrement dit, en aucun cas nous ne pouvons laisser ces monstres nous approcher ! C'est clair ?

Les visages demeuraient impassibles, les expressions figées, les bouches ouvertes… et toujours silencieuses.

– Est-ce que c'est clair ?

Le sergent Freeman prit l'initiative de répondre pour les hommes.

– Ouais, mon colonel.

– Quelles que soient les bestioles qui sortiront de ces radeaux, nous les exterminerons jusqu'à la dernière ! On les abattra avant même qu'elles puissent mettre un pied à terre !

Il y eut quelques faibles acclamations.

– Vérifiez vos armes et vos munitions ! Et tenez-vous prêts !

Il se retourna vers le fleuve. Sur les six barges à l'approche, les deux de gauche et les deux de droite avaient pris un peu d'avance et venaient d'atteindre la rive dans l'espace laissé par la première vague de vaisseaux. Les deux du milieu, quant à elles, restaient en retrait.

Qu'est-ce qu'ils mijotent ?

Les panneaux des quatre radeaux s'abaissèrent dans l'eau, et aussitôt des soldats britanniques dévalèrent les rampes de sortie. Quelques-uns de ses hommes firent feu. Une rafale de tirs hésitants.

Les deux barges du milieu… Les monstres qu'ils nous réservent sont dans celles-là.

– Cessez le feu !

Freeman et plusieurs autres sous-officiers firent passer l'ordre parmi les rangs, et les tirs cessèrent. La dernière chose dont ils avaient besoin quand les deux derniers vaisseaux abaisseraient leurs passerelles était d'être obligés de recharger leurs fusils.

Les soldats de la Garde noire gagnèrent rapidement la rive et se réfugièrent sur les galets derrière les abris désertés par la première vague d'hommes. Devereau ne pouvait s'empêcher de s'impatienter, pestant contre les panneaux qui ne s'abaissaient pas, pressé de voir quelles horreurs les scientifiques britanniques avaient créées en jouant les apprentis sorciers.

Un officier britannique cria un ordre. L'instant d'après, plusieurs dizaines de petites grenades rondes furent lancées sur la rive et se mirent à siffler en crachant des colonnes de fumée d'un jaune moutarde. Sa première pensée fut qu'il s'agissait d'un gaz toxique, mais les soldats ne portaient pas de masques et ils n'auraient certainement pas manqué de jeter leurs grenades en haut de la côte, vers la tranchée.

Wainwright jura.

– Encore un fichu écran de fumée !

– En joue ! cria Devereau.

On entendra le plouf dans l'eau.

– Feu à mon commandement !

Plusieurs secondes défilèrent dans un long silence insoutenable, tandis que la fumée jaune s'épaississait et se répandait le long de la rive, parvenant à envelopper les deux barges du milieu et commençant à dissimuler aussi les autres.

C'est alors qu'il entendit le bruit métallique des loquets qu'on déverrouillait, quelque part dans la fumée, et le premier plouf d'une rampe tombant dans l'eau.

– Feu !

La tranchée tout entière fut bordée d'un ruban de fumée gris-bleu, alors que les fusils tiraient coup sur coup et que plusieurs canons de mitrailleuses crachaient des éclairs et un flot incessant de balles vers la brume jaune.

Par-dessus la cacophonie des coups de feu, il perçut le crépitement des balles percutant le métal, et quelque chose de lourd qui plongeait dans l'eau.

Quelque chose d'énorme.

Le brouillard jaune se dissipait lentement, dérivant en remontant la pente dans leur direction, cachant ainsi plus longtemps ce qu'il y avait à voir, à son grand désespoir.

Il plissa les yeux vers la fumée, ne réussissant à distinguer que quelques détails furtifs : le bout d'une cheminée en briques ; la tête et les épaules d'un soldat qui brandissait un drapeau de régiment, assez bêtement confiant pour ne pas se baisser tandis que la salve des tirs se poursuivait ; l'extrémité de la barge la plus à gauche ; la silhouette fantomatique du pont surplombant le champ de bataille.

Puis une chose, plus sombre, bien plus proche que tout le reste… qui se précisait au fur et à mesure qu'elle grimpait la pente dans leur direction.

– Seigneur, murmura-t-il, quand la chose émergea des dernières volutes de brume qui glissaient vers le sommet de la colline.

CHAPITRE 84

2001, NEW YORK

Il avait deux bras et deux jambes, mais sa ressemblance avec un humain s'arrêtait là. Il se dressait devant eux, presque aussi haut qu'un bus à deux étages et presque aussi large qu'une maison. Alors qu'il émergeait de la fumée, Devereau eut d'abord l'impression qu'il n'avait pas de tête. Puis, sur la crête de muscles et d'os reliant ses deux épaules, il devina une minuscule bosse, avec des yeux en tête d'épingle et un tube à l'emplacement de la bouche.

De plus près, tandis qu'elle gravissait les dix derniers mètres de la légère pente, la créature évoquait une sorte de machine. On aurait dit un automate recouvert d'épaisses plaques de métal articulées qui s'entrechoquaient bruyamment au rythme de ses pas lourds.

Devereau prit conscience que ses hommes, tout comme lui, avaient cessé de tirer, figés dans un état de fascination horrifiée.

– Feu ! hurla-t-il.

Les étincelles des impacts de balles jaillirent sur le sol autour de la chose. Le géant, qui avançait à grandes enjambées, ralentit sa course et s'arrêta. Ses énormes bras gesticulèrent avec fureur et, sous les plaques métalliques imbriquées, Devereau entrevit une chair d'un gris pâle, éclaboussée de gouttes de sang noires.

Le colosse fit encore un pas en chancelant avant de s'effondrer lourdement sur ses genoux. Puis, déversant toujours une pluie d'étincelles du fait des coups de feu concentrés sur lui, il bascula lentement, tel un arbre tombant au-dessus de la tranchée. Un de ses gros bras s'abattit au fond de celle-ci en écrasant un homme.

Bon sang... il a fallu un régiment entier pour en venir à bout.

Il en sortit onze autres de la fumée. Cette fois, seule la moitié de ses hommes purent focaliser leurs tirs sur eux ; l'autre moitié devait déjà éjecter et remplacer les cartouches vides. Les géants fondirent sur eux en seulement quelques secondes. Ils se tenaient au bord de la tranchée, ou même à califourchon au-dessus pour un ou deux d'entre eux, et balançaient leurs gigantesques bras couverts de métal dans la fosse.

Leurs poings, de la taille de tonneaux, étaient équipés de divers accessoires. Certains étaient munis de cages de fer d'où sortaient des pointes de trente centimètres de long. Deux d'entre eux agitaient des lames qui ressemblaient au sabre de Devereau, soudées à des anneaux de métal autour de leurs trois doigts, comme des griffes surdimensionnées. L'un d'eux disposait même d'une scie circulaire alimentée par un moteur hoquetant sanglé autour de son biceps.

Les hommes qui se trouvaient en dessous d'eux n'avaient aucune chance de s'en sortir.

Le feu reprit un peu plus loin sur la ligne. L'un des groupes de mitrailleurs confédérés réussit à abattre une deuxième créature, en accumulant les salves de tirs sur sa poitrine. Quand elle s'effondra, Devereau aperçut plus précisément sa petite tête presque complètement encastrée dans son buste : deux petits yeux noirs, une simple fente en guise de nez et un tuyau sortant de l'endroit où aurait dû se trouver sa bouche, qui faisait une boucle sous l'armure métallique de l'épaule gauche, pour rejoindre deux cylindres attachés dans son dos.

Il restait encore dix de ces monstres... Dix qui balayaient la tranchée de leurs poings armés de pointes et de lames, démembrant, écrasant, éviscérant tous les malheureux qui se trouvaient sur leur chemin.

– Ils sont en train de nous massacrer !

– Nous devons nous replier ! dit Wainwright.

Il avait raison… Rester là, à portée de leurs bras sauvages hérissés de lames, était une pure folie. La tranchée était déjà perdue. Au moins, le temps qu'ils traversent l'espace ouvert pour atteindre le fer à cheval, les hommes déployés là-bas auraient une chance d'en abattre quelques autres.

– Repli général ! cria Devereau.

Sa voix se perdit au milieu de la cacophonie des hurlements, des chocs métalliques, du crépitement des armes et du tintement répété des balles jetant des étincelles sur les plaques de fer.

– Repli général ! s'égosilla-t-il de nouveau, les mains en porte-voix.

– Le fer à cheval ! vociféra à son tour Wainwright.

Le clairon sonna la retraite, et les survivants qui étaient encore dotés de bras et de jambes se mirent à détaler hors de la tranchée, tels des corbeaux effrayés dans un champ.

– Qu'est-ce qui se passe là-bas, Becks ? demanda Maddy.

– Je vais voir, répondit le clone en se dirigeant vers le rideau de fer.

Les bruits lointains indiquaient à Maddy que les Britanniques devaient de nouveau tenter leur chance dans la première tranchée. Cette fois cependant, la nature de la bataille semblait différente : il y avait moins de coups de feu, plus de cris. Elle avait entendu le clairon sonner quelque chose. Elle n'avait aucune idée de ce que cela signifiait, mais elle devinait que ce n'était pas bon signe.

– Oh la vache… ils arrivent ! s'exclama-t-elle.

Elle se rendit compte qu'elle tremblait de tout son corps. Elle détestait le son de sa voix, aiguë et chevrotante, comme celle d'une petite fille.

Zut, mais pourquoi est-ce que je suis tellement chochotte, à la fin ?

Elle enviait les colonels, tous deux de la même trempe, avec leurs visages burinés, dont il émanait, autant chez l'un que chez l'autre, un calme empreint de dignité et une solennité de gentlemen. Ce que les Britanniques appelaient le flegme.

Et moi je suis là à trembloter comme un chihuahua bichonné sur le banc d'un parc.

– Bob, fais un nouvel essai.

> Maddy, le dernier date d'il y a sept minutes à peine.

– Je sais ! Je sais ! Fais-le quand même !

> Information : si nous augmentons le nombre de vérifications, nous épuiserons plus rapidement la réserve d'énergie.

– Bon sang ! Comme si je ne le savais pas ! Fais ce que je te dis !

> Affirmatif. Activation de l'analyse de la densité.

Becks passa devant l'entrée du bunker et descendit dans la tranchée qui entourait l'arche.

Les hommes alignés le long du mur de terre renforcé par des sacs de sable et des planches de bois, qui attendaient que la bataille vienne à eux, la dévisagèrent avec perplexité.

– C'est dangereux par ici, mam'zelle, lui dit l'un d'eux. Vaudrait mieux retourner à l'intérieur.

– Ça va aller, assura Becks balayant la remarque d'un haussement d'épaules. Ne vous inquiétez pas pour moi.

Elle trouva un espace entre deux soldats et monta sur une caisse de munitions pour regarder par-dessus le rebord de la tranchée. Le sol, semé de décombres, qui descendait jusqu'à la frontière, était rempli d'hommes qui se dirigeaient vers eux en titubant. Nombre d'entre eux étaient couverts de sang. Derrière eux, elle aperçut un nuage de brume jaune qui se dispersait au-dessus de la première tranchée et d'autres hommes qui s'en échappaient. Elle distingua plusieurs grandes silhouettes dressées au-dessus de la tranchée. Elle en compta neuf.

– Qu'est-ce que c'est, là-bas ? demanda-t-elle à un soldat.

– Des… des monstres… que les Britanniques sont allés chercher directement en enfer !

– C'est des eugéniques, m'dame, dit un autre. Ils sont fabriqués à partir d'sang et d'organes, ajouta-t-il en secouant la tête à l'adresse du premier. C'est pas des diables ou des démons venus de l'enfer. C'est juste des salades, toutes ces histoires d'vaudou. C'est pire que ça, en fait… C'est la nature qu'a été trafiquée comme elle aurait jamais dû l'être.

Becks hocha la tête, devinant de quoi le soldat voulait parler.

Des unités conçues génétiquement.

Le premier des hommes qui avaient battu en retraite s'écroula dans le fer à cheval, les yeux écarquillés et hors d'haleine.

– Seigneur ! On peut… on peut rien faire ! Rien faire… pour les arrêter !

D'autres se jetèrent dans la tranchée et roulèrent dans la boue près de lui.

– C'est des eugéniques ! Le colonel avait raison. Ces foutus Britanniques, y r'commencent à envoyer des eugéniques cont'nous !

Elle reconnaissait la peur qui se répandait parmi les hommes, telles des flammes dans un champ de blé en plein été.

Ces soldats manifestent des symptômes de tension extrême.

Elle calcula que leur capacité à se battre était sévèrement réduite. En réalité, elle était presque certaine, à voir l'expression de leurs visages, que cette position de défense risquait d'être très vite abandonnée. Elle grimpa un peu plus haut sur une autre caisse de munitions de façon à les dépasser de la tête et des épaules.

– Votre attention ! beugla-t-elle.

Des visages, pâles et maculés de sang, se tournèrent vers elle.

– Information : les grosses unités face à nous sont des unités de combat conçues génétiquement. Elles sont faites pour résister à des dégâts importants, mais il est malgré tout possible de les exterminer !

– Ce sont des démons ! On ne peut rien contre des envoyés du diable !

– Non, bon sang de bois ! Elle… elle a raison ! cria l'un des hommes ensanglantés. On s'en est fait deux ! Enfin, j'crois. J'en ai vu tomber deux !

– Concentrez vos tirs sur les endroits vulnérables, expliqua Becks. Le système sanguin et le système nerveux. La poitrine et la tête. C'est clair ? demanda-t-elle d'un air sévère.

Les hommes la fixaient en silence.

– Un seul projectile correctement ciblé tuera ces unités ! Vous devez viser la tête et la poitrine !

Elle désigna Devereau et Wainwright qui arrivaient en chancelant dans leur direction.

– Regardez ! Voilà vos colonels ! Ils vont vous confirmer ce que je viens de vous dire !

Ils s'approchaient en haletant bruyamment, au milieu des derniers hommes qui s'échappaient de la frontière. Devereau la repéra debout, à découvert.

– Mais qu'est-ce que vous fichez, bon sang ? Baissez-vous !

Elle ignora son accès de colère. Les deux hommes escaladèrent les sacs de sable et se laissèrent tomber sur le sol à côté d'elle. Devereau se releva, pantelant, se pliant presque en deux pour reprendre son souffle.

– Je vais très bien, lui dit-elle. Vous devez vous asseoir pour récupérer.

Elle les força, lui et Wainwright, à se baisser jusqu'à ce qu'ils soient accroupis, toujours essoufflés. Elle s'agenouilla à côté d'eux.

– Reposez-vous. Vos soldats ont besoin que vous soyez opérationnels.

Wainwright leva les yeux et s'effondra à côté de Devereau contre le mur de terre.

– Vous avez bien dit… opérationnels ? demanda-t-il dans un souffle.

– Affirmatif.

Il se tourna vers Devereau et parvint à lui sourire.

– Quelle… commença-t-il, la respiration coupée. Quelle remarquable jeune femme, n'est-ce pas ?

Devereau approuva d'un signe de tête.

– Un vrai soldat.

CHAPITRE 85

2001, NEW CHELMSFORD

– Information : le point de rendez-vous est à deux cent trente-cinq mètres, droit devant.

Liam contempla le pré boueux qui s'étendait derrière la palissade.

– Tu plaisantes !... Maddy a choisi une porcherie ?

– L'heure n'est pas vraiment à la plaisanterie, répliqua Bob.

Sal réprima un haut-le-cœur en respirant la puissante odeur de lisier.

– Maddy doit vraiment nous détester, commenta-t-elle. C'est répugnant.

– C'est juste de la boue et des cochons. Allez !

Liam se hissa au-dessus de la clôture et atterrit de l'autre côté dans un *plotch* gluant.

– Ah... Bon, c'est un peu plus profond que je le pensais.

Les autres escaladèrent la palissade à tour de rôle pour le rejoindre et tous se mirent à avancer. Sal fermait la marche, pestant à voix basse à chaque pas, tandis que ses pieds s'enfonçaient dans la boue nauséabonde. Dans la lumière déclinante du crépuscule, ils virent que les cochons étaient rassemblés dans un coin éloigné du pré. C'était sans doute l'heure du repas. Ou peut-être une sorte de réunion mondaine porcine.

– C'est par où, Bob ?

L'unité de soutien indiqua du doigt un espace entre deux constructions basses et allongées qui servaient d'abris à cochons.

Liam continua de patauger en tête du petit groupe, puis ils atteignirent un sol plus sec, plus ferme.

Je détecte des particules de tachyons, annonça Bob.
– Elle fait un sondage pour voir si on est là, devina Liam. Vite ! Il faut qu'elle sache qu'on est arrivés !
Il s'élança dans l'obscurité, vers l'espace entre les abris. Là, il se mit à sauter sur place en agitant les bras frénétiquement.
– C'est là ? lança-t-il à Bob. Je suis au bon endroit ?
– Affirmatif.
– Que diable fait cet hurluberlu, maintenant ? demanda Lincoln en secouant un pied couvert de boue.
– Il bouge pour essayer de se faire repérer par la Base, expliqua Sal.
Ils le rejoignirent un instant plus tard entre les cabanes, tandis que les derniers rayons du soleil disparaissaient derrière de petites collines arrondies à l'horizon.
– Hou hou ! On est là, Maddy ! s'écria Liam, en sautillant avec excitation. Viens nous chercher !
Bob haussa un sourcil.
– Tu es conscient qu'elle ne peut pas t'entendre ?
– Je sais… C'est juste que je suis… Je suis pressé de rentrer à la maison, c'est tout, lâcha Liam avec un sourire penaud.
Lincoln s'assit sur le rebord d'un abreuvoir, défit les lacets de ses bottes et les retira. Il en souleva une et la secoua pour la vider des saletés qui s'y étaient introduites.
– Donc, nous allons retourner en 1831 ?
– Oui, acquiesça Sal. On vous ramène chez vous, monsieur Lincoln.
– Je vois, grogna-t-il, un soupçon de déception dans la voix. Ça va être bizarre de revenir à La Nouvelle-Orléans et de me remettre à travailler comme matelot sur une péniche.
Il ramassa sa seconde botte et entreprit d'en gratter la boue avec de la paille.
– Mais ce n'est pas ce que vous allez faire, lui rappela Sal avec un sourire amical. C'est fini, tout ça.
Il la regarda attentivement.

– Vous faites allusion à ce prétendu destin qui m'attend ?

– Oui.

– J'étais un paysan sans éducation et sans le sou avant toute cette… cette mésaventure. À mon retour, je serai le même paysan sans éducation et sans le sou, sauf que je sentirai le cochon.

– Non, dit-elle en lui saisissant la main. Non, Abraham… Vous avez vu ce que j'ai vu, n'est-ce pas ?

Leurs yeux se croisèrent un instant.

– Rien de tout ça ne tourne rond, murmura-t-elle. Ce monde et… et ces pauvres créatures, des êtres intelligents, qui sont traités comme des objets, des machines, des outils. Votre pays, où les hommes s'entretuent depuis plus d'un siècle ? Et pourquoi ? Pour servir les intérêts d'autres pays ? Vous… C'est à cause de vous que tout cela est arrivé.

– Et je suis le seul à pouvoir changer ça ?

Elle approuva de la tête.

– Je ne suis qu'un vagabond désargenté, reprit-il en soupirant. Comment suis-je censé trouver la voie qui fera de moi le Président des États-Unis ?

– Vous y êtes arrivé, dit Sal, avant de froncer les sourcils. Ou en tout cas, vous y arriverez. Après tout, vous êtes du genre têtu, pas vrai ?

– Et plutôt direct, pour sûr, ajouta Liam. Ça aide toujours.

Sal lui étreignit la main.

– Et vous savez maintenant ce qui est juste. Vous savez ce que vous devez faire de votre vie, quelle cause embrasser… En général, personne ne peut s'offrir ce luxe.

– Vous avez acquis une connaissance privilégiée de votre avenir, résuma Bob. C'est un avantage tactique que vous pourrez mettre à profit pour…

Il se tut soudain et étendit un bras.

– Liam, tu devrais reculer. Je détecte des particules de tachyons.

Liam s'assit à côté de Lincoln, au bord de l'abreuvoir.

– Ce n'est pas donné à tout le monde de voir ce que vous avez vu, et de reprendre ensuite le cours de sa vie, monsieur Lincoln, dit-il avant de hausser tristement les épaules. Sal et moi n'avons pas cette chance.

Sal hocha la tête.

Devant eux, un pan de ciel bleu sombre, où apparaissaient les premières étoiles, se mit à trembler et à ondoyer.

– Oh, regardez ! s'exclama Liam, radieux. Voilà notre billet de retour.

CHAPITRE 86

2001, NEW YORK

Maddy se rendit compte que la bataille avait repris ; cette fois, les détonations étaient beaucoup plus proches.

Elle craignait que quelque chose, ou quelqu'un, percute ou endommage le réseau d'antennes. Il suffirait d'une balle perdue, rien qu'une seule, pour que tous les efforts, les sacrifices, ces corps qu'elle avait vus, gisant côte à côte, telles des sardines en boîte… pour que tout cela ait été vain.

Elle pensa à Becks, dehors, combattant aux côtés des hommes. Elle se dit que l'unité de soutien devait se sentir dans son élément, satisfaite, couverte de sang et de boue, faisant ce qu'elle faisait le mieux.

Elle entendit quelqu'un brailler des ordres, Devereau sans doute, puis le crépitement sourd et lancinant d'une de leurs lourdes mitrailleuses. Elle regarda dehors. Sous le volet, elle distingua des bottes et des ceintures de munitions pendantes. Les mitrailleurs quittaient le fort et se redéployaient le long du fer à cheval.

Aïe ! Ça se rapproche vraiment.

Les deux colonels avaient bien dit que les trois équipes de mitrailleurs constitueraient la dernière ligne de défense ; le fort serait leur Alamo.

Visiblement, leurs plans venaient de prendre une autre tournure.

Oh, zut… Bouge-toi, Liam ! Pour l'amour du…

> Maddy ?

– Quoi ?

> L'analyse de la densité vient de détecter un mouvement.

– Répétitif ? Pas fortuit ?

> Correct.

– Prends un cliché !

> Affirmatif.

Elle vit le photomètre de la machine de déplacement spatio-temporel clignoter, signalant une émission d'énergie conduite le long de câbles hautement isolés à travers le trou irrégulier dans le toit jusqu'au dispositif d'antennes chargées de la diffuser. Ainsi une brèche discrète était ouverte dans l'espace-temps, juste un trou d'épingle dans une dimension spatiale insondable.

Peu après, une photo en basse résolution, fortement pixellisée, s'afficha sur l'écran de droite. La même image que la fois précédente : un pré boueux, une sorte de cabane, un ciel sombre. Mais cette fois, Maddy distinguait vaguement la silhouette floue d'une espèce de dingue, figé en l'air dans une position ridicule, bras et jambes écartés.

Liam.

– Ce sont eux !

> Affirmatif. Activation de la fenêtre ?

– Oui ! Vas-y !

Le photomètre, un écran semblable à celui d'un égaliseur graphique, s'anima intensément, indiquant une soudaine dépense d'énergie. Deux fenêtres distinctes venaient d'être ouvertes simultanément : une à cent cinquante kilomètres de là, au sud, et une autre à La Nouvelle-Orléans, en 1831. Cela allait vider complètement leur charge. Pour le reste, c'était à eux de jouer.

Elle écouta le bourdonnement des circuits de la machine à voyager dans le temps et vit les voyants de charge passer l'un après l'autre du vert au rouge sans faire de bruit.

Maintenant, il n'y avait plus qu'à attendre. Et espérer.

Une fois de plus.

Un autre colosse tomba lentement à genoux. L'épaisse armure qui recouvrait son torse était tordue, déformée par des rafales continues de balles de gros calibre. Du sang dégoulinait sur sa poitrine de nombreuses blessures aux bords déchiquetés. Furieux, pitoyable, il fendait l'air de ses énormes poings hérissés de lames.

– On en a eu un autre ! rugit le sergent Freeman, le poing en l'air.

Wainwright fit signe aux autres équipes des mitrailleurs de prendre position contre le mur de la tranchée.

– Allez, venez ! Par ici ! C'est bien ! Là ! Tirez sur ces eugéniques ! Visez la poitrine… Il y a des failles dans leur armure ! Vous les voyez ?

Devereau scrutait la pente en contrebas, illuminée à présent par des fusées écarlates tirées dans le ciel nocturne depuis une barge de débarquement, baignant l'ensemble du champ de bataille, au sol défoncé et constellé de cratères, d'une lumière rouge sang vacillante. Derrière les six eugéniques restants qui gravissaient lentement la colline dans un fracas métallique, supportant le poids de leur armure – sûrement plusieurs tonnes chacune, estima-t-il –, les soldats britanniques se rassemblaient le long de la frontière. Les officiers allaient d'un groupe d'hommes à un autre, prêts à franchir la tranchée et à se précipiter pour soutenir les eugéniques. Et là, assis à califourchon sur des sacs de sable, il vit un officier britannique qui observait calmement ce qui se passait en haut de la colline avec des jumelles.

CHAPITRE 87

2001, NEW YORK

Becks regardait avec une attention teintée d'indifférence la brutalité impitoyable des énormes bêtes. Leurs bras se balançaient inlassablement, arrachant et projetant en l'air, hors des tranchées, sans distinction, des restes humains sanglants et des mottes de terre. Ils n'affichaient pas l'ombre d'une hésitation, pas le moindre doute, et aucune considération morale ou éthique ne venait les troubler dans leur tâche. Tuer leur demandait autant de réflexion qu'à une tronçonneuse devant une planche de bois.

Elle pouvait s'identifier avec cela : un monde réduit à ses seuls fondamentaux, à des paramètres de mission. Mais c'était là que s'arrêtait son empathie, sa connivence avec ces monstres étranges. Elle aussi avait ses propres paramètres de mission à observer.

Les soldats d'une des équipes de mitrailleurs gisaient, démembrés, juste derrière le colosse le plus proche. Le gros canon de l'arme fumait encore, pointé vers le ciel, sur son trépied. Elle se baissa, se frayant un passage parmi les corps des blessés qui se convulsaient, jusqu'à se retrouver entre les jambes massives du géant. Au moment où l'eugénique percevait un mouvement au-dessous de lui, elle atteignit la mitrailleuse, l'arracha à son support et visa vers le haut.

Les balles de gros calibre trouvèrent à cet endroit une chair tendre, dépourvue d'armure, facile à traverser. L'eugénique battit l'air, furieux, et le tuyau d'alimentation qui dépassait de son petit visage se mit à s'agiter d'un côté à l'autre. Elle entendit une plainte sourde émanant de sa poitrine, de sa gorge, un cri de rage et de souffrance prisonnier de sa bouche scellée.

Le crépitement de la mitrailleuse cessa : le canon en surchauffe venait de s'enrayer sur la ceinture de munitions. Mais elle avait fait assez de dégâts. Le colosse, qui l'arrosait d'une pluie de sang, fit quelques pas mal assurés, avant de s'effondrer enfin au bord de la tranchée, vers le bas de la colline. Elle sentit le sol vibrer sous l'impact de plusieurs tonnes de fer et de chair.

Tandis qu'une nouvelle fusée explosait au-dessus de la tranchée, les baignant dans une aube artificielle pourpre, Becks cligna des yeux et prit un cliché mental de l'état des lieux de la bataille. Il ne restait plus que deux eugéniques, qui semaient le carnage plus loin le long du fer à cheval. Elle vit des gerbes de terre ainsi que des viscères humides et luisants monter en vrille dans le ciel. Les quelques hommes qui n'étaient pas estropiés, démembrés, ou agonisants commençaient à escalader la tranchée pour s'enfuir et sauver leur vie. Et deux cents mètres plus bas, sur la pente de la colline, les soldats britanniques avançaient à présent en trois rangs ordonnés et réguliers sur leur position.

Le colonel Devereau, debout au bord de la tranchée, tentait de rallier les hommes en fuite, pendant que Wainwright tirait au fusil sur les Britanniques qui progressaient.

Leur bunker fait de sacs de sable et de terre empilée, le « fort », leur dernière ligne de défense juste devant l'arche, était désert. Une erreur.

– Devereau ! cria Becks.

Sa voix – elle avait choisi une tonalité légèrement plus grave qu'une voix féminine humaine, sans être tout à fait masculine – domina le vacarme de la bataille. Devereau tourna les yeux vers elle. D'un geste, elle lui indiqua le fort et lança la mitrailleuse hors de la tranchée dans sa direction.

– Vous devez vous redéployer dans votre poste de défense arrière ! hurla-t-elle.

Devereau hocha la tête. Une dernière bataille depuis le fort. Peut-être avait-il déjà prévu d'y affecter la demi-douzaine d'hommes qu'il avait arrêtés dans leur fuite. La lourde mitrailleuse et la bande de quelques mètres de munitions qui gisaient sur le sol allaient s'avérer utiles.

Dans la tranchée, quelques hommes encore vivants étaient rassemblés autour d'une mitrailleuse silencieuse et fumante. Pris au piège entre les deux colosses, ils se tenaient recroquevillés pour éviter à la fois la vaste courbe décrite par les pics ensanglantés et la lame hurlante et tournoyante de la scie circulaire.

[ÉVALUATION : MITRAILLEUSE LOURDE – VALEUR TACTIQUE = ÉLEVÉE]

Becks calcula que le niveau de risque était acceptable pour tenter de se procurer une seconde mitrailleuse pouvant servir depuis leur position finale. Elle arracha un sabre des mains d'un soldat mort. Il lui sembla reconnaître le visage sombre de l'homme, ses cheveux bouclés et grisonnants, sa barbe. Ses yeux vitreux et sans vie lui donnèrent la permission de prendre l'arme et d'en faire bon usage.

Becks se hissa hors de la tranchée et se dirigea vers les deux derniers colosses en sautant sur les sacs de sable empilés comme sur les pierres découvertes d'un ruisseau. Lorsqu'elle fut assez près pour frapper le plus proche des deux, elle tendit le sabre derrière elle. Puis, sollicitant toutes les fibres musculaires de son corps, elle lui fit décrire un long mouvement circulaire horizontal, légèrement au-dessus du sol. Sur son passage, la lame mordit la peau, épaisse comme du cuir, les muscles et l'os du mollet de la créature, qui faisait la taille d'un torse humain. Le pied nu, d'une longueur d'un mètre, avec des orteils mobiles aussi gros que des pommes, tomba dans la tranchée comme un quartier de bœuf. L'eugénique amputé perdit l'équilibre et tomba en avant, les épaisses plaques de son armure métallique s'entrechoquant bruyamment, comme si un camion poubelle avait déversé un plein chargement de métal de récupération sur un tas de ferraille.

Déjà épuisé par le fardeau de son armure, le colosse se débattit comme un éléphant à l'échine brisée, tentant désespérément de se redresser.

Becks surgit au-dessus de sa petite tête, et contempla les deux yeux noirs perçants, humides, et brillants, à la lumière de la fusée descendant au-dessus d'eux. Ces yeux, dépourvus de blanc, semblaient aussi vides et inexpressifs que ceux d'un insecte… et pourtant, l'humidité luisante autour d'eux…

Des larmes ?

Elle traita cette observation durant les quelques nanosecondes d'un unique cycle informatique. Des larmes de colère, se demanda-t-elle… ou était-ce de *soulagement* ?

Les yeux d'araignée se fermèrent lentement, comme s'ils savaient, et même *acceptaient*, ce qui allait se passer. Elle enfonça l'épée dans la chair tendre sous le tuyau d'alimentation. L'eugénique se convulsa, les rubans géants de ses muscles, partout sur son corps, se contractant une dernière fois. Puis il s'affaissa, bel et bien mort.

Becks se retourna à temps pour voir le dernier colosse s'écrouler, enfin affaibli par la perte de sang que lui avaient causée des dizaines de blessures par balle.

De nouveau, d'un coup d'œil photographique, elle fit une évaluation globale du champ de bataille. Les Britanniques n'étaient plus qu'à une centaine de mètres en contrebas, sur la colline. Elle estima qu'il ne restait pas plus d'une vingtaine d'hommes vivants dans le fer à cheval. Certains d'entre eux distribuaient des tirs sporadiques et opportuns vers la pente, mais la plupart étaient en état de choc.

Et derrière eux, hors de la tranchée, dépassant en trombe le tank qui toussotait encore, cinquante, peut-être soixante hommes s'enfuyaient en courant ou en boitant, espérant se réfugier plus loin dans les ruines de Brooklyn. Devereau semblait avoir rassemblé un noyau d'une dizaine d'hommes, pour la plupart trop grièvement blessés pour fuir, de toute façon. Au moins, ils avaient la mitrailleuse.

Wainwright rejoignit Becks et fit signe à Devereau d'emmener ses hommes vers le fort.

– Nous devons leur faire gagner suffisamment de temps pour qu'ils installent l'arme là-dedans ! cria Wainwright.

– Affirmatif, je vais retarder l'ennemi, répondit Becks avant de désigner les quelques soldats restant dans la tranchée. Ordonnez à ces hommes de se redéployer dans le fort et dans l'arche. Il faut la protéger le plus longtemps possible !

Wainwright longea la tranchée et se mit à tapoter les épaules des quelques hommes encore là, leur faisant signe de gagner l'arche.

Becks s'avança de quelques pas, s'empara de la mitrailleuse encore fumante et la souleva de son trépied sans effort apparent, avant de l'appuyer contre sa hanche.

Elle la braqua sur les Britanniques, qui ne se trouvaient plus qu'à une cinquantaine de mètres d'elle, et se mit à tirer.

CHAPITRE 88
1831, LA NOUVELLE-ORLÉANS

Abraham Lincoln regardait la rue devant lui. En ce début de soirée, elle grouillait de dockers qui finissaient leur journée, de trappeurs et de marchands qui stockaient sur leurs péniches des balles de peaux de castor et des articles de commerce à destination des Indiens. Des voix rauques se saluaient et prenaient congé dans un mélange de mauvais anglais et de français, se mêlant au bruit des chevaux ferrés et des roues cerclées de métal des chariots.

De l'autre côté de la rue en terre battue se trouvait le bar, celui-là même où il avait dilapidé tout son argent, noyant ses malheurs au fond d'une chope. Il lui semblait qu'une vie tout entière s'était écoulée depuis qu'il en était sorti en titubant.

– Me revoici à l'endroit où vous m'avez trouvé la première fois, dit-il.

– Oui, acquiesça Sal. Et c'est ici que vous devez être.

– La Nouvelle-Orléans, dit-il en souriant. Comme ça me paraît petit aujourd'hui !

– Sans doute. Après tout ce que nous avons vu ensemble, ça ne m'étonne pas.

Il se mit à rire.

– Et que de choses incroyables ! Je serai, j'en suis convaincu, victime d'insomnies jusqu'à mon dernier jour !

– Tout cela doit rester secret. Absolument tout. Vous comprenez bien que vous ne devez parler d'aucun de ces événements à quiconque ?

– Jeune demoiselle, si je dois un jour devenir président,

je serais bien bête d'aller parler de navires volants, d'animaux qui parlent et de machines capables de transporter quelqu'un dans le temps. Je n'aurais jamais la moindre chance d'être élu. Le peuple américain ne tolérerait pas un fou à la tête du pays.

Sal haussa les épaules.

– Eh bien…

- Néanmoins, reprit Lincoln en se grattant la barbe, je dirai a ceux qui voudront m'écouter que ce pays ne pourra prospérer que s'il est uni. Est-ce qu'au moins j'ai le droit de dire ça ?

Sal jeta un coup d'œil à Liam, qui bavardait tranquillement avec Bob quelques mètres plus loin.

– De toute façon, je crois que vous avez toujours été destiné à tenir ce genre de propos, répondit-elle. Au moins, désormais, vous savez pourquoi l'Amérique ne peut se permettre de se déchirer, n'est-ce pas ?

Ils observèrent un homme d'affaires ventripotent et sa femme qui traversaient la rue, suivis de plusieurs esclaves qui portaient leurs bagages. Un petit garçon noir fermait la marche, pieds nus et vêtu de haillons.

Sal se surprit à penser à Samuel. Elle tourna le regard vers les yeux sombres aux paupières tombantes de Lincoln et se dit qu'il pensait à lui aussi.

– Il me semble qu'il y a beaucoup de choses à rectifier dans cette époque, murmura-t-il, avant que nous puissions devenir la nation dont rêvaient nos ancêtres.

C'est à ce moment précis qu'ils commencèrent à entendre le bruit assourdissant de sabots à l'approche. Puis des cris d'avertissement provenant de plus haut dans la rue, le fracas des tonneaux tombant de l'arrière du chariot incontrôlable et s'écrasant lourdement sur le sol en terre dure. Du whisky gicla à travers les fûts fissurés.

Liam et Bob rejoignirent leurs compagnons, s'écartant de la rue à l'approche du chariot. Six chevaux aux yeux fous galopaient dans leur direction en tanguant dans un slalom effréné.

Ils les dépassèrent dans un bruit tonitruant, semant dans leur sillage davantage de tonneaux. Puis ils se frayèrent tant bien que mal un chemin au milieu de la circulation encombrée, jusqu'à ce qu'enfin le chariot se penche sur un côté et perde le reste de son chargement. L'une des roues céda sous le poids. Des morceaux de bois et des rayons pulvérisés volèrent dans le ciel. Une jante en métal tordue se détacha et continua à rouler en s'éloignant. Ils regardèrent le chariot qui poursuivait sa course sur l'essieu, toujours tiré par les chevaux paniqués, jusqu'à ce qu'il soit hors de vue.

– Voilà le chariot qui vous a tué, dit Liam en gratifiant Lincoln d'une petite tape joyeuse. Enfin, pas cette fois en tout cas.

Bob donna un petit coup de coude à Liam.

– N'oublie pas l'objectif secondaire, lui rappela-t-il de sa grosse voix calme.

Liam acquiesça. Il tendit la main à Lincoln qui la serra fermement.

– Ce fut un plaisir de rencontrer un futur président, pour sûr.

– Eh bien, j'essaierai de faire de mon mieux, monsieur O'Connor. Si c'est la volonté du Ciel.

– Le pays sera fier de vous, répondit Liam en souriant. J'en suis certain.

Bob se pencha vers le garçon.

– L'objectif secondaire, répéta-t-il.

– D'accord, d'accord. Bon, il faut qu'on y aille. Il y a encore une chose dont nous devons nous occuper. Prenez soin de vous, monsieur Lincoln.

– Comptez sur moi.

– Sal, fit Liam en montrant le haut de la rue. Il faut qu'on aille vérifier ça, tout de suite.

– Partez devant, je vous rattrape.

Liam lança un dernier adieu à Lincoln, Bob lui fit un bref signe de tête, et tous deux remontèrent Powder Street au pas de course, en suivant les traces du chaos pour en trouver la cause.

Sal et Lincoln se regardèrent.

– Quelle drôle de semaine, lui dit-elle.

– C'est le moins qu'on puisse dire, mam'zelle, répondit le grand jeune homme avec un rire qui tenait plus du grognement.

– Vous savez… commença-t-elle.

Mais elle savait qu'il valait mieux ne pas lui en dire davantage, et surtout ne pas l'avertir du terrible sort qui l'attendait au lendemain de la victoire du Nord.

– Non, rien, dit-elle finalement.

– Je vous en prie, insista Lincoln, intrigué, en haussant un sourcil. Vous alliez me dire quelque chose.

– Non, juste que… juste que votre visage finira sur les billets de cinq dollars ! lâcha-t-elle en souriant. C'est pas cool, ça ?

– Des billets de cinq dollars ? s'écria-t-il d'un air surpris. Ils auront des billets d'une telle valeur ?

Sal jeta un coup d'œil vers le haut de la rue. Elle voyait toujours Liam et Bob, mais ne voulait pas risquer de les perdre.

– Je dois y aller, dit-elle. Vous devriez en faire autant.

– En effet.

Elle prit la main de Lincoln dans la sienne et la serra.

– Bonne chance à vous. Je ferai des recherches sur le Net et je lirai tout ce qui vous concerne dès qu'on sera rentrés.

Elle lui fit un petit signe, puis tourna les talons et remonta la rue en courant pour rejoindre les deux autres. Lincoln l'observa jusqu'à ce qu'elle disparaisse dans la foule grandissante des badauds, curieux de voir ce qui avait causé une telle agitation.

Bon, et maintenant, monsieur Lincoln ?

Il baissa les yeux vers son pantalon couvert de boue et ses bottes trouées, et se dit que quel que soit son avenir – son destin – il aurait plus de chances de l'accomplir sans sentir le lisier. Il se dirigea à grandes enjambées vers le quai et les eaux calmes du Mississippi, dont la surface chatoyante, aussi lisse qu'un miroir, reflétait le soleil couchant.

CHAPITRE 89

2001, NEW YORK

Le capitaine McManus parcourut lentement la tranchée incurvée, posant les pieds autant que possible sur la terre et non sur les membres, les torses et les visages des morts. Ces types, même s'ils étaient des mutins, méritaient mieux que ça.

Il brandissait au-dessus de sa tête une baïonnette au bout de laquelle était attaché un mouchoir en guise de drapeau blanc. De l'autre main, il portait une lanterne pour s'assurer que les hommes tapis dans le bunker au bout de la longue tranchée tortueuse puissent clairement le voir approcher.

Le bunker n'était guère plus qu'un monticule de terre et de sacs de sable entassés sur une structure de poutres en bois, un édifice à l'évidence construit à la hâte. Il se dressait dans l'ombre imposante d'une énorme pile du pont, à côté d'une autre butte, un genre d'igloo dont les blocs de glace auraient été remplacés par des briques effritées.

Pourquoi ici ? Pourquoi un dernier poste ici, au milieu de cette terre perdue ? Il aurait été bien plus sensé d'installer une position de défense parmi les ruines des usines, de l'autre côté. En luttant de couloir en couloir, de pièce en pièce, ses hommes auraient dû payer le prix fort pour pouvoir prendre le contrôle de leur repaire.

Au lieu de ça, ils ont choisi ce terrain à découvert...

Cela n'avait aucun sens.

Il passa devant un amas compact de cadavres, dont beaucoup étaient britanniques. Il s'arrêta un moment pour en observer un, gisant au milieu des autres.

C'était une jeune femme.

Il l'avait vue un peu plus tôt avec ses jumelles. Elle avait tenu en respect le régiment entier pendant quasiment cinq minutes. Elle s'était servie d'une mitrailleuse Armitage & Burton, sans aucune assistance, en tenant l'arme simplement appuyée contre sa hanche, rien que ça ! Elle avait tiré jusqu'à ce que l'arme finisse par surchauffer et s'enrayer. Après quoi, elle avait combattu à mains nues avant de finir par être tuée à son tour.

Bonté divine.

Il aurait voulu s'accroupir pour la regarder de plus près. Mais ça pouvait attendre. Il avait un problème à régler en priorité.

– J'ai un drapeau blanc ! cria-t-il. Vous autres, dans le bunker, vous le voyez ?

– Ne faites pas un pas de plus ! répondit une voix. On vous entend très bien de là où vous êtes.

McManus planta le drapeau dans la terre à côté de lui et posa la lanterne.

– Très bien. Je suis sûr que vous savez pourquoi je suis ici. Que diriez-vous d'en rester là pour aujourd'hui, messieurs ?

Devereau se tourna vers Wainwright. Il était affalé par terre entre deux autres blessés, et pressait fermement l'un de ses flancs. Un tir l'avait touché sur le côté alors qu'il tentait de couvrir Becks. Un pan de sa veste grise était noirci de sang.

– Ils demandent une reddition, James.

Wainwright rit péniblement.

– Dites-lui qu'on n'est pas d'humeur à faire des prisonniers, aujourd'hui.

Devereau afficha un grand sourire. Il allait se retourner pour répéter cette repartie à l'officier britannique, mais il repéra la silhouette de Maddy, accroupie à l'entrée de l'arche. La faible lueur diffusée par la rangée d'ordinateurs éclairait le sol bétonné sur lequel étaient étendus les blessés.

Elle jeta un coup d'œil à gauche, vers l'officier britannique, à une dizaine de mètres de là, dans la tranchée, puis traversa en vitesse l'espace entre l'arche et l'entrée basse du fort. Elle se recroquevilla pour pouvoir se glisser à l'intérieur et rejoignit Devereau, puis regarda l'officier et son drapeau blanc par la meurtrière.

– Vous feriez mieux de vous rendre, murmura-t-elle. C'est fini !

– Vous avez renvoyé ce Lincoln dans son époque ? demanda-t-il.

– Oui !

– On a vraiment fait couler suffisamment de sang ce soir ! cria le capitaine McManus.

– Et quand est-ce que la réalité changera ? chuchota Devereau.

– Bientôt, répondit Maddy. Je ne peux pas vous dire quand exactement, mais bientôt.

– Il y a des blessés, là-dedans ? reprit l'officier à l'extérieur. Je vous assure que nous nous occupons d'eux ! Vos soldats, vos sous-officiers… ils seront tous traités humainement, comme des prisonniers de guerre. Vous avez ma parole !

– Bon sang, mais qu'est-ce que vous attendez ? demanda Maddy.

– William… on devrait laisser sortir nos gars, gémit doucement Wainwright.

Devereau mit ses mains en porte-voix.

– Est-ce que les Confédérés seront traités comme les Nordistes ? cria-t-il.

Une pause.

– Je vous le garantis… pas un soldat, pas un sous-officier ne passera devant la cour martiale. Ils seront tous, je dis bien tous, traités comme des prisonniers de guerre.

Devereau se tourna vers Wainwright.

– Vous entendez ça ?

Wainwright hocha la tête et sourit.

– On dirait bien que nous serons les seuls à connaître le peloton d'exécution.

– Oui, c'est bien mieux que ce à quoi on pouvait s'attendre.

Sal regarda les deux hommes, l'un après l'autre.

– Mais… mais ça va prendre des jours… des semaines, non ? balbutia-t-elle. Une audition, une cour martiale… Ça prend du temps d'organiser ces trucs. Écoutez, la nouvelle réalité approche, je peux vous le promettre ! Elle peut arriver n'importe quand, désormais. Dans cinq minutes, dans cinq heures…

Dans le petit bunker dédié aux mitrailleuses, les soldats assistaient, troublés, à ce drôle d'échange.

– Ou peut-être jamais ? fit Devereau en haussant les épaules. C'est une possibilité, non ?

– Non… je vous le promets, tout va changer !

– Sortez, messieurs ! appela l'officier. Je vous offre ces conditions une dernière fois !

– Rendez-vous ! supplia Sal. S'il vous plaît… allez, rendez-vous ! C'est bon maintenant, les choses vont s'arranger, je vous le jure.

– Laissez-moi vous poser une question, mademoiselle Carter.

– Oui ?

– Si j'étais mort au combat, est-ce que cette nouvelle réalité engendrerait quand même un nouveau moi ?

– Oui, bien sûr !

Devereau jeta un œil à Wainwright, et les deux hommes échangèrent un sourire, scellant un pacte silencieux. Puis, se tournant vers la meurtrière, Devereau mit de nouveau ses mains en porte-voix.

– D'accord. Vous avez gagné. Mes hommes vont sortir, nous nous rendons !

CHAPITRE 90

2001, NEW YORK

Et zut!

Maddy jeta un œil par-dessus son épaule à la bosse que formait l'arche.

Je dois aller là-bas! Je dois retourner à l'intérieur!

Elle avança péniblement au fond de la tranchée boueuse avec les autres prisonniers, les bras sur la tête comme exigé. Les soldats britanniques se tenaient debout sur les sacs de sable de chaque côté, baissant les yeux vers les défenseurs vaincus. Elle fixait le dos de l'homme devant elle, n'osant pas les regarder, eux, là-haut, n'osant même pas croiser leurs regards. En revanche, elle jeta un nouveau coup d'œil derrière elle.

Il faut que je sois à l'intérieur lorsqu'elle arrivera!

Si Maddy se trouvait ici, à l'extérieur, hors de la portée protectrice du champ magnétique de l'arche quand l'onde surviendrait, alors elle se retrouverait très certainement comme… fondue, pour ainsi dire, dans le nouvel environnement, ou alors soudée, d'une manière épouvantable et fatale, à un mur de briques, une poubelle ou quoi que ce soit d'autre.

À une trentaine de mètres, des sacs de sable étaient tombés au fond de la tranchée, formant un petit monticule permettant de sortir facilement. Des médecins et des aides-soignants du régiment britannique tendaient leurs mains aux blessés. Maddy en accepta une et fut tirée par-dessus le bord de la tranchée. Elle marmonna un faible « merci ».

Au-dessus d'elle, le ciel était rempli de vaisseaux géants, ceux qu'elle avait vus plus tôt dans la journée, décharger des troupes sur Manhattan. Leurs projecteurs clignotaient à travers le terrain vague, l'inondant de flaques dansantes d'un blanc brillant.

Elle entendait le halètement régulier du tank, cette vieille épave rouillée qui, contre toute attente, fonctionnait encore, ce vieux machin fidèle qui toussait et crachotait doucement dans le silence de mort du champ de bataille.

Le terrain, criblé de cratères, était parsemé de corps, dont beaucoup ne bougeaient plus que très faiblement. Les aides-soignants évoluaient parmi eux, triant les cas qu'ils pouvaient traiter. De temps à autre, un tir isolé retentissait : la compassion des champs de bataille pour ceux qu'on ne peut plus sauver.

Maddy n'avait pas vu Becks depuis longtemps. Pas depuis qu'ils avaient réussi à repérer Liam et les autres. C'était il y a combien de temps ? Dix minutes ? Une demi-heure ? Son esprit était comme anesthésié par le choc, rendant ses perceptions peu fiables. Comme si elle marchait mollement dans un rêve.

– Becks, murmura-t-elle comme pour elle-même.

Prononcer son nom à voix haute déclencha quelque chose qu'elle n'aurait jamais pensé éprouver pour une unité de soutien. De l'inquiétude. Elle se moquait toujours de l'affection de Liam pour Bob et Becks… et voilà que c'était son tour. Elle craignait vraiment de découvrir son cadavre sur le sol.

Le capitaine McManus considéra les deux officiers américains, affalés l'un à côté de l'autre contre un mur de terre et de sacs de sable dans le bunker. Il s'accroupit juste devant la petite entrée.

– Bon, très bien, finit-il par dire en hochant lentement la tête. Si c'est ce que vous souhaitez, messieurs.

Le colonel nordiste lui offrit un sourire grave.

– En effet, capitaine.

McManus fit la moue, hocha à nouveau la tête et se leva. Ils avaient bien raison, évidemment. Aucun des deux hommes n'échapperait au peloton d'exécution pour un tel acte de rébellion. Ils allaient devoir servir d'exemples. Ce choix qu'ils avaient fait leur épargnerait la détresse des heures d'attente insoutenable, et le déshonneur d'être destitués de leur grade avant d'être conduits à l'aube dans une cour.

Il les salua, puis s'éloigna de l'entrée pour leur laisser un peu d'intimité. Il se retourna pour observer la lueur bleu pâle qui filtrait sous un rideau de fer à moitié relevé sur sa droite. Il s'approcha tranquillement du rideau métallique et se baissa pour regarder en dessous.

Il distingua un sol en béton, inégal et fissuré, sur lequel gisaient des hommes grièvement blessés. Nombre d'entre eux, à l'évidence, ne survivraient pas longtemps. Beaucoup étaient déjà morts. Il décida qu'il enverrait un aide-soignant ici dès qu'il s'en trouverait un de disponible.

Il soupira devant les dégâts et la déchéance épouvantables que la bataille valait aux corps humains, ces fragiles petites choses. En particulier ceux causés par les expérimentaux. Les blessures qui s'étalaient devant lui étaient proprement effroyables. Il était en fait assez soulagé que les douze sujets d'essai ait été tués. Ils lui avaient paru hors de contrôle. Ses propres hommes auraient très probablement dû les abattre.

Ses yeux remontèrent jusqu'à l'étrange source de la lueur bleutée. Il s'agissait d'une rangée d'écrans rectangulaires où vacillaient des images floues aux couleurs vives.

Il plissa les yeux, intrigué.

Mais qu'est-ce que c'est que tout ça ?

– Bon, ça s'est bien passé, je dirais, lâcha Devereau en ouvrant d'un coup sec l'étui de son revolver.

Wainwright rit en crachant un filet de sang.

– En effet.

Il regarda Devereau qui caressait distraitement la crosse de son arme.

– Dites-moi, William, croyez-vous vraiment qu'il existe d'autres mondes possibles, ou cette fille nous a-t-elle menés en bateau ?

– Difficile à dire… Vous en avez vu autant que moi. Toutes ces images… dit-il avant d'esquisser un sourire. Je pense que je la crois, oui.

– Ça serait quelque chose si c'était vrai.

– Si ça se trouve, on va se réveiller dans ce monde-là, vous et moi ?

– Après avoir quitté celui-ci ? Peut-être.

Wainwright prit aussi son arme, grognant sous l'effort que lui coûta ce mouvement. Puis il eut un petit rire.

– Qu'est-ce qu'il y a de si drôle ?

– Il y a cinq ans… je crois… un de mes tireurs d'élite m'a interpellé en disant qu'il vous avait dans sa ligne de mire. Qu'il avait votre tête dans sa ligne de mire. Et qu'il voulait tirer.

– Que lui avez-vous dit ?

– Je lui ai dit non… évidemment.

– Pourquoi ?

– Si seulement je m'en souvenais, soupira Wainwright. Je… je ne sais pas. Ça me paraissait déloyal.

– Déloyal ? répéta Devereau avant d'éclater de rire.

Wainwright l'imita, ce qui le fit gémir de douleur.

– Vous savez, Bill, j'ai le sentiment que le signal que nous avons émis, notre appel de ralliement aux autres régiments, est resté bloqué d'une façon ou d'une autre, dit-il en grimaçant et en prenant une profonde inspiration. Je suis persuadé que notre mutinerie aurait pris de l'ampleur si la nouvelle s'était répandue. Je ne peux pas croire que nous étions les seuls, avec nos deux régiments, à vouloir mettre un terme à cette guerre ridicule.

– Moi non plus.

Devereau boutonna soigneusement son col, puis redressa la visière de sa casquette.

– Enfin… on aura fichtrement bien essayé, n'est-ce pas, colonel Wainwright ?

– Ça ne fait pas le moindre doute.

CHAPITRE 91

1831, LA NOUVELLE-ORLÉANS

Les traces laissées par le chariot conduisirent Liam, Bob et Sal, qui les avait rattrapés, environ cinq cents mètres plus haut dans Powder Street. Des fûts de bois cassés ou fendus déversaient de l'alcool par terre, et des vagabonds sans le sou s'amassaient autour de chacun d'eux, remplissant avidement le creux de leurs mains.

Ils croisèrent une femme à la jambe cassée qui réclamait à grands cris un médecin, la charrette renversée d'un boulanger qui avait perdu des miches de pain sur la chaussée, et les peaux de castor et de chevreuil d'un trappeur éparpillées au sol, abîmées et déchirées par les sabots et les roues cerclées de fer. Enfin, ils se retrouvèrent devant le portail de la cour et des écuries d'une distillerie.

– Le chariot venait de là, affirma Bob.

Une foule d'employés de la distillerie avaient quitté un bâtiment en briques de deux étages et gagné la cour pour se rassembler autour de quelque chose. Ils en détournaient vite le regard, le visage blême, avant de se plier en deux avec des haut-le-cœur. Une femme hurla et s'enfuit de la cour en passant devant eux.

– Excusez-moi ? Madame ? Qu'est-ce qui s'est passé ? demanda Sal.

La femme bredouilla quelque chose à propos de « l'œuvre du Malin ». Puis elle disparut en prenant ses jambes à son cou.

– Il s'agit de l'événement de contamination, dit Bob.

– Ouais. On ferait mieux d'aller voir.

Ils traversèrent la cour et longèrent les écuries. Ils entendaient les chevaux perturbés à l'intérieur, le claquement de leurs sabots alors qu'ils tournaient en rond avec agitation, leurs ébrouements et leurs hennissements.

La foule était toujours réunie autour de *quelque chose*, sur le sol. Parmi les murmures confus et effrayés, Sal saisit des bribes de conversation :

– … sorcellerie…

– … œuvre du diable…

Un homme à la voix forte mettait en garde les employés contre les méfaits de la boisson, prétendant que ceci était un avertissement que Dieu leur envoyait, une punition divine.

Ils se frayèrent un chemin au milieu de la foule pour mieux voir, ce qui n'était pas difficile puisque les gens n'osaient pas trop s'approcher de ce qui pourtant semblait les fasciner.

Enfin, Liam, Bob et Sal découvrirent de leurs yeux ce qui causait tout ce tapage et qui avait fait s'emballer le chariot de la distillerie. Liam se figea sur place et, pris de nausée, plaqua une main sur sa bouche.

– Jésus… Marie… Joseph…

Sal fit un pas en avant et s'accroupit à côté de… la chose.

– Ne le touchez pas ! hurla quelqu'un dans la foule. C'est une création du diable ! C'est un démon !

Elle ignora l'avertissement et tendit prudemment une main vers… la monstruosité. Si elle avait cru au surnaturel, alors « une création du diable » lui aurait semblé être la formule parfaite pour décrire ce misérable déchet de créature aux organes fumants et aux tendons entortillés, gisant dans son propre sang.

– Est-ce que c'est quelqu'un… ou quelque chose ? murmura-t-elle.

On aurait dit qu'un abattoir avait jeté les déchets de toute une journée de travail dans la cour. Au milieu des cartilages pourpres et sanguinolents qui luisaient, elle distingua l'arrière-train d'un cheval, qui se pliait encore faiblement, comme parcouru de spasmes. Mais, pire encore – et elle était sûre que cela lui vaudrait des cauchemars pour tout le reste de sa vie –, la tête, les épaules et le haut d'un torse humains éclaboussés de sang étaient soudés aux flancs de l'animal, à moins qu'il ne se soit agi d'un second cheval. C'était comme si Dieu avait décidé de créer un centaure, avant d'abandonner l'idée dans un moment de frustration et de colère, et de balancer son essai raté sur la terre.

Elle toucha doucement la tête du cadavre.

Les yeux s'ouvrirent en clignant.

CHAPITRE 92
2001, NEW YORK

Maddy et les autres prisonniers étaient assis par terre, à une cinquantaine de mètres de la tranchée en forme de fer à cheval, sous la surveillance d'une simple poignée de soldats britanniques. Pour eux, il était clair que le petit groupe de mutins affaiblis n'avait plus aucune intention de se battre.

Elle les observa s'occuper des morts, en commençant par les leurs. Ils vérifiaient s'il restait quelques signes de vie, avant de récupérer les plaques de matricule autour des cous des cadavres et de les transporter jusqu'au bord du fleuve, où ils étaient embarqués sur les barges.

Elle remarqua non loin un tas dense de corps vêtus de vestes rouges. Des aides-soignants étaient accroupis entre eux, guettant des signes de vie. Et là, alors que deux d'entre eux dégageaient un corps et l'emportaient, elle vit Becks.

Elle se leva et se mit à traverser le champ de bataille.

– Hé ! Mademoiselle ! Rasseyez-vous ! cria l'un des soldats britanniques qui gardaient les prisonniers.

Maddy l'ignora, attirée par le visage blafard qui regardait fixement le ciel au milieu de l'amas de corps. Elle se faufila devant un aide-soignant puis s'agenouilla à côté du visage immobile et froid de Becks. Un sang noir formait une croûte sur la moitié droite de son visage, s'écoulant d'une blessure par balle à la tempe.

– Becks ?

L'aide-soignant, un jeune homme avec des taches de rousseur et les oreilles décollées, la regarda avec compassion.

– Vous connaissiez cette femme, mademoiselle ?

Elle ne répondit pas.

– Je ne sais pas qui elle était, poursuivit-il, mais apparemment elle s'est sacrément bien battue.

Sa voix lui semblait lointaine. Elle l'entendait à peine, occupée à regarder avec curiosité la trace d'une larme sur la joue gauche de Becks, se demandant l'espace d'un instant si une unité de soutien pouvait bel et bien pleurer, jusqu'à ce qu'elle se rende compte que c'était l'une des siennes. Elle s'essuya les yeux sous ses lunettes et renifla.

Je suis en train de pleurer pour un fichu robot.

Elle se renfrogna, s'en voulant d'être si faible et pathétique.

C'est une machine... un outil. C'est tout, espèce d'idiote !

– Becks ? chuchota-t-elle. Becks... Je suis vraiment désolée.

Désolée pour quoi ? Désolée de n'avoir jamais pris la peine de te connaître... contrairement à Liam ?

Peut-être. Peut-être que c'était ça qu'elle regrettait. Mais, encore une fois, ne valait-il pas mieux se dispenser de traiter ces choses comme des humains, ou pire, comme des amis ?

– Je suis désolée, murmura-t-elle encore.

Elle caressa l'un des sourcils bruns de Becks, celui que l'unité avait pris l'habitude de relever chaque fois qu'elle voulait poser une question.

Elle avait vaguement conscience que l'aide-soignant remettait à sa place le garde qui l'avait poursuivie, lui conseillant de la laisser un peu tranquille, lui expliquant qu'elle n'allait pas s'enfuir.

– Becks, je regrette qu'on n'ait jamais... tu sais, qu'on n'ait jamais parlé.

Comme Liam et Sal l'avaient fait. Tous deux étaient à l'aise avec l'idée de passer du temps avec les clones, comme s'ils étaient tout aussi humains qu'eux.

Elle fit courir son doigt sur la joue froide de Becks. Elle était bien morte. Sous les corps qui la recouvraient en partie, il y avait des blessures que Maddy n'avait pas besoin de voir, qu'elle ne voulait même pas apercevoir. À l'évidence, Becks avait subi trop de dégâts pour que son système d'autoréparation puisse y faire face.

Les voix qui s'élevaient en arrière-fond semblaient à des milliers de kilomètres. Assourdies, comme venant d'ailleurs. Ce moment lui appartenait, à elle seule. C'était l'occasion de faire ses adieux. Son propre espace-temps, en quelque sorte.

Mais le nombre de voix augmenta, elles devinrent plus aiguës et plus pressantes, partout autour d'elle.

– Bonté divine !

– Mais qu'est-ce que c'est que ça ?

Elle leva les yeux vers l'aide-soignant et le soldat, qui fixaient désormais le ciel en silence. Les autres soignants scrutaient eux aussi, bouche bée, le ciel nocturne au-dessus de Manhattan. Intriguée, elle suivit leur regard.

L'horizon se tordait, ondulait tandis qu'une réalité liquide de possibilités improbables s'y déversait.

L'onde temporelle.

Tout le monde – chaque soldat, chaque officier, chaque prisonnier – était désormais pétrifié, plongé dans la contemplation du ciel mouvant. Déconcerté, subjugué, effrayé et stupéfait.

Maddy… il faut que tu bouges ! Tu dois aller dans l'arche ! Tu dois te protéger !

Elle se tourna vers le monticule de briques. Des soignants sortaient de sous le rideau de fer pour voir ce que signifiait toute cette agitation.

Cours ! Maddy, cours !

Elle était sur le point de se lever quand elle réalisa soudain qu'elle ne pouvait abandonner le corps de Becks, et le message enfermé dans son esprit. Il y avait un moyen de l'extraire, ainsi que les souvenirs qui préserveraient sa personnalité. Un moyen… Liam l'avait fait une fois pour Bob.

Sa puce.

Elle regarda autour d'elle et repéra un fusil muni d'une baïonnette. Elle tendit le bras pour l'attraper, s'attendant à ce que le garde crie un avertissement à son intention. Mais tous deux avaient les yeux rivés au ciel, comme tout le monde.

Paniquée, avec des gestes maladroits, elle essaya de détacher la baïonnette, tirant dessus avec une frustration grandissante.

Comment ça s'enlève ?

Elle tenta de la faire tourner, et la fixation se débloqua dans un claquement sourd. D'un mouvement brusque, elle sépara la baïonnette du canon, lâcha le fusil et baissa les yeux vers Becks.

Allez, fais-le !

Elle allait devoir enfoncer la pointe de la lame dans le crâne et fouiller à l'intérieur pour trouver le morceau de silicium, guère plus gros qu'une carte mémoire ou qu'une carte SIM.

Elle appuya le bout de la baïonnette contre le front de Becks, juste au-dessus de la ligne des sourcils.

Fais-le ! Maintenant !

Elle essaya de l'enfoncer, mais ne s'en sentit pas capable.

Si tu ne peux pas le faire... alors emporte la tête – emporte la tête entière !

Elle déplaça la lame vers le bas, contre la chair tendre sous la mâchoire.

Coupe ! Allez, coupe ! Mais coupe, bon sang !

– J'peux pas... J'peux pas ! gémit-elle dans un murmure.

Elle leva les yeux. L'onde temporelle avait avancé depuis l'Atlantique. Désormais, elle tordait et déformait Manhattan, telle de l'argile sur le tour d'un potier, modelait et remodelait la ville, comme de la cire fondue dans une lampe à lave.

Elle déferlait à présent sur l'East River.

Maddy ferma les yeux, serra les dents et fit ce qu'elle avait à faire. Puis elle se redressa et se mit à courir en tenant la tête de Becks. Ses pieds claquaient bruyamment sur le sol tandis qu'elle passait devant des hommes qui contemplaient, dans une sorte de léthargie, l'onde qui s'approchait.

Tout était si calme !

Si parfaitement tranquille.

Elle n'entendait que sa respiration haletante, le crissement de ses pieds sur les gravats et un grondement très profond, comme si la terre elle-même s'apprêtait à s'ouvrir en deux.

Elle sauta dans la tranchée en fer à cheval, glissant et tombant à genoux dans la terre trempée de sang. Elle se releva et parcourut précipitamment les dix derniers mètres, croisant un officier britannique qui la remarqua à peine, les yeux brillants d'émerveillement.

– Seigneur, c'est de toute beauté, l'entendit-elle murmurer en le frôlant.

Elle passa devant deux aides-soignants qui portaient un brancard chargé d'un corps et qui, comme tout le monde, restaient parfaitement immobiles, pétrifiés, oubliant complètement leur tâche du moment.

Maddy atteignit l'arche délabrée et jeta un rapide coup d'œil au ciel. Le front de la vague de réalité finissait de traverser l'East River, s'emparant de l'armada de barges de débarquement et les transformant en des millions de choses : des drakkars vikings, des galères romaines, des galions espagnols, des monstres marins...

Elle s'engouffra sous le rideau de fer. Le sol était toujours jonché de soldats blessés. Quelques-uns à peine vivants déliraient en gémissant sous l'effet de leurs blessures par balle ou par baïonnette, des mains se tendaient vers elle, quémandant de l'eau.

À l'autre bout de l'arche, elle vit que le système informatique était toujours en état de marche. Le tank – ce beau et fidèle Mark IV, cette épave rouillée datant d'une ancienne époque de cette guerre sans fin – continuait miraculeusement d'alimenter l'arche en électricité.

– Bob ! hurla-t-elle en se frayant un chemin au milieu des membres dispersés des morts et des blessés.

Une boîte de dialogue apparut sur l'un des écrans, mais elle était trop loin pour en lire le contenu.

– C'est Maddy ! s'étrangla-t-elle. Active le champ magnétique ! Tout de suite !

Elle s'affala sur le bureau où se trouvait l'ordinateur, hors d'haleine et désormais assez près pour lire la réponse de Bob.

> Information : énergie insuffisante pour contenir la Base dans sa totalité.

– Alors… Alors ouvre-le seulement autour de moi !

Le curseur se déplaça dans la boîte de dialogue.

> Attention : il y aura des obstacles dans le rayon…

Bien sûr, l'arche était tombée de près d'un mètre.

– En l'air, Bob. Un portail suspendu en l'air ! Il faudra que j'y saute quand l'onde arrivera !

Pendant une seconde entière, peut-être deux, le curseur clignota sans livrer de réponse. Puis il finit par tressauter sur la droite.

> Affirmatif.

Devant le rideau de fer, elle vit voler des gerbes de terre sous la pression de l'air en amont de l'onde temporelle. Elle prit la tête de Becks et la maintint délicatement entre ses bras. Puis elle grimpa sur le bureau.

– Maintenant, Bob… Vas-y, maintenant !

Devant elle, un portail s'ouvrit en ondoyant, flottant un mètre au-dessus du sol. Il était impossible de savoir si cela était suffisamment haut, si elle allait émerger entièrement dans l'arche intacte, ou réapparaître peut-être seulement depuis la taille sur le sol bétonné. Ce qui serait forcément mortel. Horriblement mortel.

Elle bondit dans le portail juste au moment où l'onde arrivait et décomposait l'arche en un million de possibles.

CHAPITRE 93

23 H 31, 11 SEPTEMBRE 2001, POSTE DE POLICE N° 5, NEW YORK

Le sergent fut violemment secoué sur son siège, la voiture de police se balançant sur ses suspensions.

– Waouh ! Hé, Bill ! Bon sang, t'as failli renverser mon café !

Le sergent de police Bill Devereau se tourna vers son équipier.

– Hein ? Désolé. J'ai dû piquer du nez.

– Tu peux le dire. Tu marmonnais un max de trucs cinglés.

Devereau secoua la tête. Il était complètement réveillé maintenant.

– Je… C'est dingue, je viens de faire un rêve vraiment étrange.

– Ah ouais ?

Devereau plissa les yeux et se caressa le menton d'un air pensif. Le souvenir du rêve s'évanouissait à toute vitesse, se brouillait. Il disparaissait, comme du lait qu'on mélange dans du café.

– Une histoire de guerre… un truc comme ça. New York était en ruine… comme, j'sais pas moi, comme Stalingrad.

– Je suis sûr que t'es pas le seul à faire des cauchemars en ce moment, mon pote, soupira le sergent Jim Wainwright.

Leur commissariat avait perdu des hommes, des types bien, un peu plus tôt dans la journée, quand les deux tours s'étaient effondrées. Et ils auraient de la chance s'ils en trouvaient la moindre trace au milieu des décombres fumants. Dans les semaines à venir, ils allaient devoir enterrer nombre de cercueils vides.

Devereau cessa de caresser son menton rasé de près.

– C'était bizarre… Dans le rêve, j'avais une barbe. Tu le crois, ça ? Un gros truc touffu.

– Une barbe ? répéta Wainwright en se fendant d'un sourire moqueur. Tu rigoles ? T'aurais l'air complètement idiot avec une barbe.

Devereau acquiesça d'un signe de tête. Il se regarda dans le rétroviseur. Oui, son partenaire avait sûrement raison.

– Tu deviens trop vieux pour faire les patrouilles, Bill, sérieux. Si tu te mets à dormir comme ça, pendant le service…

– Je me suis couché tard cette nuit, c'est tout.

Wainwright hocha pensivement la tête. Son regard traîna sur une liasse de journaux devant une petite épicerie. Les journaux de demain et leurs gros titres. On n'allait parler que d'une seule chose, dans toute la presse.

– Va sûrement y avoir encore beaucoup d'autres nuits d'insomnie pour tout le monde.

Devereau acquiesça. Le rêve s'était dissipé, comme une brume matinale au bord d'une rivière. Tout ce qu'il en restait était la sensation persistante d'un problème à venir. D'un orage qui approchait.

– Tu l'as dit, mon vieux.

CHAPITRE 94

2001, NEW YORK

Maddy ouvrit les yeux. Elle avait dû perdre connaissance pendant un moment. Elle avait de la bave sur le menton, et ses lunettes étaient de travers sur son front. Elle les ajusta, s'essuya la bouche et se redressa dans son fauteuil.

– Ouf, murmura-t-elle.

L'angle du bureau sur lequel elle avait grimpé était encore recouvert d'une épaisse couche de poussière de briques d'une couleur rouille mais sur un espace très nettement délimité. Un arc de poussière… et puis plus rien. Mis à part ça, son bureau était comme d'habitude : des canettes de soda, des boîtes de pizza, des morceaux de papier et des stylos, des emballages de bonbons et des magazines, mais plus aucun de ces débris qui tombaient sans arrêt du plafond pendant le bombardement.

Elle regarda par terre. Le sol n'était plus ce chaos de béton fissuré, jonché de corps d'hommes blessés. Il avait retrouvé l'état dans lequel il était une semaine plus tôt. L'arche n'était plus une ruine prête à s'effondrer.

Elle examina le visage sans vie de Becks. Ses cheveux étaient mêlés de sang séché. Il lui restait une chose à faire, mais pas maintenant, pas encore. Elle déposa délicatement la tête sur un petit meuble à côté du bureau, et tourna vers le mur le visage pâle de Becks, figé dans sa dernière expression, pour s'en épargner la vue.

Tous les écrans étaient allumés, et plusieurs d'entre eux diffusaient les nouvelles en temps réel.

– Bob ? Tu es là ?

> **Bonjour, Maddy. Un instant…**

Les disques durs de tous les PC en réseau se mirent à ronronner en produisant de petits déclics.

> **Je détecte de multiples erreurs sur la continuité de la chronologie.**

Oui, bien sûr… Bob avait établi un champ de préservation uniquement autour d'elle. C'était comme si le reste de l'arche, y compris Bob-l'ordinateur, n'avait pas vécu le traumatisme de la semaine précédente.

> **Information : la date extérieure est enregistrée comme étant le 18 septembre. Il semblerait que nous soyons restés sept jours hors de la boucle temporelle.**

– D'accord, dit-elle. Ouais, il s'est passé un paquet de trucs, Bob. Tu te souviens qu'Abraham Lincoln nous a faussé compagnie ?

> **Bien sûr. D'après mon horloge interne, nous avons envoyé Liam et les autres le chercher il y a deux heures et seize minutes.**

– Ouais… eh bien, tu n'es plus synchro. Il faut qu'on réinitialise le champ de l'arche et qu'on retourne dans notre boucle temporelle habituelle. Occupe-toi de ça tout de suite.

> **Affirmatif, Maddy.**

– Ensuite, il faudra ouvrir une fenêtre pour ramener Liam et les autres.

> **Je ne dispose pas de repère temporel fiable les concernant. Mon dernier repère est…**

– Ils ne sont plus à Quantico, en Virginie. On va devoir utiliser le repère temporel précédent. Tu dois encore avoir l'info dans ta mémoire cache.

> **La Nouvelle-Orléans, en 1831 ? Ceci n'est pas logique. Comment sont-ils arrivés là-bas ?**

Elle sourit d'un air las à la webcam.

– C'est une longue histoire, Bob. Je te raconterai ça plus tard, si tu veux bien.

CHAPITRE 95
1831, LA NOUVELLE-ORLÉANS

Les yeux injectés de sang de l'homme se posèrent sur Sal.

– Ç-ça… ça alors ! C-C-c'est vous ! haleta-t-il.

Sa bouche s'ouvrit et se referma. Une épaisse goutte de sang coula entre ses lèvres.

Sal se pencha tout près de lui, saisit une de ses mains et la serra fort.

– Ça va aller !

Mais non, ça n'allait pas aller. Bien sûr que non.

Elle regarda les restes atrocement mélangés des deux chevaux et de l'homme. L'une des bêtes donnait encore des coups de sabot, l'autre était morte. Et très bientôt, ce pauvre homme le serait aussi à en juger par son état.

Bob s'agenouilla à côté d'elle.

– Il y a eu une imbrication de densité. Cet homme ne tiendra pas…

– Je sais ! chuchota-t-elle, faisant taire Bob du regard.

Le visage de Liam était gris, comme s'il allait vomir, mais il parvint néanmoins à retenir le contenu de ses tripes bouleversées et s'accroupit à côté d'eux, jetant un bref regard à l'homme en train de mourir.

– J'ai déjà vu ça. Une erreur de fenêtre temporelle. Peut-être que c'est un… balbutia-t-il en écarquillant les yeux. Jésus Marie Joseph ! Peut-être que c'est un Time Rider ? L'un des nôtres ?

– Écoutez… écoutez-moi, dit l'homme, le souffle court, luttant pour respirer entre deux gorgées de sang. J'ai… essayé… de vous… prévenir…

– De nous prévenir ? De quoi parlez-vous ?
– Pandore… c-c'é… c'était moi…
Pandore ? Liam regarda Sal, puis de nouveau l'homme.
– C'est vous qui avez laissé le message ? À San Francisco ?
– Oui… je… m'appelle… Joseph.
Ses yeux devinrent vitreux et se révulsèrent.
– Qu'est-ce que Pandore ? lui demanda Sal.
Du sang jaillit de la bouche de l'homme. Sa main se mit à serrer et desserrer convulsivement celle de Sal.
– Pandore ! insista-t-elle. C'est quoi ? S'il vous plaît !
Ses yeux se réajustèrent sur elle.
– Wal… Waldstein… la fin… il s-sait…
Sa voix était à peine plus qu'un bruissement.
Sal se pencha plus près jusqu'à percevoir contre sa joue le chatouillement de son souffle mourant.
– Ça va aller, lui répéta-t-elle vainement, pressant sa main comme si cela pouvait l'aider. Tout ira bien.
– Vous !… S-Sa… Saleena…
Elle le regarda, leurs visages dans l'intimité des quelques centimètres qui les séparaient.
– Vous me connaissez ? murmura-t-elle.
– Vous… n'êtes…
Sa main fut à nouveau agitée de soubresauts, enserrant douloureusement celle de Sal.
– … pas… c-celle… celle que… vous croyez…
Ses yeux se révulsèrent jusqu'à ce qu'on n'en voie plus que le blanc, sa main écrasant celle de la jeune fille. Puis soudain, il la relâcha dans un sursaut. Quelques gouttelettes de sang giclèrent de son nez.
– Je… s-suis… suis au courant… pour…
Du sang ruissela de sa bouche sur son menton. Il lâcha une longue expiration. Ce n'était pas vraiment un râle d'agonie, plutôt un long soupir de soulagement à l'idée d'être libéré de cette torture.

Mais il prononça quelque chose dans ce soupir, quelque chose d'à peine audible. Elle aurait pu jurer que c'était ce que le pauvre homme avait murmuré au moment où il mourait, elle était sûre d'avoir bien entendu. Ce n'était pas une contorsion fortuite de la bouche et de la langue. Elle était certaine d'avoir entendu distinctement un message pour elle seule.

L'ours.

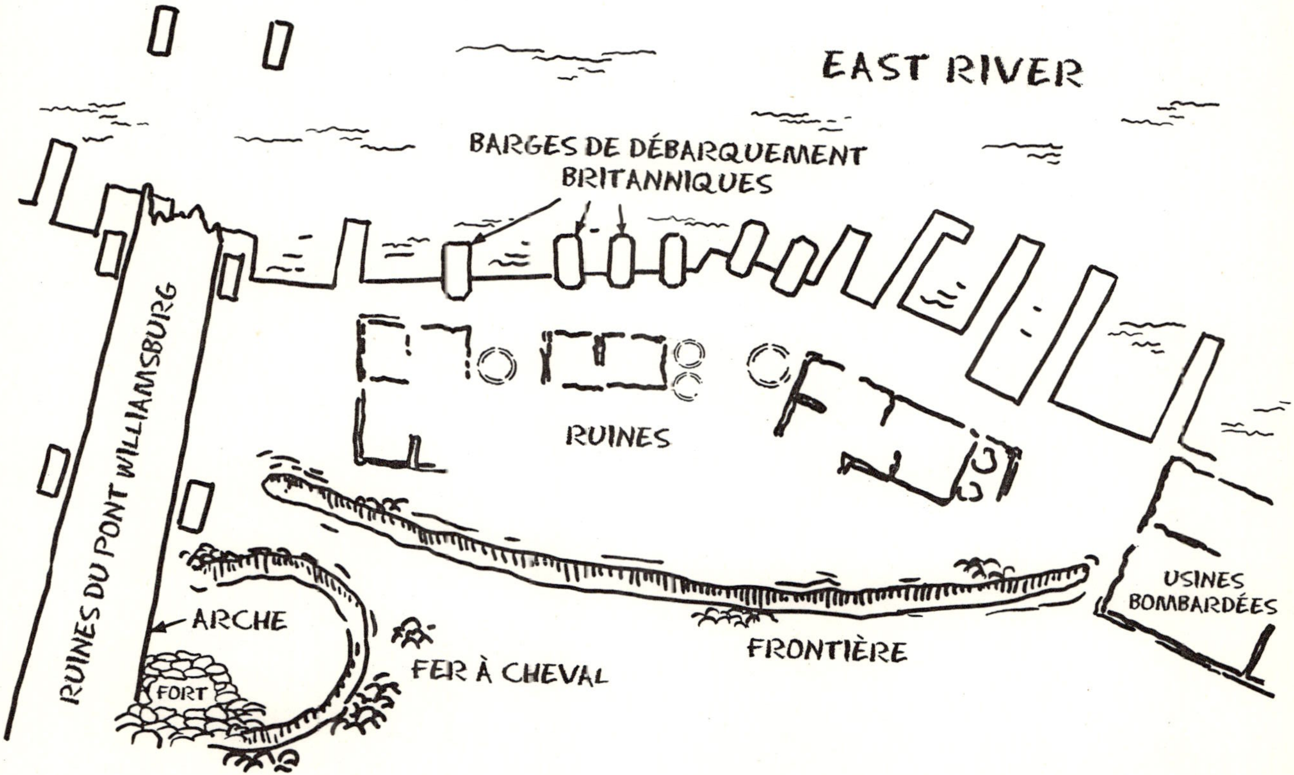
EAST RIVER
BARGES DE DÉBARQUEMENT BRITANNIQUES
RUINES
USINES BOMBARDÉES
FRONTIÈRE
FER À CHEVAL
ARCHE
FORT
RUINES DU PONT WILLIAMSBURG

L'HISTOIRE TELLE QU'ON LA CONNAÎT

1831
Le jeune Abraham Lincoln va chercher fortune à La Nouvelle-Orléans

1861
Lincoln devient président des États-Unis d'Amérique

1863
Lincoln publie la Proclamation d'émancipation, et l'armée de l'Union remporte la bataille de Gettysburg

1865
La guerre de Sécession s'achève par la victoire de l'Union

2001
New York est telle que nous la connaissons – animée, bruyante, haute en couleur

L'HISTOIRE ALTÉRÉE

1831
Mais un mystérieux voyageur temporel modifie l'Histoire lorsqu'il fait accidentellement s'emballer les chevaux d'un chariot, provoquant la mort du jeune Lincoln

1861
John Bell devient président – un dirigeant du Nord faible et inefficace

1863
Les Confédérés, sous le commandement du général Lee, remportent la bataille de Gettysburg – la guerre continue en entrant dans l'impasse des deux côtes

1865
Le président de la Confédération, Jefferson Davis, condamne l'esclavage, permettant aux Britanniques anti-esclavagistes de s'allier au Sud

2001
New York est le champ de bataille de la guerre de Sécession... qui dure encore !

ALEX SCARROW

Alex Scarrow était graphiste quand il a décidé de devenir concepteur de jeux vidéo. Finalement, il a grandi et il est devenu écrivain. Il a ainsi écrit plusieurs thrillers à succès, et des scénarios. *Time Riders* est sa première série de romans pour jeunes adultes. Pour son plus grand plaisir, il y explore les idées et les concepts sur lesquels il travaillait déjà dans l'univers des jeux.

Il vit à Norwich, en Angleterre, avec son fils Jacob, sa femme Frances et Max, son jack russell.

Cet ouvrage a été imprimé en France par

CPI
BUSSIÈRE

à Saint-Amand-Montrond (Cher)
en janvier 2013

FSC
www.fsc.org
MIXTE
Papier issu de sources responsables
FSC® C022030

N° d'édition : 10188672 – N° d'impression : 124438/4
Dépôt légal : février 2013